SARAH
MORGAN

Winter in Schotland

Vertaling Henske Marsman

HarperCollins

FSC
www.fsc.org
MIX
Papier van verantwoorde herkomst
FSC® C083411

Voor dit boek is papier gebruikt dat onafhankelijk is gecertificeerd door FSC®
ten behoeve van verantwoord bosbeheer.
Kijk voor meer informatie op www.harpercollins.co.uk/green

HarperCollins is een imprint van Uitgeverij HarperCollins Holland, Amsterdam

Oorspronkelijke titel: *The Christmas Sisters*

Vertaling: Henske Marsman
Omslagontwerp: bij Barbara
Omslagbeeld: © Shutterstock
Zetwerk: Mat-Zet B.V., Soest
Druk: CPI Books GmbH, Germany

ISBN 978 94 027 0439 6
ISBN 978 94 027 5904 4 (e-book)
NUR 302
Eerste druk oktober 2019

Originele uitgave verschenen bij Harlequin Enterprises Limited, Toronto, Canada
Deze uitgave is uitgegeven in samenwerking met Harlequin Books SA
HarperCollins Holland is een divisie van Harlequin Enterprises ULC

www.harpercollins.nl

Voor de fantastische Lisa Milton, met liefde en dank

Het leven zit zo in elkaar, dat de gebeurtenissen nooit zullen of kunnen overeenstemmen met de verwachtingen.

CHARLOTTE BRONTË

1

Suzanne

Er zijn leuke herinneringen en nare herinneringen. Dit was een nare, en omdat het een jubileum betrof, besloot Suzanne het moment te markeren met een nachtmerrie.

Zoals gewoonlijk was ze bedolven onder de sneeuw, haar lichaam onbeweeglijk en bekneld onder een massa zo zwaar als beton. Er zat sneeuw in haar mond, haar neus, haar oren. De kracht en de druk van het pak sneeuw vermorzelden haar. Hoe diep lag ze begraven? Waar was de bovenkant? Was er iemand naar haar op zoek? Ze probeerde te schreeuwen, maar er kwam geen geluid...

'Suzanne...' Iemand riep haar naam.

Ze kon geen antwoord geven. Ze kon zich niet bewegen. Niet ademhalen. Haar borstkas werd fijngedrukt.

'Suzanne!'

Door de duisternis en paniek heen hoorde ze de stem.

'Je bent aan het dromen.'

Ze voelde iemand haar schouder aanraken, wat haar uit haar ijzige tombe rukte en terugbracht naar de werkelijkheid. Ze schoot overeind met haar hand op haar keel en hapte naar adem.

'Rustig maar,' zei de stem. 'Alles is goed.'

'Ik had... een droom. De droom.' De droom had zo echt geleken dat ze ijskristallen om zich heen verwachtte in plaats van verfrommelde lakens.

'Ik weet het.' De stem was van Stewart, die met zijn hand zachtjes over haar rug wreef. 'Je schreeuwde.'

Nu zag ze zijn bleke gezicht en de angstige trek rond zijn mond. Ze hadden hier een routine voor, maar die hadden ze al een tijd niet meer hoeven in te zetten.

'Het was zo levensecht. Ik was weer daar.'

Stewart deed het licht aan. Een zachte gloed verspreidde zich door de slaapkamer, verlichtte donkere hoeken en verdreef de laatste flarden van de nachtmerrie. 'Je bent veilig. Kijk maar om je heen.'

Suzanne keek, in haar gedachten nog bedolven onder de sneeuw. Maar er was geen sneeuw, geen lawine. Alleen maar haar warme, knusse slaapkamer in de Glensay Lodge, waar de restanten van een houtvuurtje nagloeiden in de haard, en de duisternis van de winternacht door een kier in de gordijnen zichtbaar was. Ze had de gordijnen zelf gemaakt van dikke, geruite stof die ze tijdens haar eerste bezoek aan Schotland had gekocht. Stewarts moeder had beweerd dat het de ruit van hun clan was, maar het enige waar het Suzanne om ging, was dat de stof de kou buitenhield en de kamer gezellig maakte. Ook de quilt, die over het voeteneinde van het bed lag, had ze gemaakt.

Op de tafel bij het raam stond een fles single malt whisky van de plaatselijke stokerij met daarnaast Stewarts lege glas. Daarnaast stond haar lievelingsstoel met de dikke, zachte kussens. Haar boek, een roman die haar niet echt wist te boeien, lag opengeslagen naast haar breiwerk. De dag ervoor was haar nieuwe bestelling wol binnengekomen, en ze was blij met de prachtige kleuren. Donkerpaars en diepblauw lagen naast zachtere crème- en lavendeltinten, klaar om het palet van wit en grijs, dat achter de ramen zichtbaar was, op te fleuren. De wol deed haar denken aan de wilde Schotse heide die aan het begin en einde van de zomer in de *glen* bloeide. Die gedachte beurde haar op. Zodra het wat warmer werd, ging ze altijd graag 's ochtends vroeg wandelen op de hei, wanneer de zon de mist wegbrandde.

En Stewart was er. Stewart, met zijn lieve ogen en eindeloze geduld. Stewart, die al meer dan drie decennia aan haar zijde was.

Ze was in de Schotse Hooglanden, tienduizenden kilometers verwijderd van de ijzige hellingen van Mount Rainier. De droom hing nog steeds als een ijskoude mist om haar heen en besmette haar gedachten.

'Ik heb dit al meer dan een jaar niet gedroomd.' Haar voorhoofd was klam van het zweet; haar nachtjapon kleefde aan haar lichaam. Ze nam het glas water aan dat Stewart haar aanreikte. Haar keel was kurkdroog en het water was verkoelend en verzachtend, maar haar hand trilde zo erg dat ze op het dekbed morste. 'Hoe kan iemand na vijfentwintig jaar nog steeds nachtmerries hebben?' Ze wilde het vergeten, maar haar lichaam stond het niet toe.

Stewart pakte het glas van haar aan en zette het op het nachtkastje. Toen nam hij haar in zijn armen. 'Het is bijna Kerstmis. Dat is altijd een stressvolle tijd.'

Ze liet haar hoofd op zijn schouder rusten, getroost door de menselijke warmte. Geen sneeuw en ijs, maar vlees en bloed. Levend. 'Ik vind het een heerlijke tijd, omdat de meiden thuiskomen.' Ze sloeg haar arm om zijn middel en probeerde niet meer te trillen. 'Vorig jaar heb ik de droom niet één keer gehad.'

'Het kwam waarschijnlijk door het telefoontje van Hannah.'

'Het was een positief telefoontje. Ze komt in de vakantie naar huis. Dat is juist geweldig nieuws. Niet iets wat een nachtmerrie oproept.'

Maar het was wel voldoende om gedachten en herinneringen op te roepen, en ze vermoedde dat die arme Hannah haar eigen gedachten en herinneringen had. Stewart had gelijk dat deze tijd van het jaar nooit gemakkelijk was.

'Het is alweer een paar jaar geleden dat Hannah, Beth en Posy alle drie hier waren,' zei Stewart.

'En ik verheug me erop.' Verwachtingsvol veerde Suzanne op. 'Het wordt extra speciaal omdat Hannah vorig jaar niet kon komen.'

'Waardoor de verwachtingen nog hoger liggen.' Stewart klonk vermoeid. 'Zet haar niet onder druk, Suzanne. Dat is zwaar voor haar, en uiteindelijk word je zelf gekwetst.'

'Ik word niet gekwetst.' Ze wisten allebei dat dat niet waar was. Telkens wanneer Hannah afstand nam van haar familie, deed het pijn. 'Ik wil gewoon dat ze gelukkig is.'

'De enige die Hannah gelukkig kan maken, is Hannah zelf.'

'Dan kan ik nog wel willen helpen. Ik ben haar moeder.' Ze zag hem kijken. 'Ik bén haar moeder.'

'Dat weet ik. En als je het mij vraagt, mag ze blij zijn met zo'n moeder.'

Blij? De meisjes waren in hun jonge jaren verre van blij geweest. Aanvankelijk was Suzanne doodsbang geweest dat Hannahs leven geruïneerd zou zijn door de gebeurtenissen uit haar jeugd, maar toen had ze beseft dat het haar verantwoordelijkheid was om dat te voorkomen.

Ze had gedaan wat ze kon om die gebeurtenissen te compenseren en de toekomst te beïnvloeden. Ze wilde alleen maar het beste voor haar dochters, en die last drukte zwaar op haar. Op sommige dagen zo zwaar dat het haar dreigde te vermorzelen. En ze had de last ook op Stewarts schouders gelegd. Het schuldgevoel van de overlevenden. 'Ik ben bang dat ik niet genoeg heb gedaan. Of dat ik het niet goed heb gedaan.'

'Volgens mij denkt iedere ouder dat af en toe.'

Suzanne sloeg haar benen over de rand van het bed, opgelucht dat ze kon opstaan. Lopen. Ademhalen. De zon zien opkomen. Ze rolde met haar schouders en merkte dat ze pijn deden. Ze was vorige zomer achtenvijftig geworden en dat voelde ze nu in elke vezel van haar lichaam. Was de pijn echt of een herinnering? 'Het was een nare droom. Ik was weer terug.' Stikkend in een sneeuwtombe zonder lucht.

Stewart stond ook op. 'Het trekt zo weer weg.' Hij pakte zijn ochtendjas. 'Ik ga niet vragen of je erover wilt praten, want dat wil je nooit.'

En dat was nu niet anders. Ze kon de nachtmerries niet tegenhouden, maar ze kon wel voorkomen dat de duisternis haar wakende uren binnendrong. Het was haar manier om er controle over te hebben. 'Waarom ga je niet nog even slapen?'

'Jij weet net zo goed als ik dat er niet meer geslapen wordt nadat jij zo'n droom hebt gehad. En we moeten toch over een uur opstaan.' Zijn haar stond alle kanten op en hij had donkere kringen onder zijn ogen. 'Er komt straks een groep van twintig bij het Adventure Centre. Het wordt druk. Ik kan maar beter vroeg beginnen.'

'Hebben ze ervaring?'

'Nee. Scholieren die een week op outdoor-avontuur gaan.'

Het werd haar koud om het hart. Het liefst zou ze hem smeken om niet te gaan, maar dat zou betekenen dat ze toegaf aan haar angst. Het zou ook betekenen dat ze Stewart vroeg om iets op te geven wat hij graag deed, en dat wilde ze niet. 'Wees voorzichtig.'

'Dat ben ik altijd.' Stewart gaf haar een kus en liep naar de deur. 'Koffie?'

'Lekker.' De gedachte om in bed te blijven sprak haar niet aan. 'Ik spring onder de douche en dan begin ik aan de planning.'

'Welke planning?'

'Dat is nou echt een mannenvraag. Denk je soms dat Kerstmis vanzelf wordt gevierd?' Ze knoopte haar ochtendjas dicht en wist uit ervaring dat bezig zijn de beste manier was om de duistere gedachten te verdrijven. 'Het is al over een paar weken. Ik wil alles voorbereiden wat ik kan, zodat ik zo veel mogelijk tijd met de kleinkinderen kan doorbrengen. Ik zat te denken om nog wat extra spelletjes te kopen voor als het slecht weer is. Ik wil niet dat ze zich vervelen. In Manhattan hebben ze altijd zoveel te doen.'

'Als ze zich vervelen, kunnen ze helpen met de dieren. Ze kunnen de kippen voeren met Posy, of de schapen bij elkaar drijven. Ze kunnen op Socks rijden.'

Socks was Posy's pony. Ze was al achttien en genoot van een welverdiend pensioen in de velden vol hooi die om de woning lagen.

'Beth vindt het eng als ze gaan rijden.'

Stewart schudde zijn hoofd. 'Beth vindt heel veel dingen eng. We weten allebei dat ze overbezorgd is. Kinderen lopen niet in zeven sloten tegelijk.'

'Alsof jij geen overbezorgde papa was. Vooral met haar.'

Hij glimlachte schaapachtig. 'Posy was een stuiterbal. Ze ging alle kanten op. Beth was een fragiel poppetje.'

'Ze is altijd een papa's-kindje geweest. En als ze een overbezorgde moeder is, weten we allebei hoe dat komt.'

'Ik zei niet dat ik het niet begreep, maar je moet kinderen soms ook hun gang laten gaan. Laat ze ontdekken. Fouten maken. Leven.'

'Makkelijker gezegd dan gedaan.' Suzanne wist dat zij ook overbezorgd was. 'Ik praat wel met Beth. Misschien kan ik haar overhalen om de meiden te laten paardrijden. En als het slecht weer is, kunnen ze in de keuken helpen. Gaan we iets bakken.'

'Misschien een gek idee...' Stewart pakte zijn lege whiskyglas van de avond ervoor. 'In plaats van alles te plannen en jezelf een hoop stress te bezorgen, zou je het dit jaar ook wat losser kunnen houden. Wat minder hard je best doen.'

Suzannes mond viel open. 'Denk je dat het eten als bij toverslag op tafel verschijnt? Dat de Kerstman de cadeautjes ingepakt en wel aflevert?' Zijn opmerking was zo typisch Stewart dat ze in de lach schoot. Voor een buitenstaander leken ze waarschijnlijk een absurd traditioneel stel, maar haar leven was precies zoals ze het wilde.

'Ik kan je verklappen dat het geheim van ontspanning een goede planning is. Ik wil dat het speciaal wordt.' Omdat dit de enige keer was dat de drie meiden samen waren, vond ze het nog belangrijker dat alles perfect was. Ze liep naar het raam, schoof de gordijnen opzij en drukte haar voorhoofd tegen het koele glas. Vanuit haar slaapkamer keek ze uit op de glen. De sneeuw leek licht te geven en weerkaatste het zwakke schijnsel van de maan. Het stille water van het *loch* glinsterde. Het loch werd omzoomd door de besneeuwde bomen van het bos, waarachter de bergen oprezen, boven alles uittorenend met hun dodelijke schoonheid.

Ook al wist ze welke gevaren er op de loer lagen op die besneeuwde toppen, toch werd ze erdoor aangetrokken. Ze zou nooit ergens kunnen wonen waar geen bergen waren, al deed ze in de winter geen beklimmingen meer. Samen met Stewart maakte ze in de winter tochten op lagergelegen stukken. In de lente en de zomer, wanneer het warmer werd en de sneeuw zich terugtrok, klommen ze hoger.

'Was het egoïstisch van ons om hiernaartoe te gaan? Hadden we in de stad moeten gaan wonen?'

'Nee. En zo moet je niet denken.' Hij klonk schor. 'Het komt door de droom. Je weet dat het door de droom komt.'

Dat wist ze inderdaad. Ze vond het heerlijk om hier te wonen, in dit land van mist en bergen, van lochs en legendes. 'Ik maak me zorgen over Hannah.' Ze draaide zich om. 'Over wat hier zijn met haar doet.'

'Ik maak me meer zorgen over wat het met jou doet. Misschien zijn het de voorgaande kerstmissen die me achtervolgen.' Hij zette het lege glas neer en wreef over zijn voorhoofd. 'Je moet haar de ruimte geven, Suzy. Je kunt niet alles repareren, ook al weet ik dat je het altijd zult blijven proberen.'

Het licht verzachtte de harde lijnen van zijn gezicht, waardoor hij jonger leek. Door zijn werk was hij fit en slank, en soms leek hij nauwelijks vijftig, laat staan zestig. Het enige wat zijn leeftijd verraadde, waren de zilveren strepen in zijn haar, die ook in haar haar te zien zouden zijn als ze die niet kunstmatig had toegedekt.

Ze waren verliefd op elkaar geworden toen ze als berggidsen samenwerkten, toen het leven nog één groot avontuur leek. Het enige waar ze zich destijds druk om maakten, was hun volgende beklimming, hun volgende top. Sindsdien waren ze samen en had hun leven een grotendeels comfortabel ritme gevolgd. Een ritme dat in deze tijd van het jaar werd ontregeld.

Het verleden ging nooit weg, dacht ze. Het vervaagde, en soms was het nauwelijks meer dan een schaduw, maar het was er altijd. 'Ik ga het hier zo gezellig mogelijk maken. Hannah werkt zo hard.'

'Jij ook. Je leven draait niet alleen om de kinderen, Suzanne. Je leidt een succesvol bedrijf en dit is een van de drukste tijden van het jaar in het café.'

De bron van haar zorgen verplaatste zich. 'Wat me eraan herinnert dat ik nog veertig kousen moet breien om geld in te zamelen voor de plaatselijke reddingsbrigade. Bedankt.'

Stewart grijnsde en pakte zijn kleren van de stoel waarop hij ze de avond ervoor had neergelegd. 'Dat wil ik weleens zien, al die mannen met jouw kousen aan. Daar ga ik een foto van maken en op de Facebook-pagina van de brigade zetten.'

Suzanne rolde met haar ogen. 'Het zijn geen sokken om aan te trekken, sufferd, maar om cadeautjes in te doen. We verkopen ze met flink wat winst. En voordat je iets zegt, wil ik je er even op wijzen dat we van de opbrengst van de kerstsokken van vorig jaar een nieuwe lawinepieper hebben kunnen kopen voor het reddingsteam, plus een bijdrage hebben kunnen leveren aan die dure brancard die jullie gebruiken.'

'Weet ik.'

'Waarom zeg je dan–'

'Omdat ik het leuk vind om je te plagen. Je ziet er zo leuk uit als je boos bent. Je krijgt dan zo'n pruilmondje en van die schattige fronsrimpels en – hé!' Hij bukte toen ze een kussen naar zijn hoofd gooide. 'Met een kussen gooien? Hoe oud ben je helemaal?'

'Oud genoeg om goed te kunnen mikken.'

Hij gooide het kussen terug op het bed, liet zijn kleren weer op de stoel vallen en greep haar beet. Samen vielen ze op het matras.

Ze slaakte een kreet. 'Stewart!'

'Wat?'

'We moeten nog van alles doen.'

'Klopt.' Hij boog zijn hoofd en het laatste wat ze zag voordat hij haar zoende, waren zijn blauwe ogen die haar lachend aankeken.

Toen ze voor de tweede keer opstonden, gleden de eerste zwakke zonnestralen tussen de gordijnen door.

'En nu ben ik te laat.' Stewart dook de badkamer in. 'Jouw schuld.'

'Waarom is het mijn schuld?'

Maar hij stond al onder de douche te neuriën.

Suzanne bleef nog even liggen, rozig en voldaan, de droom bijna vergeten. Ze wist dat ze aan die kousen moest beginnen. Breien was voor haar de ideale ontspanning, al had het jaren geduurd voordat ze dat had ontdekt. Ze was er pas mee begonnen toen ze in de dertig was.

Aanvankelijk was het breien voor haar een manier geweest om haar liefde voor haar meisjes te tonen. Ze wilde hen omhullen met warmte. Wanneer ze haar breinaalden en wol pakte, breide ze niet zomaar een trui; ze breide haar gebroken, beschadigde gezin aan elkaar, en probeerde van de losse draden één geheel te maken.

Stewart kwam onder de douche vandaan en wreef zijn haar droog met een handdoek. 'Zal ik onderweg naar huis een kerstboom regelen?'

'Posy zei dat zij het zou doen. Laten we nog een paar dagen wachten. Ik wil niet dat de naalden er al vóór Kerstmis uit vallen. Hoeveel bomen zullen we doen dit jaar? Ik dacht één in de woonkamer, één in de hal en één in de televisiekamer. Misschien eentje in Hannahs kamer.'

'Weet je zeker dat je er niet ook eentje in de bijkeuken wilt? En in de badkamer beneden?'

Ze keek hem dreigend aan. 'Er liggen hier nog genoeg kussens die ik kan gooien.'

Maar hij had haar afgeleid van haar nachtmerrie. Ze wist dat dat zijn bedoeling was geweest, en ze was hem er dankbaar voor.

'Ik zeg alleen dat je er misschien een paar in het bos kunt laten staan.' Hij hing de natte handdoek over de rugleuning van de stoel, zag haar kijken, en hing hem toen in de badkamer. 'Elk jaar werk je je een slag in de rondte om dit huis om te toveren in een winterwonderland.' Hij kleedde zich snel aan, laag na laag, wat nodig was voor zijn werk. 'Je hebt hoge verwachtingen, Suzanne. Het valt niet mee om daaraan te voldoen.'

'Het kan inderdaad soms een beetje stressvol zijn wanneer de meisjes samen zijn–'

'Het zijn vrouwen, geen meisjes, en "een beetje stressvol" is nog zwak uitgedrukt.'

'Misschien is het dit jaar anders.' Suzanne haalde de lakens van het bed. 'Beth en Jason zijn gelukkig. Ik heb zo'n zin om de kleinkinderen weer te zien. Ik hang de kousen boven de haard en ga allemaal lekkers bakken. En Hannah hoeft niets te doen. Ik wil alles af hebben voordat zij komt, zodat ik alle tijd voor haar heb en we kunnen bijpraten.' Ze drukte de lakens tegen haar borst. 'Als ze nou maar iemand zou ontmoeten, dan–'

'Dan wat? Zou ze hem met huid en haar verslinden?' Stewart schudde zijn hoofd. 'Begin daar alsjeblieft niet over tegen haar. Hannahs relaties zijn haar zaken. En volgens mij kan het haar gewoon niet zoveel schelen.'

'Zeg dat nou niet.' Ze weigerde te geloven dat dat echt zo was. Hannah had een partner nodig. Haar eigen gezin. Een beschermende kring. Iedereen had dat nodig. Suzanne had er zelf naar gesnakt. Toen ze zes was, droomde ze er al van. Haar jonge jaren had ze doorgebracht met een moeder die te dronken was om zich bewust te zijn van haar bestaan. Later, toen haar moeders organen de strijd tegen de alcohol opgaven, was Suzanne in een pleeggezin geplaatst. Elk verhaal dat ze op school schreef, ging over deel uitmaken van een liefdevol gezin. In haar dromen had ze ouders en broers en zussen. Op haar tiende had ze zich erbij neergelegd dat het nooit zou gaan gebeuren.

Uiteindelijk was ze in een kindertehuis beland, waar ze Cheryl had ontmoet. Zij was de zus geworden naar wie Suzanne had verlangd, en ze had al haar liefde in hun vriendschap gestoken. Ze waren zo hecht dat mensen dachten dat ze familie waren. Cheryls liefde vulde alle gaten in Suzannes ziel, als lijm die de gebroken stukken aan elkaar plakte. Ze voelde zich niet langer verloren en alleen. Ze wilde niet meer geadopteerd worden, want dan zou ze het kindertehuis, en dus Cheryl, moeten verlaten. Ze deelden een slaapkamer. Ze deelden hun kleren en grappen. Ze deelden hun toekomstdromen.

De herinnering was levendig en de behoefte om Cheryls aanstekelijke lach te horen was zo sterk dat ze bijna de telefoon pakte. Ze hadden elkaar al vijfentwintig jaar niet meer gesproken, en toch was de drang om met haar te praten nooit verdwenen. Het gemis van haar vriendin ging nooit over.

'Suzanne? Waar denk je aan?' Stewarts stem bracht haar weer terug naar het hier en nu.

Hij had gevonden dat Cheryl een slechte invloed had. Het ironische was dat ze zonder Cheryl Stewart nooit ontmoet zou hebben. Zonder Cheryl zou ze nooit berggids zijn geworden.

'Ik dacht aan Hannah.'

'Als je over haar liefdesleven begint, garandeer ik je dat ze de eerste vlucht naar huis pakt en geen fijne kerst heeft.'

'Ik zal niets zeggen. Ik vraag Beth wel hoe het zit. Ik ben blij dat ze allebei in New York wonen. Het is goed voor Hannah om haar zus in de buurt te hebben. En Beth is gesetteld en gelukkig en blij met het moederschap. Misschien inspireert dat Hannah wel.'

De drie zussen zouden snel weer samen zijn, en Suzanne wist dat deze kerst perfect zou worden. Ze wist het zeker.

2

Beth

Moeder zijn was slopend.

Beth probeerde tevergeefs haar kinderen uit de speelgoedwinkel mee te trekken toen ze het telefoontje kreeg. Even voelde ze zich schuldig, alsof ze betrapt werd op iets wat niet mocht. Ze had Jason beloofd niet nog meer speelgoed te kopen, maar vond het moeilijk om nee te zeggen tegen de meisjes. Jason onderschatte altijd hoe vasthoudend kinderen konden zijn. Niets kon je standvastigheid zo ondermijnen als een vasthoudend kind. *Alsjeblieft, mama, alsjeblieieieieft…*

Ze vond het vooral moeilijk omdat ze een goede moeder wilde zijn en het donkerbruine vermoeden had dat ze dat niet was. Ze was tot de ontdekking gekomen dat er een hinderlijke kloof was tussen intenties en realiteit.

Ze pakte haar telefoon en leidde Ruby weg van een veel te grote brandweerauto met zwaailichten en sirenes, die ongetwijfeld uitgevonden was door een vrijgezelle man zonder kinderen. Het nummer kwam haar niet bekend voor, maar ze nam toch op, want de kans op een gesprek met een volwassene wilde ze niet laten schieten. Sinds ze kinderen had, was haar wereld gekrompen, en Beth had het gevoel dat zij mee gekrompen was.

Tegenwoordig wilde ze vrienden worden met iedereen die het over iets anders wilde hebben dan eet-, slaap- of gedragsproblemen van kinderen. Nog geen week geleden had ze een telefoongesprek proberen te rekken met iemand die haar een autoverzekering wilde aansmeren, ook al had ze niet eens een auto. Uiteindelijk was hij degene geweest die ophing, wat vast een unicum was in de geschiedenis van de telefonische verkoop.

'Hallo.' Haar telefoon was plakkerig en ze dacht met afgrijzen aan de mogelijke herkomst van het goedje dat aan het toestel kleefde. Een snoepje van Melly? Tijdens haar zwangerschap had Beth zich heilig voorgenomen haar kinderen nooit suiker te geven, maar net als zoveel goede voornemens was ook dat verdampt in de brandende hitte van de werkelijkheid.

'Ik wil de brandweerauto, mama!'

Zoals gebruikelijk trokken de kinderen zich er niets van aan dat ze aan de telefoon was en bleven ze gewoon tegen haar praten. Het moederschap kende geen pauzes. Geen adempauze, geen plaspauze en al helemaal geen telefoonpauze. Haar behoeftes lagen helemaal onder op de stapel.

Beth had altijd geweten dat ze kinderen wilde. Wat ze niet had geweten, was hoeveel ze van zichzelf zou moeten opgeven. Ze wendde zich af om te horen wat degene aan de andere kant van de lijn zei.

'Beth McBride?' De stem klonk koel en zakelijk. Een doelgerichte vrouw, voor wie dit telefoontje een punt op haar to-dolijst was. Ooit was Beth ook zo'n vrouw geweest. Ze had zich ondergedompeld in de glitter en glamour van Manhattan. De energie en dynamiek van het bruisende stadsleven waren haar op het lijf geschreven. Het was alsof ze een nieuwe jurk had aangetrokken die meteen als gegoten zat. Ze wilde hem nooit meer uitdoen, en er nog eentje bij kopen voor het geval de andere kapotging.

Tot ze op een dag wakker werd en ontdekte dat de jurk niet meer van haar was. Ze zag andere mensen erin lopen en wilde die hun van het lijf rukken.

'Daar spreekt u mee.' McBride. Zo was ze in geen jaren genoemd. Tegenwoordig heette ze Bethany Butler.

'Beth, je spreekt met Kelly Porter van KP Recruiting.'

Als de telefoon niet aan haar hand gekleefd zat, zou Beth hem hebben laten vallen. Voordat ze kinderen kreeg, had ze voor een aantal cosmeticabedrijven de pr gedaan. Ze was onderaan begonnen, maar was al snel opgeklommen, en Kelly had minstens twee functies voor haar gevonden.

'Hoi Kelly. Leuk om van je te horen.' Beth streek haar haar glad en ging wat meer rechtop staan, ook al kon de andere vrouw haar niet zien. Ze was Beth McBride, iemand die gebeld werd door wervingsbureaus.

'Ik heb iets waarin je misschien wel geïnteresseerd bent.' Beth was geïnteresseerd in alles wat niet piepte, lekte of vlekken gaf, maar ze had geen flauw idee waarom Kelly juist haar belde. Ze had met Jason besproken dat ze weer aan het werk zou gaan zodra de kinderen wat groter waren. Nu Ruby naar de kleuterschool ging, werd het tijd om het daar opnieuw over te hebben, maar Beth was meestal te uitgeput om erover te beginnen. En ze voelde zich schuldig dat ze liever wilde werken dan bij de meisjes zijn.

'Ik luister.'

'Ik begrijp dat je er een tijdje uit bent geweest.' Kelly zei het op een toon alsof moederschap voor haar in dezelfde categorie viel als getroffen worden door tyfus of gele koorts.

'Ik heb tijd vrijgemaakt voor mijn gezin.' Beth trok hoofdschuddend de prinsessenjurk uit Melly's handen. Melly had al een kast vol prinsessenjurken. Jason zou door het lint gaan als ze er nog een kocht, vooral nu het bijna kerst was.

'Ken je Glow PR?' Kelly ging niet in op haar opmerking over haar gezinsleven. 'Dat is een jong, dynamisch team dat flink aan de weg timmert. Ze zoeken iemand met jouw profiel.'

Wat was haar profiel precies? Ze was echtgenote, moeder, kok, taxichauffeur, schoonmaakster, spelletjesleider en persoonlijk assistent. Ze kon spaghettisaus van de muur boenen en alle plaatjesboeken van Ruby voorlezen zonder ze uit de kast te hoeven pakken.

Aan de wand naast haar hing een spiegel, omlijst met genoeg roze en glitters om de meest veeleisende prinsesjes tevreden te stellen. De spiegel leek misschien uit een sprookje te komen, maar Beths spiegelbeeld allerminst. Ze had donker haar, en haar eerste pogingen om het in een lichtere tint te verven hadden haar ervan overtuigd dat sommige vrouwen brunettes moesten blijven. Op dit moment had ze perfect bijpassende donkere kringen onder haar ogen, alsof de natuur wilde benadrukken hoe moe ze was. Ooit had Beth gedacht dat ze alles over cosmetica wist, en over hoe je een bepaalde look kon creëren, maar nu wist ze dat het beste schoonheidsproduct geen dagcrème of oogbalsem was; dat was een ongestoorde nachtrust, en helaas kon je die niet in de winkel kopen.

'Mama...' Ruby trok aan haar jas. 'Mag ik met je telefoon spelen?'

Wat Beth had, wilde Ruby ook. Beth schudde haar hoofd en wees naar de brandweerauto in de hoop haar jongste dochter daarmee af te leiden. Ruby wilde brandweervrouw worden, maar Beth dacht dat ze het beter zou doen als verkoopster. Ze was pas vier, maar wist iemand binnen een paar minuten onder tafel te praten.

'Ms. McBride?'

'Ja, ik ben er.' De woorden kwamen uit haar mond en duwden de woorden weg die ze had willen zeggen. *Ik ben huismoeder. Bedankt voor het bellen, maar ik ben niet geïnteresseerd.*

Ze was namelijk wel degelijk geïnteresseerd.

'Het hoofdkantoor van het bedrijf zit hier op Sixth Avenue, maar ze hebben een wijdvertakt netwerk en hebben vestigingen van kust tot kust.'

Vestigingen van kust tot kust. In gedachten vloog Bethany al eerste klas naar de westkust. Vandaag een speelgoedwinkel, morgen Beverly Hills, Hollywood, champagne. Een wereld van lange lunches, vergaderingen waar mensen luisterden naar wat je zei, chique feesten en in je eentje naar de wc kunnen gaan.

'Mama? Ik wil de brandweerauto.'

Beth zat met haar hoofd nog in het luxueuze Beverly Hills. 'Ga verder.'

'Het is een snelgroeiend bedrijf dat het team wil uitbreiden. Ze willen graag met jou praten.'

'Met mij?' Ze kon haar tong wel afbijten. Dat had ze niet moeten zeggen. Ze moest zelfvertrouwen uitstralen, maar dat was een niet-hernieuwbare hulpbron gebleken. Haar kinderen hadden het met hun kleverige vingertjes laag voor laag van haar afgepeld.

'Jij hebt de ervaring, de mediacontacten en de creativiteit,' zei Kelly.

Had, dacht Beth. 'Ik heb al een tijdje niet meer in die branche gewerkt.' Zeven jaar om precies te zijn.

'Corinna Ladbrooke vroeg specifiek naar jou.'

'Corinna?' Bij het horen van de naam van haar vroegere baas borrelden er allerlei gevoelens op. 'Is ze overgestapt?'

'Ze is de drijvende kracht achter Glow. Laat maar weten wanneer je beschikbaar bent. Dan regel ik een afspraak voor je, zodat je iedereen kunt ontmoeten.'

Wilde Corinna haar? Ze hadden nauw samengewerkt, maar Beth had niets meer van haar gehoord sinds ze weg was gegaan om kinderen te krijgen.

Corinna had geen belangstelling voor kinderen. Ze had ze zelf niet, wilde ze ook niet, en als een van haar medewerkers zo dom was om zich het moederschap op de hals te halen, besloot Corinna dat te negeren.

Ruby begon te jengelen en Beth bukte om haar met één arm op te tillen, waarbij ze automatisch controleerde of haar dochter nog steeds Bugsy vasthield. Ruby en haar knuffeldier waren onafscheidelijk, en Beth lette altijd goed op dat hij niet kwijtraakte. Zou ze zich minder zorgen maken over de kinderen als ze een baan had? Ze wist dat ze te bezorgd was. Ze was doodsbang dat hun iets overkwam.

'Kelly, ik bel je terug zodra ik mijn planning heb bekeken.' Dat klonk indrukwekkender dan het was. Haar planning bestond uit het vervoeren van haar kinderen naar dansles, tekenles en Chinese les.

'Wacht niet te lang.' De verbinding werd verbroken en Beth bleef even staan, haar hoofd nog in dromenland en haar arm bijna gevoelloos. Hoe kwam het toch dat kinderen steeds zwaarder werden naarmate je ze langer in je armen hield? Ze zette Ruby neer.

'Tijd om naar huis te gaan.'

'Brandweerauto!' Ruby loeide nog harder dan de sirene op de auto. 'Je hebt het beloofd.'

Melly rommelde door de verkleedkleren. 'Als ik geen prinses mag zijn, wil ik een superheld zijn.'

Ik wil ook een superheld zijn, dacht Beth. Een goede moeder zou weigeren en een duidelijke toelichting op haar beslissing geven. De kinderen zouden gelouterd de winkel verlaten, met een dieper inzicht in de waarde van geld en het concept van uitgestelde bevrediging.

Beth was niet zo'n moeder. Ze gaf toe en kocht zowel de brandweerauto als de verkleedkleren. Met twee blije kinderen, haar armen vol pakjes en een knagend gevoel van falend moederschap verliet Beth de winkel.

Manhattan was in december op z'n winterse best. De fonkelende lichtjes in de etalages en de frisse winterlucht creëerden een sfeer die mensen van over de hele wereld aantrok. De trottoirs waren vol toeristen die Fifth Avenue tijdens de kerstdagen niet wilden missen.

Beth was dol op Manhattan. Na haar afstuderen had ze voor een reclamebureau in Londen gewerkt. Toen ze overgeplaatst werd naar het kantoor in New York, gaf dat haar het gevoel dat ze het gemaakt had, alsof louter haar aanwezigheid in Manhattan haar een zekere status gaf. Bij aankomst hadden euforie en doodsangst haar verscheurd. Met energieke tred was ze door straten met bekende namen gelopen – Fifth Avenue, Forty-second Street, Broadway – met een air alsof ze er thuishoorde. Gelukkig had ze eerst in Londen gewerkt, anders was het contrast tussen het lawaai van New York City en haar huis in de afgelegen Schotse Hooglanden te veel voor zowel haar als haar trommelvliezen geweest.

Elke dag was ze over Fifth Avenue naar haar werk gelopen met het gevoel dat ze op een filmset was. De opwinding woog ruimschoots op tegen de heimwee die ze misschien voelde. Wat maakte het uit dat ze maar een klein kamertje had waar ze beide muren kon aanraken wanneer ze in bed lag? Ze was in New York, de opwindendste stad op aarde.

Dat gevoel had haar tijdens haar huwelijk en toen ze twee kinderen kreeg niet verlaten. Hun appartement was nu groter, en ze hadden meer te besteden, maar verder was er weinig veranderd.

Ze hield Ruby's hand stevig vast en belde Jason om hem over Kelly te vertellen, maar zijn assistente zei dat hij in een bespreking zat. Op dat moment herinnerde ze zich weer dat hij die dag een belangrijke pitch moest geven en een drukke week voor de boeg had. Zou hij tijd kunnen vrijmaken voor de kinderen, zodat zij met Corinna en het team kon kennismaken?

'Mama...' Ruby hing zo zwaar aan haar hand dat Beths schouder zeer deed. 'Ik ben moe.'

Ik ook, dacht Beth. 'Hoe sneller je loopt, hoe eerder we thuis zijn. Hou Bugsy goed vast. We willen niet dat hij hier valt. En loop niet te dicht bij de weg.'

Ze zag overal gevaren. Dat Ruby een roekeloos kind was met schijnbaar geen enkel gevoel voor zelfbehoud maakte het er niet beter op. Melly zat praktisch tegen Beth aan geplakt, maar Ruby wilde altijd op ontdekkingstocht. Het was doodvermoeiend.

Beth wilde werken voor Glow PR. Ze wilde over Fifth Avenue lopen zonder te hoeven vrezen voor een noodlottig ongeval. Ze was niet de eerste moeder die werk en gezin combineerde. Er moest toch een manier zijn om het mogelijk te maken.

Jasons moeder Alison woonde in de buurt en Beth hoopte dat als ze ging werken, zij op de kinderen zou willen passen. Melly en Ruby waren dol op haar. Beth ook. Alison weerlegde elk cliché over schoonmoeders. Ze beschouwde Beth niet als iemand die haar haar enige zoon afpakte, maar behandelde haar juist als de dochter die ze nooit had gehad. Beth wist zeker dat Alison haar zou willen helpen, dus dan hoefde ze alleen nog maar werk te vinden.

Zou ze nog in staat zijn om indruk op Corinna te maken na er zeven jaar uit geweest te zijn? Ze voelde zich dramatisch ongeschikt voor een terugkeer naar het bedrijfsleven. Ze betwijfelde of ze wel een volwassen gesprek kon voeren, laat staan mensen kon imponeren met sprankelende, creatieve ideeën.

Misschien moest ze haar zus bellen. Hannah zou de aantrekkingskracht van een carrière begrijpen. Ze werkte als managementconsultant en vloog het grootste deel van haar leven tegen een vorstelijke beloning eerste klas de wereld rond om bedrijven te helpen met problemen waar ze zelf niet uit kwamen. Ze hadden voor de volgende avond afgesproken en Beth wilde haar nog bellen om hun afspraak te bevestigen.

Hannah nam op haar gebruikelijke toon op, zakelijk en kortaf. 'Is dit een noodgeval, Beth? Ik ben aan het boarden. Ik bel je wanneer ik geland ben, als ik nog tijd heb voorafgaand aan mijn meeting.'

Hoe gaat het, Beth? Leuk om van je te horen. Hoe gaat het met Ruby en Melly?

Beth had altijd een hechte band met haar zus gewild en wist niet goed wiens schuld het was dat die er niet was. De laatste tijd was het erger geworden. Ze gingen steeds minder vaak samen eten. Was het haar schuld, omdat ze alleen maar over haar kinderen kon praten? Vond haar zus haar saai?

'Maakt niet uit.' Beth verstevigde haar greep om de pols van de wriemelende en kronkelende Ruby. Het leek alsof ze een vis wilde vasthouden, maar ze durfde niet los te laten, anders zou Ruby onder een taxi lopen. 'We hebben het er morgen onder het eten wel over. Het is niet dringend.'

'Daar wilde ik je nog over bellen – geen champagne, bedankt, ik ben aan het werk. Bronwater graag...' Hannah praatte verder met de stewardess en Beth voelde een steek van jaloezie. Ze wilde ook champagne kunnen weigeren. *Nee dank je, ik moet helder blijven voor mijn afspraak, waar ik iets belangrijks ga zeggen wat mensen willen horen.*

'Ga je het weer afzeggen?'

'Ik heb een baan, Beth.'

'Weet ik.' Daar hoefde ze haar niet steeds aan te herinneren. En zij was een huismoeder met een groeiend complex dat werd gevoed door haar succesvollere zus. Ze probeerde niet te denken aan het lamsvlees dat stond te marineren in de koelkast, of het extravagante dessert dat ze had bedacht. Hannah at in de beste restaurants. Zou ze nou echt onder de indruk zijn van haar schamele poging tot een kerstpavlova? Opgeklopt eiwit ging de wereld niet veranderen, toch? En was Beth echt zo wanhopig dat ze haar goedkeuring nodig had? 'Waar ga je nu weer heen?'

'San Francisco. Het was nogal last minute. Ik wilde je net een berichtje sturen zodra ik deze e-mail af had.'

Het was altijd last minute bij Hannah. 'Wanneer ben je terug?'

'Vrijdagavond, en op zondag ga ik naar Frankfurt. Kunnen we het verplaatsen?'

'We hadden het al verplaatst,' zei Beth. 'Een paar keer.'

Het geritsel van papier deed vermoeden dat Hannah ondertussen iets anders aan het doen was. 'We prikken een nieuwe datum. Je weet dat ik je graag wil zien.'

Nee, dat wist Beth niet. Wat ze wel wist, was dat zij de enige was die investeerde in deze relatie. Ze vroeg zich vaak af of Hannah contact met haar zou opnemen als zij het opgaf. Maar ze zou het nooit opgeven. Ook al werd ze regelmatig gek van Hannah, en stelde Hannah haar teleur, toch besefte Beth hoe kostbaar familie was. Ze wilde zich aan de hare vastklampen, ook al moest ze daarvoor haar nagels in Hannahs vlees boren.

'Heb ik iets verkeerds gezegd of gedaan? Je lijkt altijd een smoesje te hebben om af te zeggen.'

Het was even stil. 'Ik heb een bespreking, Beth. Het is niets persoonlijks.'

Beth had het vreselijke gevoel dat het wel degelijk iets persoonlijks was. Net als Corinna had Hannah niets met kinderen, maar dat was het niet alleen. Beth begon de indruk te krijgen dat haar zus Ruby en Melly niet leuk vond, en die gedachte voelde als een dolk in haar hart. 'Ik overdrijf niet. Je trekt je terug.'

Corinna was haar baas geweest: zij hoefde haar kinderen niet leuk te vinden, maar Hannah was hun *tante*.

'We hebben het allebei druk. Het is lastig om tijd vrij te maken.'

'We wonen in dezelfde stad en we zien elkaar nooit. Ik heb geen idee wat er speelt in jouw leven! Ben je gelukkig? Heb je iemand ontmoet?' Ze wist dat haar moeder dat zou vragen, dus beschouwde ze het als haar taak om de laatste informatie in te winnen. En ze hield van romantiek. En als Hannah een partner had, zouden ze elkaar misschien vaker zien. Dan konden ze met z'n vieren uit eten gaan. Maar kennelijk zat het er niet in.

'Dit is Manhattan. Het is hier druk. Ik ontmoet heel veel mensen.'

Beth deed geen moeite meer om informatie uit haar te krijgen. 'Ruby en Melly missen je. Jij bent de enige familie die in de buurt woont. Ze zouden het heel leuk vinden als je weer eens langskwam.' Ze besloot een theorie te testen. 'Kom anders volgend weekend langs.'

'Bedoel je naar jullie appartement?'

Beth wist zeker dat ze zich de lichte paniek in de stem van haar zus niet verbeeldde. 'Ja. Kom lunchen. Of avondeten. Blijf lekker slapen.'

Het was even stil. 'Ik moet dit weekend ook werken. Waarschijnlijk een beter idee om gewoon met z'n tweetjes een hapje te gaan eten.'

Een restaurant. In de stad. Een kinderloze avond. Beth pakte Ruby met één arm op en voelde liefde en beschermingsdrang in zich opwellen. Dit waren haar kinderen, haar leven. Ze waren het allerbelangrijkste in haar wereld. Alleen al om die reden zou haar zus toch om hen moeten geven?

Het ironische was dat, omdat Hannah hen zelden zag, de meisjes haar als een mysterieuze, wereldse vrouw beschouwden. De laatste keer dat Hannah op bezoek was geweest, wilde Ruby bij haar op schoot klimmen voor een knuffel. Hannah was verstijfd. Beth had half en half verwacht dat ze zou schreeuwen: *Haal dat ding van me af!* Uiteindelijk had Beth de onthutste Ruby opgepakt en haar afgeleid, maar het voorval had haar gekwetst. Ze had zich gespannen gevoeld tot haar zus vertrokken was.

Jason had tegen haar gezegd dat Hannah nu eenmaal Hannah was en dat ze nooit zou veranderen.

'Goed dan. Dan gaan we een keer een hapje eten. Je werkt te hard.'

'Je begint al net zo te klinken als Suzanne.'

'Mama, bedoel je.' Beth pelde Ruby's vingers van haar oorbel. 'Waarom noem je haar niet gewoon mama?'

'Ik noem haar liever Suzanne,' zei Hannah koeltjes. 'Het spijt me dat ik afzeg, maar we hebben genoeg tijd om bij te kletsen tijdens de kerst.'

'De kerst?' Beth schrok zo hevig dat ze Ruby bijna liet vallen. 'Kom je thuis met kerst?'

'Als je met "thuis" Schotland bedoelt, dan ja –' Hannahs stem klonk gedempt toen ze tegen de stewardess zei: 'De gerookte zalm en de biefstuk, graag.'

Normaal gesproken zou Beth zich afvragen waarom ze gerookte zalm en biefstuk bestelde als ze toch maar twee happen nam en de rest liet liggen, maar ze werd te erg van haar stuk gebracht door de onthulling dat haar zus met kerst naar huis kwam. 'Vorig jaar was je er niet.'

'Ik had het toen erg druk.' Hannah zweeg even. 'En je weet hoe kerst bij ons thuis is. Het is de enige keer dat we met z'n allen samen zijn, en de verwachtingen zijn dan torenhoog. Suzanne wil de hele tijd dat alles perfect is en Posy geeft mij de schuld, terwijl het niet zo is.'

Het kwam zo zelden voor dat Hannah zei wat ze dacht dat Beth met stomheid geslagen was. Voordat ze goed kon reageren, was Hannah al van onderwerp veranderd. 'Is er iets wat de meisjes voor kerst willen hebben?'

De meisjes. De kinderen. Hannah scheerde hen altijd over één kam, waardoor ze hen in zekere zin ontmenselijkte. Beth wist dat haar zus de cadeautjes door haar assistente zou laten kopen. Het zou een groot cadeau zijn waar de meisjes na een week niet meer mee zouden spelen, en Beth zou het gevoel hebben dat haar zus iets probeerde te compenseren. Ze dacht aan de brandweerauto die onder het lopen tegen haar been botste en besefte dat zij niet echt in de positie was om een ander te beschuldigen van compensatiedrang. 'Als het maar niet iets is wat midden in de nacht piept of loeit. En geef voor hen allebei evenveel uit.'

Ze hield altijd nauwlettend in de gaten dat de een niet meer kreeg dan de ander, dat ze de een niet voortrok of meer straf of juist meer aandacht gaf. Haar kinderen zouden nooit het gevoel krijgen dat hun ouders een lievelingetje hadden.

'Ik ben wel de laatste tegen wie je dat hoeft te zeggen.'

Heel even was er een band tussen de zussen. Die ene onzichtbare draad uit het verleden verbond hen. Beth wilde die band vasthouden en haar zus naar zich toe trekken, maar het rumoer op straat maakte het onmogelijk om een echt persoonlijk gesprek te voeren. En dan had je nog de meisjes, die alles hoorden.

'Hannah, misschien kunnen we–'

'Wat vinden ze op dit moment leuk?' Met die ene vraag verbrak Hannah de connectie en gleed ze terug naar die veilige plek waar niemand haar kon bereiken.

Beth voelde een steek van gemis. 'Melly wil ballerina of prinses zijn en Ruby brandweervrouw.'

'Prinses?'

Beth hoorde het oordeel in haar zusters stem. 'Ik koop genderneutraal speelgoed voor haar en zeg dat ze ingenieur kan worden en bij de NASA kan solliciteren, maar op dit moment wil ze alleen maar in een kasteel wonen met een prins en gekleed gaan als de Suikerfee.' Ze zei er maar niet bij: *Wacht maar tot je zelf kinderen hebt, dan snap je wat ik bedoel.*

Hoe graag hun moeder ook wilde dat Hannah verliefd werd en zich zou settelen, iedereen met een klein beetje realiteitszin begreep dat dat niet ging gebeuren.

3

Hannah

Zwanger. Hannah sloot haar ogen en probeerde haar paniek te bedwingen. Er was nog steeds een kans dat ze níét zwanger was. Ze was weliswaar vijf dagen over tijd, maar dat kon ook een andere oorzaak hebben. Stress, bijvoorbeeld. Ze had absoluut stress.

Ze liet de telefoon weer in haar handtas vallen en voelde zich schuldig tegenover Beth. Ze was het etentje niet vergeten. Ze had afgezegd omdat ze de kinderchaos in het appartement van haar zus nu niet aankon.

Wat bezielde haar om dit jaar met kerst naar huis te gaan? Vorig jaar had ze op het laatste moment teruggedeinsd en gezegd dat ze moest werken. Ze had haar telefoon uitgezet en Kerstmis doorgebracht in haar appartement, haar gevoelens verdovend met flessen goede wijn en een leesmarathon. Tegen de tijd dat ze het laatste boek uit had, waren de feestdagen voorbij geweest.

Dit jaar was dat geen optie. Ze zag als een berg op tegen het samenzijn met kerst en de daarmee gepaard gaande druk. Haar familie dacht dat ze een carrièrevrouw was die geen tijd had voor een relatie. Dat werd nog een interessant gesprek als ze zwanger bleek te zijn.

Ze moest een test doen. Zekerheid krijgen. Maar dan zou ze het weten, en op dit moment klampte ze zich liever vast aan de vage hoop dat haar perfect georganiseerde leventje niet overhoopgehaald zou worden.

'Gaat het, Hannah?' Hannah deed haar ogen open. Adam stond in het gangpad van de eerste klas en borg zijn handbagage op.

'Ja hoor.' Hannah had haar tas al veilig weggeborgen en haar laptop onder haar stoel geschoven. Ze leefde met het gevoel dat alles op het punt stond helemaal verkeerd te gaan, en deed haar uiterste best om dat te voorkomen door elk detail van haar leven te plannen en te sturen.

'Weet je het zeker? Dat klonk als een gespannen gesprek.' Hij ging naast haar zitten. Hij was lang en slank; zijn lange benen pasten nauwelijks in de beenruimte voor zijn stoel. 'Problemen?'

Normaal gesproken hield Hannah privézaken liever voor zichzelf als ze op reis was. Als er een NIET STOREN-bord voor passagiers bestond, zou zij het omhangen. Vandaag reisde ze echter met Adam. Adam was haar collega en sinds een paar maanden haar minnaar. En misschien ook de vader van haar kind, wat voor hem een even grote schok zou zijn als voor haar.

'Dat was Beth.' Ze voelde een steek van schuldgevoel. Beth had gelijk dat ze haar nichtjes al een tijd niet had gezien. Het waren schatten van meiden, maar Hannah voelde zich onbeholpen en onhandig bij hen. Het lukte haar gewoon niet om sprookjes voor te lezen waarin iedereen nog lang en gelukkig leeft. Die leugen kreeg ze niet over haar lippen. De Kerstman bestond niet. De tandenfee ook niet. Liefde was geen zekerheid.

Ze had dat ooit aan Beth proberen uit te leggen, maar haar zus vond toen dat ze zich aanstelde.

Misschien leeft niet iedereen lang en gelukkig, Hannah, maar als je het niet erg vindt, wil ik mijn kinderen graag voor die realiteit behoeden zolang ze nog jong zijn!

Hannah vond het gezonder als je verwachtingen van het leven wat realistischer waren. Als je niet te veel verwachtte, kon je ook niet te diep vallen wanneer je erachter kwam dat nare dingen toch wel gebeurden, hoeveel je ook plande.

Een paar jaar daarvoor, na een onverwachte sneeuwstorm, was Hannah gedwongen geweest bij Beth te blijven slapen. Midden in de nacht was Ruby bij haar in bed gekropen. Toen het meisje geborgenheid zocht en tegen haar aan kroop, had Hannah de warmte van het kinderlijfje door de pyjama heen gevoeld, terwijl haar zachte krullen tegen haar huid kietelden. Het had haar zo sterk doen denken aan die vreselijk nacht toen Posy bij haar in bed was gekropen dat de herinneringen haar bijna hadden verstikt.

Door het onbegrip van haar zus voelde ze zich nog geïsoleerder. Ze was vóór het ontbijt vertrokken en had de voorkeur gegeven aan sneeuwbanken en slecht weer om de herinneringen te ontvluchten. Ze had ervoor gezorgd dat ze nooit meer in die positie zou komen. Tot nu.

Ze streek met haar vingers langs de hals van haar trui, ook al zat die niet strak. Kerstmis zou moeilijk worden, maar zelfs zij wist niet hoe ze die dit jaar opnieuw kon ontlopen. De McBrides kwamen altijd samen met Kerstmis. Het was een traditie. Ze had zich erbij neergelegd dat het iets was wat ze moest doorstaan, net zoiets als een fikse griep. Maar nu was er deze extra complicatie.

'Vond ze het erg dat je hebt afgezegd?' Adam keek haar bezorgd aan.

Ze keek snel weg, want hij zag dingen. Kleine dingen, die andere mensen over het hoofd zagen. Het was een van de eigenschappen waardoor hij goed was in zijn werk. Het was ook een van de redenen waarom ze hem vanaf zijn allereerste werkdag aantrekkelijk had gevonden. Hannah was totaal onvoorbereid geweest op de onverwachte chemie tussen hen. Ze was er zo goed in haar gevoelens te onderdrukken dat ze geschokt was dat die gevoelens kennelijk in opstand konden komen.

'Ik heb haar gekwetst.'

Hij haalde zijn telefoon uit zijn zak en gaf zijn jasje aan de steward. 'Waarom vertel je haar niet de waarheid? Zeg gewoon dat je het moeilijk vindt om met kinderen om te gaan.'

O, ironie. *Als ik zwanger ben, zal ik toch weinig keus hebben.*

Ze was nog steeds verbaasd dat ze hem over haar familie had verteld, maar Adam was dan ook heel gemakkelijk om mee te praten. Ze had natuurlijk niet alles verteld, maar wel meer dan wat ze tegen anderen had gezegd. 'Het is... ingewikkeld.'

Aan de andere kant van het gangpad zat een stel met een baby. Ze waren nog niet eens opgestegen en de baby was nu al onrustig en huilerig. Hannah hoopte maar dat het kind niet de hele vlucht ging brullen. Ze kreeg buikpijn van huilende baby's.

'Stel me aan haar voor, dan doe ik het.'

Ze keek Adam niet-begrijpend aan. 'Wat?'

'Ik wil je zus graag ontmoeten.'

'Waarom?'

'Omdat mensen in onze positie dat doen.'

'Onze positie?'

'Ik ben verliefd op je.' Hij zei het moeiteloos, alsof liefde niet het allerengste was wat een mens kon overkomen. 'Of gaan we dat negeren?'

'We gaan het negeren.' Voorlopig, tenminste. Ze had haar gevoelens even sterk onder controle als haar agenda. Ze had geleerd om ze in te houden. Als ze ergens een hekel aan had, was het emotionele chaos.

'Ik zou me beledigd moeten voelen dat je mijn oprechte liefdesverklaring zo luchthartig opvat.'

'Je was dronken, Kirkman.'

'Niet waar. Ik had mezelf volledig in de hand.'

'Ik meen me te herinneren dat je een aantal glazen whisky op had.'

'Ik had inderdaad wat vloeibare ondersteuning nodig om me moed te geven...' Hij haalde zijn schouders op. '... maar zeggen dat je van iemand houdt, is niet niks voor iemand die al zo lang vrijgezel is als ik.'

Ze had niet willen geloven dat hij het meende. Hannah zag de liefde als een emotionele vorm van Russische roulette. Aan dat spel deed ze niet mee. Haar emotionele veiligheid was het allerbelangrijkste in haar leven. Ze wilde niet eens nadenken over hoe ingewikkeld het zou worden als er een baby bij kwam kijken.

'Ben je bang dat ik op je geld uit ben?' Hij schoof wat dichterbij. 'Dan trouwen we onder huwelijkse voorwaarden, maar ik waarschuw je wel dat als ons huwelijk strandt, ik je boeken wil. Met de nodige tijd en medicatie kan ik waarschijnlijk wel verder zonder jou, maar niet zonder je bibliotheek. Heb je enig idee hoe opwindend het is dat je een eerste druk van *Grote verwachtingen* op de plank hebt staan?'

Ze kon zich nauwelijks concentreren op wat hij allemaal zei. Ze moest echt een test doen. 'We hebben geen huwelijkse voorwaarden nodig.'

'Mee eens. Onze liefde is voor altijd. Je zou kunnen zeggen dat ik Grote Verwachtingen heb.' Hij gaf haar een knipoog, maar ze glimlachte niet.

De liefde was wispelturig en onbetrouwbaar, en absoluut niet iets wat je onder controle had. Gevoelens kon je niet dwingen. Ze bouwde haar leven liever op een meer solide basis.

Hij sloeg de champagne af die de steward hem aanbood en vroeg in plaats daarvan om een whisky. Hij trok zijn wenkbrauwen op toen Hannah ook niet wilde. 'Sinds wanneer sla jij champagne af?'

Sinds ik misschien zwanger ben. 'Ik moet helder zijn voor deze presentatie.'

'Deze presentatie kun jij met je ogen dicht. Ik begrijp niet waarom je gestrest bent. Wat is er gebeurd met de vrouw die op kantoor blootsvoets om een lege pizzadoos heen danste?'

Ze trok haar hoge hakken uit. 'Kunnen we dat alsjeblieft vergeten?'

'Nee. Ik heb fotografisch bewijsmateriaal, mocht je het ooit willen ontkennen. En ik ben van plan het aan je zus te laten zien om aan te tonen hoe slecht je wordt begrepen.'

Hij pakte zijn telefoon en bladerde door zijn foto's. 'Hier. Dit is mijn lievelingsfoto.'

Ze herkende zichzelf bijna niet. Haar haar was losgeschoten uit het strakke kapsel dat ze op haar werk altijd droeg, ze was blootsvoets en ze lachte. Wat vooral opviel, was haar blik. Had ze echt zoveel laten zien?

'Geef hier!' Ze wilde de telefoon van hem afpakken, maar hij hield hem buiten handbereik.

'Ik zal die avond nooit vergeten.'

'Omdat ik mijn schoenen uitdeed en danste?'

'Ik doelde eigenlijk op de pizza. Lekker was die. Er waren andere avonden, en andere pizza's, maar die was de beste. Volgens mij kwam het door de olijven.' Met een glimlach boog hij naar haar toe en kuste hij haar. 'Ik zie je graag lachen. Je bent altijd zo serieus op kantoor.'

'Ik ben een serieus mens.'

Adam leunde naar achteren. 'Wie zegt dat?'

'Mijn vader.'

Je bent zo serieus, Hannah. Haal je neus eens vijf minuten uit die boeken en ga eens wat leuks doen.

Zelfs nu nog voelde ze zich soms schuldig omdat ze een boek las, en kon ze het gevoel niet van zich afschudden dat ze haar tijd zinvoller kon besteden.

'Dan heb ik nieuws voor je vader: hij heeft het mis.'

Adam had geleidelijk aan haar verdedigingsmuur afgebroken, en hij had het zo subtiel gedaan dat ze niet eens in de gaten had gehad dat ze zich überhaupt moest verdedigen.

Ze was vaak nog tot laat aan het werk, en daar was niets bijzonders aan, tot de eerste keer dat Adam met een pizzadoos haar kantoor was binnengekomen. Ze had haar wenkbrauwen opgetrokken.

Ik eet geen pizza.

Eens moet de eerste keer zijn, McBride.

Uiteindelijk zaten ze, toen iedereen allang naar huis was, op de grond pizza te eten. Hannah had nog nooit pizza direct uit de doos gegeten. Ze had nog nooit haar schoenen uitgeschopt en was nog nooit op de grond gaan zitten. Ze wist niet eens zeker of ze wel wist hoe ze moest ontspannen voordat Adam bij hen kwam werken, maar die avonden op kantoor werden al snel haar favoriete deel van de dag. Ze was blij als ze tot over haar oren in het werk zat, want dan had ze een excuus om te blijven als iedereen al weg was.

Ze werkten, aten samen en praatten. Door de stilte van het kantoor in de avonduren, met buiten de lichtjes van de stad, leek het makkelijker om dingen te zeggen die ze in andere omstandigheden nooit zou hebben gezegd.

Op een avond bekende hij dat hij van zijn tante op stijldansen had gemoeten, omdat zij het een basisvaardigheid vond. Hij stond erop om het Hannah te leren.

Iedereen moet de tango kunnen dansen, McBride.

Ik dans niet, Kirkman.

Maar op de een of andere manier was ze bij hem blootsvoets rond de lege pizzadozen gaan dansen. Het sloeg nergens op en ze moest zo hard lachen dat ze geen adem meer kreeg.

En zo begon de intimiteit, dacht ze, terwijl ze hem een grote slok zag nemen. Niet als een grote sprong, maar stapje voor stapje, heel voorzichtig, elke voorwaartse beweging ongemerkt als het opkomende tij. Het ene moment stond je nog alleen op het droge, en even later werd je overspoeld.

De paniek fladderde als vleugeltjes over haar huid. Kon ze die vleugels maar omdoen en wegvliegen. Voor sommige mensen was angst een donkere steeg 's avonds laat, of een grommende hond met scherpe tanden. Voor haar was het intimiteit.

Misschien dácht hij dat hij van haar hield, maar ze wist dat wat ze ook te bieden had, het niet genoeg zou zijn.

Ze werd uit haar gedachten opgeschrikt door een bonk en een vloek, en zag een vrouw die haar koffer in de bagageruimte boven haar hoofd probeerde te duwen. Adam stond op om haar te helpen en dankzij zijn lengte schoof hij de koffer er met gemak in. Hannah zag de blik van de vrouw over zijn profiel en vervolgens naar zijn schouders glijden. Haar vage glimlach was een erkenning van het feit dat hij een mooi specimen van mannelijkheid was. Toen draaide ze zich om en zag ze Hannah. Haar glimlach veranderde van geïnteresseerd in berustend. Hannah zag haar bijna denken: *Alle leuke mannen zijn al bezet.*

'Wanneer ga je Beth over ons vertellen?' Adam ging weer zitten. 'Niet dat ik het erg vind om jouw stoute geheimpje te zijn, maar het zou wel een stuk makkelijker zijn als je het hun vertelde. Ik kan meegaan naar het etentje. Ik ben heel goed met kinderen.'

Hannah hoopte maar dat hij dat nog steeds dacht als ze inderdaad zwanger was.

Hij strekte zijn benen weer voor zich uit. 'We wonen al een halfjaar praktisch samen. Je kunt me niet eeuwig blijven verbergen.'

Een halfjaar al? 'Ik verberg je niet.' Haar langste relatie vóór Adam was twee maanden geweest. Acht weken. Die tijdspanne paste bij haar. Hannah richtte haar aandacht het liefst op dingen waar ze goed in was. Relaties vielen buiten die categorie. Met Adam was het anders geweest. De verbinding was zo sterk geweest dat ze niet had geweten hoe ze ermee om moest gaan.

Aanvankelijk zagen ze elkaar alleen op het werk. Ze kon zich niet herinneren wie de eerste move had gemaakt. De eerste keer dat ze met elkaar naar bed waren gegaan, was in zijn appartement geweest. Ze hadden de slaapkamer niet eens gehaald. De tweede keer was bij haar thuis geweest, en toen waren ze tot de vloer van de woonkamer gekomen. Ze was ervan uitgegaan dat het verlangen wel minder zou worden, maar soms zeiden ze niet eens iets tegen elkaar. Het was net alsof alles wat ze op hun werk in het openbaar achterhielden eruit moest zodra ze alleen waren. Afgelopen week hadden ze tweemaal staand de liefde bedreven, in de hal, met de lamp nog aan. Ze had zich weleens afgevraagd waarom seks met Adam altijd zo wanhopig voelde. Misschien omdat ze diep vanbinnen geloofde dat het snel voorbij zou zijn.

Aan alles kwam een eind, dat wist Hannah, en toch duurde dit dus al een halfjaar. Ze schoof heen en weer op haar stoel. Als ze zwanger was, zou ze dat toch wel merken? Dan werden vrouwen toch misselijk? Ze voelde zich niet misselijk.

De vliegtuigmotoren draaiden op volle toeren om op te stijgen toen Adam zijn laatste slok nam. 'Als je met kerst naar huis gaat, zou ik erbij moeten zijn.'

'Om me in de problemen te brengen?'

'Om je te beschermen.' Dit keer glimlachte hij niet. 'Ik vind het vreselijk om je zo te zien. Ik wil mijn Hannah terug.'

Mijn Hannah. Ze wist dat haar familie de Hannah die Adam kende niet zou herkennen. Ze herkende die vrouw zelf bijna niet.

'Je hoeft niet mee te komen, maar bedankt voor het aanbod.' Ze zag al helemaal voor zich hoe Suzanne zou reageren als ze Adam zag. Ze zou de kerk al geboekt hebben voordat Hannah haar koffer had uitgepakt.

Boven hun hoofd ging het lampje voor de gordel uit en Adam maakte het zich wat gemakkelijker. 'Als Kerstmis zo stressvol is, waarom ga je dan?'

'Ik wil Suzanne niet teleurstellen.' En dat gevoel dat ze tekortschoot riep onaangename herinneringen op.

'Suzanne? Noem je haar niet mama?'

'Ze is mijn moeder niet. Mijn moeder is dood.' Ze zag de schok in zijn ogen en was verbaasd dat ze dit feit eruit flapte in deze steriele, onpersoonlijke omgeving. Ze praatte nooit over haar echte ouders, maar Adam had iets waardoor ze dingen prijsgaf die ze normaal gesproken stijf toegedekt hield.

'Dat wist ik niet,' zei hij zacht. 'Wat erg.'

'Het is lang geleden. Ik was acht.'

'Jezus, Hannah. Wat een vreselijke leeftijd om een ouder te verliezen. Waarom heb je me dat niet eerder verteld?' Hij stak zijn hand uit met de handpalm naar boven, en na een korte aarzeling legde ze haar hand in de zijne. Zijn vingers sloten zich over die van haar, sterk en beschermend, en ze voelde dat het koord van intimiteit steviger aangetrokken werd.

Ik hou van je, Hannah.

'Het is niet iets wat je snel ter sprake brengt in een gesprek. We zijn onze beide ouders verloren. Ze zijn bij hetzelfde ongeval omgekomen.'

'Auto?'

'Lawine. Het waren bergbeklimmers.'

Hij trok zijn wenkbrauwen op. 'Dus je bent niet altijd een stadsmeisje geweest?'

Ze had het gevoel van wel.

'En wie is Suzanne dan?' Hij vroeg het op neutrale toon, alsof hij wel doorhad dat ze niet overstelpt wilde worden met medelijden.

'Suzanne en Stewart hebben ons geadopteerd. Suzanne is Amerikaanse. Stewart is een Schot. Na het... ongeval... zijn we terugverhuisd naar Schotland om dicht bij Stewarts familie te wonen.' Haar hart bonkte in haar keel. 'Kunnen we nu aan het werk?'

Hij aarzelde. 'Natuurlijk.' Hij pakte zijn laptop en klapte hem open. 'Tenzij je het potje schaak wilt afmaken waar we aan begonnen waren?'

'Ik had je paard geslagen.'

'Weet ik.' Met een jongensachtige glimlach ging hij verder: 'Ik kan nog steeds je koning verslaan. Geef me een kans. Jij hebt de laatste twee potjes gewonnen en mijn zelfvertrouwen heeft een ernstige deuk opgelopen.'

Zijn zelfvertrouwen leek haar altijd onverwoestbaar. 'Ik denk dat we de offerte moeten afmaken.'

'Je bent bang dat je gaat verliezen.' Hij gaf haar een kus op haar mond. 'Ik heb naar je presentatie gekeken. Hij is briljant. We gaan deze klant zeker binnenhalen.'

Ze ontspande wat en keek naar de spreadsheet op zijn scherm. 'Dat moet je veranderen.' Ze tikte op een van de cijfers. 'Heb je mijn e-mail niet gehad?'

'Die je vannacht om drie uur hebt gestuurd? Ja, ik zag hem vanochtend onderweg naar het vliegveld, maar we zijn niet allemaal zo razendsnel als jij.' Hij paste het getal aan. 'Je bent een slimme meid, McBride, maar waarom lag je niet te slapen?'

'Ik hou van werken.' Ze hield vooral van getallen. Computerdata en computercode. Getallen waren betrouwbaar en gedroegen zich zoals zij wilde. Getallen bemoeiden zich niet met je hart. 'Ik wilde dit project af hebben.'

'En dat kon niet in je werkdag van achttien uur?'

'Ik had veel aan mijn hoofd.' En niet alleen het feit dat ze over tijd was.

Ze zat ook in haar maag met de twee voicemailberichten die nu al een maand op haar telefoon stonden. Door de jaren heen had ze vergelijkbare telefoontjes gekregen, vooral rond deze tijd van het jaar, als de datum van het ongeval dichterbij kwam. Dit keer herkende ze de naam niet. Ze had geleerd om niet te reageren, maar het bericht lag nog steeds als een steen op haar maag en bracht herinneringen naar boven waaraan ze niet wilde denken. Ze had bijna aan Beth gevraagd of zij ook was gebeld, maar dan zou ze erover moeten praten en dat wilde ze niet.

Het was iets wat zij en Suzanne gemeen hadden: allebei negeerden ze het verleden het liefst.

Adam sloeg het bestand op waar ze in bezig waren. 'Waren Suzanne en Stewart familie?'

'Vrienden van mijn ouders. Ze hebben ons alle drie geadopteerd.' Waardoor ze zich nog schuldiger voelde dat ze niet degene kon zijn die zij graag wilden.

'En daarom vind je dat je daar moet zijn met Kerstmis. Omdat je hun dat verschuldigd bent.' Het was een constatering, geen vraag, en ze ging er niet tegen in. Ze was het hun inderdaad verschuldigd, en ze wist dat ze de schuld nooit zou kunnen inlossen.

'Ten dele.'

'Neem me mee.'

'Mijn familie woont in Schotland, in de afgelegen Hooglanden.

Jij kunt vast niet tegen trage wifi en slecht telefoonbereik.' Ze keek naar zijn glimmende instappers. 'Je zou het er vreselijk vinden.'

'Niet waar. Ten eerste ben ik dol op single malt. Wonen je ouders toevallig dicht bij een whiskystokerij?'

Hannah zuchtte. 'Ja, maar–'

'Kijk eens aan. Ik ben om. Bovendien hou ik van de natuur. Romantische wandelingen in een nevelige glen zijn de ideale manier om te ontspannen.'

'Een nevelige glen? Je hebt te vaak naar *Braveheart* gekeken. In deze tijd van het jaar is de glen meestal bedolven onder een pak sneeuw, en als er mist is, verdwaal je en sterf je aan onderkoeling.'

Hij huiverde overdreven. 'Ik wist wel dat er een reden was dat ik in Manhattan wilde wonen. Maar ik meen het, denk erover na. Als ik meega, kunnen we daar aan de presentatie werken. Geloof het of niet, maar ik kan leven zonder internet. Geen internet zou weleens het allermooiste kerstcadeau kunnen zijn.'

Adam over haar familie vertellen was één ding, hem aan hen voorstellen iets heel anders. De champagne zou ontkurkt worden. Hannah zou meegesleurd worden door een onbeheersbare golf van verwachtingen.

'Je gaat naar het Caribisch gebied, en geloof me, dat is duizend keer beter dan Kerstmis in de Schotse Hooglanden. We raken waarschijnlijk ingesneeuwd.' Bij de gedachte alleen al begon ze te hyperventileren. Gevangen. Niet kunnen ademhalen. Begraven.

Ze hoorde Suzannes stem, verstikt door tranen: *Ze zijn er niet meer, Hannah. Ze zijn dood.*

Misschien had ze een zakenreis naar een uithoek van de wereld moeten verzinnen om er nog een jaar onderuit te komen. Als ze een klant bezocht in Sydney, kon ze bijna de hele feestdagen in het vliegtuig zitten. Vorig jaar had ze het op het laatste moment niet aangedurfd, en ze wist dat Posy haar zwakke excuus niet geloofde.

Wie besluit er in vredesnaam dat zijn bedrijf op kerstavond moet worden gereorganiseerd, Hannah?

Zelfs de Kerstman stelt zijn bedrijfsevaluatie uit tot in het nieuwe jaar.

Er was een tijd geweest dat Posy Hannah op handen droeg en haar als een schaduw volgde. Ze kroop bij haar in bed en weigerde haar los te laten. Ze hield haar hand vast. Ze klom bij haar op schoot. Ze kleefde aan haar vast, één brok zachtheid en kwetsbaarheid.

Hannah voelde de beklemming op haar borstkas toenemen toen ze eraan terugdacht. Zeggen dat ze uit elkaar waren gegroeid was zwak uitgedrukt, en Hannah wist dat het allemaal door haar kwam. Haar relatie met haar jongste zusje was voor haar het zoveelste bewijs dat ze een waardeloze moeder zou zijn.

Dus wat moest ze doen als ze zwanger was?

4

Posy

In een afgelegen vallei van de Schotse Hooglanden stond Posy McBride aan de rand van een lawinegebied en trotseerde de ijzige wind, die elk stukje blote huid bevroor en door kieren in kleding sneed. De winterse lucht was scherp en elke ademtocht kwam als een wolkje naar buiten.

De sneeuw lag in hopen zo groot als rotsblokken verspreid over het gebied dat bergbeklimmers van over de hele wereld trok. Dit gedeelte van de Hooglanden stond bekend om zijn steile rotsen, uitdagende routes en het lawinegevaar in de wintermaanden.

Naast haar stond een hond vol verwachting en opwinding te wachten.

'Zoek!' Posy gaf het commando en de hond stoof het sneeuwveld in. Met zijn neus vlak boven de sneeuw rende hij heen en weer. Andere leden van het reddingsteam hadden een rij gevormd en gebruikten sondes om doelgericht te zoeken, met langzame, methodische bewegingen.

'Ze is de beste,' mompelde Posy terwijl ze Bonnie probeerde bij te houden, die over de enorme sneeuwblokken klom op zoek naar menselijke geuren, een gouden vlek in een zee van wit.

Rory, de trainer van het team, kwam op haar af met een radio in zijn hand. 'Phil is een paar keer gevallen. Zijn geur is overal. Dat zal haar wel in de war brengen.'

'Nee hoor. Ze is erop getraind om geuren te volgen in de lucht.' Posy hield haar ogen op Bonnie gericht. 'Zie je wel? Dat plekje daar heeft haar aandacht getrokken. Ze is een natuurtalent.'

'Phil kan een menselijke geur op het oppervlak hebben achtergelaten.'

Op dat moment begon Bonnie te blaffen. Vervolgens holde ze over de sneeuw terug naar Posy.

'Laat zien!' Posy volgde haar naar de plek die Bonnies aandacht had getrokken.

Rory liep in een iets langzamer tempo achter hen aan en vloekte toen hij struikelde. 'Ik heb met Luke gewed dat ze hem niet zou vinden.'

'Dat gebrek aan vertrouwen komt je duur te staan.' Posy kwam aan bij Bonnie, die inmiddels aan een trui liep te trekken. 'Je bent een superhond. Braaf.'

Gelukkig was dit een oefening, maar ze prees Bonnie toch uitbundig en gaf de hond haar lievelingsspeeltje als beloning. Toen grinnikte ze naar de man die half onder de sneeuw in de grond lag. 'Hallo daar. Hoe gaat het?'

Hij glimlachte terug, ook al wist ze dat hij het stervenskoud had. De sneeuw plakte aan zijn jas, zijn kin en zijn wimpers. 'Ik weet het niet zo goed. Ik denk dat ik mond-op-mondbeademing nodig heb.'

'Helaas, pindakaas.' Posy aaide over Bonnies zachte vacht. Ze vond het geweldig om met haar hond te werken en was verbijsterd over wat ze allemaal kon. Honden konden zoveel meer dan mensen. 'Je bent de beste reddingshond ter wereld.'

Hun 'slachtoffer' schraapte zijn keel. 'Eh... ik zit nog steeds in dit gat. Kun je me er in elk geval even uit trekken? Zo ga je toch niet om met iemand die net in een lawine terechtgekomen is?'

'Aansteller. Je kunt er zelf toch wel uit kruipen?'

'Aansteller?' Hij krabbelde overeind en kermde toen er sneeuw in zijn hals gleed. 'Leuke date, Posy McBride. Toen je zei dat je mijn lichaam wilde, stelde ik me daar iets heel anders bij voor.'

'O ja?'

'Ja.' Hij haalde een brok sneeuw uit zijn nek. 'Je zei: "Zaterdag wil ik je lichaam" en daar ging ik mee akkoord. Ik hou van vrouwen die weten wat ze willen. Ik dacht bij mezelf: een etentje en dan een film. Of misschien een knus avondje in de Glensay Inn, met aansluitend een romantische wandeling. In de juiste stemming komen voordat we uit de kleren gaan.'

Hij hees zichzelf uit het gat in de sneeuw en ze schoot in de lach. 'Je ziet eruit als de Verschrikkelijke Sneeuwman.'

'Je bezorgdheid is hartverwarmend, wat goed uitkomt, want volgens mij ben ik onderkoeld.'

Haar glimlach werd breder. 'Echt?'

'Dat gebeurt doorgaans als iemand een paar uur lang in de sneeuw ligt te wachten tot een hond hem vindt.' Hij veegde een dikke laag sneeuw van zijn mouw. 'Ik heb sneeuw op plekken waarvan ik niet eens wist dat het er kon komen. Heb je misschien een hartversterkertje voor me?'

'Dat klinkt gek als je het met een New Yorks accent zegt.'

'Ik praat met welk accent je maar wilt, als ik maar whisky krijg.'

'Alcohol en onderkoeling zijn geen goede combinatie.'

Ze vond hun plagerijtjes leuker dan waarschijnlijk verstandig was. Lukes komst naar Glensay had de onrust die ze tegenwoordig altijd over zich leek te hebben tot bedaren gebracht. Het was net alsof hij de buitenwereld had meegebracht en daarmee haar honger naar avontuur stilde.

Bonnie rende kwispelend in het rond.

'Je mag van geluk spreken dat het zo'n superhond is, anders had je hier nog veel langer gelegen.'

'Dus ik moet dankbaar zijn dat ik koud en doorweekt ben?'

'Als dit een echte lawine was, zou je aan haar harige voeten vallen van dankbaarheid.'

Hij stampte de sneeuw van zijn laarzen. 'Als dit een echte lawine was, zou ik een pieper, een schep en een sonde bij me hebben.'

'Dan ga je er dus van uit dat je aan het klimmen of skiën bent met mensen die weten wat ze met een pieper, een schep en een sonde moeten doen.'

'Zijn er mensen die dit vaker dan één keer willen doen?'

'Ja. We hebben een team van vrijwilligers die tijdens onze oefeningen lichaam willen spelen.'

'En leven ze nog?'

'De meesten wel. Een lawine-oefening doen we niet zo vaak. Soms lig je alleen maar op een zompig stuk gras in een gat in de berg.'

'Hou maar op, anders kan ik straks niet leven met de teleurstelling dat ik dat niet heb meegemaakt.'

Hij had de atletische bouw van een bergbeklimmer en het ruige uiterlijk van een man die veelvuldig aan de elementen was blootgesteld. De kracht van de aantrekking had haar verrast. Ze was voorzichtig als het om relaties ging. In zo'n kleine gemeenschap als de hare kon je elkaar niet ontlopen nadat de romance ten einde was. Er was een grote kans dat je elkaar elke dag tegenkwam. Dat had ze zelf ervaren en ze stond niet te popelen om het nog een keer mee te maken.

Rory riep naar hen. 'Gaat alles goed daar?'

Posy keek om. 'Volgens mij is het slachtoffer onderkoeld.'

'Slachtoffer?' Luke trok zijn wenkbrauwen op. 'Ik zie mezelf niet als slachtoffer.' Hij aaide Bonnie. 'Jij bent de enige vrouw voor me. Als ik echt onder die lawine terecht was gekomen en jij had me gered, zou ik met je hebben moeten trouwen.'

'Mr en Mrs Golden Retriever. Jullie zouden vast nog lang en gelukkig leven.'

Voordat Posy kon wegduiken, had Luke een handvol sneeuw in haar jas gepropt. De sneeuw liep in ijzige stroompjes over haar huid en ze hapte naar adem. 'Wat kinderachtig.'

'Maar wel leuk. En nu heb jij het ook koud en staan we tenminste quitte. We zouden elkaar moeten opwarmen. Hete douche. Haardvuur. Fles rode wijn.'

Dat was makkelijk zat, want in feite woonden ze in hetzelfde huis. Haar ouders hadden op hun land een schuur staan, compleet met hooizolder. Ze hadden hem slim omgebouwd tot twee wooneenheden. Posy woonde op de zolder, met schuine daken en zicht op de sterren. De schuur zelf werd verhuurd. Hij lag op nog geen kilometer van de Glensay Lodge, waar haar ouders woonden, en werd omringd door naald- en berkenbossen. Een korte wandeling leidde naar een diep loch met een natuurlijke bron, die vol beekforel zat.

Niet iedereen was gecharmeerd van de geïsoleerde ligging, en in de zomer werd het huis vooral gehuurd door stelletjes, voor een romantische week in de woeste Hooglanden. Het was een ideale uitvalsbasis voor fietstochten, vogelkijken, wandelen en zwemmen in het meer, maar de grootste trekpleister was toch de nabijheid van de hoge bergen. In de winter werd de schuur vaak geboekt door klimmers.

Een kort verblijf betekende meer werk voor Posy. Als er veel wisselingen waren, had ze het druk met schoonmaken, bedden opmaken en wasjes draaien, dus ze was blij toen Luke Whittaker het voor vier maanden had geboekt, met een optie op verlenging.

Luke was bergbeklimmer en schrijver. Hij had een rustige omgeving nodig om zijn boek af te maken, en een plek van waaruit hij kon klimmen. De schuur bood dat allebei.

Soms, wanneer ze na een oefening laat thuiskwam, zag Posy licht bij hem branden, dus ze wist al dat Luke Whittaker een avondmens was. Ze wist ook dat hij goed was met dieren. Zoals hij nu Bonnie over haar buik wreef, bijvoorbeeld, waar Bonnie intens van genoot.

Hij keek op naar Posy. 'Ik neem aan dat Bonnie geslaagd is?'

'Ja. Ze rook je geurspoor meteen.'

Hij kwam overeind. 'Wil je soms zeggen dat ik stink?'

'Wees maar blij. Nu vindt ze je tenminste. Ze is getraind om menselijke geuren te volgen. Als je in paniek bent en zweet, geef je een sterkere geur af.'

'Ik lag onder de sneeuw. Ik kan je verzekeren dat er geen druppel zweet uit mijn poriën is gekomen.'

'Dat is niet waar. Ze heeft je angst geroken.' Ze vond het leuk om hem te plagen. 'En ze kon waarschijnlijk de trillingen in de sneeuw voelen toen je rilde. Maar serieus, bedankt. We zijn allemaal heel blij met wat je hebt gedaan.'

'Ze lijkt me een uitstekende reddingshond.'

'Ze is dol op zoekspelletjes. Je hebt een hond nodig die graag dingen wil apporteren. En ze is ook een ster in geuren ruiken.'

Ze klauterden over de brokken sneeuw naar het pad waar Posy haar auto had staan. Er was een verse laag zacht poeder op de sneeuw gevallen en de vrieslucht verdoofde haar wangen.

'Heb je al veel gestrande bergbeklimmers en wandelaars gered?'

'Ja. En soms word ik gebeld door de politie om te helpen zoeken naar een vermist persoon. Een paar weken geleden vond Bonnie een oudere demente man terug die aan de wandel was gegaan. Zijn familie was doodsbenauwd. Kennelijk had hij de voordeur open weten te krijgen en was hij ervandoor gegaan. Ze waren ontzettend opgelucht toen we hem terugvonden.'

'Wacht eens...' Hij bleef staan. 'Ik dacht dat een speurhond een ander soort reddingshond was.'

'Dat is meestal ook zo. Honden zoeken ofwel in de lucht naar menselijke geursporen in het algemeen, ofwel ze volgen een specifiek geurspoor. Ze worden zelden getraind om het allebei te kunnen.'

'En zij?'

'Zij is een superster.'

Ze liepen verder. 'Was de man die je terugvond in orde?'

'Hij had het erg koud. Bonnie vond hem achter een heg, waar hij zich had verscholen. Hij moest een paar dagen in het ziekenhuis blijven, maar inmiddels is hij weer de oude. Bonnie en ik hebben hem nog opgezocht.'

'Is er ook iets wat ze níét kan?'

'Ze houdt niet van vliegen in een helikopter...' Posy grimaste. '...en dat moeten we toch weleens doen.'

Bonnie sprong in de kofferbak en kwispelde verwachtingsvol terwijl Posy haar laarzen en een laag kleren uittrok. Ze stak haar hand uit. 'Fijne dag nog.'

Luke keek naar haar hand. 'Ik geef je mijn lichaam en het enige wat ik terugkrijg is je hand? Het minste wat je kunt doen, is me op een beker warme chocolademelk trakteren in dat gezellige cafeetje van jou en je moeder.'

'Gaat niet. Vandaag ben ik personeel, geen klant.' Ze kroop achter het stuur. 'Maar ik zal een plak chocoladecake voor je meenemen.'

'Avondeten dan. Ik neem je mee naar de Glensay Inn. Knapperend haardvuur, plaatselijk gebrouwen *ale*, lekker eten en goed gezelschap.'

En alle mogelijke dorpsroddels, dacht Posy. 'Ik woon hier al bijna mijn hele leven, Luke. Je hoeft mij niet te overtuigen van de charmes van mijn eigen dorp. En vanavond heb ik geen tijd.'

'Posy McBride, je hebt nooit tijd. Als je geen verloren zieltjes aan het opsporen bent met je hond of iemand tegen een ijswand op aan het gidsen bent, werk je wel in het café, ben je schapen aan het hoeden of eieren van je kippen aan het rapen. Die overigens de lekkerste zijn die ik ooit heb geproefd.'

'Alles smaakt lekkerder hier. Dat komt door de lucht. Ik moet gaan.' Ze wist dat haar moeder zich een slag in de rondte aan het werken was. 'Dit is een drukke tijd en mijn moeder is alleen omdat Vicky zich niet lekker voelt.'

Hij stond met zijn benen gespreid en zijn handen in zijn zij. 'Je bent lief voor je moeder.'

Dat vond ze een vreemde opmerking. 'Ze is mijn moeder. Waarom zou ik dat niet zijn?'

'Zijn jullie altijd close geweest?'

Posy's vroegste herinnering was dat ze door Suzanne in slaap werd gewiegd. Ze herinnerde zich haar warmte, haar stevige armen, het gevoel van bescherming en geborgenheid. 'Ja.'

'En ga je het café ooit van haar overnemen?'

'Dat is wel het plan.'

Hij keek haar onderzoekend aan. 'En dat wil je ook? Heb je nooit willen reizen? Iets anders willen doen?'

Het leek alsof hij een open zenuw raakte. Moest ze toegeven dat ze dat wel degelijk wilde? Dat het iets was waar ze 's avonds vaak aan lag te denken, en wat ze overdag wegwuifde wanneer ze aan het werk was met haar moeder, die er altijd voor haar was geweest, door dik en dun? Hoe kon ze hem uitleggen hoe ontzettend verantwoordelijk ze zich voelde? Dat gevoel was een anker dat haar op haar plek hield. Ze was er dankbaar voor, maar soms wilde ze het anker hijsen en wegzeilen. Er lagen grote, prachtige bergen op haar te wachten. Een wereld vol avontuur. Overdag glimlachte ze tegen klanten, kookte ze en maakte ze perfecte cappuccino's, maar 's avonds, als ze alleen op haar zolder was, bestudeerde ze moeilijke pieken, ijs- en rotswanden, plande ze routes, keek ze eindeloos filmpjes op internet, tot ze het gevoel had dat ze die uitdagende bergen zelf had beklommen.

'Dit is mijn thuis. Mijn familie is hier en mijn werk is hier. Tot ziens, Luke, en bedankt voor vandaag.' Bedankt voor het oprakelen van gedachten die ik niet wilde hebben, dacht ze erachteraan. 'Rick geeft je wel een lift naar de Glensay Lodge.' Ze startte de motor. 'Moet je niet schrijven?'

'Ja, maar dan moeten eerst mijn handen ontdooien.'

'Ik heb vanochtend nieuwe houtblokken in de schuur gelegd voordat ik naar de training ging. Ik neem aan dat je weet hoe je vuur moet maken?'

Het was geen serieuze vraag. Luke Whittaker had een boek geschreven over survivaltechnieken, en zelfs als ze dat boek niet op haar plank had staan, dan nog zou ze geweten hebben dat hij zo'n man was die in de meest barre omstandigheden kon overleven, zo'n man die met twee stokjes een vonk kon opwekken voordat je het woord vlam had uitgesproken.

'Jij mag mijn vuurtje ook wel komen aansteken.'

'Dat is echt de slechtste versiertruc die ik ooit heb gehoord. Ik hoop dat je beter bent in vuurtje stoken dan in vrouwen versieren, want anders bevries je straks nog.' Ze trapte het pedaal in en het laatste wat ze zag voordat ze wegreed, was de glimlach op zijn gezicht.

De winter in de Schotse Hooglanden was vaak grijs en somber, maar vandaag was de lucht helderblauw. Het landschap was met een witte laag bedekt, glad en ongerept, als glazuur op een kersttaart. Het oppervlak weerkaatste het zonlicht en schitterde als miljoenen kristallen.

Waarom zou ze weg willen van zo'n prachtige plek, waar mensen woonden die van haar hielden en om haar gaven? Hier zijn was geen offer, het was een keuze.

Ze was vier geweest toen Suzanne en Stewart van de staat Washington naar Schotland waren verhuisd om dichter bij Stewarts familie te zijn. In tegenstelling tot haar zussen kon Posy zich daar niets meer van herinneren.

Ze reed langs het gemeenschapshuis en zwaaide naar Celia Monroe, die net terugkwam van een afspraak bij de dokter. In een opwelling remde ze voor de kleine bibliotheek en griste haar tas van de achterbank. Dit klusje schoof ze nu al wekenlang voor zich uit.

'Ik ga een standje krijgen alsof ik zes ben,' zei ze tegen Bonnie, die meelevend kwispelde. Posy zette zich schrap en liep naar binnen.

De bibliotheek was al vele malen met sluiting bedreigd, maar was door de bewoners met hand en tand verdedigd, als een clan die zijn land beschermt.

De vrouw achter de balie klakte afkeurend met haar tong. 'Wat een lef dat je hier nog binnen durft te komen, Posy McBride. Je boeken zijn al meer dan een maand te laat.'

Posy boog over de balie en gaf haar een zoen. 'Ik was op een berg mensenlevens aan het redden, Mrs Dannon.'

'Maak dat de kat wijs. Zo was je ook al met je huiswerk. Altijd te laat, en altijd een smoes.'

Eugenia Dannon was op school haar lerares Engels geweest, en Posy had haar tot wanhoop gedreven omdat ze altijd uit het raam naar de bergen zat te staren.

'Ik moet vast een hoge boete betalen.'

De vrouw maakte een wegwuivend gebaar. 'Als ik je een boete zou geven voor elk boek dat je te laat inlevert, zou je inmiddels failliet zijn.'

'Ik hou van u, Mrs Dannon, en ik weet dat u ergens ook van mij houdt.'

'Ja, dom genoeg wel. Ga nu maar snel je mammaatje helpen.'

Mammaatje? Zeiden mensen dat nog tegenwoordig? Posy grinnikte. In Glensay kennelijk wel, zelfs als je al bijna dertig was.

'Als u weer in het café bent, krijgt u van mij een extra grote brownie.'

Ze liep naar de deur, maar bleef staan toen Mrs Dannon vroeg: 'Heb je die boeken eigenlijk wel gelezen?'

'Allemaal. Van begin tot eind.' Grijnzend haastte ze zich de bibliotheek uit.

Ze had die boeken niet gelezen, en dat wist Mrs Dannon ook. Posy durfde te wedden dat de helft van de bibliotheekbezoekers de boeken die ze leenden niet lazen. Maar als ze boeken leenden, kon Eugenia Dannon haar baan houden, en omdat haar echtgenoot twee jaar daarvoor was overleden, had ze zowel het geld als de aanspraak nodig die het werk in de bibliotheek haar bood. Iedereen in het dorp was plotseling enorm veel gaan lezen. Als je naar de statistieken keek, zou je versteld staan van hoe belezen de inwoners van Glensay leken. Posy wist toevallig dat Ted Morton het hele oeuvre van Shakespeare gebruikte als deurstopper voor zijn keukendeur.

Nog steeds glimlachend liep ze het winkeltje naast de bibliotheek binnen. Glensay had één winkel waar alle basisbenodigdheden werden verkocht.

'Hoi Posy.' Het meisje achter de balie glimlachte naar haar. 'Je huurder was hier gisteren. Hij kocht een set scheermesjes en deodorant.'

'Oké.' Posy pakte tandpasta en zeep uit het schap en legde het op de toonbank. Ze vroeg zich regelmatig af of Amy en haar moeder bijhielden wat mensen kochten en dat gebruikten voor *profiling*. 'Misschien gaat hij me helpen met schapen scheren.'

'Echt?'

'Nee, joh. Dat was een grapje.' Ze had met Amy op school gezeten en toen snapte die haar grapjes ook al niet. Ze moest duidelijk geen komiek worden. 'Let maar niet op mij.'

'Ik hou wel van mannen met een stoppelbaard.' Amy sloeg Posy's boodschappen aan. 'Hij is sexy. Je boft maar dat hij bij je woont.'

'Hij woont niet bij me, Amy. Hij zit in een ander deel van het gebouw. Het zijn gescheiden woningen. Er zitten een vloer en een deur tussen.' Het leek haar belangrijk dat te benadrukken, omdat Amy de neiging had haar eigen conclusies te trekken en die overal rond te bazuinen.

'Toch zou het romantisch kunnen zijn.'

Dat zou inderdaad kunnen, dacht Posy, maar zo ja, dan zou Amy de laatste zijn die het te horen kreeg. Posy vroeg zich af hoe ze haar privéleven privé kon houden en stopte de tandpasta en de zeep in haar zakken. 'Bedankt, Amy. Fijne dag verder.'

Buiten bleef ze even staan om het mededelingenbord te lezen. Dat bood een fascinerend inkijkje in het dorpsleven. Vermiste en gevonden huisdieren, een tractor die te koop stond, notulen van twee dorpsvergaderingen en een oproep voor nieuwe leden voor het koor.

Posy hield van zingen en had wel bij het koor gewild, ware het niet dat mensen in haar omgeving hadden gezegd dat ze klonk als een kat die gemarteld werd. Haar familie had haar aangeraden om andere manieren te zoeken om haar blijdschap te uiten, dus tegenwoordig zong ze alleen in bad en voor haar hond, die vaak harmonieus meehuilde.

Toen ze in de verte een minibus zag naderen, haastte ze zich terug naar haar auto. De oudere inwoners die geen eigen vervoer hadden, werden met een minibus naar de dorpswinkel gebracht. Posy probeerde het busje waar mogelijk te ontlopen, want het kostte haar een halve dag om iedereen te begroeten.

Vijf minuten later kwam ze de gezellige warmte van Café Craft binnen. Ze trok haar jas uit en haastte zich naar de bar, waar haar moeder druk in gesprek was met twee vrouwen uit het dorp. Uit de speakers klonk zachte kerstmuziek en de kerstlichtjes die haar vader en zij om de ramen hadden gehangen, fonkelden als kleine sterren.

De bakstenen muren waren deels behangen met schilderijen van plaatselijke kunstenaars. Posy wisselde ze regelmatig. Deze maand had ze doeken met winterthema's uitgekozen. Behalve kunst verkochten ze lokaal geproduceerd aardewerk, wollen kleding, heidehoning en diverse andere streekproducten, geselecteerd door haar moeder, die een goed oog had voor wat wel en niet verkocht.

'Sorry dat ik te laat ben.'

'Geeft niet.' Haar moeders wangen waren rood van de hitte van de keuken en ze zag er minstens tien jaar jonger uit dan achtenvijftig. 'Hoe ging het?'

'Geweldig. Bonnie deed het fantastisch.' Posy wilde er net over gaan uitweiden, maar hield zich toen in, omdat ze wist dat haar moeder de details niet wilde horen. Er was een onuitgesproken regel in de familie dat er niet werd gepraat over dingen die met sneeuw en lawines te maken hadden. Ze wist van haar vader dat haar moeder een paar nachten eerder weer een nachtmerrie had gehad.

Kon ze die nachtmerries maar uitwissen, maar ze had geen flauw idee hoe. Ze begreep niet goed hoe iemand vijfentwintig jaar na dato nog steeds nare dromen kon hebben, hoe verschrikkelijk het ook geweest was.

Ze liep het kantoortje binnen en kreunde toen ze de groeiende stapel papieren op het kleine bureau zag liggen. Posy vond papierwerk zonde van de tijd. Iemand moest de stapel doornemen, anders zouden ze iets belangrijks missen, maar zij ging het niet doen.

Ze trok haar buitenste laag kleren uit, tot ze alleen nog een T-shirt aanhad met het logo van Café Craft erop. Vervolgens verruilde ze haar waterdichte broek voor een spijkerbroek en trok ze gympen aan. Als ze de hele dag moest staan, trok ze geen hakken aan. Ze deed een schoon schort voor, bond het om haar middel en liep de naar kaneel geurende warmte van het café weer in.

Haar moeder bezat het bijna magische vermogen om overal waar ze was een gastvrije, gezellige sfeer te scheppen. In Café Craft voelde je je geborgen en beschermd, niet alleen tegen de ijzige wind van de Hooglanden, maar ook tegen de ijzige winden van het leven. De realiteit moest maar even buiten wachten, tot jij er klaar voor was om haar binnen te laten.

'Ik neem even deze bestelling op en dan kun je me over Bonnie vertellen. Twee cappuccino's en één brownie om te delen...' Suzanne wendde zich met een vastberaden blik tot het koffiezetapparaat.

Posy duwde haar zachtjes opzij. 'Laat mij maar even.'

'Zou jij straks als het wat rustiger is het papierwerk kunnen doen?'

Posy zocht wanhopig naar een smoes. 'Dat kun jij beter dan ik.'

'Daarom vind ik dat jij het moet doen,' zei Suzanne. 'Ooit wordt deze plek van jou en dan moet je alles weten over het runnen van dit café.'

Hoera, dacht Posy, een leven vol papierwerk. 'Daar is nog tijd genoeg voor. Je gaat nog lang niet met pensioen.' Ga alsjeblieft niet met pensioen, bad Posy. 'Ik heb vanochtend jouw vruchtencake meegenomen voor het team. Ze beten bijna mijn hand eraf. Alsof die jongens nooit te eten krijgen!'

Ze zette de gedachte aan de overname van het café van zich af en stortte zich op het malen van de koffiebonen en het zetten van de koffie. De geur van verse koffie dreef het café in en ze moest zich inhouden om niet het eerste kopje zelf op te drinken. Niets zo lekker als goede koffie als je net uit de kou en sneeuw kwam. Ze verwarmde de melk en maakte in de opgeschuimde melk de vorm van een blaadje om haar artistieke behoeften te bevredigen.

'Ga maar zitten, Jean,' riep ze. 'Ik breng het naar je tafel.'

Het café begon al aardig vol te lopen. Er klonk een zacht gegons van gesprekken en er heerste een gevoel van verbondenheid. In de zomer zat het altijd bomvol toeristen die 'het echte Schotland' wilden opsnuiven, wat in hun ogen gelijkstond aan de Schotse ruit en *shortbread*. Als ze in de wintermaanden terugkwamen, zouden ze pas echt kennismaken met het echte Schotland. Dit was een gemeenschap die al haar leden door de barre wintermaanden heen sleepte. Iedereen kende elkaar en lette op elkaar.

Glensay was het laatste dorp in de vallei en daardoor 's winters soms afgesloten. De Glensay Inn was al tientallen jaren de enige plek om uit eten te gaan, en de ouders van Stewart waren met het idee gekomen om een café te beginnen. Suzanne had de zaak uiteindelijk overgenomen, uitgebreid en streekproducten toegevoegd. Het was niet alleen een plek waar ze de spullen verkocht die zij en haar vriendinnen breiden, maar ook waar de bewoners elkaar op koude winterdagen ontmoetten.

Suzanne had een café gecreëerd waar mensen over schreven wanneer ze thuiskwamen. Als gevolg daarvan trok het bezoekers van over de hele wereld. Het kloppend hart van Café Craft waren echter de dorpsbewoners. Drie avonden per week stelde Suzanne het café open voor diverse groepen om de donkere avonden door te komen. Op maandag was er een leesclub, op woensdag de kunstclub en op vrijdag de breiclub.

Posy vroeg zich af hoe ze dat deel draaiende moest houden wanneer zij het café overnam. Ondanks haar geregelde bezoekjes aan de bibliotheek had ze nooit tijd om te lezen; het enige wat ze ooit had geschilderd, was het kippenhok; en ze kon niet breien. Ze kon een buitensportclub organiseren, maar het sloeg nergens op om die binnen te houden.

Posy wierp een blik op haar moeder en zag nu pas haar blauwe trui. De wol was doorregen met zilverdraad en de trui glinsterde in de kerstlichtjes. 'Mooie trui. Nieuw?'

'Gisteravond afgemaakt. Ik zou natuurlijk ons eigen shirt moeten dragen, maar eigenlijk vind ik dat ik, omdat ik de baas ben, mag dragen wat ik wil.'

'Hij staat je goed.'

'Ik ga er een paar breien om in het café te verkopen. Er is gisteren een nieuwe doos wol bezorgd. Ik kan niet wachten om te beginnen, maar ik moet eerst die kerstsokken nog doen. Als je wilt dat ik het je een keer leer...'

'Nee, bedankt. Ik ben bang voor naalden, en dat geldt ook voor breinaalden.'

Er waren nog maar twee tafeltjes vrij en Posy wist dat wanneer ze om vijf uur dichtgingen, haar benen meer pijn zouden doen dan wanneer ze ging ijsklimmen.

Ze zette de kopjes op een dienblad en legde er een brownie bij die precies smeuïg genoeg was en zo'n sterke chocoladesmaak had dat het een gevaar was voor de gezondheid. Ze moest haar uiterste best doen om de bestelling naar de tafel te brengen en die niet zelf op te eten. 'Alsjeblieft, dames.'

Jean pakte een kopje van haar aan. 'Was je vanochtend met het team aan het oefenen?'

'Ja. We kregen een lawinetraining van het Canadese reddingsteam.' Posy stak het lege dienblad onder haar arm. 'En tot mijn vreugde kan ik melden dat we onszelf niet te schande hebben gemaakt.'

'Ik hoorde dat je huurder zich als lichaam had aangeboden.'

'Klopt, en Bonnie vond hem moeiteloos.' Posy vroeg maar niet van wie ze dat gehoord had. Jean was getrouwd met de leider van de reddingsbrigade, maar zelfs als dat niet het geval was geweest, zou de roddel zich alsnog hebben verspreid. Ook om die reden stond Posy niet te popelen om een relatie aan te gaan met iemand uit het dorp. Dat had ze één keer gedaan en dat had rampzalig uitgepakt. Inmiddels stond ze weer op goede voet met Callum, maar jarenlang hadden ze elkaar alleen maar kwaad aangekeken wanneer ze elkaar tegenkwamen, wat in een klein dorp als Glensay vrij regelmatig voorkwam.

'Ik zou hem ook snel hebben opgespoord. Sommige mensen laat ik met alle liefde onder de sneeuw liggen, maar daar hoort hij niet bij. Ik zou hem met mijn blote handen uitgraven,' zei Moira lachend.

Posy ruimde met een glimlach het tafeltje naast hen leeg. 'Moira Dodds, ik heb nog nooit zo'n verdorven lach gehoord. Ga je schamen!'

Moira sneed de brownie doormidden. 'Komen alle drie de meiden met kerst naar huis, Suzanne?'

'Ja.' Suzanne was een kaartje aan het maken voor de amandelcake die ze die ochtend had gebakken. 'Geweldig dat Hannah het redt dit jaar.'

Geweldig dat haar zus tijd had gevonden in haar drukke leventje om zich te herinneren dat ze familie had. Posy merkte dat ze tandenknarste en probeerde haar kaak te ontspannen. Als ze telkens wanneer ze aan haar zus dacht moest tandenknarsen, zou ze tegen de tijd dat het Kerstmis was geen gebit meer overhebben.

Jean keek Posy glimlachend aan. 'Je kunt vast niet wachten om je grote zus weer te zien.'

Posy glimlachte terug, al kostte dat wel enige moeite. Ze wist dat ze uiteindelijk haar zus zo snel mogelijk weer naar het vliegveld zou willen brengen. Beth zou goede wil en cadeaus meebrengen, en met alles willen helpen. Hannah zou emotionele onrust meebrengen.

Posy dacht terug aan eerdere kerstmissen. Zoals toen Hannah nauwelijks haar kamer uit gekomen was, behalve om de kerstlunch op te eten die anderen hadden klaargemaakt. Of die keer dat ze voornamelijk in het café had doorgebracht, zonder mee te helpen, zoals Beth, alleen maar om gebruik te maken van de gratis wifi, omdat die in het huis onbetrouwbaar was.

Posy wist niet precies wat voor werk haar zus deed. De gesprekken die ze had opgevangen, hadden net zo goed in een andere taal kunnen zijn gevoerd. Ze wist niets van strategie, economie of vijfjarenplannen, maar haar zus blijkbaar wel, en mensen waren bereid om veel geld neer te tellen voor haar expertise.

Posy vond Hannah een beetje intimiderend, maar de kern van het probleem was dat ze zich door haar afgewezen voelde. Posy was liefdevol en aanhankelijk, en Hannah deed afstandelijk tegen haar.

Jean en Moira wendden zich weer tot hun koffie, en Posy liep naar het keukentje om de lunch voor te bereiden samen met Duncan, de kok.

'Vandaag hebben we pastinaaksoep met kerrie en wintergroente.' Duncan wees naar het bord en Posy knikte.

'Oké.' Elke dag serveerden ze in het café twee soorten soep die dagelijks wisselden, zodat vaste klanten niet steeds hetzelfde aten. Posy vond het fijn om groente te snijden. Niets zo lekker als met een scherp mes ergens op inhakken om je af te reageren.

Verdomme, Hannah, dacht ze, terwijl ze een onschuldige ui slachtte. Dit jaar zou ze zich niet van haar stuk laten brengen. Ze zou zich niet kwetsbaar opstellen. De pastinaak onderging hetzelfde lot als de ui, en daarna de aardappelen.

Duncan wierp een vluchtige blik op haar. 'Mocht ik ooit iets doen wat je irriteert, beloof me dan dat je het zegt voordat je dat mes oppakt.'

'Beloofd.' Ze had als tiener op Duncan gepast toen hij nog een baby was, dus ze voelde zich altijd oud als ze hem in de keuken aan het werk zag.

Haar leven glipte haar door de vingers. Als ze zo doorging, zou ze hier op haar negentigste nog steeds wonen en met de minibus naar de winkel gaan.

Met een zucht schoof ze de groenten in de pan. Ze zou liever een rots beklimmen dan hier staan koken, maar ze werkte maar af en toe als berggids. Het werk in het café gaf haar een inkomen en ze hielp haar moeder ermee. Het was een familiebedrijf, en haar familie betekende alles voor haar. Het was een warme deken op een koude dag, een vangnet wanneer je viel, het steuntje in je rug wanneer je iets moeilijks probeerde.

De groenten en kruiden sudderden in de pan toen Suzanne de keuken binnenkwam. 'Ik heb de soepen van vandaag op het bord geschreven.' Ze roerde even in de pannen. 'Je had die arme Luke mee naar het café moeten nemen voor een kom warme soep.'

'Hij is niet arm.' Posy waste de tomaten. 'Hij heeft een houtkachel, een volle koelkast en de mogelijkheid om zijn eigen soep op te warmen als hij dat wil.' En bovendien lagen haar gevoelens voor hem wat ingewikkeld.

Gelukkig was Luke hier maar tijdelijk, dus als er al iets zou gebeuren, hoefde ze zich geen zorgen te maken dat ze hem de rest van haar leven tegen het lijf zou lopen.

Posy hakte de kruiden en sneed de tomaten, terwijl haar moeder met Duncan de hartige taarten maakte.

Suzanne rolde het deeg uit. 'Jij en Luke lijken het wel goed met elkaar te kunnen vinden.'

Posy strooide de kruiden over de tomatensalade. Ze wist waar haar moeder naar viste, maar het enige wat ze met Hannah gemeen had, was dat ze haar liefdesleven niet met haar moeder ging bespreken. 'Hij betaalt een flink bedrag om de schuur te huren. Ik zorg er wel voor dat ik op goede voet met hem blijf.'

En ja, ze mocht hem graag. Wat hij vanochtend had gedaan, bijvoorbeeld. Hoeveel mannen zouden vrijwillig in de sneeuw gaan liggen wachten tot een hond hen vond? En hij hield van de bergen, wat voor haar al reden genoeg was om hem interessant te vinden.

Op dit moment schreef hij een boek over de beste beklimmingen in Noord-Amerika. Posy had nog nooit in Noord-Amerika geklommen. Op een dag, toen ze bezig was geweest met de wekelijkse schoonmaakbeurt van de schuur, was Luke binnengekomen en had ze hem gevraagd om over Mount Rainier te vertellen.

'Waarom wil je dat weten?'

Ze was er nog niet klaar voor om dat uit te leggen. 'Komt die ook in je boek te staan?'

'Rainier? Ja.' Hij klapte zijn laptop open en sloeg een paar toetsen aan. Er verscheen een afbeelding op het scherm van een besneeuwde bergtop.

Ze had natuurlijk vergelijkbare foto's gezien, maar omdat deze uit zijn eigen verzameling kwamen, leek het echter. Ze kwam dichterbij en bestudeerde de met ijs bedekte flanken van de berg.

Ze had heel veel vragen, maar ze wist dat hij op geen enkele vraag antwoord zou kunnen geven. 'Heb je hem beklommen?' Haar stem klonk anders dan anders.

'Heel vaak.'

'En het is een vulkaan. Een slapende, weliswaar.'

'Periodiek actief, zeggen wij.' Hij zag haar verbaasd kijken. 'Na mijn studie heb ik voor de Amerikaanse Geologische Dienst gewerkt. Ik woonde toen net buiten Seattle. Vanuit mijn slaapkamerraam kon ik Rainier zien liggen.'

Bijna wilde ze hem in vertrouwen nemen, maar iets hield haar tegen. Ze wilde niet het risico lopen dat hij er tegen Suzanne over zou beginnen. 'Welke route heb je geklommen?'

'Ik heb alle routes gedaan, op verschillende tijden in het jaar. In de zomer zijn er velden met wilde bloemen. In de winter zak je tot je middel weg in de sneeuw. Heb je nooit in Amerika geklommen?'

'Nee. Alleen in Schotland en de Alpen.'

'Je zou een keer naar de VS moeten komen.'

Ooit, dacht ze, hoewel ze niet zeker wist of ze wel klaar was voor Mount Rainier. Misschien zou ze dat wel nooit zijn. Haar moeder zou het afschuwelijk vinden als ze daarheen ging.

Posy dacht terug aan dat gesprek terwijl ze grote schalen salade maakte.

'Hannah heeft me gisteravond gemaild,' zei Suzanne. 'Ze stuurde me een lijst met alle dingen die ze op dit moment niet eet.'

Posy concentreerde zich op de salade. Als ze nu met haar ogen rolde, bestond de kans dat ze in haar schedel vast kwamen te zitten en nooit meer zouden terugrollen. 'Oké, stuur die mail maar door naar mij, dan kan ik mijn lijst aanpassen. Wat wilde ze de laatste keer ook weer? Kwarteleitjes? Ik heb toen die delicatessenwinkel in Edinburgh gevonden die per post bezorgt.' En daar de helft van het kerstbudget aan besteed, dacht ze verbitterd. 'Ik had misschien beter zelf kwartels kunnen gaan houden.'

'Ik heb ergens gelezen dat ze snel gestrest raken.'

'En dan hebben ze Hannah nog niet eens ontmoet.' Posy zag haar moeders blik en veranderde snel van onderwerp. 'Over pluimvee gesproken: Martha legt niet meer.'

'Het is december.' Suzanne sneed met een mes de randen van het deeg. 'Niet genoeg licht.'

'Ik gebruik kunstlicht. Volgens mij is het dat niet.' Misschien voelde Martha dat Hannah thuiskwam en nam ze niet meer de moeite hele eieren te leggen, omdat Hannah toch alleen maar het eiwit at. 'Ik zal Gareth eens bellen. Met een huis vol mensen hebben we eieren nodig. Gewone eieren,' voegde ze eraan toe. Normale eieren voor normale mensen.

Haar moeder veegde haar handen af. 'Ik wou dat jij en Hannah het wat beter met elkaar konden vinden.'

'Ik ook.' Dat was in elk geval niet gelogen. 'Maar ze woont zo ver weg.' Wat natuurlijk maar een deel van het probleem was.

Als haar zus een laptop was geweest, zou Posy er een virusscanner op laten draaien, want soms was ze ervan overtuigd dat Hannah met malware besmet was.

Posy vond zichzelf een sterke vrouw en kon het niet uitstaan dat ze toch nog steeds gekwetst kon worden. Gelukkig hoefde ze Hannah niet in haar eentje aan. Beth, Jason en de meisjes kwamen ook. Posy en Beth hadden nog steeds een goede band. In Beths leven was geen drama.

5

Beth

Beth had de meisjes naar bed gebracht en was net de speeltjes uit de badkuip aan het halen, toen Jason thuiskwam. Dit vond ze het fijnste moment van de dag: de chaos bijna achter de rug en het vooruitzicht van een rustige avond. Soms schonk ze zichzelf een glas wijn in en bladerde ze even in een tijdschrift voordat ze aan het avondeten begon.

Vanavond was ze te opgewonden om iets te lezen, maar ze wist dat ze Jason in elk geval zijn jas moest laten uittrekken voordat ze hem het nieuws vertelde.

Ze plukte de natte handdoeken van de grond en hoorde dat hij aan de telefoon was. 'Het is gelukt. Ze vonden onze ideeën geweldig. Ik overleg morgenochtend met Steve en zorg dat de cijfers opgestuurd worden. Het kantoor in Londen is nu dicht, maar ik bel morgenochtend vroeg meteen. Ik ben om zes uur op kantoor.'

Beth deed het licht uit. Zes uur betekende dat de wekker om vijf uur afging, wat betekende dat als een van de meiden haar vannacht wakker maakte, wat Ruby frustrerend vaak deed, Beth alweer vroeg gewekt zou worden door haar echtgenoot. Ze probeerde niet te denken aan haar zus, die eerste klas vloog met onbeperkt champagne, en liep naar de woonkamer, waar Jason net het gesprek beëindigde.

Het zachte licht zette de kamer in een warme gloed. Al het speelgoed waar de kamer een paar uur geleden nog mee bezaaid lag, had ze opgeruimd. De modebladen, waar ze een zwak voor had, lagen in een keurig stapeltje op de salontafel. Een vaas met lelies wekte de illusie van elegantie, slechts ontsierd door twee legosteentjes die onder de bank uitstaken.

Beth was dol op bloemen. Ze hield van hun kwetsbaarheid, hun vrouwelijkheid. Hoe ze zowel een kamer als haar stemming konden opfleuren. Ze associeerde ze met vrolijkheid en met Jason.

Aan het begin van hun relatie had hij elke week bloemen voor haar meegenomen. Toen de meisjes er waren en er minder geld te besteden was, werd dat minder vaak, maar die enkele keer dat hij bij wijze van uitspatting een boeket kocht, was des te specialer geweest.

Heel even leek het appartement nu een kindvrije zone, een ruimte voor volwassenen, waar je gesprekken kon voeren over de actualiteit, reizen en restaurants in Manhattan, in plaats van kibbelen over of ze ballerina of brandweermannetje gingen spelen. Een opgeruimd appartement gaf Beth tijdelijk het gevoel dat ze de regie had, ook al wist ze dat het niet zo was. Wanneer het ging om de troep die de kinderen maakten, was het meestal dweilen met de kraan open.

Jason hing op en glimlachte naar haar, en zijn gezichtsuitdrukking veranderde van serieus in sexy. Vandaag droeg hij een maatpak en een zwart overhemd met een open boord. Hij moest weer eens naar de kapper, dacht ze afwezig.

Ze maakten vaak grapjes dat, als creatief directeur, zijn voorliefde voor design bij hemzelf begon. *Dit is een creatieve business, schatje, en voordat ik een merk verkoop, moet ik mezelf verkopen.*

Ze hadden elkaar ontmoet toen Jason aan een reclamecampagne voor een cosmeticamerk werkte waar zij ook aan had gewerkt. Jasons ster was verder gerezen, terwijl die van haar zo hard ter aarde was gestort dat ze nog steeds over de scherven moest stappen.

Even zag ze hem als zakenman in plaats van haar echtgenoot. Zo zagen mensen op het werk hem, dacht ze. Ze zagen hem niet als hij op zondagochtend met warrig haar de krant las. Zij zagen de dynamische creatief directeur van een groot multimediabureau in Manhattan.

Jason deed het goed. Zijn baas was blij met hem en hij zou binnenkort promotie en een flinke salarisverhoging krijgen. Beth zou het extra geld graag opgeven om hem meer thuis te hebben. Niet alleen omdat ze graag meer tijd met het gezin wilde doorbrengen, maar ook omdat ze gaandeweg het gevoel was kwijtgeraakt dat ze een team waren. Maar dat onderwerp ging ze nu aansnijden.

Ze had er de hele middag over nagedacht hoe ze het gesprek het best kon voeren, maar had uiteindelijk besloten om er geen doekjes om te winden.

Jason trok haar tegen zich aan en kuste haar. 'Hoe was je dag?'

Beth sloeg haar armen om zijn nek. Ze vond het fijn dat Jason maar een paar centimeter langer was dan zij. Ze pasten perfect. 'Hannah heeft afgezegd voor morgen. Ze is op zakenreis.'

'Dus dat betekent dat ik me niet naar huis hoef te haasten om vroeg te eten?' Hij liet haar los en trok zijn jasje uit. 'Wat is er? Vind je het jammer dat ze niet komt? We hebben het over Hannah, hè. Het is niet echt een verrassing dat ze afbelt, toch?'

Het was geen verrassing, maar toch was ze teleurgesteld. Ze

wilde dat net tegen hem zeggen toen ze de meisjes hoorde roepen, gevolgd door het getrappel van blote voetjes over de gang.

'Pappie, pappie!' Ze waren zo blij dat Beth niet geïrriteerd kon zijn, ook al zou zij hen straks weer rustig moeten zien te krijgen, waardoor het nog minstens een uur zou duren voor ze het gesprek kon voeren dat ze zo graag wilde hebben.

Jason tilde Ruby de lucht in tot ze begon te gillen. 'Hoe gaat het met mijn kleine meid?'

'Mama heeft een nieuwe brandweerauto voor me gekocht.'

'O ja? Nog een? Dus nu heb je een hele verzameling.'

Beth zag hem een korte blik op haar werpen en bloosde.

Ruby hield hem stevig vast. 'Ik wil brandweervrouw worden.'

'Je wordt vast een fantastische brandweervrouw. Met jou in de buurt durft geen enkel vuurtje te gaan branden.'

'Zullen we spelen? Mag ik je redden uit een brandend gebouw?'

'Niet nu, want jij hoort in bed te liggen. Misschien morgen.'

Melly, iets terughoudender dan haar zusje, drukte zich tegen zijn been aan.

Hij zette Ruby neer en tilde Melly op. 'Hoe is het met mijn andere kleine meid?'

Melly liet haar hoofd op zijn schouder rusten. 'Ruby speelt altijd de baas.'

Jason lachte. 'Je hebt uitstekende leiderschapskwaliteiten, hè Ruby? En jij ook.'

'Ik hou niet van schreeuwen.'

'Leiderschap heeft niets met schreeuwen te maken, liefje.' Hij aaide haar over haar hoofd. 'Ooit zul je een belangrijke baan hebben en zal iedereen naar je luisteren. En dan hoef je niet te schreeuwen.'

Beth was blij dat hij nooit een van de kinderen voortrok. Ze vond het leuk hoe hij met hen omging, ook al maakte hij alleen het leuke deel mee. Als opvoeden een maaltijd was, viel Jason pas in bij het toetje en sloeg hij alle andere gangen over, inclusief de groente. Hij sloeg de driftbuien over, de ruzies onder het eten, de eindeloze discussies. Hij ontsnapte ook aan de unieke vorm van eenzaamheid die voortvloeide uit het alleen thuis zijn met jonge kinderen. Niet dat ze alleen was, natuurlijk. Met twee kleine kinderen was ze zelden alleen, maar toch voelde ze zich eenzaam. Ze had ontdekt dat het onmogelijk was om dit uit te leggen aan mensen die niet in dezelfde situatie zaten.

'Als jij ze weer naar bed brengt, ga ik verder met het eten.'

'Papa, wil je voorlezen?'

'Ja.' Jason zag Beth naar hem kijken. 'Waarom kijk je zo? Wat heb ik gedaan?'

'Ik heb hun al twee verhaaltjes voorgelezen en hen ingestopt. Ze moeten gaan slapen.' Bovendien was Beth al de hele dag met hen in de weer geweest en wilde ze nu ontspannen met een glas wijn. Ze voelde zich hersendood, wat raar was, want ze hoefde haar hersens tegenwoordig nauwelijks te gebruiken.

Jason fronste zijn wenkbrauwen. 'Eén verhaaltje kan toch wel? Ik heb ze de hele dag nog niet gezien.'

Drie paar ogen keken haar hoopvol aan. Ze wist dat ze nee moest zeggen. 'Ze hebben regelmaat nodig, Jason.'

'Weet ik, maar alleen voor deze ene keer.' Hij gaf haar een zoen, wat in feite betekende dat ze geen keus had. Toen spreidde hij zijn armen en droeg de meisjes naar bed.

In de slaapkamer hoorde ze Ruby vragen: 'Papa, mag ik met mijn nieuwe brandweerauto slapen?'

Beth liep naar de keuken en controleerde de stoofschotel. Ze roerde hem even door, voegde wat specerijen toe en snoof de kruidige kaneelgeur van het warme wintergerecht op. Het was een recept van haar moeder en deed haar aan thuis denken.

Ze was dol op deze tijd van het jaar. Ze hield bijna nog meer van de aanloop naar de feestdagen toe dan van de feestdagen zelf. Ze hield van de met kerstlichtjes versierde etalages, de schaatsbaan in Central Park en hun jaarlijkse uitstapje naar de kerstboom in het Rockefeller Center. Vorig jaar was ze met de meisjes naar een uitvoering geweest van *De Notenkraker* door het New York City Ballet. Bij wijze van hoge uitzondering had Ruby stilgezeten, gehypnotiseerd door de dansers die over het podium wervelden. Melly was volledig betoverd geweest door de wereld van de Suikerfee en de glinsterende sneeuwvlokjes; al haar prinsessenfantasieën werden onder de romantische melodieën van Tsjaikovsky bewaarheid. Zelfs Jason, die van tevoren had verklaard dat hij liever poedelnaakt op Times Square stond dan dat hij naar het ballet ging, had moeten toegeven dat het een magische avond was. Wat hij eigenlijk bedoelde, was natuurlijk dat de gezichtjes van de kinderen magisch waren geweest.

Wat een mooie momenten, had hij gezegd toen ze over de besneeuwde straten naar een restaurantje liepen met beslagen ramen en kerstlichtjes, dat zo'n kerstsfeer uitstraalde dat Ruby vroeg of de Kerstman eraan kwam.

Beth vond het ook mooie momenten, maar het verschil was dat Jason alleen die momenten had. Hij had de schone, blije fantasieversie van het ouderschap. Zij had de werkelijkheid. Was het verkeerd van haar om meer te wensen?

Toen Jason terugkwam, had ze de tafel gedekt en de borden voorverwarmd.

'Wat groeien ze toch hard.' Hij had snel gedoucht en zich omgekleed. In zijn spijkerbroek en zwarte trui zag hij er jonger uit. Minder als een ambitieuze zakenman en meer als de man met wie ze was getrouwd. 'Wat ruikt het hier lekker. Wat eten we?'

'Lamsvlees. Ik wilde het morgen voor Hannah klaarmaken,

maar omdat ze niet komt...' Ze haalde haar schouders op en pakte een bord.

'Pech voor Hannah, geluk voor mij.'

Beth schepte rijst en een royale portie lamsstoof op en reikte hem het bord aan. Ze wilde niet aan Hannah denken. 'Hoe was je dag? Hoe ging de pitch?' Ze wachtte nog even met haar nieuws, want ze wilde precies het juiste moment kiezen.

'Goed.' Hij wachtte tot ze voor zichzelf had opgeschept en pakte toen zijn vork op. 'Ik moest vandaag bij Sam op kantoor komen.' Sam was Jasons baas.

'Wat wilde hij?'

'Conrad Bennett gaat weg.'

'Weg?' Beth speelde met haar eten. Niet dat ze niet geïnteresseerd was in zijn kantoorroddels, maar het enige waar ze aan kon denken was het telefoontje dat ze had gehad. 'Maar hij is *chief creative director*. Waarom zou hij weggaan?'

'Hij begint zijn eigen bureau, en je weet wat dat betekent...'

'Neemt hij je mee?'

'Nee. Veel beter.' Jason hief zijn wijnglas op om te toosten. 'Ik heb zijn baan aangeboden gekregen.'

Beth slaakte een kreet. 'Heb je promotie gekregen?' Ze negeerde het stemmetje in haar achterhoofd dat zei dat dit gesprek over háár carrière had moeten gaan, niet over de zijne.

'Afgelopen jaar heb ik de meeste klanten binnengehaald van iedereen op het bureau.' Ze vroeg zich af wat de promotie voor haar zou betekenen en voelde zich schuldig dat ze zo egoïstisch was. 'Chief creative director. Ik ben trots op je.' En dat was ze ook echt. Was het erg dat ze ook een heel klein beetje jaloers was?

Zijn ogen schitterden. 'Ja. Het is het beste kerstcadeau dat ik me had kunnen wensen. En over kerstcadeaus gesproken: zeg maar wat je wilt hebben en je krijgt het van me. Nieuwe jurk? Jas? Sexy laarzen? Verzin maar iets en schrijf het in een brief aan de Kerstman.'

Ik wil weer aan het werk. Ze had erop gerekend dat Jason een paar dagen per week wat eerder thuis zou zijn. Ze had erop gerekend dat hij er voor de meisjes zou zijn. Het was net alsof hij zijn toekomst aan het uitstippelen was en haar was vergeten.

'Het was een schok, maar natuurlijk een positieve schok...' Hij stak zijn vork in de rijst. '... maar het zette me ook aan het denken over jou. Over ons, en onze toekomst.'

Het vage gevoel van wrok vervloog en maakte plaats voor warmte. 'Ik heb ook over ons nagedacht.' Ze nam een grote slok wijn. 'Ik wil je iets vertellen, en ik wil graag dat je me laat uitpraten voordat je iets terugzegt. We hebben er in het verleden wel over gepraat, maar de laatste tijd niet meer.' De zenuwen gierden door haar keel. Ze had geen idee hoe hij zou reageren.

'Stop.' Jason legde zijn hand op de hare. 'Ik weet wat je gaat zeggen.'

'Echt waar?'

'Ja. Toen de meisjes nog zo klein waren en veel tijd vroegen, leek het niet het moment om het erover te hebben, maar nu zijn ze wat ouder en heb je meer tijd.'

Het was niet in haar opgekomen dat dit ook weleens makkelijk zou kunnen gaan. 'Heb jij er ook over nagedacht?'

'Het is de perfecte timing voor het gezin.' Hij richtte zich weer op zijn eten. 'Dit is heerlijk, trouwens. Wat kun je toch lekker koken. Eigenlijk kun je bijna alles.'

Besefte hij wel wat dit betekende? 'Als we het doen, krijg ik het wel veel drukker. Ik zat te denken dat je moeder misschien zou willen helpen. En jij zou ook meer moeten doen. Zou je dat niet erg vinden?'

'We zijn een team, Beth. En natuurlijk wil mijn moeder helpen.

Probeer haar er maar eens buiten te houden. Ze vindt het vast even geweldig als ik.' Hij schepte nog wat rijst op. 'De timing van dit soort dingen is nooit perfect, maar perfecter dan nu wordt het niet. Ik vind dat we ervoor moeten gaan.'

Ze keek hem verrukt aan. Ze had veel eerder met hem moeten praten. Ze had moeten vertellen hoe eenzaam ze zich voelde, en dat ze het gevoel had dat haar deskundigheid en zelfvertrouwen langzaam wegvloeiden. Het ontroerde haar dat hij in de gaten had dat ze meer nodig had. 'Gaat dit wel samen met je promotie?'

'Sam weet hoe het zit. Ik ben vader. Soms moet ik er voor mijn gezin zijn. Ik goochel wel wat met werk en privé. Dat doe ik al jaren. Het is een van de redenen waarom ik niet bij dit bedrijf weg wil. De bedrijfscultuur is geweldig.'

Was goochelen wel het goede woord? Als zij ook ging werken, zou er meer gegoocheld moeten worden dan in een circus.

'Het wordt een grote verandering voor ons als gezin, maar dat kunnen we wel aan. Het lijkt me geweldig.'

'Mij ook. Ik hou van je, lieverd.'

'Ik hou ook van jou.' De tranen prikten in haar ogen. Wat had ze toch een geluk dat ze met hem getrouwd was. 'Denk je dat de meiden het zullen accepteren? Ik voel me schuldig.' Ze wilde dolgraag horen dat ze geen slechte moeder was. 'Ik maak me zorgen dat ze zullen denken dat zij niet genoeg zijn.'

'Ze vinden het vast geweldig. Ze krijgen dan misschien wat minder aandacht van jou...' Hij pakte zijn wijnglas en haalde zijn schouders op. '... maar het gaat om kwaliteit, niet kwantiteit, toch?'

Beth schoof heen en weer op haar stoel. Kregen de meisjes kwaliteit? Op sommige dagen was ze al blij als er niet al te veel misging, maar op dit moment was ze te euforisch om zichzelf als moeder aan de schandpaal te nagelen.

Jason stond op en ruimde de tafel af. Beth liep achter hem aan naar de keuken om het nagerecht te pakken. Was het te laat om Kelly vanavond nog terug te bellen?

'Ik moet een afspraak maken om hen te ontmoeten. Is er deze week een dag dat je thuis kunt werken?'

Hij zette de borden op het aanrecht boven de vaatwasser. 'Wie ontmoeten?'

'Het team.' Beth liep met het toetje naar de tafel. In plaats van het extravagante, schuimige dessert dat ze voor Hannah had gepland, had ze pruimen in rum en bruine suiker gemaakt. Normaal gesproken at ze geen toetje, maar ze had zichzelf wijsgemaakt dat dit fruit was.

'Wil je al iemand zien voordat je zwanger bent?' Jason ging weer zitten. 'Is dat gebruikelijk?'

Beth staarde hem aan. 'Hè?'

Jason schepte pruimen in de diepe witte kommen die ze de vorige kerst van zijn moeder hadden gekregen. 'Het kan denk ik geen kwaad om bij een dokter op controle te gaan. Je ziet er inderdaad wel moe uit. Misschien heb je bloedarmoede. Maar als je naar een dokter gaat, wil ik mee. Ik wil er voor je zijn.' Hij schoof de pruimen naar haar toe. 'Wil jij niet? Of stop je nu al met alcohol?'

Beth had het gevoel dat ze in een afgrond viel. Haar maag draaide zich om en haar hoofd tolde. 'Zwanger? Waar heb je het over?'

Jason verstijfde met de lepel in zijn hand. 'Over nog een kindje krijgen. Waar heb jij het dan over?'

'Werk.' Haar keel was droog. De situatie zou komisch moeten zijn, maar het lachen was haar volledig vergaan. Nog een kindje? Bij de gedachte alleen al raakte ze in paniek.

Er viel een lange, beladen stilte.

'Werk?'

Beth ging weer op haar stoel zitten. 'Ja. Daar wilde ik met je over praten. Ik dácht dat ik daar met je over praatte.'

De lepel viel terug in de kom. Sap en rum spatten in het rond. Ze merkten het niet.

'Ik dacht dat jij het had over gezinsuitbreiding. Over nog een baby.'

'Jason, het laatste wat ik wil, is nog een kindje. Hoe kun je dat in hemelsnaam een goed idee vinden?' Ze begon bijna te hyperventileren en Jason zag er even ontdaan uit als zij, alleen blijkbaar om een andere reden.

'Maar we zijn dol op de meisjes.' Hij klonk onthutst.

'Natuurlijk zijn we dat. Ik zeg ook niet dat ik niet van hen hou. Ik zeg alleen dat ik er niet nog meer aankan.'

'Onderschat jezelf niet. Je bent ongelofelijk. Ik bedoel, kijk nou...' Hij gebaarde naar de tafel en de keuken. 'Je bent de hele dag met ze in de weer geweest en dan weet je ook nog dit op tafel te zetten. Je bent een superster.'

'Laat ik het anders zeggen, Jason: ik wíl er niet nog meer. Ik wil niet nog meer kinderen grootbrengen. Ik wil weer aan het werk. Ik wil meer van het leven dan huisvrouw spelen.'

Zijn blik ging van warm naar gekweld. 'Ik wist niet dat je kinderen zo erg vond.'

Hoe kon dit gesprek zo snel verkeerd lopen? Het was alsof ze een bol wol afgerold zag worden en het niet kon tegenhouden. 'Het is zwaar om de hele dag alleen thuis te zijn met de kinderen, Jason.'

'Ik weet dat je hard werkt.' Zijn kaak verstrakte, wat altijd gebeurde zodra een gesprek moeilijk werd. 'We werken allebei hard.'

'Dit is geen wedstrijd. Het gaat er niet om wie het hardst werkt. Het verschil is dat jij iets doet wat je leuk vindt, terwijl ik al mijn vakkennis dreig kwijt te raken.'

Hij stond zo abrupt op dat de stoel omviel.

Beth sprong overeind. 'Straks worden de meiden wakker, en dan duurt het tijden voor ze weer slapen.'

'En dat zou toch vreselijk zijn,' zei hij, 'want je hebt ze wel genoeg gezien voor vandaag?'

De onrechtvaardigheid van zijn woorden stak haar. Ze wist dat ze niet goed kon uitleggen hoe ze zich voelde, maar ze wist ook dat hij niet echt luisterde. Hij was alleen maar bezig met zijn eigen gevoelens, niet met die van haar. 'Ik ben dol op de meisjes, en dat weet jij ook.'

'We hebben het gehad over drie kinderen. Misschien zelfs vier.'

'Dat was voordat we deze twee kregen. Toen wist ik nog niet wat het me kostte.'

'Kostte? Je doet net alsof het monsters zijn.'

'Nee! Ik...' Hoe moest ze het hem nou duidelijk maken? Op hoeveel verschillende manieren ze het ook formuleerde, hij leek haar niet te begrijpen. Of misschien wilde hij haar wel niet begrijpen. Hij wilde niet dat zijn wereld op zijn kop werd gezet. 'Ik vind het heerlijk om bij hen te zijn, maar dat heb ik de afgelopen zeven jaar bijna elke dag gedaan en nu ben ik klaar voor iets nieuws. Ik wil meer zijn dan een ondergeschikte van de andere gezinsleden.'

Jason zette de stoel recht en ging weer zitten. 'Je zei dat je dit wilde.'

'Toen ik net zwanger was, ja.' Ze dacht aan Melly's eerste stapjes en de eerste keer dat Ruby naar haar had geglimlacht. 'Ik had het voor geen goud willen missen. Ik ben blij dat ik de eerste jaren thuis heb kunnen zijn, maar dingen veranderen.'

'Het gezin was altijd je grootste prioriteit.' Hij wreef over zijn voorhoofd. 'Je was zo jong toen je je eigen ouders verloor'

'Daar wil ik het niet over hebben.'

'Weet ik. Niemand van je familie wil het erover hebben, maar het is wel van belang, Beth!'

'Iets wat vijfentwintig jaar geleden is gebeurd, is niet van belang voor mijn leven nu.' Ze probeerde niet te denken aan het berichtje dat ze van haar telefoon had verwijderd. Had Hannah hetzelfde telefoontje gekregen? Ze had het kunnen vragen, maar ze piekerde er niet over om dat onderwerp bij haar zus aan te snijden. Hannah en Suzanne wilden allebei niet over het ongeluk praten, en Beth kon zich dat voorstellen.

Ze had krantenknipsels uit die tijd doorgenomen, wat haar het gevoel had gegeven dat ze het trauma zelf doormaakte. Vol afschuw had ze gelezen hoe Suzanne achtervolgd werd door de pers. Dat had Beth zo ontstellend gevonden dat ze er nooit meer naar gekeken had.

Hannah had ongetwijfeld haar eigen herinneringen aan die tijd, maar als het ging om het wegsnijden van dingen uit het verleden die haar niet bevielen, ging Hannah met chirurgische precisie te werk. Ze sneed het eruit en hechtte de wond.

Beth begroef het en verdroeg de pijn die af en toe opkwam, maar ze was jonger dan Hannah.

'Ik ben saai, Jason. Ik ben een saai mens. De laatste keer dat ik mijn zus zag, had ze het over waar ze allemaal heen vloog… Wat had ik in te brengen in het gesprek?'

'Wacht even… Heeft dit met Hannah te maken? Wat heeft ze tegen je gezegd?'

'Niets.' Beth ging weer zitten. 'Hannah staat hier los van.'

'Als ze jou een minderwaardigheidsgevoel heeft bezorgd, dan–'

'Dat heeft ze niet. Dat heb ik helemaal zelf gedaan.'

'Wil je Hannahs leven?' Ze zag een spiertje bij zijn wang vertrekken. 'Wil je een leven zonder kinderen, zonder binding? Een leven waarover je trouwens altijd zei dat het je koud en eenzaam leek?'

'Ik wil haar leven niet.' Al zou ze sommige delen van Hannahs leven best willen hebben: de eersteklasvluchten, de omgang met volwassenen, het feit dat ze gerespecteerd werd door haar vakgenoten en haar gang kon gaan zonder een oppas te hoeven regelen.

Maar ze was niet jaloers op hoe geïsoleerd Hannah leefde. Hannah had zich afgezonderd. Ze wilde geen intieme banden.

Natuurlijk was ze niet altijd zo geweest. Vroeger was ze heel hecht geweest met Beth en Posy. Zo hecht dat hun moeder nooit vriendinnetjes uitnodigde, omdat de drie zussen genoeg hadden aan elkaar.

Dat was zo lang geleden dat Beth het zich nauwelijks kon heugen. Af en toe gleden haar gedachten terug naar die tijd en kwamen er warme herinneringen naar boven vol plezier, spelletjes en onbeduidende ruzietjes die weer bijgelegd werden. Haar kindertijd.

Ze voelde zich opeens schuldig dat ze tegen haar zus was uitgevallen. Zodra Hannah terug was van haar zakenreis, zou Beth haar opbellen en het goedmaken. Ze zou namens hen tweetjes een cadeau voor hun moeder kopen. Ze zou afspreken in een restaurant, of waar Hannah ook maar wilde. Beth wilde het lijntje dat ze nog had met haar zus niet verbreken. Familie was belangrijk.

Maar dit was niet het moment om over haar zus te piekeren. Ze had al genoeg aan haar hoofd.

'Ik was enig kind,' zei Jason. 'En dat heb ik voor onze kinderen nooit gewild.'

'En daarom kregen we Ruby.' Ze had altijd geweten hoe graag Jason kinderen wilde. Zodra Melly 's nachts doorsliep, was hij over een tweede begonnen. Hij wilde per se dat Melly iemand had om mee te spelen, en als ze groter was iemand die ze om hulp kon vragen. Aangezien Beth wisselende ervaringen had met Hannah, betwijfelde ze of een broer of zus garant stond voor steun en vriendschap, maar ze wilde zelf ook meer dan één kind, dus probeerde ze de traumatische eerste bevalling uit haar hoofd te zetten (de eerste keer was altijd het zwaarst, toch?), en toen Melly drie was, werd ze opnieuw zwanger.

Ruby werd acht weken te vroeg geboren, en de angst en spanning die daarmee gepaard gingen waren voor Beth voldoende om niet nog een kind te willen. Omdat Jason er niet meer over begonnen was, was ze ervan uitgegaan dat hij er hetzelfde over dacht. Ze was niet goed in kinderen krijgen, en het was zeker niet iets waar je door ervaring steeds beter in werd. Bij het idee alleen al dat ze dat nog een keer moest doormaken, werd het haar koud om het hart.

'Mijn zelfvertrouwen sijpelt weg, Jason. Als ik niet snel weer aan het werk ga, kom ik straks niet meer aan de bak.' Misschien was het nu al te laat. Ze vroeg zich af hoe het zou zijn om weer in de werkmodus te stappen. Kon ze zelfvertrouwen uitstralen als ze het niet had? Wat als ze de baan niet eens aangeboden kreeg? Was ze emotioneel sterk genoeg om de afwijzing aan te kunnen? 'Ik wil dit en het is een goed moment om het te doen. Melly zit in de eerste klas en Ruby gaat drie ochtenden in de week naar de kleuterschool.'

'Maar je brengt en haalt ze. Je doet dingen met ze. Wie moet dat dan doen?'

Nu kwamen ze bij het goochelgedeelte. 'Ik zat te denken dat jij misschien een paar dagen per week wat eerder naar huis kon komen en dat Alison misschien kan helpen.'

'Mijn moeder wil vast wel helpen, maar ik heb een baan. Economisch gezien is het niet voordelig om dat op te geven zodat jij kunt gaan werken.'

'Ik vraag je niet om je baan op te zeggen. Misschien kun je alleen wat water bij de wijn doen. Dit gaat niet over economische voordelen, maar over mijn geestelijke gezondheid. Ik ben mezelf kwijt, Jason. Ik heb geen idee meer wie ik ben. En ik ben eenzaam.'

'Je klaagt altijd dat je nog geen vijf minuten voor jezelf hebt. Dat je niet eens naar de wc kunt zonder dat Melly op de deur bonkt of Ruby iets uithaalt. Je hebt de meiden. Hoe kun je nou eenzaam zijn?'

Ze voelde wanhoop in zich opwellen, gevolgd door een emotie die ze niet herkende. 'Ik wil ze ontmoeten, Jason. Ik wil meer weten over deze baan.'

'Wie zijn "ze"? Je hebt me nog niets over de baan verteld.'

Ze haalde diep adem. 'Corinna is voor zichzelf begonnen.'

'Corinna?' Hij spuugde het woord bijna uit. 'Corinna die je het leven zuur maakte toen je voor haar werkte?'

'Ze maakte me het leven niet zuur.'

'O nee? Je was ziek van de stress. In het halfjaar voordat je wegging, heeft ze drie mensen ontslagen.'

'Het was een drukke tijd. We stonden allemaal onder druk.'

'En Corinna was de oorzaak van die druk. Ze belde je om drie uur 's nachts uit bed om tegen je tekeer te gaan. Ze had geen enkel respect voor je privéleven. Als je op zoek bent naar een zusterlijke band, naar vrouwen die elkaar steunen, vind je die niet in een bedrijf waar zij werkt. Ze zal je niet ontzien omdat je kinderen hebt, Beth.'

'Dat zou ik ook niet willen.'

Hij keek haar even onderzoekend aan. 'Goed dan. Ga er maar heen. Praat met Corinna. Laat maar weten wanneer, dan regel ik iets met de kinderen.'

Ze ontspande enigszins. 'Echt waar?'

'Ja. Wanneer je weer ziet hoe Corinna is, besluit je waarschijnlijk dat je liever thuis bij de kinderen wilt blijven.'

Hij dacht dat ze de baan niet zou krijgen. Zelfs haar man dacht dat ze niets meer te bieden had. Wat zei dat over hem? En wat zei dat over haar?

Het zei dat ze hoe dan ook die baan moest nemen, al was het maar om te bewijzen dat ze het kon.

6

Suzanne

'Kun je ze iets hoger houden?' Suzanne kneep haar ogen tot spleetjes. 'Ze hangen te laag.'

Stewart stapte nog één tree hoger op de ladder en hield het snoer met kerstlichtjes in de vorm van sterretjes omhoog. 'Zo?'

'Te hoog.' Wat was hij toch geduldig, dacht ze. Eindeloos geduldig.

Hij zuchtte. 'Suzy...'

Misschien toch niet eindeloos. 'Een klein stukje lager.' Ze keek toe terwijl hij ze wat lager hing. 'Perfect. Vind je ze niet mooi?'

'Kerstlichtjes staan boven aan mijn verlanglijst. Als de Kerstman me niet minstens tien verschillende soorten geeft, ben ik diep teleurgesteld.'

'Sarcasme is onaantrekkelijk. Aan de andere kant weet ik nu wat je wilt hebben, dus zal ik zorgen dat de Kerstman het perfecte cadeau dat hij voor je heeft gekocht inruilt voor kerstlichtjes.'

'Nee!' Hij keek haar paniekerig aan. 'Ik weet dat je ertoe in staat bent.'

'Hang je die kerstlichtjes nog zonder klagen op?'

Hij hing de kerstlichtjes overdreven zorgvuldig op. 'Heb meelij.

Ik ben een man. Ik word niet enthousiast van kerstlichtjes, welke vorm ze ook hebben. Ze vallen in dezelfde categorie als sierkussens. Oftewel: dingen die geen doel dienen.'

'Denk je dat?' Suzanne deed de lichtjes aan. 'Dat ziet er mooi uit. Laten we boven de haard ook zo'n snoer hangen.'

Sfeer maken zat in alles wat ze deed, van lekker koken in het café tot truien breien. Het was net alsof ze vastbesloten was om de kilte en eenzaamheid uit haar eigen jeugd uit te wissen. Ze had niemand gehad die haar koesterde, dus had ze geleerd om zichzelf te koesteren. Ze was bang geweest in het donker, maar nachtlampjes waren niet toegestaan, dus haalde ze dat gemis nu in. Warm licht, zachte kussens, familie – alles wat ze nooit had gehad, had ze nu in overvloed.

'Nog meer?' Stewart klom de ladder af. 'Hoeveel heb je er?'

'Tien. Ik had ze voor het café gekocht en deze waren nog over. Maar misschien staan kaarsen trouwens mooier bij de haard.' Suzanne legde een plaid over het voeteneinde van het bed en schikte er zorgvuldig een paar kussens op. 'Hou je commentaar voor je.'

Stewart keek naar de kussens. 'Ik zeg niets, maar alleen omdat ik mijn kerstcadeau wil hebben.'

'Ik heb Posy gevraagd om nog wat houtblokken mee te nemen, zodat we de haard kunnen aansteken als ze komt. Ik wil niet dat Hannah het koud heeft.'

'Ze woont in New York. Heb je enig idee hoe koud het daar is in de winter?'

'Er is een verschil tussen Manhattan en de Schotse Hooglanden.'

'Daarom wonen we in de Hooglanden.'

Suzanne zette een lamp goed en keek de kamer rond. De gordijnen waren van hetzelfde donkergroen als het mos dat in de zomer op de bergen groeide. Ze waren gemaakt van een dikke, fluweelzachte stof die soepel op de geboende eikenhouten vloer viel en zwaar genoeg was om de koude wind buiten te houden die in de wintermaanden tussen de kieren door waaide en aan de ruiten rammelde. De ligging van de Glensay Lodge was idyllisch in de zomer, maar onbeschut in de winter. Daarom zorgde Suzanne voor een warme inrichting. Ze had alles zelf gemaakt, van de gordijnen tot de zachte plaid die over het bed lag.

Ze had lang naar een eigen huis verlangd, en er ging geen dag voorbij dat ze er niet dankbaar voor was. Stewart vond het vanzelfsprekend, maar dat was omdat hij het altijd had gehad. Ze wist dat hij net zo lief op duizend meter hoogte in de bergen op een besneeuwde rots sliep.

Dankzij Cheryl had ook zij dat meegemaakt. De eerste keer dat haar vriendin haar had overgehaald om mee te gaan klimmen, zou ze niet snel vergeten. Zou ze het zonder Cheryl hebben gedaan? Waarschijnlijk niet. Tot haar verrassing had ze genoten van de knerpende sneeuw onder haar laarzen en de ijzige wind in haar gezicht. Hoewel ze niet Cheryls vurige passie voor het klimmen deelde, had ze wel degelijk plezier beleefd aan de fysieke uitdaging en de schoonheid van de zon die opkwam boven de besneeuwde bergtoppen. Maar bovenal had ze genoten van de vriendschap en het teamwork die bij het klimmen hoorden.

'Dit is het enige wat ik wil in het leven.' Cheryl lag op haar rug in haar slaapzak en keek naar de sterren. In de stilte van de nacht hoorden ze de gletsjer kraken en kreunen. 'Geen villa in Hollywood of een chic appartement op Fifth Avenue. Wie wil er nou tussen vier muren zitten als je dit kunt hebben? Het is het mooiste wat er bestaat.'

Suzanne had het koud en wou dat Cheryl niet per se buiten de tent wilde slapen. 'Wil je dan nooit een gezin?'

'Misschien wel.' Cheryl haalde haar schouders op. 'Ik heb er nog nooit over nagedacht.'

Suzanne dacht er voortdurend over na. 'Je kunt geen gezin stichten in een slaapzak. Je zult een huis nodig hebben.'

'Nee hoor. Ik blijf reizen. Koop een busje. Dan slapen we daarin of zetten we de tent op.'

Dat klonk Suzanne doodvermoeiend en onveilig in de oren. Voordat ze Cheryl had leren kennen, had ze in zoveel pleeggezinnen gezeten dat het haar duizelde. In een busje wonen leek haar net zoiets, behalve dat het in de winter misschien kouder was. 'Is dat wel eerlijk tegenover de kinderen?'

'Kinderen wennen overal aan. Ze vinden hun leven normaal.'

Suzanne was nooit aan het hare gewend. 'Maar wat als ze het niet fijn vinden?'

'Ze vinden het zeker fijn. Ik zal hun leren dat je geen bezittingen nodig hebt om van het leven te genieten.'

Suzanne fronste haar wenkbrauwen. 'Het gaat niet om bezittingen, het gaat om veiligheid.'

'Je bedoelt voorspelbaarheid.'

Bedoelde ze dat? Suzanne dacht van niet. 'Veiligheid is niet hetzelfde als voorspelbaarheid. Het is fijn om weg te gaan en te weten dat alle spulletjes waar je van houdt op je wachten wanneer je weer thuiskomt.'

'Als je je hecht aan spullen, doet het alleen maar meer pijn wanneer je ze kwijtraakt. Je kunt het maar beter allemaal loslaten. Ik heb geen schilderijen nodig aan de muur, want ik heb dit soort uitzichten.'

'Maar dat is praktisch toch niet haalbaar? Je moet toch je brood verdienen? Je moet tenslotte eten.'

'Daar heb ik over nagedacht.' Cheryl ging abrupt rechtop zitten, alsof ze een belangrijke mededeling onmogelijk liggend kon doen. 'Ik word berggids. Dan kan ik doen wat ik het liefste doe en er ook nog voor betaald worden. Hoe cool is dat?'

Dat was de eerste keer dat Suzanne over dit plan hoorde. 'De opleiding en certificaten kosten een vermogen.'

'Daar vind ik wel iets op.' Zoals gebruikelijk wuifde Cheryl de praktische bezwaren weg. 'En jij? Jij gaat vast rechten studeren of zo. Je krijgt een huis met een keurige tuin, een knappe man, twee komma vier beleefde kinderen en een goed opgevoede hond.'

Omdat Cheryl het lachend zei, gaf Suzanne maar niet toe dat ze daar heel blij mee zou zijn, op die rechtenstudie na misschien. Maar hoe zou haar leven eruitzien zonder Cheryl? Hun vriendschap was het allerbelangrijkste in haar leven. 'Ik word ook berggids.'

'Dat meen je niet.' Cheryl keek haar aan. 'Ik dacht dat je dit alleen maar deed omdat ik het doe.'

'Ik vind het ook geweldig.' Al had ze tot op dat moment nog nooit overwogen berggids te worden. Maar waarom niet? Ze moest tenslotte iets doen met haar leven. 'We zouden samen de opleiding kunnen volgen. Samen onze certificaten halen.'

'Dat lijkt me super.' Cheryl omhelsde haar. 'We blijven vriendinnen voor altijd. Beloof me dat we vriendinnen voor altijd blijven.'

'Beloofd.'

Suzanne keek nog eens de kamer rond. 'Ik twijfel over het kleed. Denk je dat we Hannah de schapenvacht uit onze slaapkamer moeten geven?'

'Ik denk,' zei Stewart, 'dat je moet ophouden.' Hij legde de lichtjes neer en spreidde zijn armen. 'Kom eens hier.'

'Waarom?'

'Heb ik een reden nodig om mijn echtgenote te omhelzen?' Hij boog zijn hoofd en kuste haar, en ze dacht niet meer aan Hannah. Ze was weer achttien en verliefd op een man die alles wilde wat zij wilde.

'Waar wil je deze hebben?' Ze werden onderbroken door voetstappen en Posy's stem. Onder één arm droeg ze houtblokken; de andere arm hield ze voor haar ogen. 'O, sorry. Als ik had geweten dat jullie bezig waren, had ik wat harder gezongen om mijn komst aan te kondigen.'

Stewart verbrak de kus. 'Niet zingen. Alsjeblieft, niet zingen.'

Posy rolde met haar ogen. 'Misschien moeten jullie een hotelletje boeken. Ik ben veel te jong om dit te moeten aanschouwen.'

Suzanne maakte zich los uit Stewarts omhelzing. 'Leg ze maar in de mand naast de haard. Dank je wel, lieverd.' Ze keek toe hoe Posy de houtblokken in de mand liet vallen. Twee van haar drie dochters waren gesetteld en gelukkig, en daar was ze dankbaar voor. Beth en Posy leidden allebei het leven dat ze wilden.

Posy rechtte haar rug en keek de kamer rond. 'Het ziet er mooi uit, mama. Ik zou er bijna zelf willen wonen. Deze torenkamer is geweldig. Als we hem via Airbnb verhuren, verdienen we er vast een vermogen mee.' Ze zag de kerstboom in de hoek. 'Wat doet Eric hier?'

'Eric?' Stewart hing de lichtjes op. 'Dat je de kippen, schapen en varkens een naam geeft is tot daaraan toe, maar sinds wanneer hebben bomen een naam?'

'Bomen zijn levende wezens. Deze wel, tenminste. Dit is Eric, de eco-boom. Hij is met kluit. Ik heb hem dit jaar verpot en kijk eens hoe hij gegroeid is. Ik zet hem meestal in de schuur wanneer we met kerst gasten hebben.'

Suzanne legde nog wat boeken op het nachtkastje. Hannah was altijd al dol geweest op lezen. 'Wil Luke een boom? Hij lijkt me niet een man die dol is op glitters en lichtjes.'

'Iedereen moet met Kerstmis een boom hebben.' Posy scheurde een notenreep open en nam een hap.

'En daarom moet Hannah er ook een hebben. Kijk uit dat je hier niet kruimelt. Ik heb net gepoetst.' Suzanne keek naar haar jongste dochter en bedacht voor de zoveelste keer hoeveel ze op Stewart leek: altijd bezig. Soms was ze gewoon verbaasd als ze zich weer herinnerde dat Posy niet zijn kind was. Maar ze had het kunnen zijn. Stewart was de enige vader die ze zich kon heugen.

'Ik was om vijf uur al op en heb niet ontbeten.' Posy nam nog een flinke hap en ving de kruimels op in haar handpalm. 'Hannah vergeet hem vast water te geven. Dan gaat Eric dood. En gaat ze waarschijnlijk niet eens naar zijn begrafenis.'

Suzanne wist dat ze moest glimlachen, maar dat lukte niet goed. Ze had een knoop in haar maag. Hannah kwam voor het eerst in twee jaar thuis. Zou het lastig worden? 'Ik hoop dat ze Manhattan niet mist. Het is er zo mooi tijdens de feestdagen.' Ze liep naar het raam en keek naar de grillige contouren van de bergen in de verte. Er was nu al meer sneeuw gevallen dan gebruikelijk was voor deze tijd van het jaar. Hoe zou Hannah reageren? Zouden de muren op haar af komen? Zouden haardvuurtjes en zelfgebakken taarten voldoende zijn om haar hier te houden, of zou ze wensen dat ze een smoes had verzonnen, net als het jaar ervoor?

Achter Suzannes rug om wisselde Posy een bezorgde blik met haar vader. 'Jij bent nog nooit in New York geweest met Kerstmis.'

'Beth heeft me er alles over verteld.' Suzanne draaide zich om. 'Ze gaat met de meisjes schaatsen in Central Park.'

Stewart ruimde de lege dozen op. 'Dat stukje grond voor het kippenhok bevriest vaak. Dat kan wel dienstdoen als schaatsbaan.'

'Moet je eerst de kippenmest opruimen.' Posy propte de lege verpakking in haar broekzak. 'Zal ik schaatsen kopen voor Martha? Dan zou ze de eerste schaatsende kip ter wereld zijn. O, en ik heb goed nieuws. Ze heeft een ei gelegd! Ik ben er vanochtend geweest om haar liefde en aandacht te geven. Waarom staat het bureau uit de werkkamer hier?'

'Omdat Hannah misschien moet werken. Als ze iets belangrijks moet doen, wil ik haar niet het gevoel geven dat ze weg moet.'

'Ze is geen wereldleider, hè. Volgens mij kan ze best een paar dagen gemist worden zonder dat de economie instort.' Posy glimlachte. 'Ontspan. En nu moet ik gaan.'

'Werk je vanmiddag?'

Posy en haar vader keken elkaar even aan. 'Ik ga ijsklimmen met Luke.'

Suzanne voelde het bloed uit haar gezicht wegtrekken. Haar vingertoppen begonnen te tintelen. 'Heb je naar het weerbericht gekeken? Laat je route achter. En laat ons weten hoe laat je terug bent.'

'Papa heeft de route die we gepland hebben, maar je weet hoe het gaat in deze tijd van het jaar: dingen kunnen onderweg veranderen. Maak je alsjeblieft geen zorgen. Ik ben goed in wat ik doe. Daarom betalen ze me er ook voor.'

'Geen bedrag ter wereld is groot genoeg om risico's voor te nemen.'

Posy gaf Suzanne een knuffel. 'Het komt goed. Luke kent het gebied niet, maar hij kan ontzettend goed ijsklimmen. Niet dat ik hem dat ga vertellen, want zijn ego is al groot genoeg.'

Ze liep naar de deur en Suzanne riep haar na: 'Bedankt voor het hout, lieverd.'

'Graag gedaan. En plof nu maar lekker op de bank met een kop thee. Nou, ik ga, tot zo.' Posy liep de kamer uit; ze hoorden haar voeten op de trap en haar stem die Bonnie riep.

Suzanne ging op de rand van het bed zitten. 'Wist jij dat ze ging ijsklimmen?'

'Ja.'

'Maar je hebt niets tegen mij gezegd.'

'Ik wilde je niet ongerust maken. En zij ook niet.'

'Maar dat ben ik nu wel. Dat kan toch niet anders?' Zo voelde ze zich telkens als Posy de bergen in trok. Ze kon zich nergens op concentreren, tot ze wist dat ze weer veilig thuis was.

Stewart ging naast haar zitten. 'Posy is een ervaren klimster en ze is voorzichtig.'

'Ze lijkt te veel op haar moeder.'

'Wees maar blij dat ze niet op haar vader lijkt.' Stewart stond op. 'Dan zouden we echt in de problemen zitten.'

Daar kon Suzanne niets tegen inbrengen. Ze had erg haar best gedaan om Rob leuk te vinden omwille van Cheryl, maar dat was haar niet makkelijk afgegaan, en Stewart had een openlijke afkeer van hem. Als Cheryl Rob niet had ontmoet, zou ze dan nu nog leven? Het sloeg nergens op om zo te denken, want zonder Rob zouden Hannah, Beth en Posy er niet zijn.

'Dat hele gedoe met Hannah...' Ze pakte zijn hand. 'Ik ben aan het overcompenseren, hè?'

'Ja, maar ik begrijp het wel.'

Ze wist dat hij het begreep. Ze wist ook dat zij niet de enige was die iets verloren had. Stewart had het leven verloren dat ze samen hadden bedacht, de toekomst die ze zo zorgvuldig hadden uitgestippeld.

En toen voelde ze zich schuldig, want ondanks alle compromissen en veranderingen waren zij in leven en hadden ze een geweldig gezin. 'Hannah schermt zichzelf af. Ze sluit iedereen buiten. En dat kan ik haar niet kwalijk nemen. Geen kind zou mogen meemaken wat zij heeft meegemaakt.'

'Ze hebben het allemaal meegemaakt, Suzy, niet alleen Hannah.'

'Weet ik, maar Posy was zo klein dat ze het zich nauwelijks kan herinneren. Beth weet het nog wel, maar haar reactie was zoals te verwachten viel. Hannah was ouder. Het was anders. Ingewikkelder. En dat had voor een deel te maken met haar relatie met Rob.'

Haar hart kromp ineen toen ze eraan terugdacht. 'Het enige wat ik wil, is dat we een normaal gezin zijn. Maar dat zijn we niet, hè? Dat zijn we nooit geweest. Er is zoveel beschadigd.' En dat gold niet alleen voor haar gezin. Ze haalde diep adem. 'Het is deze week vijfentwintig jaar geleden.'

Het weer was die dag onbestendig geweest, net als vandaag. De bergen speelden verstoppertje achter de wolken. En toen gebeurde het ongeluk. Vijf mensen waren de berg opgegaan en slechts één was er teruggekomen.

Dit was een jubileum dat ze niet ging vieren.

7

Posy

De Glensay Inn was een traditionele Schotse herberg met stenen vloeren, rustieke houten tafels en balken aan het plafond. Er brandde een knapperend haardvuur, en aan weerskanten van de bar hingen stormlantaarns. In de zomer zaten mensen meestal in de tuin, maar op een ijzige winteravond als vanavond zat iedereen binnen, waar het rook naar whisky en lokaal gebrouwen bier. Iedereen die vanuit de kou hier binnenkwam, werd niet alleen verwarmd door de haard, maar ook door de gastvrije sfeer.

Posy en Luke wurmden zich tussen de mensen door naar een leeg tafeltje bij de haard. Dat duurde wel een minuut of vijf, want Posy kende bijna iedereen die er was en ze wilden allemaal iets zeggen over haar vader, haar moeder, het reddingsteam of de weersvoorspellingen.

Er klonk een bulderend gelach bij de bar op het moment dat ze eindelijk bij het tafeltje waren.

'Die hebben lol.' Luke trok zijn jas uit en hing hem over zijn stoel.

'Ik hoop niet dat je iets heel intiems verwachtte.' Posy deed haar sjaal af en zwaaide naar Geoff, de kroegbaas, die zijn hand naar haar opstak. Hij negeerde de mensen die zijn aandacht probeerden te trekken en liep met twee flesjes bier op hun tafeltje af.

'Iets om mee te beginnen.'

'Bedankt, Geoff, je bent een held. Hoe gaat het met je knie?' Posy gaf hem een kus op zijn wang en Geoff bloosde tot aan zijn haarwortels.

'Pijnlijk, maar dat komt door het koude weer. Ik mag niet klagen, maar ik doe het toch, want hier moet iedereen wel naar me luisteren. Ik hoor dat je met haar bent wezen ijsklimmen, Luke.'

'Klopt.' Luke ging bij de haard zitten. 'We hebben drie ijshellingen beklommen en al mijn spieren doen zeer. En nu ik gezien heb hoe zij met een bijl op het ijs inhakt, kijk ik voortaan wel uit wat ik zeg. Je wilt haar niet kwaad maken.'

Geoff zette de flesjes op tafel. 'Als je een berggids wilt, is onze Posy de beste.'

Onze Posy. Alsof ze het eigendom was van de gemeenschap, net als de boeken in de bibliotheek. 'Dank je wel voor dit blijk van vertrouwen, Geoff.'

'Ze kent deze bergen als haar broekzak. Sommige mensen namen haar niet serieus toen ze bij het team kwam.' Hij liet zijn handen op de rugleuning van Posy's stoel rusten en nam de tijd voor zijn verhaal. 'Destijds zaten er vooral grote kerels in, en toen kwam Posy, zo'n teer poppetje met staartjes in haar haar.'

'Ik heb nooit staartjes gehad.' Posy trok haar jas uit, waardoor de vloer bezaaid werd met sneeuwvlokken. 'En nu zou het tere poppetje graag haar biertje drinken als je het niet erg vindt.'

Geoff deed een stap opzij, zodat Posy kon gaan zitten. 'Ze is de beste berggids in de wijde omtrek.'

'Hé! Wordt er hier nog bediend?' bulderde een man aan de bar.

Geoffs goedmoedige blik maakte plaats voor een frons. 'Let maar niet op Callum. Hoe heb je ooit met hem kunnen gaan, Posy?'

'Inschattingsfout.' En daar zou ze altijd aan herinnerd blijven worden. Dat was het grote nadeel van in een dorp wonen: je kon nooit ontsnappen aan je vergissingen, en Callum was zonder enige twijfel haar grootste vergissing geweest.

Toen Geoff wegliep, zag ze Luke een vluchtige blik op de bar werpen, waar Callum nog steeds liep te zeuren. Vervolgens keek Luke weer naar haar. 'Heb je met hem iets gehad?'

'Tja, ik was tweeëntwintig. Ik wist niet beter. Na een halfjaar ging het uit.' Ze vond het beschamend om eraan terug te denken. En nog beschamender om erover te praten.

Hij trok zijn wenkbrauwen op. 'Heeft het nog een halfjaar geduurd?'

'Waarvan ik de helft van de tijd naar manieren zocht om ermee te stoppen zonder naar de andere kant van het land te hoeven verhuizen.'

'Ik kan me voorstellen dat relaties in zo'n kleine gemeenschap best lastig kunnen zijn.'

'Dat is nog zacht uitgedrukt. Callum was de eerste en laatste keer dat ik een vriendje uit het dorp had.'

'Waar haal je ze nu dan vandaan?'

'Meestal verleid ik de mannen die de schuur huren, en als ik klaar met ze ben, gooi ik hun lichaam in het loch. *Slàinte!*' Ze tikte met haar bierflesje tegen het zijne. Ze wilde niet toegeven wat een dorre woestijn haar liefdesleven was. 'Op een geweldige dag in de bergen. Je klimt niet slecht, Luke Whittaker.'

'Dank je. Voor zo'n teer poppetje doe jij het ook niet slecht.'

Ze hield het flesje vlak voor haar mond stil en kneep haar ogen tot spleetjes. 'Ga je moeilijk doen?'

'Misschien.'

'Bedankt voor de waarschuwing.' Ze nam een slok. Het bier was zalig koel.

Door het klimmen was haar stemming opperbest. Die voorliefde had ze van haar ouders geërfd. De focus die ervoor nodig was leek bijna op meditatie. In de bergen bestond er, buiten de gevaren van het ijs, geen angst of stress. Het enige wat ze had, was de bijl om mee in het ijs te hakken, de spikes onder haar laarzen en haar spierkracht. Het was alleen zij en de uitdaging. De rots. De berg.

En vandaag ook de man die tegenover haar zat. Op tafel flakkerde een kaars in een glas, die Lukes gezicht in een zachte gloed zette.

Hij pakte zijn bier. 'Het ijsklimmen hier is ongelofelijk. Veel uitdagender dan ik had verwacht.'

'Ik ben blij dat je niet uitgegleden bent en in het ravijn bent gestort.'

'Fijn dat het je wat kan schelen, poppetje.' Hij zette de fles aan zijn mond en nam een slok.

'We hebben je geld voor de schuur gewoon nodig. En hou op met me poppetje noemen.'

Ze bestelden iets te eten en kletsten onder het wachten. Hij vertelde over de beklimmingen die hij had gedaan in Yosemite, de Cascades en het Teton-gebergte. Ze luisterde geboeid en bestookte hem met vragen, hongerig naar meer informatie. Welke routes had hij genomen? In hoeverre was het klimmen anders dan in de Alpen?

Ze leefde helemaal op van het gesprek.

'Je bent een goede klimmer.' Luke dronk zijn flesje leeg. 'Het verbaast me dat je je vleugels nog niet hebt uitgeslagen om zelf een paar van die beklimmingen uit te proberen.'

Die verleiding was er wel degelijk geweest. 'Geen vleugels. Alleen mijn laarzen en mijn ijsbijl.' En een groot, zwaar anker dat haar op haar plek hield.

Hij zette het flesje neer. 'Je zou graag gaan, hè?'

'Nee hoor, hoe kom je erbij?'

'Ik zag hoe je keek toen we het er laatst over hadden. En ik heb je bezig gezien.'

Ze voelde zich alsof hij haar naakt had bespied. 'Ben je een stalker of zo?'

'Nee.'

'Of ben je gewoon geïnteresseerd in menselijk gedrag?'

Hij glimlachte. 'Ik ben geïnteresseerd in jou, Posy McBride.'

Bij die bekentenis begon haar hart als een razende te bonken. Was hij met haar aan het flirten? Wat zei dat over haar dat ze dat niet eens doorhad? 'Zo interessant ben ik niet.'

'Daar ben ik het niet mee eens. En het intrigeert me waarom een vrouw met jouw talenten haar hele leven op één plek blijft.'

'Je doet net of ik nog nooit het dorp uit ben geweest. Je moest eens weten hoe vaak ik de Schotse grens ben overgestoken.' Ze pulkte aan het flesje bier. 'Ik ben gelukkig.'

'Maar je bent wel benieuwd hoe het is om op andere plekken te klimmen. En ergens te wonen waar de lokale bevolking niet alles van je weet.'

'Ze weten niet alles. Doe niet zo belachelijk.'

Op dat moment kwam Geoff met hun eten aanlopen. 'Ik heb je erwtjes gegeven in plaats van worteltjes, Posy, want ik weet dat je geen worteltjes lust.'

Zucht. 'Bedankt.' Ze wachtte tot Geoff weg was en haalde toen haar schouders op. 'Oké, hij weet dat ik geen worteltjes lust. Dat is nog geen bewijs.'

Luke boog zich over tafel en pikte een frietje van haar bord. 'Het is niet erg om vragen te stellen bij het leven dat je leidt, Posy. Het is begrijpelijk dat iemand als jij de wereld wil ontdekken.'

'Ik begrijp niet zo goed waarom je mijn friet eet, terwijl je zelf ook hebt.' Ze pakte haar vork op, maar legde hem meteen weer neer. 'Het zou mijn moeders hart breken als ik wegging. En bovendien ga ik het café van haar overnemen.'

Ze had alles aan Suzanne en Stewart te danken. Ze hadden hun eigen toekomstplannen en dromen opgeofferd om drie weeskinderen in huis te nemen. Wat voor leven zou ze gehad hebben als zij er niet waren geweest? In elk geval niet dit leven.

Luke begon te eten. 'Misschien moet je het eens met haar bespreken.'

Mama, ik zit te denken om weg te gaan uit Glensay.

Mama, ik wil graag in Noord-Amerika gaan klimmen.

Mama, ik wil het café niet overnemen.

'Dat gaat niet.' Ze staarde ongelukkig naar haar bord en voelde zich gevangen.

Luke legde zijn hand op de hare. 'Ik wil je niet van streek maken.'

'Ik ben het gewoon niet gewend om erover te praten. Dat jouw hand daar ligt is trouwens morgenochtend in het hele dorp bekend.' Maar ze liet hem daar liggen. Ze wist niet zo goed waarom, omdat het haar een hoop geplaag zou opleveren, maar het voelde fijn.

Hij draaide haar hand om. 'Voor een klimmer heb je heel zachte handen.' Zijn duim gleed over haar vingertoppen.

'Ik klim niet zoveel als jij. En ik heb een geheim wapen.'

'Je vermijdt hottubs?'

'Ook dat, maar daarnaast gebruik ik een honingcrème die we in het café verkopen. Die werkt heel goed. En jij?'

'Druivenpitolie. En heel veel sporttape.' Hij liet haar hand los en leunde achterover.

Even voelde het als een gemis. 'Maak je je zorgen over de roddels?'

Hij glimlachte. 'Dat deed ik voor jou. Jij moet hier blijven wonen wanneer ik weg ben.'

Inderdaad, hij zou weggaan en zij zou hier blijven en de dingen doen die ze altijd deed. Met dezelfde mensen praten. Dezelfde bergen beklimmen. Het café runnen.

Ze pakte haar bierflesje en nam een grote slok. De jaren strekten zich voor haar uit en ze ving een glimp op van haar toekomst, die er hetzelfde uitzag als het heden. Geen verrassingen. Geen avontuur. Het enige wat zou veranderen, waren de patroontjes op haar cappuccino's. Haar leven was bedroevend voorspelbaar.

En wiens schuld was dat? Ze zette het flesje neer. 'Ik wil je even waarschuwen dat ik je zo ga zoenen.'

Zijn gezichtsuitdrukking veranderde niet. 'Goh. Maar als een hand vasthouden al tot roddels leidt, waar leidt zoenen dan wel niet toe?'

'Daar komen we vanzelf achter. Het is mijn burgerplicht om het dorp iets te geven om over te praten.'

Hij zweeg even en zei toen: 'Vind je dat niet erg?'

'Ik zal moeten leren om me er niets van aan te trekken. Dit lijkt me een goed begin.' Ze stond op, nam zijn gezicht in haar handen en drukte haar lippen op de zijne voordat ze van gedachten kon veranderen.

De zoen begon zacht en voorzichtig. Zij had de regie en hij reageerde, en hoewel zijn mond warm en vaardig was, was hij ook voorzichtig en gereserveerd, alsof hij zich inhield. Maar toen veranderde er iets.

Ze had hem voor de lol gezoend. Ze had de kus bedoeld als statement, of misschien als experiment. Ze had er geen rekening mee gehouden dat hij een actieve rol zou spelen in dat experiment. Zijn hand gleed achter haar hoofd en hij hield hun monden tegen elkaar gedrukt terwijl de zoen zich verdiepte. Ze voelde zijn bedreven tong en verloor elk besef van tijd of plaats. Het was onbeschrijflijk erotisch, en haar reactie op hem was schokkend rauw en dierlijk. Voor omstanders leek er niets veranderd, maar voor haar was alles veranderd. Haar hart bonkte als een bezetene. Het genot ontvlamde in haar en lust stroomde door haar lichaam. Ze gleed met haar handen naar zijn schouders, bang dat haar benen het zouden begeven.

Toen hij zijn mond eindelijk losmaakte van de hare, snapte ze niet waarom hij een eind maakte aan iets wat zo heerlijk was. Hij keek haar gloedvol aan, zijn blik donker van verlangen. Haar hart ging als een razende tekeer. De achtergrondgeluiden verdwenen in het niets. Pas toen ze weer terug naar de aarde zweefde, hoorde ze het gejoel.

Waarom had ze in vredesnaam zoiets persoonlijks gedaan in een volle kroeg?

Ze vond het vreselijk om te moeten stoppen. Als hij zich niet had teruggetrokken, was ze waarschijnlijk doorgegaan. Ze staarde hem aan. 'Je... zoende me.'

'Inderdaad. Mijn brein is nu een beetje wazig, maar ik meen me te herinneren dat jij begon.'

Haar blik gleed naar zijn mond. 'Je hebt verborgen talenten.'

Hij stond op. 'Pak je jas, Posy McBride.'

'Waarom? Waar gaan we heen?'

'Naar huis, zodat ik de rest van mijn talenten kan laten zien zonder gearresteerd te worden.' Hij gooide wat briefgeld op tafel en ze knipperde met haar ogen.

'Wat doe je?'

'Ik betaal voor het eten.' Hij pakte haar pols vast en trok haar mee naar de uitgang, ondertussen het commentaar parerend met een glimlach en een paar welgekozen woorden die duidelijk maakten dat het hem geen bal kon schelen hoeveel suggestieve opmerkingen hij naar zijn hoofd geslingerd kreeg.

Posy struikelde naar buiten, de kou in. 'Volgens mij heb je te veel betaald.'

'Zie ik eruit alsof dat me iets kan schelen?'

'Je ziet eruit alsof je haast hebt.'

Hij trok haar tegen zich aan en gaf haar een snelle, vurige kus op haar mond. 'Dat heb ik inderdaad. Wat is de snelste weg naar huis?'

Ze was even ademloos en wanhopig als hij. 'Ik weet misschien een kortere weg.'

Posy wist dat haar familie haar stoer en avontuurlijk vond, en in sommige opzichten was ze dat ook, maar met mannen had ze nog nooit iets roekeloos gedaan. En dat ging nu veranderen, dacht ze. Dit was een avontuur dat ze gewoon thuis kon beleven.

8

Hannah

'Ik heb cadeaus voor uw nichtjes gekocht, Miss McBride.' Angie wist dat Hannah graag bij haar voornaam genoemd werd, maar dat durfde ze niet. Ze zag dat haar baas aan de telefoon was, zette de tassen op de grond en glipte het glazen kantoor uit.

Niet dat Hannah McBride ooit gemeen of agressief was. Absoluut niet. Het was meer dat ze op een machine leek. Tijdens een grote vergadering de dag ervoor had Hannah een complexe berekening uit haar hoofd gedaan, terwijl de andere aanwezigen nog naar hun rekenmachine aan het zoeken waren of het op papier aan het uitrekenen waren. Ze was zo slim dat Angie zich klein voelde. Hoe zou het zijn om haar hersens te hebben?

De kamer van Hannah McBride lag op een hoek, en de ramen van vloer tot plafond boden een benijdenswaardig uitzicht op Manhattan. Hannah had haar rug naar het uitzicht toe gekeerd. Angie had de indruk dat Hannah heel veel dingen de rug had toegekeerd.

Er gingen geruchten over haar en Adam Kirkman, maar Angie kon zich dat niet voorstellen. Iedere man die te dicht bij Hannah McBride kwam, zou bevriezingsverschijnselen krijgen.

'Angie?' Hannah onderbrak haar telefoongesprek. 'Zou je even kunnen wachten?' Hannah zag haar assistent verstijven en voelde zich meteen schuldig. Ze wisten dat mensen haar ongenaakbaar vonden, want dat was bij haar laatste beoordelingsgesprek aan de orde gekomen. Gelukkig blonk ze uit in andere aspecten van haar werk. Dankzij haar uitstekende financiële bijdrage en het respect van haar klanten was het onwaarschijnlijk dat haar baan op de tocht kwam te staan. Maar omdat ze van nature een streber was, knaagde de kritiek toch aan haar en wilde ze er iets aan doen.

Niet dat ze bazig was, integendeel. Het was meer dat ze het leidinggeven aan mensen op dezelfde manier aanpakte als al het andere wat ze deed, namelijk zuiver analytisch. Ze hechtte veel waarde aan de groei en ontwikkeling van haar personeel, maar persoonlijk contact ging haar moeilijk af. Adam ging wat dat betreft veel gevoeligsmatiger te werk. Maar hoe moest ze het dan doen? 's Ochtends iedere medewerker een knuffel geven?

Ze rondde het telefoontje af. 'Eind van de dag wil ik die cijfers hebben.' Ze legde haar telefoon op het bureau en glimlachte naar Angie. 'Dank je wel dat je de cadeautjes hebt gekocht.'

'Graag gedaan, Miss McBride – ik bedoel Hannah. Het is vast niet makkelijk om iets te kiezen wanneer je zelf geen kinderen hebt. Ik hoop dat ze er blij mee zijn.'

Wanneer je zelf geen kinderen hebt... Zeven dagen over tijd, dacht Hannah. Ze had nog steeds niet de moed verzameld om een test te doen en uitsluitsel te krijgen. Als ze zo doorging, zou ze pas weten dat ze zwanger was op het moment dat ze in haar kraambed lag. O god...

'Jij hebt wel kinderen toch, Angie?'

Angies gezicht klaarde op. 'Ja, Miss Mc– Hannah. Ik heb een dochtertje.'

Was het een ongelukje? Wilde je graag zwanger worden of schrok je je rot? 'Je leven zal wel veranderd zijn toen je haar kreeg.'

'Dat is nog zwak uitgedrukt.' Angie liep naar Hannahs bureau om twee lege bekers te pakken. 'Ze zeggen dat je pas weet wat zorgen zijn als je kinderen hebt, en dat is ook zo. Zoals de laatste paar weken bijvoorbeeld. Mijn meisje is ziek en we zijn al drie keer op de eerste hulp beland. Vreselijk eng. Als er één woord is dat je als moeder niet wilt horen, is het hersenvliesontsteking. Gelukkig was het dat niet, maar we hebben wel een paar slapeloze nachten gehad. Ze is nu thuis, maar zit nog wel aan de medicijnen. Ze is nogal prikkelbaar en dus niet zo makkelijk in de omgang. Het grootste deel van de nacht ligt ze te hoesten, dus dan lig ik ook wakker, me zorgen te maken. Ken je dat?'

Nee, dat kende ze niet. En het feit dat ze het niet wilde kennen, was de reden dat ze geen kinderen wilde. Ze kon prima leven zonder die diepe angst en rauwe emotie.

Even dacht ze terug aan Posy die zich aan haar vastklampte, een hoopje ontroostbaar verdriet en verwarring.

Waar is mama? Ik wil naar mama. Wanneer komt mama thuis?

Emoties braken door de muur heen die ze had opgetrokken, stootten haar afweer omver en overspoelden haar. Krampachtig probeerde ze die gevoelens weer in te dammen en onder controle te krijgen, zoals ze altijd deed.

Angie keek haar onzeker aan. 'Gaat het wel?'

'Ja hoor.' Haar mond was droog en haar handen trilden. 'En ik hoop dat je dochtertje snel weer beter is.'

'Dank je. Soms vind ik het moederschap het zwaarste wat er is.'

Dat was precies wat ze niet wilde horen. De angst kneep haar keel dicht. Haar lijf tintelde en ze werd licht in haar hoofd. De muren van het kantoor leken op haar af te komen en ze kon Angie niet meer scherp zien. Er verschenen vlekken voor haar ogen.

Paniekaanval, schoot het door haar heen. Ze kreeg een paniekaanval, hier, aan haar bureau, terwijl ze over een paar minuten een bespreking had met een belangrijke klant. Erger nog was de angst dat haar collega's erachter kwamen dat Hannah McBride niet de vrouw was die ze voorgaf te zijn.

Angie keek haar verontrust aan. 'Ik haal even een glas water voor je.'

Hannah dwong zichzelf langzamer te ademen.

'Hannah? O, hai Angie.' Door de wolken van paniek klonk Adams stem. 'Hoe gaat het met Emma? Al wat beter?'

'Ja, dank je. Miss Mc– Hannah voelt zich niet zo lekker. Ik haal een glas water voor haar. Wilt u even bij haar blijven?'

Hannahs hartslag naderde een gevaarlijk niveau. Adam hoefde niet bij haar te blijven. De paar minuten die ze nog had voordat ze de afspraak in ging, had ze nodig om weer bij zinnen te komen. Ze zag Angie naar Adam glimlachen zoals alle vrouwen naar hem glimlachten, zelfs de getrouwde, en vervolgens de kamer verlaten.

Adam deed de deur van haar kantoor dicht. 'Hannah? Voel je je niet goed?'

Ze pakte de rand van haar stoel beet. Ze moest antwoord geven, maar ze kreeg bijna geen lucht meer. Ze perste de woorden door haar dichtgeknepen keel. 'Moet even bijkomen... begin maar zonder me.'

'De woorden "begin maar zonder me" heb ik je even vaak horen zeggen als de woorden "ik hou van je", namelijk nooit.' Adam liep op haar af. 'Wat is er gebeurd?'

'Niets. Druk geweest.'

Hij liep om haar bureau heen, draaide haar stoel zodat ze hem aankeek en ging op zijn hurken voor haar zitten. 'Je trilt helemaal.'

Haar vingers tintelden. Haar borstkas deed pijn. Door een waas voelde ze dat hij haar handen pakte.

'Het komt goed, schatje. Rustig ademhalen. Ja, goed zo.' Hij hield haar handen stevig vast en streelde zachtjes met zijn duimen over haar polsen. 'Dit is niets voor jou.'

Het was wel iets voor haar, maar hij had deze kant van haar natuurlijk nog nooit gezien. Hij kende werk-Hannah, en de blootsvoets pizza-etende Hannah. Paniekaanval-Hannah had hij nog nooit ontmoet.

De paniek liet haar greep heel langzaam verslappen en liet Hannah verzwakt en kwetsbaar achter, en met weer een nieuw probleem. Ze dacht altijd dat ze zich overal uit kon praten, maar hoe ze zich hieruit moest redden wist ze niet.

Haar vingers waren ijskoud en werden zelfs van zijn stevige handen niet warmer. Ze registreerde het langzame strelen van zijn duimen op haar huid, de geruststellende druk van zijn vingers.

Kon een paniekaanval de baby schaden? Ze moest een test doen, zodat ze wist wat er aan de hand was.

'Ik voel me niet lekker. Een virusje... Het heerst.' Ze wist dat het niet besmettelijk was wat zij had, maar ze was niet van plan om hem dat te vertellen.

'Je bent ergens door van streek geraakt. Kwam het door Angie?' Hij legde zijn hand tegen haar wang en ze liet haar gezicht ertegenaan rusten, zichzelf dit moment van intimiteit gunnend.

Ze wist met schrikbarende zekerheid dat ze, zodra ze de test deed, de uitkomst niet voor hem verborgen zou kunnen houden. Ze zou geen tijd hebben om het te laten bezinken. Hij doorzag haar altijd.

Ze stond voorzichtig op en testte de kracht in haar benen. 'We moeten naar een bespreking.'

Adam kwam ook overeind. 'Zo kun je niet naar een bespreking. Ik zeg wel dat je er niet bij kunt zijn.'

'Nee.' Ze pakte haar telefoon. Haar benen voelden als pudding en leken haar nauwelijks te kunnen dragen. 'Het lukt wel.'

'We zijn vrienden, Hannah. Je kunt me vertrouwen. Leun maar op me.' Dat had ze al te veel gedaan. En ook te veel gelachen, gepraat en gedanst. Te veel van alles gedaan.

Ze keek naar de deur. 'Dat kan ik niet maken.'

'Je werkt te hard. Vergeet Schotland met Kerstmis. Ga met mij mee naar de Cariben. Dan gaan we in de oceaan zwemmen en vrijen op het strand.'

Ze had afstand nodig van Adam om te bedenken wat ze moest doen, dus zei ze het eerste wat er in haar opkwam. 'Ik moet morgen naar Schotland.'

Hij fronste zijn wenkbrauwen. 'Ik dacht dat je op kerstavond pas ging.'

'Mijn zus is ziek.'

'Sinds wanneer?' Zijn verwarring maakte plaats voor bezorgdheid. 'Waarom zei je dat niet meteen? Geen wonder dat je van streek bent. Wat heeft ze?'

Hanna aarzelde. 'Dat weten ze niet zeker. Daarom moet ik erheen.'

'Natuurlijk. Geen wonder dat je zo in paniek leek. Ik weet dat je geen heel hechte band met je zus hebt, maar ik snap dat je bezorgd bent.' Hij was een en al efficiëntie. 'Wat kan ik voor je doen? Wil je liever vanavond al gaan? Zal ik iemand naar je appartement sturen om een koffer voor je te pakken? Een vlucht voor je boeken?'

Hannah begon bijna hardop te jammeren. Nu moest ze toegeven dat ze loog of vervroegd naar Schotland gaan. 'Morgen is prima. Het spijt me. Ik weet dat we die presentatie nog moeten afmaken, maar dat doe ik dan wel vanaf daar.'

'Maak je niet druk.' Hij ademde diep in. 'Laat me weten welke vlucht je neemt en dan breng ik je naar het vliegveld.'

'Ik pak wel een taxi.' Misschien was het nog niet eens zo'n slecht idee om naar Schotland te gaan. Daar had ze in elk geval tijd om na te denken. Ze pakte haar jasje, dat om de rugleuning van haar stoel hing. 'Laten we naar de bespreking gaan.'

Zijn gezicht was ondoorgrondelijk. 'Ik hou van je, Hannah.'

Haar keel werd dik en ze voelde een druk op haar borstkas. Die weg wilde ze niet inslaan. Liefde, trouwen en kinderen krijgen – dat was geen leven voor haar. Liefde maakte je kwetsbaar, en ze had zich voorgenomen nooit meer kwetsbaar te zijn.

Maar nu was ze mogelijk zwanger. Het eerste wat ze ging doen als ze thuiskwam, was een test kopen.

9

Beth

Aan de andere kant van de stad ging Beth ook een bespreking in. Net als haar zus vertrouwde Beth op haar acteertalent om zich erdoorheen te slepen.

Ze had Jason al twee berichtjes gestuurd om te vragen of alles goed was met de meisjes. Aan de ene kant wilde ze het aan hem overlaten, maar aan de andere kant was het moederinstinct – of was het angst? – sterker dan zijzelf.

Ze had de meisjes beloofd dat als ze braaf waren, ze daarna met hen zou gaan knutselen. Normaal gesproken was alleen al de gedachte aan glitters, lijm en verf door de hele keuken genoeg om haar goede mama-voornemens de grond in te boren, maar ze was zo wanhopig dat ze alles wel wilde beloven.

Ze probeerde zich op de baan te concentreren, stapte de lift in en streek haar rok glad. *Ik ben een ervaren professional. Mijn expertise gaat verder dan eten in kleine stukjes snijden.*

Het kantoor van Glow PR bevond zich op de dertigste verdieping van een wolkenkrabber in Midtown Manhattan, en de enorme glazen wand achter de elegante ronde ontvangstbalie bood een adembenemende blik op de stad. Beth was vergeten hoe het was om

Manhattan van bovenaf te zien. Soms, wanneer je je op de grond in de mensenmassa bevond, was de schoonheid onzichtbaar, maar hier strekte de stad zich voor je uit als een zee van kansen en dromen.

'Kan ik u helpen?' De receptioniste glimlachte met perfect gevormde, glanzend rode lippen.

Beth weerstond de aandrang om te kijken of er geen vegen van vette kindervingers op haar nieuwe jurk zaten. 'Ik ben Bethany Butler. Ik heb een afspraak met Corinna.'

De receptioniste keek op haar computerscherm. 'Ik heb hier staan Beth McBride.'

'Dat ben ik.' Zelfs nadat ze met Jason was getrouwd, was Corinna haar Beth McBride blijven noemen en weigerde ze te accepteren dat Beths omstandigheden waren veranderd.

Uit de blik van de receptioniste leidde ze af dat ze onderhand toch moest weten hoe ze heette. 'Ga zitten. Ze komt er zo aan.'

Beth was te zenuwachtig om te gaan zitten en liep naar het raam om van het uitzicht te genieten. Ze hoopte dat Jason Ruby's handschoenen had gevonden voordat hij wegging. Ze had een briefje voor hem achtergelaten. Zou hij het lezen? Hij was waarschijnlijk te druk met de meiden op tijd de deur uit krijgen. Misschien moest ze hem nog een berichtje sturen.

Ze hoorde het kordate getik van naaldhakken op de marmeren vloer en draaide zich om.

Corinna kwam op haar af. 'Mooi uitzicht, hè? De hele wereld ligt aan je voeten. Dat is lang geleden, Beth.' Ze boog naar voren en hulde Beth in een wolk duur parfum. Talloze herinneringen kwamen naar boven. Plezier, teamwerk, stress, lang overwerken, hard werken, uitputting, nog meer stress, euforie, glamour, succes en zoveel proefmonstertjes dat ze er geen raad mee wist.

In de afgelopen zeven jaar was de enige uitlaatklep voor haar creativiteit vingerverf geweest.

'Leuk om hier weer te zijn.' Ze voelde de energie weer door haar lichaam stromen, alsof iemand haar aan de lader had gelegd.

Door een glazen wand zag ze vier onberispelijk geklede vrouwen in een bespreking, en ze kon de dynamiek en energie in die ruimte bijna voelen. Hier waren mensen met andere dingen bezig dan wat ze vanavond gingen eten en of de kinderen schone kleren aanhadden.

Ze wilde dolgraag weer bij deze wereld horen. Wat als Jason net zo graag nog een kind wilde als zij een baan? Wat deden ze dan?

'Ik heb het druk gehad sinds de laatste keer dat we elkaar zagen.' Corinna deed een stap achteruit en nam haar van top tot teen op. 'Geweldige look, Bethany. Zelf bedacht?'

Nee, mijn dochter van zeven. Na zestien verschillende outfits geprobeerd te hebben, wat Melly allemaal geduldig vanaf het bed had aanschouwd, had Beth gekozen voor een kort zwart jurkje met haar favoriete hoge laarzen, die ze zelden droeg, omdat het geen ideaal schoeisel was om mee achter twee kleine meisjes aan te rennen in Central Park.

'Je moet je haar opsteken,' had Melly gezegd. 'Maar wel met wat losse piekjes. En rode lippenstift.'

Beth was tevreden geweest met het resultaat. Melly zou misschien nooit prinses worden, maar een carrière als styliste was haar op het lijf geschreven.

'Ik geef je even een rondleiding. We zitten hier pas drie weken, dus we moeten het ons nog een beetje eigen maken.' Corinna ging haar voor door de lichte gang. Aan de muren hingen foto's van magere, boos kijkende modellen. Corinna had duidelijk voor een paar grote merken gewerkt sinds Beth haar voor het laatst had gezien.

'Indrukwekkend.'

'Ik heb altijd mijn eigen bureau gewild. Ik ben niet zo goed in doen wat andere mensen zeggen.' Corinna schonk haar een glimlach zonder warmte of humor. 'We hebben grote opdrachtgevers, maar ik wil meer. Ik ben hongerig, en dat geldt voor iedereen in mijn team. Ben jij hongerig, Beth?'

Beth wist hoe hongerig Corinna was. Ze had eerder voor haar gewerkt.

Ze probeerde niet aan Jasons waarschuwing te denken. 'Ik ben zeker hongerig.' Dat was niet gelogen. Ze was thuis te zenuwachtig geweest om iets te eten en had alleen een kop zwarte koffie gedronken, en haar maag begon nu al te protesteren.

'We zijn op dit moment bezig met een pitch voor een groot cosmeticamerk.' Corinna wees naar de groep mensen die in een glazen kantoor over storyboards gebogen zaten. 'Ze hebben een aantal lijnen ontwikkeld die eenvoudig aan te brengen zijn, zodat je zelfs als je niets van make-up weet er toch geweldig uitziet. Wanneer we deze klant winnen, gaan we nieuwe mensen aannemen.'

Beth merkte dat ze 'wanneer' zei, niet 'als'. Corinna hield nooit rekening met de mogelijkheid dat iets niet ging zoals zij wilde. Had Beth ooit zoveel zelfvertrouwen gehad? 'Klinkt goed.'

'De belangrijkste eigenschap die ik zoek in een teamlid is loyaliteit. Ik wil honderdvijftig procent loyaliteit.'

Beth nam niet eens de moeite om uit te rekenen hoeveel er dan van haarzelf overbleef voor haar gezin. 'Je kent me, Corinna,' zei ze. 'Ik ben loyaal.' Ze was daarnaast ook nog echtgenote en moeder, maar die verdeling zou ze later nog wel uitrekenen.

'Ik zou graag jouw ideeën hierover willen horen.'

Beth keek haar onthutst aan. 'Bied je me een baan aan?'

'Laten we eerst eens kijken waar je mee komt. Als ik onder de indruk ben, mag je meedoen met de pitch. Dan praten we daarna verder.' Corinna deed weer een glazen deur open en liep een grotere ruimte binnen. 'Ga zitten. Ik zal je de opdracht meegeven – je moet natuurlijk wel een geheimhoudingsverklaring ondertekenen – en dan kun je op basis daarvan thuis wat ideeën op papier zetten. Schrijf een voorstel waar ik steil van achteroverval en kom volgende week terug.'

En daar had je het. De druk. De verwachtingen. Beth had niet verwacht dat het allemaal zo snel zou gaan. Het voelde alsof ze op een loopband was gaan staan en iemand op de sprintknop had gedrukt. Ze liep het gevaar plat op haar gezicht te vallen en dat zou er niet fraai uitzien.

Ze liet zich op een stoel zakken, opgelucht dat ze niet meer op haar benen hoefde te staan. De laarzen stonden prachtig, maar bleken al na vijf minuten een marteling. 'Volgende week ben ik er niet. Ik ga naar mijn ouders in Schotland.'

'Is er iemand overleden?' Ze zei het op een toon alsof alleen iemands dood een legitieme reden was om Manhattan te verlaten.

'Het is Kerstmis.'

Het was duidelijk dat iemand was vergeten dat in Corinna's agenda te noteren.

'De pitch is een mooi excuus om aan al die vreselijke familietoestanden te ontsnappen.'

Dit leek Beth niet het moment om toe te geven dat ze juist erg van die familietoestanden hield.

Het viel haar op dat Corinna niet één keer naar haar kinderen had gevraagd. 'Wanneer is de pitch?'

'Januari. We moeten alles uit de kast halen.' Corinna gaf haar meer informatie over het bedrijf en de marketingstrategie voor de nieuwe make-upcollectie. 'We hebben proefmonstertjes genoeg. Neem er maar een paar mee naar huis. Ik vind jouw ideeën belangrijk. Zodra ik de opdracht binnenkreeg, dacht ik bij mezelf: Beth McBride.'

Beth voelde zich absurd gevleid. Vergeten waren de stress, de druk en de obstakels. Corinna vond haar ideeën belangrijk. Ze had iets bij te dragen.

Ze ging wat meer rechtop zitten. 'Ik ben benieuwd naar de opdracht.'

'Vertel eens wat je allemaal gedaan hebt sinds we elkaar de laatste keer zagen.' Corinna had een glazen bureau waarop keurige stapels glossy's lagen. *Vogue*, *Cosmopolitan*, *Elle* en *Harper's Bazaar* lagen naast de *New Yorker*. Overal waar ze keek, zag ze glimmend glas en blinkend wit. Alles straalde succes uit.

'Ik was thuis met de kinderen.' Toen ze Corinna's blik zag, vroeg ze zich af of ze erover had moeten liegen.

'Dat hoorde ik al, en het verbaasde me. Je was zo goed in wat je deed en ik had verwacht dat je binnen no-time weer aan het werk zou zijn.' Corinna pakte haar telefoon en koos met glimmend gelakte nagels een nummer. 'Annabelle? Breng ons wat te drinken.'

Beth onderdrukte de neiging om berispend te zeggen: '... alsjeblieft.' Ze zat te lang in de moederrol. Straks ging ze Corinna's eten nog snijden. 'Dank je. Ik wil wel een ko-' Ze wilde koffie zeggen, maar op dat moment kwam een jonge vrouw binnen – waarschijnlijk de lijdzame Annabelle – met een fles champagne en twee glazen. 'Champagne. Heerlijk.'

'We werken veel en genieten veel. Annabelle, vraag Dan en Sylvia of ze er ook bij komen.'

Tegen de tijd dat ze wegging, had Beth het gevoel dat ze zweefde, wat niet uitsluitend te danken was aan alle champagne die ze op een lege maag genuttigd had. Onzeker was ze het gebouw binnengegaan, maar glamoureus en vol zelfvertrouwen kwam ze naar buiten.

Ze was niet alleen maar de moeder van Ruby en Melly. Ze was Beth McBride, pr-professional in fashion en beauty. Ze was een vrouw die wist wat ze moest dragen en wanneer ze het moest dragen. Het voelde alsof ze vast had gezeten in het verkeer en de weg vóór haar opeens leeg was. Ze was klaar om gas te geven. Met volle kracht vooruit.

De opwinding was bedwelmend, en toen ze thuis was, pakte ze direct een notitieblok en begon ze ideeën op te schrijven. Ze wilde niet alleen indruk maken op Corinna, maar ook aan zichzelf bewijzen dat ze het nog steeds in zich had.

Toen Jason thuiskwam met de meisjes, was ze helemaal op dreef. De keukentafel was bezaaid met proefmonsters en volgeschreven vellen papier. Ook haar laptop stond met gloeiend scherm op tafel.

Ruby en Melly kwamen blozend van de kou binnengestrompeld. Op Ruby's wangen zaten bruine vegen. Chocola. Beth zat te veel in een roes van de champagne en het leven om kwaad te worden dat Jason kennelijk chocola had gebruikt om hen om te kopen.

'Hai! Hebben jullie een leuke dag gehad met papa?'

'Melly was te laat op school,' zei Ruby. 'Ze moest huilen. Ze zei dat ze papa haatte en dat hij alles verkeerd deed.'

Jason kreeg een kleur. 'Ze overdrijft. En we waren maar een klein beetje te laat. We konden Ruby's schoenen en handschoenen niet vinden.'

'Die verstopt ze.' Beths euforie bekoelde. Ging hij niet eens vragen hoe haar bespreking was gegaan?

'Ik wil met jou tekenen.' Ruby klom op een stoel en stak haar hand uit naar Beths keurig gesorteerde papieren.

'Niet aankomen!' Beth vloog de keuken door en pakte Ruby op voordat ze chocoladevlekken op het papier kon maken. 'Dat is mama's werk.'

Ruby keek haar met grote ogen aan. 'Jij werkt toch niet?'

Daar gaat verandering in komen, dacht Beth. 'Toch wel. Ik ben ideeën aan het bedenken voor een nieuwe campagne.'

'Wat is een campagne?'

'Wacht even...' Jasons stem klonk vreemd. 'Heb je de baan genomen? Zonder eerst met mij te overleggen?'

Ze zei maar niet dat hij zijn promotie had aanvaard zonder eerst met haar te overleggen.

Hoe ging het, Beth? Vond je hen aardig? Vonden ze jou aardig? Vertel eens.

Ze vond een zakdoek in haar handtas en veegde Ruby's mond af. 'Ga je handen en je gezicht maar wassen, liefje. Ik wil even met papa praten.'

'Gaan we daarna brandweermannetje spelen?'

'Misschien. We kijken wel. Jij ook, Melly.' Ze wachtte tot haar dochters naar de badkamer waren verdwenen en wendde zich toen tot Jason. 'Wil je niet weten hoe het ging?'

'Ik kom net binnen. Ik heb nog geen kans gehad om het te vragen.'

'Om antwoord te geven op de vraag die je niet hebt gesteld: het ging goed. Ze zijn bezig met een pitch voor een groot merk in het nieuwe jaar en ze willen mij erbij hebben. Als we de opdracht winnen, heb ik de baan.'

'Als jullie winnen.' Hij slaakte een zucht. 'Moet ik je eraan helpen herinneren hoe Corinna is, Beth? Ze is een machine en ze verwacht van haar team hetzelfde.'

'Ze is toegewijd. Daarom is ze zo goed in haar werk.' Ze wist niet of ze nu Corinna of haar eigen keuzes wilde verdedigen.

'Ze is goed in haar werk omdat ze geen leven heeft. En ze verwacht van haar medewerkers dat ze ook geen leven hebben. Is dat echt wat je wilt? Denk erover na, Beth. Wat gebeurt er als een van de kinderen ziek is? Corinna is niet zo'n baas die je met een lieve glimlach naar huis stuurt. Ze heeft het bestaan van je kinderen zelfs nooit erkend! Ze stuurde niet eens een kaartje toen ze werden geboren, en dat vond je toen heel erg. Het kwetste je.'

'Ik had net een baby gekregen. Ik zat vol hormonen. En als een van de kinderen ziek is, kun jij misschien eerder naar huis komen. Waarom moet ik dat doen?' Pas nu zag ze hoe uitgeput Jason eruitzag. Kwam dat door één ochtendje op de kinderen passen? 'Je probeert het me uit mijn hoofd te praten omdat je niet wilt dat ik dit doe.'

Hij haalde zijn vingers door zijn haar. 'Dat is het niet. En als je denkt dat Corinna is veranderd, dan houd je jezelf voor de gek. Waarschijnlijk is ze zelfs nog erger geworden nu ze haar eigen bedrijf heeft. Elk moment dat je aan je gezin besteedt, besteed je niet aan haar en dat zal ze niet leuk vinden.'

'Je hoopte dat ze me zou afwijzen, of niet soms?'

Zijn aarzeling was minimaal. 'Ik ben bang dat je niet gelukkig wordt als je voor haar gaat werken.'

'Hou toch op. Waarom ben je niet gewoon eerlijk en geef je niet toe dat je niet wilt dat ik voor haar ga werken?'

'Heb ik een keus? We waren het er nog niet over eens dat jij weer aan het werk ging, maar het lijkt erop dat je de baan al geaccepteerd hebt.'

'Ik heb de baan nog niet eens aangeboden gekregen. Ik moet eerst met ideeën komen en dan meedoen met de pitch.'

'Wat steekt daarachter?'

'Hoe bedoel je?'

'Waarom wil ze jou?'

Zijn directe vraag legde al haar onzekerheden bloot. 'Zou het kunnen zijn omdat ze denkt dat ik de beste persoon voor die baan ben? Bedankt voor dit blijk van vertrouwen, Jason.'

'Dat is niet wat–'

‘Zeg maar niets meer.’ Ze had het niet voor mogelijk gehouden dat ze zich zo gekwetst kon voelen. Ze beende naar de slaapkamer en Jason liep achter haar aan.

Hij deed de deur dicht, zodat de meisjes hen niet konden horen. ‘Ik zeg alleen maar dat je er een tijdje uit bent geweest. Er moet een reden zijn dat ze zo achter je aan zit.’

‘Hou op, Jason. Hou op! En hou die deur open. Ik wil de kinderen kunnen horen.’

Hij spreidde zijn armen. ‘Beth, alsjeblieft– je zult ongelukkig worden bij haar.’

‘Je wilt gewoon niet dat ik weer aan het werk ga. Je wilt nog een kind, maar de twee die je al hebt zie je zelden.’

Ze zag zijn gezichtsuitdrukking veranderen, maar het was nu te laat om de woorden terug te nemen.

‘Ik heb de meiden op zondagochtend, zodat jij wat tijd voor jezelf hebt.’

‘En dan ga je met ze naar het park. En omdat je hen door de week weinig ziet, is tijd met papa voor hen natuurlijk een feestje. Het is niet hetzelfde als wanneer je ze dag in dag uit hebt, en je ze ’s ochtends de deur uit probeert te krijgen en ze hun kleren niet willen aantrekken of hun ontbijt niet willen opeten. Wanneer jij de kinderen hebt en je wordt gebeld, geef je ze weer aan mij. Ik moet de telefoon aannemen terwijl er twee meisjes aan mijn been hangen.’

‘Mijn telefoontjes zijn belangrijk.’

‘En wat ik doe is allemaal niet belangrijk? Dat is precies de reden dat ik weer aan het werk wil.’

‘Weet je hoeveel vrouwen in jouw positie zouden willen zitten?’ Hij deed geen moeite zijn ergernis te verbergen. ‘Je hebt een geweldig leven, Beth.’

Ze was zo verbijsterd dat ze even met stomheid geslagen was. ‘Je weet helemaal niets over mijn leven. Je bent er niet bij.’

'Omdat ik me een slag in de rondte werk, zodat jij nog een brandweerauto en een prinsessenjurk kunt kopen.' Zijn stem werd koud. 'Als jij af en toe nee zou zeggen, hoefde ik misschien niet zo hard te werken! Ik ben degene die elke ochtend voor dag en dauw opstaat om genoeg te verdienen om ons allemaal te onderhouden. Ik ben degene die elke dag moet vechten om de baan te houden die jou in staat stelt thuis te blijven! Je hoeft geen genie te zijn om te zien wie het makkelijker heeft.'

Ze was zo woedend dat ze geen antwoord kon geven. Dit kon niet waar zijn. Het kon niet waar zijn dat ze op deze manier tegen elkaar tekeergingen. Ze kookte vanbinnen, en tranen van frustratie en woede prikten achter haar ogen.

'Oké.' Ze vond haar stem terug. 'Als thuisblijven met de kinderen zo makkelijk is, dan moet jij dat misschien een tijdje proberen. Dan hoef je niet voor dag en dauw op te staan om naar je werk te gaan, maar om voor de kinderen te zorgen. Dan hoef je niet te vechten om je baan te houden, maar vechten om je kinderen tevreden te houden. Let maar eens vijf seconden niet op Ruby en kijk wat er gebeurt.' Ze beende de slaapkamer door en pakte haar jas.

Jason keek naar haar. 'Wat doe je?'

'Ik geef je de kans om je onder te dompelen in het ouderschap, omdat dat volgens jou zo makkelijk is.' Ze trok met zoveel geweld een la open dat ze een lamp omstootte, maar ving hem voordat hij de grond raakte. Ze werd verblind door woede, maar wist met enige moeite toch haar paspoort te vinden. 'Veel plezier met de meiden.'

'Jezus.' Hij drukte zijn vingers op de brug van zijn neus. 'Het laatste wat we nu kunnen gebruiken is dramatisch gedoe, Beth.'

'Dramatisch gedoe?' Ze duwde de la hard dicht. Ze was nog nooit zo kwaad geweest. Nog nooit in haar hele leven. 'Dit is geen dramatisch gedoe, Jason. Dit is iets wat voor mij heel belangrijk is, en jij luistert niet. Het rooster van de kinderen hangt in de keuken.' Ze keerde haar handtas om in een grote tas. Haar handen trilden. Haar hart bonkte zo hard dat het uit haar borstkas leek te springen. Ze hadden nog nooit zo'n ruzie gehad. 'Het nummer van de huisarts ligt in de la, en het nummer van de tandarts en van Melly's school ook. Vergeet ballet niet. Het begint een halfuur eerder dan eerst. Zorg dat je ruim op tijd bent. Melly moet zich nog omkleden en wil niet te laat komen. En ze wil absoluut niet die zwarte maillot aan, maar de roze. En neem een reserve mee voor als ze een ongelukje heeft.'

'Wacht...' Jason trok wit weg. 'Ga je bij me weg? En bij de kinderen?'

'Ik ga niet bij je weg. En ook niet bij de meiden. Ik zou onze meiden nooit ofte nimmer in de steek laten. Ik doe gewoon wat jij elke dag doet, namelijk de deur uit gaan en de verantwoordelijkheid voor ons gezin aan een ander overlaten. Wanneer je echt begrijpt wat het betekent om nog een kind te hebben, praten we verder.'

'Dit meen je niet. Dit loopt uit de hand. Doe even rustig.'

Dat was het ergste wat hij had kunnen zeggen. 'Ik bén rustig.' Behalve dan dat ze hem door een rood waas zag. 'Leer jij maar een keer luisteren.'

'Wat ga je doen? Om de hoek een kop koffie drinken tot ik een berichtje stuur met mijn excuses?'

'Ik neem een week de tijd om over mijn leven na te denken.'

'Een week? Maar... je hebt niet eens een tas gepakt. Je gaat nooit ergens heen zonder minimaal twee koffers mee te zeulen.'

'Ik koop wel wat ik nodig heb. Dat doe ik toch, Jason? Jouw geld uitgeven?'

Hij ademde scherp in en spreidde verontschuldigend zijn handen. 'Dat had ik niet moeten zeggen. Zo bedoelde ik het niet.'

'Volgens mij bedoelde je het wel zo.'

'Maar... waar ga je heen?' Toen het hem begon te dagen dat ze echt wegging, leek hij te verslappen. Hij keek zo onthutst en geschokt dat haar woede wat bedaarde. Maar niet voldoende om van gedachten te veranderen.

'Ik ga naar huis.'

'Je bent al thuis. Dit is jouw thuis, Beth. Ons appartement. Manhattan. Je gezin. Het gezin waar je op dit moment niet zoveel belangstelling voor lijkt te hebben.'

Even voelde ze zich schuldig, maar ze weigerde om door hem gemanipuleerd te worden. 'Ik ga naar huis in Schotland. Naar mijn ouders.'

Zijn gezicht werd zo mogelijk nog bleker. 'Wil je de kerstdagen niet met ons doorbrengen?'

'Natuurlijk wel. Ik wil geen kerst zonder de meisjes. Jullie kunnen een paar dagen vóór Kerstmis overkomen, zoals gepland. Je hebt de tickets. Als het ouderschap zo makkelijk is als jij denkt, zal je vast geen problemen hebben. De cadeautjes zijn allemaal gekocht, ingepakt en gelabeld. Vergeet ze niet mee te nemen.' Ze pakte haar telefoon en belde de luchtvaartmaatschappij. Voordat ze van gedachten kon veranderen, had ze een vlucht geboekt voor die avond.

'Maar...' Hij mompelde iets binnensmonds. 'Ik heb afspraken morgen.' Er klonk een lichte paniek in zijn stem, iets wat ze nog nooit eerder had gehoord.

'Je vindt er wel iets op.'

'Beth...'

'Ik wil dat je beseft dat de beslissing om nog een kind te nemen iets anders is dan een nieuwe bank kopen. Nog los van wat twee bevallingen lichamelijk met me hebben gedaan, zijn er voor kinderen commitment en compromissen nodig.'

'Dit is absurd.' Hij wreef met zijn hand over zijn kaak. 'Laat je dan tenminste een lijst achter met wat ze wel en niet eten? En ik weet niet welke kleren ik voor ze moet inpakken voor Kerstmis.'

'Verzin maar iets. Jij hebt nu de regie, al zou ik Melly niet haar mooiste jurk aan laten trekken naar het park, want als hij stukgaat, is ze verdrietig.'

'Ik kan gewoon niet geloven dat je dit doet.'

Dat kon ze zelf ook niet. 'Je redt je wel, Jason.'

'En mijn promotie dan?'

'Jij zei dat Sam begreep dat je een gezin hebt. Laten we dat dan maar eens op de proef stellen. Als hij je echt zo graag wil, is hij vast wel bereid een paar weken te wachten. Vergeet Ruby's inhalator niet als je naar buiten gaat. Ze krijgt soms een astma-aanval van het koude weer. Geef ze geen chips, hoe hard ze ook smeken, want ze hebben fruit, groenten en gezond eten nodig, en wat je ook doet, zorg dat je Bugsy niet kwijtraakt, want zonder hem kan Ruby niet slapen.'

Even sloeg de angst haar om het hart als ze dacht aan wat er allemaal mis kon gaan, maar haar woede was te groot om nu in te binden. Bovendien wist ze precies hoe het zou gaan. Zodra ze de deur uit was, zou hij zijn moeder bellen.

10

Posy

Zonlicht stroomde door de dakramen van de loft en wierp stralen naar binnen. Posy lag naakt op bed, met klamme huid en bonkend hart. 'Ik neem meestal geen lunchpauze.'

Luke trok haar tegen zich aan. 'Aangezien we allebei niets hebben gegeten, telt dit niet als lunchpauze.'

'Dat is waar. Heb je honger? We moeten wel iets eten voordat we weer aan het werk gaan.'

'Moet ik kiezen tussen seks en eten? Want dan kies ik seks.' Hij kwam op haar liggen en drukte zijn lippen op de hare in een lange zoen vol erotische beloftes. Ze voelde zijn volle gewicht op haar, zijn gespierde dijbeen tegen het hare, en de langzame strelingen van zijn vingers die over de gevoelige plekjes van haar lichaam gleden.

Ze sloeg haar armen om zijn nek en vroeg zich af hoe ze zich zo verbonden kon voelen met iemand die ze pas een paar maanden kende. Ze was niet alleen verbaasd, maar zelfs geschokt.

Hij was niet haar eerste minnaar, maar voorheen had ze seks meer als een aangenaam tijdverdrijf beschouwd dan als iets bijzonders. Ergens was ze zich er altijd van bewust geweest dat haar gevoelens niet erg diep gingen. Bij Luke had ze ontdekt hoe anders seks kon zijn wanneer de wederzijdse gevoelens het fysieke niveau ontstegen. Ze vertrouwde op haar gevoelens. Ze had ze vertrouwd toen ze haar vertelden dat Callum totaal niet bij haar paste, en ze vertrouwde ze nu ze zeiden dat het goed was om bij Luke te zijn.

Sinds die avond in de pub waren ze elke nacht samen geweest, en tijdens de lunch, en af een toe 's middags een uurtje. Ze wist niet dat het leven zo opwindend kon zijn.

Ze had nooit de behoefte gevoeld om haar hart te beschermen, maar even was ze bang geweest, niet dat ze gekwetst zou worden, maar dat er een eind zou komen aan deze intieme band, deze gelukzaligheid. Emotioneel voelde ze dat ze zich steeds dieper met hem verbond, maar ze zag geen reden om dat een halt toe te roepen.

Ze sloeg haar benen om hem heen en kromde haar rug in een schaamteloze uitnodiging. 'Luke Whittaker,' prevelde ze, 'ik wil dat je-' Haar telefoon piepte en onderbrak haar oneerbare voorstel.

'Dat ik wat?' vroeg hij met gesmoorde stem.

Ze zuchtte. 'Laat ik maar even kijken, misschien is het iets belangrijks. Wil jij mijn mobiel even aangeven?'

Hij gaf haar nog een kus, pakte haar telefoon en tuurde op het schermpje. 'Het is een berichtje van Beth.'

'Wat schrijft ze?'

'Niets belangrijks.' Hij legde de telefoon terug en bedekte haar lichaam weer met het zijne. 'Je hebt fantastische benen. Had ik dat al gezegd?'

'Nee. Ja. Weet ik niet. Ik kan niet goed nadenken wanneer je doet wat je nu doet.' Ze gleed met haar handen over zijn rug. 'Wat wilde Beth?'

'Niets.' Hij drukte een spoor van kussen van haar hals naar haar schouder. 'Iets over dat het slecht weer was.'

Posy verstijfde. 'Het weer?'

'Ja.'

'Was dat letterlijk wat ze schreef? Shit.' Ze wurmde zich onder hem vandaan en sprong uit bed. Vloekend struikelde ze over kledingstukken die verspreid over de grond lagen. 'Ik moet haar bellen. Sorry. Slechte timing, maar dit is een noodgeval.' Ze negeerde het deel van haar dat niets liever wilde dan weer bij hem in bed kruipen.

'Sinds wanneer is slecht weer een noodgeval?' Luke kwam op zijn ellebogen overeind, zijn haar in de war, zijn ogen slaperig en sexy. 'Overdrijf je niet een beetje? Het sneeuwt zo vaak in New York, hoewel de meeste sneeuw normaal gesproken pas na Kerstmis valt.'

'Dat berichtje heeft niets met het weer te maken. Het is een codewoord.' Posy raapte haar T-shirt en haar sokken op. 'Dat gebruikten we als tieners wanneer we niet wilden dat onze ouders te weten kwamen wat we aan het doen waren. Het betekent dat ze in de problemen zit.'

'Problemen?' Luke fronste zijn wenkbrauwen en ging rechtop zitten. 'Wat voor problemen?'

'Dat weet ik nog niet.' Posy trok haar sokken aan, keek in de spiegel en kreunde. 'Ik zie eruit alsof ik in een wervelstorm heb gestaan.' Ze kamde met haar vingers door haar haar, gaf het toen op en bond het in een paardenstaart.

Luke leunde tegen de kussens. 'Ik vind je eruitzien als iemand die net geweldige seks heeft gehad. Drie keer. Ik wilde er vier keer van maken, maar–'

Haar telefoon piepte opnieuw en nu pakte Posy hem zelf. Ze probeerde er niet aan te denken dat die vierde keer nu niet doorging. 'Ze is op het vliegveld. Niet in New York, maar hier.' De schrik sloeg haar om het hart. 'Waarom is ze op het vliegveld?'

'Omdat vliegen de gebruikelijke manier van transport is tussen hier en de VS?'

'Ze zou pas over een week komen. En meestal is ze...' Ze maakte haar zin niet af en zag met een schok op haar telefoon hoe laat het was. 'Het is halfvier! Hoe kan het ineens halfvier zijn?'

'Geen idee. Ik heb niet echt op de tijd gelet. Als ik jou naakt zie, houdt mijn brein ermee op.'

'Ik moet met een heel goede smoes komen om me hieruit te redden. En een nog betere om mijn zus op te halen.' Posy boog zich over hem heen en gaf hem met spijt in het hart een kus. 'Ik weet niet hoelang dit gaat duren. Je kunt waarschijnlijk beter–'

Hij nam haar gezicht in zijn handen en zoende haar tot het haar duizelde. Het verlangen vlamde zo sterk in haar op dat ze bijna weer bij hem in bed kroop.

Ze gromde. 'Gaat niet. Mag niet. Ik moet...' Ze rukte zich los, veranderde van gedachten en zoende hem opnieuw. Pas een volle minuut later had ze voldoende wilskracht bijeengeraapt om zich los te maken. 'Ik zou het liefst zeggen: blijf waar je bent, maar dit kan even duren.' Ze gleed voor de tweede keer uit zijn armen en keek de kamer rond. Waar was haar spijkerbroek? Ze kon zich niet eens meer herinneren dat Luke hem had uitgetrokken, maar ze was naakt geweest, dus het moest toch gebeurd zijn.

'Is dit niet een ingewikkeld excuus om bij me weg te gaan?'

Ze vond haar spijkerbroek naast de bank op de grond. 'Ik wil niet bij je weg, dus nee. En dat soort spelletjes speel ik niet. Als ik je weg wil hebben, zeg ik gewoon: ga weg.'

'Weet ik. Dat is een van de dingen die ik zo leuk aan je vind. Ik ga weer naar beneden om te werken, maar klop vooral aan wanneer je weer terug bent.' Hij aarzelde. 'En als ik iets kan doen... Als er een probleem is en ik je ergens mee kan helpen, bel me dan.'

'Dank je,' zei ze, geraakt door zijn aanbod. Ze kleedde zich verder aan, pakte haar jas en autosleutels, en wierp hem een laatste spijtige blik toe. 'Dit was leuk.'

Met een scheef lachje zei hij: 'Ga nou maar. Ik hou Bonnie wel gezelschap. Rijd voorzichtig.'

Behoedzaam liep Posy de spekgladde treden van de hooizolder af en sprintte naar haar auto. Gedachten aan Luke vermengden zich met zorgen om haar zus. Wat was er met Beth aan de hand? Waarom was ze een week te vroeg?

Ze bereikte het vliegveld in recordtijd en zag Beth meteen. Ze stond buiten de aankomsthal en zag er verloren uit. Van Jason en de kinderen was geen spoor te bekennen. Posy kon zich niet heugen dat Beth ooit alleen naar huis gekomen was. Wat was er aan de hand?

Ze draaide een parkeerplaats op en drukte op de claxon. Beth bleef voor zich uit staren. Posy sprong de auto uit en rende op haar af, snel om zich heen kijkend of er geen agenten rondliepen, want die hadden het niet zo op mensen die hun auto uit gingen.

'Hé, Beth!' Ze was nog maar een paar passen bij Beth vandaan toen haar zus haar eindelijk zag.

'Posy! Je bent er.'

Posy had nog nooit iemand zo opgelucht zien kijken. 'Natuurlijk ben ik er.' Ze keek over Beths schouder. 'Zijn ze je bagage kwijt? Waar zijn je koffers?'

'Dit is alles.' Beth zwaaide haar weekendtas over haar schouder.

'Maar je hebt altijd minstens twee koffers bij je.'

'Begin jij nou niet ook al. Zullen we gaan? Ik heb het ijskoud.' Ze stond te tollen op haar benen en Posy besloot dat haar vragen wel even konden wachten. Haar zus was duidelijk moe, en er stond een ijzige wind die niet uitnodigde om langer voor het gebouw te blijven staan dan nodig was.

Posy liep met Beth naar de auto. Het was druk op het vliegveld en achter haar stond een auto met draaiende motor te wachten tot haar plek vrij was. Hij toeterde en ze onderdrukte de neiging om een grof gebaar te maken. 'Jij ook zalig Kerstmis, stuk chagrijn. Vrede op aarde!' Dit zou een tijd van wellevendheid moeten zijn, maar het leek eerder een tijd van ongeduld.

Ze kroop weer achter het stuur, wachtte tot Beth naast haar zat en zette de verwarming aan. 'Ik was verrast door je bericht. We dachten dat je pas over een week zou komen.'

'Bedankt dat je meteen kon komen. Was je bezig met iets?'

'Nou, toevallig lag ik in bed met een lange, donkere, knappe man de beste seks van mijn leven te hebben. Maar ik vergeef het je.'

Beth schoot in de lach. 'Jij bent echt grappig.'

Wat zei het over haar dat haar zus ervan uitging dat het een grapje was? Was haar leven echt zo saai en voorspelbaar dat haar familie zich onmogelijk kon voorstellen dat ze een actief seksleven had? 'Ik was echt–'

'De kippen aan het voeren. Weet ik. Je hoeft het voor mij niet spannender te maken dan het is. Ik weet namelijk dat er in Glensay geen lange, donkere, knappe vreemdelingen zijn.' Beth gaapte. 'Ik ben allang blij dat je niet met een reddingsoperatie bezig was. Daar was ik even bang voor. Je bent een geweldige zus.'

'Weet ik. Ik ben de beste.' Misschien was dit sowieso niet het juiste moment om over Luke te beginnen. Posy wilde dat Beth haar verhaal deed. 'Alles goed?'

'Super.' Beth giechelde en probeerde tevergeefs haar gordel vast te maken.

Posy fronste haar wenkbrauwen en hielp haar ermee. 'Bethany McBride-Butler, ben je dronken?'

'Nee. Ik heb wel meer nodig dan een paar glazen champagne om dronken te worden.'

‘Een paar?’ Posy deed haar eigen gordel om en lette niet op het getoeter van de auto achter haar. ‘Hoeveel is “een paar”?’

‘Ik ben de tel kwijtgeraakt. Wie slaat er nou gratis champagne af? Ga nou maar, voordat die gast achter ons je te lijf gaat. Hij kijkt alsof hij bijna een hartverzakking krijgt.’

‘Dat krijg je als je je emotioneel gaat hechten aan een parkeerplaats. Heb je de kinderen niet meegenomen?’

‘Als dat zo was, dan zou ik hier toch niet mijn eentje zitten? Denk je dat ik ze bij de gevonden voorwerpen heb achtergelaten? Voor deze ene keer in mijn leven had ik weinig bagage. Geen kinderen. Geen koffers.’

Posy ging behoedzaam verder. ‘Dus je had zin om wat eerder thuis te komen voor de kerst?’

‘Inderdaad. En ik heb een upgrade gehad van de luchtvaartmaatschappij. Ik voelde me net Hannah. Heb je enig idee hoe luxe dat is?’ Beth had haar ogen nog steeds gesloten. ‘Films, een rugleuning die naar achteren kan, een scherm tussen mij en de rest van de wereld, en mensen die me vragen of ik nog iets wil hebben. Dat overkomt me nooit. Ik ben altijd degene die dingen voor anderen haalt, en er zit nooit een scherm tussen mij en iemand anders. Voor het eerst in zeven jaar ben ik naar de wc gegaan zonder dat iemand op de deur bonkte om mijn aandacht te trekken. Ik kon chocolade eten zonder die te hoeven delen.’

Posy leidde hieruit af dat Beths vroege komst niet alleen was ingegeven door de wens om meer tijd met haar ouders en zussen door te brengen. ‘Nou, deze kerst deel je de badkamer met Hannah, dus je kunt flink wat gebonk verwachten als je er te lang in blijft.’

Beth deed haar ogen niet open. ‘Ze zegt vast af. Dat doet ze altijd. Samen eten, Hannah? *Sorry, ik moet helaas afzeggen.* Kom je dit weekend? *Ik kom om in het werk.* Je nichtjes opzoeken? *O wacht, sorry, dat red ik niet.*’

Posy dacht aan hoelang haar moeder al in de keuken had gestaan. 'Als ze afzegt, vermoord ik haar.'

'Misschien zou het beter zijn als ze afzegde. Dan hoef ik tenminste niet steeds tegen de kinderen te zeggen dat ze stil moeten zijn.'

'Waarom zou je dat doen? Het is Kerstmis. Daar horen toch juist enthousiaste kinderen bij?'

'Hannah vindt mijn dochters niet leuk.'

Posy keek haar ontzet aan. 'Hoe kom je daar nou bij?'

'Laat maar. Let maar niet op mij. Ik kan zeker niet bij jou slapen in plaats van bij papa en mama?'

Posy dacht aan Luke. 'Nee.'

'Bedankt. Ik hou ook van jou.'

'Het heeft niets te maken met houden van, maar met het feit dat ik op de hooizolder woon. Dat is niet echt een kindvriendelijke plek. Er staat maar één bed en daar lig ik in.' Ze zei er maar niet bij dat er de laatste tijd ook vaak nog iemand anders in lag.

'Hannah komt toch pas op het laatste moment, dus dan heb ik in elk geval de badkamer nog even voor mezelf. Ik heb wel mijn eigen bed nodig,' zei Beth. 'En daar ga ik alleen in liggen. Niet meer midden in de nacht opstaan voor Ruby, terwijl Jason naast me ligt te snurken. Geen gebroken nachten meer. Niet meer vroeg op. Komende week gaat het alleen maar over mij.'

Posy hoorde haar ontsteld aan. Beth klonk zo net als Hannah, en ze kon deze kerst geen twee Hannahs aan.

Ze voegde in op de drukke weg en liet het vliegveld achter zich. Er was nu al veel verkeer, maar als straks iedereen thuiskwam voor de feestdagen, zou het nog veel drukker worden.

Ze wachtte tot ze op een recht stuk reden en hervatte toen het gesprek. 'Wat is er aan de hand, Beth?'

Beth schudde haar hoofd. 'Daar hoef ik geen antwoord op te geven.'

'Je stuurt me midden op de dag ons geheime codewoord dat we sinds onze puberteit niet meer hebben gebruikt en smeekt me om je op het vliegveld op te halen zonder dat mama erachter komt. Het minste wat je kunt doen, is een verklaring geven.'

'Moet dat nu meteen? En kun je iets langzamer rijden? Ik voel me niet zo lekker.'

'Dat krijg je als je je eigen lichaamsgewicht aan champagne opdrinkt.'

'Dat kun je nu wel zeggen, maar mag ik je er even op wijzen dat de laatste keer dat we het codewoord hebben gebruikt op je zeventiende verjaardag was, en dat je toen zoveel had gedronken dat je niet meer kon lopen en ik je langs papa moest zien te loodsen?'

Posy grinnikte. 'Dat weet ik nog. Ik veroordeel je niet, maar ik stop straks wel ergens om je vol te gooien met zwarte koffie. Papa en mama mogen je echt niet zo zien. En dan wil ik dat je me ondertussen vertelt wat er aan de hand is.'

Ze waren nu een heel eind bij het vliegveld vandaan en de weg was smaller geworden. De sneeuw lag in hopen langs de weg en Posy ging langzamer rijden. Er lag ijzel en ze wist niet wanneer er voor het laatst gestrooid was.

'Ik ben weg bij Jason. Dát is er aan de hand.'

Posy kon nog net voorkomen dat ze de weg af slingerde. 'Heel even dacht ik dat je zei dat je weg was bij Jason.'

'Dat zei ik ook.'

'Maar je bent dronken, dus je bent jezelf niet.'

'Ik weet niet meer wie ik ben. Ben ik Beth McBride, koningin van de lippenstift, of ben ik Beth Butler, echtgenote en moeder?'

Posy kreeg de indruk dat dit gesprek te ingewikkeld was voor deze verkeersomstandigheden. 'Kun je het niet allebei zijn?'

'Kennelijk niet. Volgens Jason moet ik mijn leven wijden aan het zaligmakende moederschap. Vroeger was ik een hoogvlieger, maar lang geleden ben ik neergestort en niemand heeft de wrakstukken opgemerkt.'

Genoeg, dacht Posy. Ze kwamen door een dorp. Posy keek in haar spiegel en draaide met een scherpe bocht een parkeerplek op.

Beth klampte zich aan haar stoel vast. 'Wat je ook doet, kun je het iets minder wild doen? Mijn maag heeft zojuist een paar salto's gemaakt. Waarom stop je?'

'Ik stop om wat koffie in mijn beschonken zus te gieten, zodat we een normaal gesprek kunnen voeren.'

'Ik ben niet dronken. En ik wil hier niet stoppen. Het ziet er treurig en desolaat uit.' Ze tuurde uit het raampje. 'Waar zijn we?'

'Op een plek waar niemand ons kent. Een plek waar mama er niet achter komt dat je dronken bent.'

'Ik wil naar huis. Ik wil opgevrolijkt worden, en deze tent ziet er deprimerend uit.' Beths stem haperde. 'Kunnen we niet naar de Glensay Inn? Dat is de traditie. Lunch in het café, avondeten in de pub. Ik wil bij dat knusse haardvuur zitten en over van alles en nog wat kletsen, zoals we vroeger deden. Ik wil Geoff en alle andere oude bekenden zien.'

Posy wilde niet over van alles en nog wat kletsen. Ze wilde praten over waarom haar zus nu al hier was en waarom ze alleen was. En ze wilde juist géén Geoff of andere bekenden zien. Ze was niet meer in de Glensay Inn geweest sinds ze daar ten overstaan van iedereen met Luke had gezoend. Ze zag op tegen het commentaar. Aan de andere kant zou ze hen toch ooit weer onder ogen moeten komen, en dat kon net zo goed nu zijn, met haar zus aan haar zijde.

Zoals verwacht werd er gejuicht en gejoeld zodra ze de warme, gezellige pub binnenkwamen. Ze zag minstens vijf leden van het reddingsteam aan de bar staan, en aan hun grijns te zien was de roddel als een lopend vuurtje door het dorp gegaan.

Misschien was het toch niet zo'n goed idee geweest om Luke in het openbaar te zoenen. Anderzijds stelde het niets voor in vergelijking met wat ze privé deden. Bij die gedachte moest ze glimlachen.

Beth glimlachte ook, maar dan om een andere reden. 'Zo'n ontvangst had ik niet verwacht. Wat fijn om weer thuis te zijn. Je hebt maar mazzel dat je hier woont en doet wat je leuk vindt, omringd door mensen die om je geven.'

En over je roddelen. En naar je knipogen. En je net zo lang treiteren totdat je hen wel kunt slaan.

'Ga zitten.' Posy verzamelde moed en loodste haar zus naar hetzelfde tafeltje als waar Luke en zij een paar avonden daarvoor hadden gezeten.

De geur van hout vermengde zich met die van rokerige whisky. Er bleek die avond een proeverij te zijn, en de plaatselijke stokerij had flessen whisky voor de gasten meegenomen om van te proeven en hopelijk te verkopen. Posy had al een fles voor haar vader gekocht. Niet een erg origineel cadeau, maar ze wist dat hij er blij mee zou zijn.

'Ze hebben een kerstboom!' Beth zakte neer op een stoel en staarde naar de lichtjes. 'Wat is Kerstmis toch geweldig.'

Geoff had vanavond vrij, dus stond zijn zoon Aidan achter de bar. Hij kwam naar hen toe. 'Leuk dat je weer thuis bent, Beth.' Hij bukte en gaf haar een kus op haar wang. Hij had warrig donker haar en was de beruchte winnaar van de wedstrijd *haggis* eten tijdens de plaatselijke Highland-spelen. 'Hoe gaat het met de kinderen?'

Tranen welden op in Beths ogen. 'Heel goed. Ze zijn nu niet bij me, en ik mis ze nu al, wat gek is, want–'

'Mag ik alsjeblieft een sterke koffie, Aidan?' Waren ze toch maar bij dat doodse wegrestaurant gestopt, dacht Posy.

'Ik wil graag een wijntje,' zei Beth. 'Een groot glas koele witte wijn. Misschien een sauvignon blanc. Of zullen we eens uit de band springen en champagne bestellen?'

'Geen champagne en geen witte wijn, koel of niet.' Posy trok haar jas uit. Ze had haar zus nog nooit zo gezien. 'Koffie. Sterk. Veel. En iets te eten.'

Aidan wachtte. 'Ik kan je de kaart brengen, maar dat heeft niet veel zin, want je weet toch al wat erop staat.'

'Is dat niet geweldig?' zei Beth met een beverige glimlach. 'We hoeven niet eens op de kaart te kijken. Mooie boom, trouwens. Zeg maar tegen Geoff dat alleen de maretak nog ontbreekt.'

'Je zus leek die anders laatst niet nodig te hebben.' Aidan knipoogde naar Posy, die geen spier vertrok.

'Twee hamburgers, Aidan, bedankt.'

'Komt eraan.' Hij keek naar Beth. 'En je lust geen tomaat, toch?'

'Klopt. O, Aidan...' Ze stond op en sloeg haar armen om hem heen. 'Ik vind het geweldig dat je dat nog weet, en ik ben heel blij dat ik thuis ben.'

Aidan klopte haar ongemakkelijk op haar rug. Hij had een schattig scheef lachje, waardoor hij nooit aandacht van vrouwen tekortkwam. 'Oké... Nou, klanttevredenheid hebben we hoog in het vaandel staan, dus dat is mooi. Altijd leuk om je te zien, Beth.' Hij haastte zich naar de keuken, ongetwijfeld om tegen iemand te zeggen dat er rare dingen aan de hand waren met de zusjes McBride.

Beth plofte weer op haar stoel. 'Vind je het niet geweldig dat iedereen alles van je weet?'

'Nee. Ik word er gek van.' Posy kreeg spijt dat ze voor zichzelf niet iets anders had besteld dan koffie. Was het hypocriet om zelf een biertje te nemen en tegelijk koffie bij haar zus naar binnen te gieten?

'Wat bedoelde hij met dat jij geen maretak nodig had?'

'Geen idee.'

Rory Wilson, de trainer van het team, maakte zich los van het groepje aan de bar en kwam op hen af. Hij begroette Beth hartelijk en gaf vervolgens Posy een klap op haar schouder. 'Ik heb gehoord dat je Amerika hebt ontdekt.'

'Heel grappig. Ik ben aan het bijpraten met mijn zus, die ik al heel lang niet heb gezien, Rory, dus ik zie je volgende week bij de training.'

'Ik hoop dat je nog energie overhebt om mee te doen.'

Zonder meer een slecht idee om Luke te zoenen in de Glensay Inn, dacht ze. Ze wilde niet dat wat Luke en zij hadden door roddels werd verpest. Aan de andere kant wist ze eigenlijk niet zo goed wat ze hadden. Was het voor Luke alleen maar seks? Of was het meer dan dat? Ging het ergens of juist nergens heen?

'Ik heb energie genoeg. En zeg maar tegen de jongens dat ze hun mond moeten houden, want ik raak geïrriteerd, en ik ben gevaarlijk als ik geïrriteerd ben. Bovendien bijt Bonnie mensen die me irriteren.'

'We zijn blij voor je. Het werd onderhand tijd dat je iemand leerde kennen.' Hij liep weer naar het groepje aan de bar.

Beth staarde haar aan. 'Heb je iemand leren kennen?'

Posy boog naar voren. 'Vertel eens over Jason. Wat heeft hij gedaan?'

'Niets.'

'Je gaat niet voor niets zonder twee koffers op reis. Er was vast iets.'

'Niets. Daarom ben ik weggegaan.'

'Je gaat niet weg bij een man die niets verkeerd heeft gedaan.'

'Nietsdoen kan verkeerd zijn.' Beth zakte onderuit op haar stoel. 'Ik bedoel dat hij letterlijk niets met de meisjes doet. Hij komt aan het eind van de dag binnenwaaien, als ik ze eindelijk rustig heb gekregen, stoeit tien minuten met ze tot ze helemaal door het dolle heen zijn, en dan moet ik ze weer zien te kalmeren.'

'Je hebt je man verlaten omdat de meisjes blij zijn om hem aan het eind van de dag te zien?'

'Sta je weer klaar met je oordeel? Want in dat geval stap ik direct op.'

Posy zei maar niet dat haar zus niet in staat was om waar dan ook heen te lopen voordat haar alcoholspiegel wat was gedaald. 'Ik probeer het gewoon te begrijpen. Jij en Jason lijken perfect samen. Jullie zijn zo'n stabiel stel.' Ze was geschokt. Ze dacht dat Beth gelukkig was met haar leventje. Ze had geen idee gehad dat er iets mis was. 'Weet Hannah het al? Heb je haar gesproken?'

'Denk je nou echt dat ik Hannah om relatieadvies ga vragen? Haar langste relatie is die met haar laptop. Ze weet niet hoe het is om van iemand te houden, laat staan om relatieproblemen te hebben.'

'Je had in elk geval mij moeten bellen. Sinds wanneer voel je je zo? Is er iets gebeurd?'

'We hebben enorme ruzie gehad.' Beth begroef haar gezicht in haar handen. 'Ik wil niet nog een kindje.'

'Nog een kindje?' Posy keek nerveus over haar schouder, maar het geroezemoes was weer naar een normaal niveau teruggekeerd en niemand leek meer op hen te letten.

Beth keek op. 'Ik wil het niet. Het voelt verkeerd.' Ze liet haar hoofd weer in haar handen zakken, net op het moment dat Aidan het eten kwam brengen.

Hij keek verward. 'Als je geen hamburger wilt, kunnen we–'

'Die wil ze wel. Bedankt.' Posy pakte de borden van hem aan. 'Het lukt zo wel, Aidan, bedankt.'

'Niet de hamburger is het probleem,' zei Beth met verstikte stem, 'maar de baby.'

Aidan verstijfde, en Posy had het liefst net als haar zus haar hoofd in haar handen laten zakken. 'Let maar niet op haar.' Ze wuifde hem weg en gaf Beth een por. 'Ga eens rechtop zitten. Ik kan niet met je praten als jij je hoofd in je handen hebt en iedereen kijkt.'

'Het kan me niet schelen of iedereen kijkt.'

'Mij wel, en ik moet hier wonen als jij straks weg bent. Ik heb al genoeg roddels te verduren. Zeg je nu dat je zwanger bent?'

'Zwanger?' Beth keek op. 'Nee, ik ben niet zwanger. Dat hoop ik niet tenminste.'

'Maar wat… Jezusmina!' Posy schoof de koffie over tafel naar haar toe. 'Drink dit eerst maar eens. Hoe sneller je dit op hebt, hoe sneller je geen wartaal meer uitkraamt.'

Beth nam een slokje koffie en begon te praten. Met horten en stoten kwam het eruit. *Jason wil meer kinderen, ik wil weer aan het werk, heb tijd voor mezelf nodig, vreselijke vlucht, voel me een waardeloze moeder, misschien gaat Jason wel bij me weg, misschien gaat hij de meisjes wel vermoorden–*

'Hij gaat de meisjes niet vermoorden. Hij is hun vader! Hij is dol op ze.' Posy zag nu pas hoe bleek en vermoeid Beth eruitzag en voelde een steek in haar hart. Dit was haar zus, en ondanks de geografische afstand waren ze altijd close geweest. Ze zagen elkaar niet vaak, maar ze mailden en belden elkaar via Skype. Hoe was het mogelijk dat ze niet in de gaten had gehad hoe ongelukkig ze was? Ze duwde de gedachte, aan dat ze zelf haar zus ook niet alles vertelde, weg.

'Ik bedoel per ongeluk. Wat als hij Ruby's inhalator vergeet mee te nemen?'

'Dan krijgt ze een astma-aanval en moet hij met haar naar het ziekenhuis en vergeet hij het daarna nooit meer. Maar ik denk niet dat hij het zal vergeten.'

'Wat de kinderen betreft ben ik degene die overal aan denkt.'

'Dat wil niet zeggen dat hij het niet kan als het moet.' Ze liet even bezinken wat ze net had gehoord. 'Dus Jason wil meer kinderen en jij wilt weer aan het werk?'

'Ja. Hij denkt dat ik mijn dagen slijt bij de manicure en op de bank met een boek.' Beth zette haar koffie neer en pakte de hamburger op. 'Wil je alsjeblieft niets hierover zeggen tegen mama? Ik zou het graag onder ons houden. Ze is altijd zo druk met Kerstmis. Ik hoop dat ze niet in de gaten heeft dat er iets mis is.'

'Ik denk dat ze wel iets merkt als ze je hier ziet zonder Jason en de meisjes. En het niet onbelangrijke feit dat je geen bagage bij je hebt.'

'Ik wil tegen haar zeggen dat ik eerder ben gekomen omdat ik tijd met haar wil doorbrengen en haar wil helpen voordat de kinderen er zijn. Ik weet hoeveel werk wij zijn.'

Dat was waarschijnlijk waar, maar Posy wist dat hun moeder daar niet in zou trappen. 'Waarom ben je niet gewoon eerlijk?'

Mama, ik wil het café niet overnemen. Lekker hypocriet, Posy.

'Ik wil niet dat ze zich zorgen maakt. Ze maakt zich al genoeg zorgen over Hannah. Wil je een hapje van mijn hamburger?'

'Waarom zou ik een hapje van jouw hamburger willen? Ik heb er zelf ook een.'

'Sorry, ik ben het niet gewend dat ik mijn eten helemaal alleen kan opeten. Thuis moet ik altijd alles delen. Cornflakes, smoothies, noem maar op. Het zit inmiddels zo in mijn systeem dat ik in het vliegtuig mijn gerookte zalm wilde delen met de man die naast me zat. Hij dacht waarschijnlijk dat ik niet goed bij mijn hoofd was.'

'Of hij vond je heel vrijgevig.' Posy besloot de kwestie rond hun moeder even te laten rusten. 'Heb je Jason geprobeerd uit te leggen hoe je je voelt?'

'Denk je nou echt dat ik hier zou zitten als er een andere oplossing was? Hij snapt het niet. Daarom heb ik hem alleen gelaten met de meisjes. Maar ik ken Jason: hij belt gewoon zijn moeder.'

'Je bent dol op zijn moeder.'

'Daar gaat het niet om. Dat betekent dat de kinderen niet verhongeren en geen balletles missen, maar het betekent ook dat er niets zal veranderen.'

'Waarom wil je weer aan het werk?'

'Omdat ik saai ben. Ik kan nergens meer over meepraten. Het enige wat ik nog kan, is prinsesje of brandweerman spelen.'

'Je bent niet saai.' Posy nam een hap van haar hamburger. 'Nou, eigenlijk ben je nu wel saai, maar normaal gesproken niet.'

'Bedankt.'

'Ik ben je zus. Zussen horen de waarheid te zeggen. Dus je plan was om hier alleen te komen, zonder bagage, en te beslissen of je weer aan het werk gaat?'

'Ik wilde een ander leven proberen en kijken of het bij me paste. Ik wilde zalm en biefstuk bestellen.'

'Ik snap niet waar je het over hebt.'

'Hannah vliegt overal eerste klas heen. Ze heeft een fantastische baan en een appartement met een waanzinnig uitzicht.'

'Dat ze nooit ziet omdat ze altijd in een vliegtuig zit.' Posy legde haar hamburger weer neer. 'Benijd je Hannah echt?'

'Ze hoeft aan niemand verantwoording af te leggen. Mensen luisteren naar haar en betalen haar een hoop geld voor haar expertise. Ze kan winkelen in Bloomingdale's zonder te hoeven verhinderen dat haar kind alles aanraakt of wegrent. Ze hoeft nooit iets te delen. Ja, ik benijd haar. Vind je dat zo verrassend?'

Posy, die Hannah nooit had benijd, was met stomheid geslagen. 'Zou je echt Hannahs leven willen?'

'Ik zou wel de vrijheid willen hebben die zij heeft. Snap je wat ik bedoel?'

'Niet echt, maar dat komt waarschijnlijk doordat jij dronken bent en ik niet. Eet je hamburger nou maar op.'

'Ik kwam thuis van mijn sollicitatiegesprek en hij vroeg niet eens hoe het was gegaan.' Beth plukte de sla van haar hamburger. 'We slingerden elkaar de vreselijkste dingen naar het hoofd en even later zat ik in een taxi naar het vliegveld. Wat is er mis met mij? Waarom kan ik niet gewoon gelukkig zijn met mijn leven, net als jij en Hannah?'

Posy voelde zich opgelaten. 'Iedereen stelt weleens vragen bij zijn leven.'

'Jij doet wat je het liefste doet. Mijn vroegste herinnering is dat jij aan het klimmen bent. Eerst op de keukentafel, daarna op de kasten, en toen nam papa je mee naar de rotsen. Weet je nog?'

Er kwamen vage herinneringen in Posy naar boven. 'Volgens mij kan ik me de rotsen nog wel herinneren, maar papa niet.'

'Ik weet het nog, omdat Suzanne erbij was en ze ruzie hadden.' Beth staarde in het vuur. 'Ik weet nog dat ze zei: "Rob, je kunt een kind van drie daar niet op laten klimmen. Het is gevaarlijk." En hij lachte en zette je toch boven op dat rotsblok.'

Posy fronste haar wenkbrauwen. 'Was onze moeder er niet bij?'

'Jawel, maar zij vond papa een soort klimgod. Als hij zei dat het veilig was, dan moest het wel veilig zijn. "Luister naar je vader", zei ze altijd.'

Het frustreerde Posy dat ze zich haar ouders niet kon herinneren. Het enige wat ze had, waren foto's. 'Waar was Hannah dan?'

Beth speelde met haar kopje. 'Ze lieten haar in het busje achter met een boek. Suzanne bleef vaak bij haar, omdat ze het geen prettig idee vond dat zij haar alleen lieten. Destijds had ik er geen mening over, want voor ons was het normaal, maar als ik nu naar mijn meisjes kijk, begrijp ik niet hoe ze dat konden doen. Ik laat mijn kinderen op hun achtste echt niet alleen achter op een of andere verlaten camping. Bij de gedachte van wat er zou kunnen gebeuren lopen de rillingen al over mijn lijf. Ik weet nog dat papa over je opschepte tegenover zijn vrienden en zei dat je zo'n geweldige klimmer was. Je was altijd papa's lievelingetje en dat stak hij niet onder stoelen of banken.'

Posy kreunde. Ze vond het ongemakkelijk om dat te horen. 'Ik heb daar niet om gevraagd, dat kan ik je verzekeren.'

'Het was niet jouw fout, maar de zijne. Pas wanneer je zelf kinderen krijgt, besef je hoe slecht dat is, opvoedkundig gezien. Ik let erop dat ik mijn meisjes precies gelijk behandel. Ik wil dat ze nooit denken dat Jason of ik een van hen voortrek.' Beth at haar bord leeg. 'Kan ik misschien een pyjama van je lenen?'

'Natuurlijk.' Posy haalde geld uit haar broekzak. 'Je kunt kiezen uit lama's en eenhoorns.'

'Ik hou van sexy nachtkleding. Laat mij dit betalen.'

'Hoeft niet.' Posy baande zich een weg naar de bar en gaf Aidan het geld. 'Bedankt.'

'Gaat het wel goed met Beth, Posy?'

'Ja hoor.'

Aidan keek over haar schouder en zag Beth onvast op haar benen naar de deur lopen 'Gelukkig maar. En aardig van je dat je het ook bij koffie houdt omdat zij geen alcohol meer drinkt.'

'Hoe kom je erbij dat ze geen alcohol meer drinkt?'

'Ik hoorde haar praten over de baby.'

Posy sloot even haar ogen. 'Aidan...'

'Ja?'

'Ik wil je iets vragen. Kom eens dichterbij.'

Hij grinnikte. 'Oké. Wauw, Posy. Je overvalt me een beetje. Wat doe je toch aardig de laatste tijd.'

'Niet zoiets.' Ze boog zich over de bar en wenkte hem.

Hij trok zijn wenkbrauwen op. 'Ga je mij nu ook in het openbaar zoenen?'

'Nee. Ik ga iets in je oor fluisteren, want ik wil niet dat iemand het hoort. Wat waarschijnlijk zonde van mijn tijd is, omdat het onmogelijk is om hier in dit dorp iets geheim te houden, maar ik blijf hopen.'

Aidan boog naar voren. 'Wat is het geheim?'

'Beth is niet zwanger en ik zou het op prijs stellen als je niet zegt dat je haar over de baby hebt horen praten.'

'Is ze niet zwanger?'

'Ze is niet zwanger.'

'Waarom dan die koffie? Anders drinkt ze altijd witte wijn.'

'Vergeet wat ze anders altijd drinkt.' Posy wilde hem niet vertellen dat haar zus al meer dan genoeg op had. 'Bedankt voor de burger en dit gesprekje, Aidan.'

'Graag gedaan. En als je me toch een keer wilt zoenen, mag dat, hoor.'

'Je hebt gelijk. De klantenservice is hier werkelijk uitstekend.' Ze gaf hem een klopje op zijn wang. 'Fijne avond, Aidan.' Ze trok Beth weg uit een gesprek met een paar mensen die ze niet kende en sleepte haar mee de pub uit.

Slingerend liep Beth naar de auto. 'Ik heb zin om papa en mama weer te zien. Zijn ze thuis?'

'Nee. Papa houdt een praatje over overleven in de bergen en mama heeft haar brei-avond in het café. En eerlijk gezegd denk ik dat het verstandiger is als je morgen naar hen toe gaat, wanneer je je roes hebt uitgeslapen.'

'Misschien heb je gelijk. Ik heb wel een tandenborstel bij me, trouwens.'

'Goed om te weten.'

'Eerste klas, ze geven je alles wat je nodig hebt. Behalve een pyjama, natuurlijk. En een nieuw leven.'

'Je hebt geen nieuw leven nodig.' Posy hielp haar zus de auto in en maakte haar gordel vast. 'Je moet gewoon je oude leven aanpassen.'

'Mag ik wat kleren van je lenen?'

'Je zegt altijd dat mijn garderobe een verschrikking is.'

'Hij past wel bij je levensstijl.'

'Iemand beledigen is meestal niet de beste manier om iets gedaan te krijgen.' Posy startte de motor. 'Zolang je geen haute couture verwacht, denk ik dat we wel iets voor je kunnen vinden. Mama heeft vast een trui voor je gebreid voor Kerstmis. Misschien kun je dat pakje alvast openmaken.'

Beth rolde met haar ogen. 'Zo'n kriebelding?'

'Mensen tellen veel geld neer voor haar truien, en nee, volgens mij zijn het momenteel niet van die kriebeldingen.'

'Rendier met rode neus? Lachende Kerstman?'

'Dat soort dingen breit ze al twintig jaar niet meer. Haar truien zijn prachtig. Laatst was ze iets aan het breien van zachtpaarse kasjmier.'

Ze reden voorzichtig de parkeerplaats van de pub af, want de wegen waren spekglad.

'Weet je nog die keer dat ze truien met sneeuwpoppen voor ons had gebreid?'

'O, ja. Hannah had de geit haar trui aangetrokken omdat ze bang was dat hij het koud had.' Posy vroeg zich af of de kerstdagen uit haar jeugd echt zo zorgeloos waren als ze zich herinnerde, of dat ze zich als kind simpelweg niet bewust was geweest van de spanningen.

'Dat was een goed jaar. Je hebt gelijk. Ik moet waarschijnlijk met mama gaan praten.' Beth leunde met haar hoofd tegen de hoofdsteun. 'Ik weet niet wat ik wil, maar ik weet wel wat ik niet wil.'

'Lamapyjama?'

'Nee.' Beth keek naar buiten. 'Ik wil niet nog een kindje. Maar Jason wel, dus hebben we een probleem.'

11

Suzanne

Suzanne zat aan tafel met haar vriendinnen en luisterde naar het gezellige geklets en het ritmisch tikken van de breinaalden. Het café was gesloten, maar het voelde er even warm en levendig als overdag. De sfeer was zelfs nog intiemer, want nu waren ze met vrienden onder elkaar in plaats van met onbekenden.

De kerstlichtjes rond de ramen en de gloed van de houtkachel in de hoek zorgden voor een warm kerstgevoel. Suzanne wist echter dat het niet de sfeer, maar de vriendschap was waardoor het zo behaaglijk aanvoelde.

'Die blauwe mutsen lopen goed, Rhonda. Ze gaan als warme broodjes over de toonbank.' Ze pakte nog een bol wol en keek of iedereen nog iets te eten en te drinken had. Op haar handwerkavonden schoven Posy en zij de tafels tegen elkaar aan om er één grote tafel van te maken, zodat iedereen gezellig met elkaar kon kletsen.

'Dat komt doordat het opeens zo koud is. Ik heb er vrijdag weer twintig klaar.'

'Je bent geweldig.'

'Ach, dan heb ik iets te doen met dit slechte weer,' zei Rhonda.

'En jij bent juist geweldig, omdat we hier onze spullen kunnen verkopen. Je hebt van deze plek echt een trekpleister gemaakt. Ik geloofde mijn ogen niet toen ik afgelopen zaterdag die touringcar op de parkeerplaats zag staan. Hoeveel mensen had je wel niet binnen?'

'Vijfenveertig. Amerikanen die een rondje Schotland deden. Ik moest wat extra stoelen halen en we hadden niet genoeg shortbread, maar het is gelukt.' Ze vond het nooit erg om veel mensen om zich heen te hebben. Hoe meer zielen, hoe meer vreugd. 'Gelukkig belden ze van tevoren.'

'Sta je inmiddels in een reisgids?'

'Daar lijkt het op, en dat zou mooi zijn, want ze kochten me helemaal leeg. Tot de laatste Schotse ruit aan toe. Ze gaven ook een fortuin uit in het café en kochten stapels tweedehands boeken, vooral die Schotse liefdesverhalen met een halfnaakte man in een kilt op het omslag.'

'Ik zou ook wel midden in de winter een man met ontbloot bovenlijf door de Hooglanden willen zien lopen.' Er was niemand die zo verdorven kon lachen als Maggie. Ze hadden elkaar leren kennen toen Suzanne en Stewart net in Glensay waren aangekomen.

Voordat ze met Stewart getrouwd was, had Suzanne nooit langer dan een paar maanden op dezelfde plek gewoond. Ze had gewerkt als berggids. Ze had in tenten en busjes geslapen en veel gereisd.

En toen was alles veranderd. Ze had een belofte om zich aan te houden en drie rouwende kinderen om voor te zorgen. Geen lange bergtochten meer, niet meer overnachten in tenten of pick-uptrucks. Niet meer leven op instantnoedels, geen kleren meer wassen in een bergbeekje. Ze moest een thuis creëren, iets wat ze nog nooit had gedaan.

Je hoeft niet je hele leven om te gooien, Suzanne.

Maar Suzanne had dat wel gewild. Het leven dat zij had gekozen, paste niet bij iemand die kinderen had. Cheryl vond misschien dat het kon, maar zij niet.

Ze kon de meisjes hun ouders niet teruggeven, maar ze kon hun wel zekerheid en stabiliteit bieden.

Er waren tijden geweest dat ze zich had afgevraagd of Stewarts liefde voor haar sterk genoeg was om deze nieuwe, onvoorziene druk op hun relatie aan te kunnen, maar hij was er op dezelfde manier mee omgegaan als met onweer in de bergen: rustig en bedaard.

Suzanne had er direct mee ingestemd om van Washington naar Schotland te verhuizen, waar ze in elk geval dichter bij Stewarts familie zouden zijn. Aanvankelijk hadden ze een klein huisje gehuurd iets buiten het dorp Glensay, waar Stewarts ouders een cafeetje hadden.

Als ervaren klimmer en berggids waren Stewarts diensten direct veelgevraagd en hij ging aan de slag in het Glensay Adventure Centre, terwijl Suzanne met zo weinig mogelijk middelen hun huis probeerde in te richten. Wanneer Stewart in de frisse buitenlucht aan het werk was, leerde zij zichzelf iets anders koken dan instantnoedels, en speurde ze naar koopjes om hun huurhuisje gezellig te maken.

Ze voelde zich volstrekt incompetent en hopeloos ongeschikt voor de uitdaging die voor haar lag. De meeste vrouwen hadden negen maanden zwangerschap om zich op het moederschap voor te bereiden. Zij was daarentegen op een dag wakker geworden met de verantwoordelijkheid voor drie kinderen, zonder dat ze er een handleiding bij had gekregen.

Toen ze een maand in Schotland waren, was Suzanne op een dag een winkel in gedoken om beschutting te zoeken tegen de kou. Ze was naar binnen gelokt door de prachtige trui die in de etalage lag. Ze stond ernaar te kijken toen de eigenaresse bij haar kwam staan.

'Die kleur zou je perfect staan.'

Met vijf monden te voeden had Suzanne geen geld voor een mooie trui. 'Hij is denk ik boven mijn budget.'

'De trui zelf is niet te koop. Ik heb hem in de etalage gelegd zodat mensen kunnen zien hoe hij eruitziet als hij klaar is.'

'Heeft u hem gebreid?' Toen pas zag Suzanne de bollen wol, in alle kleuren van de regenboog, waar één wand van het winkeltje mee was bedekt. Hier werden geen truien verkocht, maar wol.

'Brei jij niet? Dat zou je moeten leren. Het is een heerlijk tijdverdrijf om de Hooglandse winter mee door te komen.' De vrouw glimlachte. 'Ben jij niet de schoondochter van Elsie McBride? Stewart en jij hebben je toch ontfermd over die arme meisjes die hun ouders verloren hebben?'

Suzanne vroeg zich af of de vrouw medelijden had met de kinderen omdat hun nieuwe moeder niet eens kon breien. 'Ik ben Suzanne.'

'Margaret Cameron.' Ze stak haar hand uit. 'Maggie voor vrienden.'

Al snel was Suzanne een van die vrienden geworden. Maggie had Suzanne uitgenodigd voor de brei-avond die ze elke week bij haar thuis hield. In het begin had het breien Suzanne niet zoveel kunnen schelen, maar genoot ze wel van het gezelschap en de gesprekken, de kans om andere vrouwen om advies te vragen. Geleidelijk aan ontdekte ze echter dat breien een therapeutische werking had. De eerste keer dat ze een trui voor Posy af had, was ze eigenlijk best trots op zichzelf. Het maakte niet uit dat de onderkant niet kaarsrecht was en dat sommige steken niet helemaal gelijk waren. Ze had hem zelf gemaakt. Dat gaf haar nog meer voldoening dan het feit dat Posy hem dag en nacht wilde dragen. Ze sliep erin en droeg hem net zo lang tot er gaten in vielen.

Uiteindelijk stopte Maggie met wol verkopen en legde ze zich toe op het breien. Na een paar jaar nam Suzanne het café over van Stewarts ouders en richtte ze een hoek in waar ze zelfgebreide artikelen verkocht. Ze bleken zo populair dat ze de ruimte groter maakte. Daarna vulde ze het assortiment aan met andere streekproducten, zoals zelfgestookte whisky en lokale heidehoning. Ze kon de vraag nauwelijks aan, dus gebruikte ze een deel van de winst om uit te breiden. Bezoekers van het café liepen altijd wel even het winkelgedeelte in, en bezoekers aan de winkel vertrokken zelden zonder Suzannes cakes en een schuimige cappuccino's geproefd te hebben.

Suzanne had op talloze plekken gewoond, maar Glensay was haar eerste echte thuis. Ze was hier aan het begin van een strenge Schotse winter aangekomen, samen met Stewart en drie onthutste, verdrietige kleine kinderen, en de gemeenschap had hen met open armen ontvangen. De mensen hier voelden als familie. Ze kon zich niet voorstellen dat ze ooit ergens anders zou wonen.

'Hoe is het met Dougs been, Rhonda?'

'Hij heeft er veel last van door het koude weer, maar naar de dokter gaan, ho maar.'

'Ik snap niets van mannen,' zei Maggie. 'Mijn Pete zou nog niet naar de dokter gaan als zijn been eraf lag. Wat ben je stil, Suzy. Ga je ons nog vertellen wat er is? Komt het door Hannah?'

Ondanks alle clichés over dorpen en roddels wist Suzanne zeker dat alles wat hier ter tafel kwam binnenskamers zou blijven. Ze hadden elkaar tijdens ziekte, werkloosheid en andere tragedies gesteund. Suzanne had geen idee hoe haar leven er zonder haar vriendinnen uit zou hebben gezien. Vanaf het allereerste begin dook ze niet in de boeken wanneer ze een probleem had, maar vroeg ze raad aan hen. Gewapend met hun eigen ervaringen deelden ze hun ideeën over driftbuien, slaapproblemen en problemen met vriendjes. Wanneer ze ergens mee zat, wendde ze zich als eerste tot hen, en dat was nu ook zo.

'Het gaat voor de verandering eens niet om Hannah.' Ze pakte nog een bol wol. 'Beth is thuis. Ze is een paar uur geleden aangekomen. Wat natuurlijk leuk is, maar ze zou pas over een week komen.' En Beth deed nooit iets onvoorspelbaars. Ze belde wanneer ze zei dat ze zou bellen, vergat nooit een verjaardag en was een toegewijde moeder.

'Ik heb haar gezien.' Rhonda stond op en rekte zich uit. Ze rolde met haar schouders tegen de stijfheid door het stilzitten. 'Ik zag haar met Posy voorbijrijden toen ik onderweg was hierheen.'

'Posy heeft haar van het vliegveld opgehaald. Ze belde me daarstraks om te zeggen dat alles goed was en dat ze met Beth naar de pub ging om bij te praten.'

'Je bent vast blij dat je kleinkinderen er weer zijn.'

'De meisjes zijn nog in New York bij Jason. Zij komen later.' Dat hoopte ze tenminste.

'Misschien wil ze wat tijd voor zichzelf, en dat kan ik haar niet kwalijk nemen.' Rhonda ging weer zitten en pakte haar breiwerk op. 'Met kinderen van die leeftijd heb je nauwelijks tijd om adem te halen.'

'Dat is waar. Je hebt vast gelijk. Meer is het waarschijnlijk niet.' Suzanne legde haar breiwerk op tafel. Ze had geprobeerd Stewart te bellen, maar had zijn voicemail gekregen, dus had ze ingesproken en gevraagd of hij bij Beth wilde gaan kijken als hij eerder thuis was dan zij. 'Beth is de stabiele van de drie. Ze heeft nooit problemen.'

'Zo gaat het altijd met kinderen. Net wanneer je denkt dat je veilig kunt ademhalen, doen ze iets wat je niet verwacht. Ik weet nog hoe ik me voelde toen Alice plotseling aankondigde dat ze van Will ging scheiden.'

Hadden Beth en Jason problemen? Dat kon toch niet, dacht Suzanne verontrust. Ze leken zo blij met elkaar. Ze had nog nooit iets aan hun relatie gemerkt wat in haar ogen reden tot zorg was. 'Volgens mij is het dat niet.'

'We hebben wijn nodig.' Maggie legde haar breiwerk neer en liep naar de koelkast. Ze kwam terug met een dienblad met daarop een fles sauvignon blanc en vier glazen. Ze zette het op tafel. 'Dit is Beth, niet Hannah. Kun je het haar niet gewoon vragen? Of kan Stewart met haar praten? Die twee zijn altijd heel close geweest.'

'Hij houdt vanavond een lezing voor een groep jongeren, en Beth ligt waarschijnlijk in bed tegen de tijd dat hij thuiskomt.'

'Wanneer komt Hannah thuis?'

'Pas over een week.' Suzanne maakte de wijn open. 'Ze is vorig jaar niet gekomen. Ik ga heel erg mijn best doen om haar de ruimte te geven.'

'Je moet niet zo je best doen, Suzanne, en gewoon van Kerstmis genieten.'

'Ik wil haar graag blij zien.' Ze schonk de wijn in en iedereen pakte een glas.

'Je hebt gedaan wat je kon. Geen enkele moeder had meer kunnen doen.' Rhonda schudde haar hoofd. 'Soms denk ik dat kinderen gestuurd zijn om ons met zorgen op te zadelen. Mijn Rose heeft besloten haar zekere, goedbetaalde baan als arts op te geven en basisschooljuf te worden.'

Elaine keek op van haar breiwerk. 'Ze zou een goede juf zijn.'

'Maar dan moet ze dus weer een opleiding volgen.'

'Maakt het uit? Uiteindelijk wil je gewoon dat ze gelukkig zijn.'

Was Beth gelukkig? Suzanne had altijd aangenomen van wel, maar nu begon ze te twijfelen. Wat ook de reden was van haar vroege komst, Suzanne hoopte maar dat het niets ernstigs was.

Misschien kon Stewart met haar praten. Als iemand kon uitzoeken waarom ze eerder naar huis was gekomen, was hij het.

12

Beth

Beth werd wakker en wist dat het laat was. Op het nachtkastje stond een groot glas water, en er lagen pijnstillers en een door haar zus volgekrabbeld papiertje. Ze pakte het briefje op:

> Drink het water, neem de pijnstillers en kom naar het café. De beste remedie tegen een kater is een Schots ontbijt.

Bij de gedachte aan gebakken eten draaide haar maag zich om, maar ze slikte de pijnstillers en kwam overeind. Ze kon zich niet herinneren wanneer ze voor het laatst uit zichzelf was wakker geworden, zonder hulp van een kind.

Mama, wil je met me spelen?

Mama, Melly doet gemeen.

Mama, Ruby heeft mijn lievelingspop kapotgemaakt.

Ik heb honger.

Ik heb dorst.

Ik moet plassen…

Het huis was stil. Geen gekletter in de keuken. Geen gestommel op de trap. Door een kier in de gordijnen viel een streep zonlicht naar binnen.

Ze keek de slaapkamer rond. De muren, waar ooit posters van fotomodellen aan hadden gehangen, waren nu overgeschilderd in neutrale tinten. Verder was de kamer nog grotendeels hetzelfde als in haar jeugd. Op de boekenplank stonden haar lievelingsboeken en Betsy, de pop waar ze als kind niet zonder kon. Het maakte niet uit dat Betsy een oog kwijt was en dat de helft van haar haar was uitgevallen; die pop had haar door de zwaarste periode van haar leven gesleept. Waarschijnlijk wist Suzanne dat en was dat de reden dat Betsy niet verbannen was naar de zolder, samen met de andere overblijfselen uit Beths jeugd.

Melly was dol op de pop, en het eerste wat ze deed wanneer ze in Schotland aankwamen, was Betsy opeisen.

Als de kinderen hier waren, zouden ze nu bij haar in bed liggen, in een kluwen van warmte, gelach en gekibbel. Door hun afwezigheid leek de stilte nog stiller. Het zou zalig moeten voelen, maar het voelde juist hol en leeg, alsof er iets ontbrak.

Had Jason gebeld toen ze sliep? Ze keek op haar telefoon, maar ze had geen berichtjes. Wat betekende dat?

Er werd op de deur geklopt en haar moeder kwam binnen met een kop thee. 'Je hebt lang geslapen. Je was vast doodmoe.'

Beth had haar moeder de avond ervoor even gezien, maar ze was te moe geweest om meer uit te wisselen dan een korte knuffel. Ze propte het briefje van haar zus onder haar kussen. 'Bedankt, mama. Ik dacht dat iedereen weg was.' Ze zag een stapeltje keurig opgevouwen kleren op de stoel liggen en dankte haar zus in stilte.

'Papa hoopte dat hij je nog zou zien, maar hij moest vroeg weg en wilde je niet wakker maken. Ik ga zelf zo meteen weg.' Suzanne gaf haar de beker aan en liep naar het raam om de gordijnen open te doen. 'Het heeft weer gesneeuwd.'

Beth vouwde haar handen om de beker en probeerde haar bonkende hoofdpijn te negeren. Al die gratis champagne was nu opeens een stuk minder leuk. 'Het ziet er mooi uit, maar het is voor jou en Posy vast een hoop extra werk.' Waarom had Jason niets van zich laten horen?

'Beth?'

'Sorry. Wat zei je?'

'Het verbaast me dat je er nu al bent, en zonder de meisjes. Gaat alles wel goed?'

'Ja hoor.' Ze vroeg zich af wanneer haar moeder er iets over zou zeggen dat ze een pyjama van Posy aanhad.

'Het is een prachtige dag, maar wel koud. Wat zou je vandaag willen doen?'

Van die hoofdpijn afkomen.

Bedenken wat ze met haar leven moest.

Met haar zus praten.

'Ik zat te denken om naar het café te gaan om Posy te helpen.'

'Dat zou fijn zijn. Het is ontzettend druk en ik sta op de kerstmarkt, dus zij is alleen. Vicky zou komen helpen, maar die heeft griep. Ze kan niet eens haar bed uit komen. Ik heb kippensoep gemaakt en die ga ik even bij haar langsbrengen voordat ik naar de markt ga.'

Suzanne verkocht tijdens de feestdagen streekproducten op verschillende kerstmarkten.

'Moet je wel bij haar op bezoek gaan als ze griep heeft?'

'Ze woont alleen. Iemand moet een oogje in het zeil houden. En zoals je weet ben ik nooit ziek. Er liggen schone handdoeken in de badkamer. Als je over een halfuur klaarstaat, kan ik je afzetten wanneer ik naar Vicky ga. Je hebt wel laarzen nodig. Er is deze week veel sneeuw gevallen. Hoe gaat het met de meisjes?'

Dat wist Beth niet, en bij die gedachte begon ze bijna te hyperventileren. Het was voor het eerst sinds de geboorte van Melly dat ze geen idee had hoe haar kinderen het maakten. Waarom had Jason niets laten weten? Moest ze zijn moeder bellen? 'Uitstekend. Ze hebben veel zin om te komen.' Wat als Jason hen niet meenam? Wat als hij zo kwaad was dat ze was weggegaan dat hij besloot niet meer te komen? Aan de andere kant had hij ook vreselijke dingen gezegd. En dat had tot deze situatie geleid.

'Je vader en ik hebben veel zin om hen weer te zien. Ze zijn vast weer erg gegroeid. Zo gaat dat op die leeftijd.' Suzannes blik bleef op het stapeltje kleren op de stoel rusten. 'Waar is je bagage?'

Beth zocht razendsnel naar een uitvlucht. 'De luchtvaartmaatschappij is de koffers kwijtgeraakt.' Ze wilde haar moeder niet bezorgd maken door te zeggen dat ze ruzie had gehad met Jason.

'Wat vreselijk.' Suzanne fronste haar wenkbrauwen. 'Kunnen ze die niet achterhalen?'

'Ze bellen me als ze hem gevonden hebben. Ik red me wel. Posy heeft me wat geleend.'

'Je oude laarzen slingeren hier waarschijnlijk nog ergens rond. Zal ik ze opzoeken?'

'Graag, mama, bedankt.' Beth dwong zichzelf uit bed te komen en pakte haar telefoon. 'Ik ga even douchen.'

'En neem je dan je telefoon mee? Jullie en je telefoons ook altijd. Maar wel goed om te zien dat je niet een nachtje weg kunt zijn zonder Jason te willen spreken.'

Ze vond het vreselijk om tegen haar moeder te liegen. De Kerstman zou vast niets in haar kous stoppen omdat ze stout was geweest.

Ze nam een douche en trok vervolgens Posy's kleren aan. Op weg naar beneden keek ze weer op haar telefoon en zag een berichtje van haar vader. Ze glimlachte, want een berichtje sturen was voor Stewart een laatste redmiddel:

Fijn dat je weer thuis bent. Kijk ernaar uit om je straks weer te zien. Papa. xx

Ze kreeg een brok in haar keel van de twee kruisjes. Ze wilde zo graag naar haar vader toe dat haar borstkas er pijn van deed.

Ze schraapte haar keel en vermande zich. Wat was er mis met haar? Ze was een volwassen vrouw, geen klein kind. Ze zou in moeilijke tijden niet meer om haar vader verlegen moeten zitten. Maar nu had ze spijt dat ze de wekker niet had gezet, zodat ze hem minstens even een knuffel had kunnen geven voordat hij naar zijn werk ging.

Nog steeds geen bericht van Jason.

Dit was de eerste keer in hun huwelijk dat ze van mening verschilden over iets belangrijks. En dit was iets heel belangrijks. In een huwelijk ging het om compromissen sluiten, maar hoe kon je hierover een compromis bereiken? Er was geen middenweg bij nog een kindje krijgen. Je kreeg er een of je kreeg er geen. Een van hen moest een droom opgeven.

Kon zij dat? Kon ze nog een kindje krijgen om haar huwelijk te redden?

Voor het eerst sinds Jason erover begonnen was, legde ze haar hand op haar buik en stelde ze het zich voor. Ze sloot haar ogen en dacht aan dat wonderbaarlijke gevoel wanneer de baby voor het eerst bewoog. *Van ons, Jason. Onze baby. Ons gezinnetje.*

Toen dacht ze aan de bevalling. Wanneer andere moeders over hun soepele bevalling praatten, hield Beth haar mond. Voor haar stond bevallen gelijk aan pijn en hechtingen en artsen die met zorgelijke blik over haar baby gebogen stonden. Bij het idee dat ze dat nog eens moest doormaken begon haar hart te bonken, en dat was nog voordat ze dacht aan de slapeloze nachten en de meedogenloze eisen van jonge kinderen. Hoe kon Jason dat in hemelsnaam een goed idee vinden?

Terneergeslagen, vermoeid en brak pakte ze haar jas en stapte ze bij haar moeder in de auto.

'Doe je gordel om. De wegen zijn glad.' Suzanne reed behoedzaam weg en Beth strekte haar benen om haar tenen onder de verwarming op te warmen. De wegen waren sneeuwvrij, maar op de velden en de bergen lag een dik pak.

'Hoe gaat het, mama?' Ze voelde zich schuldig. 'Het spijt me dat ik de laatste tijd zo weinig heb gebeld. Ik had het erg druk met de meiden.'

'Je hoeft je niet te verontschuldigen.' Suzanne concentreerde zich op de weg. 'Ik weet nog hoe het was om jonge kinderen te hebben. Altijd maakte ik plannen voor de dag, maar op de een of andere manier vloog de tijd voorbij en had ik uiteindelijk niets van mijn lijstje gedaan.'

'Klinkt bekend.' Beth onderdrukte een geeuw. 'Hoe heb jij het klaargespeeld?' Het ene moment was Suzannes leven een kindvrije zone geweest, en even later had ze drie weeskinderen om voor te zorgen.

Haar moeder glimlachte. 'Ik had je vader. We waren een team.'

Bij de gedachte aan haar vader werd Beth belachelijk emotioneel. Om zichzelf af te leiden keek ze naar buiten, terwijl ze langs vertrouwde plekken reden. Daar was de boerderij van de McAllisters, met daarachter de bergen.

Ze wist nog dat toen ze hier net waren komen wonen ze zich getraumatiseerd had gevoeld. Maar heel langzaamaan werden ze opgenomen in de gemeenschap. Ze wist niet precies wanneer ze het dorp als haar thuis was gaan beschouwen. Het was geleidelijk gegaan, en viel samen met dat ze Suzanne als haar moeder was gaan zien.

Had ze zich ooit echt gerealiseerd hoe moeilijk het voor Suzanne geweest moest zijn? En hoeveel geluk de drie dochters hadden dat ze haar hadden? Stewart en zij hadden hen door dik en dun gesteund.

'Hoe is het met papa?'

'Prima. Je kent je vader-' Suzanne remde af voor een kruispunt. 'Altijd in de weer. Tegen alles ja zeggen, en daarom was hij er ook niet toen je gisteravond thuiskwam en was hij al weg voordat je wakker werd. Maar als we hadden geweten dat je kwam, waren we natuurlijk–'

'Het was een spontane actie.'

Suzanne pakte haar hand en gaf er een kneepje in. 'We zijn er altijd voor je, dat weet je.'

'Bedankt.' Beth voelde de tranen weer achter haar ogen prikken en knipperde ze weg. Kennelijk was ze in een fontein veranderd. Ze zou nooit meer drinken.

Haar moeder minderde vaart en draaide het raampje omlaag toen ze langs twee mensen reden die net een kerstboom in de auto aan het laden waren. 'Fiona! De leesclub is verplaatst naar dinsdag.'

'Ik heb het gehoord.' Fiona kwam op hen af. 'Nemen we iets te eten mee, omdat het de laatste bijeenkomst voor de kerst is?'

'Dat is wel het plan.'

Fiona en Suzanne kletsten even, en Beth probeerde zich tevergeefs voor te stellen dat een dergelijk gesprek in Manhattan zou plaatsvinden. Als de yogales verplaatst werd, kreeg ze een berichtje. Ze trapten niet halverwege Fifth Avenue op de rem.

Ze glimlachte toen haar moeder naar Fiona zwaaide en weer optrok. 'Fijn om weer thuis te zijn.'

'Mis je de hectiek van de grote stad niet? Hoe is het met Jason? Alles nog steeds goed op zijn werk?'

'Ja. Hij heeft weer promotie gekregen.'

'Een promotie betekent vaak meer uren, dat zal voor jou zwaar zijn met twee kleintjes.'

Hoe kon het toch dat haar moeder haar altijd begreep? 'Jij had drie kleintjes.' *En die waren niet eens van jou.* Om de een of andere reden gingen haar gedachten steeds daarnaar terug. Het gesprek met Jason had haar aan het denken gezet over hoe het zou zijn om drie kinderen te hebben.

'En dat was voor mij een groot geluk.'

Was dat echt zo? Ze had nooit diepgaand met haar moeder gepraat over die tijd, over de beslissing die ze had genomen. Had ze ooit overwogen om nee te zeggen? Had ze net als Beth ooit gedacht dat het te veel was?

Voordat ze besloten had of ze die vraag wel of niet moest stellen, stopte Suzanne voor het café. 'Veel plezier met je zus. Ik hoop dat het niet te druk is.'

Dat hoopte Beth ook. Haar hoofd kon niet al te veel lawaai verdragen.

Ze duwde de deur van het café open en werd onmiddellijk in een aangename warmte gehuld. Posy stond achter de bar en legde op een paar bordjes royale plakken chocoladecake. Haar krullen dansten rond haar gezicht en ze had blosjes op haar wangen van de warmte.

Ze glimlachte toen ze Beth zag. 'Hoe gaat het?'

'Wil je een eerlijk antwoord? Ik voel me alsof ik een trap van een rendier heb gekregen. En ik moet steeds huilen.'

'Wie champagne drinkt, moet op de blaren zitten.'

'Bedankt voor je medeleven. En voor het water en de pijnstillers.'

'Graag gedaan. Je kunt het goedmaken door je jas op te hangen en dit naar tafel twee te brengen.'

Beth onderdrukte een geeuw. 'Waar is tafel twee?'

'Die bij de haard. De tafel die iedereen wil.' Posy zette kopjes en een theepot op een dienblad. 'Hoe is het met mama?'

'Goed, denk ik. Ze wilde weten wanneer je de boom gaat halen.'

'Ik ga morgen met Luke naar het bos. Dan halen we er een voor ons en een voor de schuur.'

Luke?

Beth bracht de thee met een vriendelijke glimlach naar het tafeltje en ging vervolgens achter de bar de koffiemachine staan bestuderen. Met al die wijzerplaatjes en lampjes leek het meer op een cockpit van een jumbojet. 'Wie is Luke?'

'Onze huurder. Hij heeft de schuur voor drie maanden gehuurd. Niet aankomen!' Posy schoof haar aan de kant. 'Ik kan me nu geen kapotte koffiemachine veroorloven.'

'Bedankt voor dit blijk van vertrouwen.' Beth leunde tegen de bar en keek toe hoe Posy een espresso maakte die de meest veeleisende New Yorkse barista het zwijgen zou opleggen. 'Ik heb niets van Jason gehoord. Ik maak me zorgen.'

'Jij maakt je altijd zorgen.' Posy zette de koffie naast haar neer en begroette een stel dat binnenkwam en een ijskoude windvlaag en sneeuwvlokken meebracht. 'Koud, hè? Wat kan ik voor jullie doen?'

De twee bestelden en Beth dronk haar koffie, denkend aan de vele uren die ze hier als kind had doorgebracht. Alle drie kwamen ze na school altijd hierheen om aan een van de tafeltjes huiswerk te maken en te wachten tot hun moeder klaar was met werken. Ze kregen elke keer iets lekkers. Soms was het een zalig zoet vierkantje kruimelig shortbread, warm uit de oven, en soms maakte hun moeder warme chocolademelk met slagroom en chocoladeschilfers erop.

Suzanne wist een gezellige, warme sfeer te creëren voordat dat een wereldwijde trend werd. Wanneer ze klaar waren met hun huiswerk, maakten ze het zich gemakkelijk op de zitzakken bij de boekenkast en lazen ze tot hun moeder het café sloot.

'Hé.' Posy duwde Beth zachtjes opzij. 'Je staat in de weg.'

'Mocht je het nog niet in de gaten hebben: ik zit midden in een persoonlijke crisis.'

'Dat heb ik heus wel in de gaten. Ik heb je namelijk opgepikt van het vliegveld, je geholpen weer nuchter te worden en je mijn lievelingspyjama geleend. Ik leef met je mee, maar ik wil niet dat jouw crisis mijn lunchbestellingen in de weg staat. Je zei dat je weer aan het werk wilde– dan kun je nu beginnen.' Posy overhandigde haar een schort en Beth zuchtte.

'Wat wil je dat ik doe?'

'Bedienen. En denk aan je glimlach en een hartelijk Schots welkom.'

'Ik woon in Manhattan en ben geboren in Seattle.'

'En je hebt je vormende jaren hier in Schotland doorgebracht, dus doe maar niet alsof je een stadsmens bent.' Posy wees naar het bord. 'De specials van vandaag zijn twee soepen: aardappel-prei en champignon-crème. Geserveerd met zuurdesem of warm brood met rozemarijn en zeezout. Voor de vegetariërs hebben we een quiche met geitenkaas en rode ui, geserveerd met salade, en voor de echte carnivoren mama's taart met hert en champignons.'

Het water liep Beth in de mond. 'Mijn lievelingsquiche.'

'Jij moet bedienen, niet eten. Maar als er iets over is, krijg jij het.'

'Heb je weleens iets over?'

'Nooit.'

Beth besloot dat haar zus een sadist was, nam een bestelling op van een paar Australische toeristen en verdween in de keuken.

Twee uur lang liep ze het vuur uit haar sloffen. Ze had nauwelijks tijd om met haar zus praten, laat staan om op haar telefoon te kijken. Zowel in het café als in de winkel was het druk. Terwijl Beth de soep in kommen schepte, verkocht Posy vier blauwe glittertruien van Suzanne, acht mutsen en twee paar vingerloze handschoenen.

Beth gaapte. 'Wat is het absurd druk. Hoe houd je dit vol?'

'Normaal gesproken is Vicky er, maar die is nu geveld door griep.'

'Wat als het reddingsteam wordt opgeroepen?'

'Dan laat ik alles uit mijn handen vallen en moet jij de tent runnen.' Posy deed drie pakjes kerstkaarten van een plaatselijke kunstenaar in een zakje en stopte er een speculaaspop bij. 'Van het huis.' Met een stralende glimlach overhandigde ze het pakje, en wederom verliet een blij gezin het café.

'Je hebt maar geluk.'

'Pardon?'

'Jij hebt je leven op de rit. Je hebt een gezellige loft, je dieren, de bergen en dit café. Je weet wat je wilt en doet het ook. Daar ben ik jaloers op.'

Posy keek haar niet aan. 'Volgens mij ben je op dit moment jaloers op iedereen. Is het weleens bij je opgekomen dat wij jaloers op jou zijn?'

Beth nam een stukje shortbread. 'Waarom doe je zo kattig?'

'Ik doe niet kattig. Alleen...'

'Wat?'

Posy schudde haar hoofd. 'Niets. Ik vind alleen dat je veel aannames doet over het leven van anderen.'

'Correcte aannames. Hannah wil geen kinderen, en jij wilt niet in Manhattan wonen.'

'Dat laatste klopt.'

Het belletje aan de deur rinkelde en er kwam een lange, donkerharige man binnen. Hij had een duistere, enigszins vervaarlijke uitstraling en Beth ging wat meer rechtop staan.

'Knappe man op twaalf uur,' mompelde ze. 'Vraag zijn naam en nummer. Of hou hem gevangen om jezelf aan hem te warmen tot de sneeuw smelt.'

'Ik weet zijn naam en nummer al. Dat is mijn huurder.' Posy knikte naar de man. 'Productief ochtendje?'

'Ik heb meer gewist dan geschreven. Risico van het vak, maar gelukkig te verhelpen met een goede brownie.' De man trok zijn jas uit en Beth zag haar zus naar hem glimlachen.

'Eén brownie, komt eraan. Koffie zoals gebruikelijk?'

'Alsjeblieft.'

'Verder nog iets?'

'Eigenlijk wel, ja.' Hij stak zijn arm naar Posy uit, trok haar tegen zich aan en zoende haar alsof de wereld verging en dit hun laatste afscheid was. Het leek wel de slotscène van een romantische film.

Beth gaapte hen aan. Ze was verbijsterd, en toegegeven: misschien ook een tikkeltje jaloers. Ze dacht dat ze alles over Posy's leven wist, maar kennelijk had ze zich vergist. Deze man was duidelijk meer dan alleen de huurder van haar zus. En opeens dacht ze weer aan Posy's opmerking in de auto. *Toevallig lag ik in bed met een lange, donkere, knappe man de beste seks van mijn leven te hebben.*

Beth was ervan uitgegaan dat het een grapje was. Ze keek het café rond, maar zag alleen goedmoedig glimlachende mensen. Beth had het gevoel dat zij de enige was die niet ingelicht was over een geheim.

Toen Luke eindelijk zijn hoofd ophief, was de blik die hij en Posy wisselden zo intiem dat Beth het gevoel had dat ze in hun slaapkamer stond.

Wanneer hadden Jason en zij voor het laatst zo naar elkaar gekeken? Wanneer waren zij voor het laatst spontaan geweest? Hun leven was tot op de minuut gepland, en meestal draaiden hun plannen om de meisjes.

Luke liet Posy eindelijk los, maar het was duidelijk dat hij dat alleen maar deed omdat ze op openbaar terrein waren.

Beth wachtte tot haar zus hem aan haar zou voorstellen, maar Posy staarde dromerig in de verte. Hij kon kennelijk goed zoenen, dacht Beth, en dus nam ze zelf maar het initiatief. 'Wij kennen elkaar nog niet.' Ze stak haar hand uit. 'Ik ben Posy's zus. De middelste, getrouwde zus. Beth.' *De saaie met een afstervend brein.* 'Leuk je te ontmoeten.'

Hij had een stevige handdruk. 'Luke Whittaker. Klimmer, schrijver en slechte invloed. Ook leuk om jou te ontmoeten.' Hij wendde zich weer tot Posy. 'Ik neem snel een tafeltje nu er nog eentje vrij is, want dat zal vast niet lang duren.'

Luke Whittaker. Slechte invloed. Beth keek hem na terwijl hij naar een tafeltje liep.

Posy schudde koffiebonen vanuit een pak in de maler en morste er een paar. 'Oeps.'

'Begrijpelijk,' zei Beth. 'Als ik zo gezoend werd, zou ik ook geen vaste hand hebben.'

'Wil je niet zo naar mijn klanten staren?'

'Ik staar maar naar één klant.' Beths blik bleef op hem rusten. 'Zei hij nou dat hij Luke Whittaker heette?'

'Ja.' Posy veegde de koffiebonen op. 'Je staart nog steeds.'

'Die naam komt me bekend voor.'

'Hij heeft een boek geschreven en is ook op tv geweest. Hij is de Adventure Guy. Die man die verhalen vertelt over overleven in het wild. Je weet wel, hoe je zorgt dat je niet opgegeten wordt door haaien als je schip zinkt in de Atlantische Oceaan – dat soort dingen. Zeer nuttige informatie als je in de Schotse Hooglanden woont.' Posy stootte een pak melk van de bar en Beth ving het net op tijd op.

'Haal jij nou maar even diep adem voordat je iets breekt.'

Luke bleef onderweg naar zijn tafeltje even staan om een paar woorden te wisselen met Mrs Chappell, die een paar vakantiehuisjes had in het dorp.

Beth bleef naar hem kijken. '*Adventure Guy*. Ik heb dat programma nog nooit gezien, maar ik geloof dat ik de naam wel herken. Hoelang zoent hij jou al zo?'

'Niet lang genoeg.' Posy legde een grote brownie op een bordje.

'Nu begrijp ik waarom je erop zinspeelde dat er in jouw leven ook het een en ander aan de hand was.' Beth zag Luke zijn winterjack uittrekken en bewonderde de brede schouders die onder zijn kabeltrui schuilgingen. 'Hij lijkt wel een reclamespotje voor buitensportkleding. Sterk en bestand tegen hevige wind, zware regenval en ijs.'

'Hij is inderdaad geen straf om naar te kijken.' Posy schonk de schuimige melk op de koffie en maakte een kerstboomfiguurtje. Ze strooide er kaneel over en liep met de koffie en brownie naar zijn tafeltje.

Beth wachtte tot ze terug was. 'Dus je maakte geen grapje toen je zei dat je in bed lag met een lange, donkere, knappe man.'

'Nee, dat was geen grap. En ik was wel lichtelijk beledigd dat je het idee dat ik seks heb zo hilarisch vond.'

'Dat had niets met jou te maken, maar met het feit dat er niet echt veel sexy vreemdelingen in dit dorp rondlopen.' Beth bestudeerde Luke. 'En je liet hem achter om mij van het vliegveld te halen.'

'Ja. Dus je staat flink bij me in het krijt.' Posy wierp een blik op Beth. 'Je ogen glanzen. Huil je nu alweer?'

'Ik ben nogal emotioneel vandaag.'

'Dat krijg je als je een paar flessen champagne leegdrinkt.' Posy kneep haar zus zachtjes in haar arm. 'Maar het komt wel goed. Doe nou maar rustig.'

'Ik ben geen rustig iemand.'

'Ga dan maar mediteren of zo, maar hou op met huilen, anders maken papa en mama zich zorgen.'

'Denk je ooit aan het offer dat zij gebracht hebben door ons in huis te nemen?'

Posy keek haar sceptisch aan. 'Niet als ik aan het werk ben, nee. Wat heb jij vandaag?'

'Ik ben gewoon over bepaalde dingen aan het nadenken.'

'Nou, hou daarmee op. Het is niet goed voor je en je krijgt er rode ogen van. Drink nog een sterke koffie en doe make-up op, of wat je dan ook doet om jezelf normaal te voelen. En hou op met zwelgen.'

'Ik zwelg niet.' Maar Beth deed toch wat lipgloss op haar lippen. Posy had eigenlijk wel gelijk. Ze was aan het zwelgen en daar moest ze mee ophouden. 'Het is fijn om te zien dat jij een florissant liefdesleven hebt, maar ik heb dat niet.'

Op dat moment begon haar telefoon te rinkelen. 'Eindelijk!' zei ze opgelucht. 'Dat moet Jason zijn. Ik begon me al zorgen te maken. Vind je het goed als ik deze even neem?'

'Tuurlijk.' Posy duwde haar zachtjes weg. 'Maar wel in de keuken. Ik wil niet dat mijn klanten hun eetlust verliezen door jouw emotionele gesprek.'

Beth wist dat Duncan in de keuken was en besloot naar buiten te gaan. Pas toen ze opnam, zag ze dat het niet Jason was, maar Corinna.

'Hai Corinna.' Ze zou dolblij moeten zijn dat Corinna belde, maar het enige wat ze nu dacht was dat ze wou dat het Jason was geweest.

'Ik wil je vanmiddag hier op kantoor zien. We hebben teamoverleg.' Geen inleidende zinnen als: hoe gaat het met je? Zin in de vakantie? Komt het gelegen dat ik bel? Maar Corinna wilde haar kennelijk nog steeds in het team hebben.

'Ik ben niet in Manhattan, Corinna. Ik ben in Schotland. Ik heb besloten eerder te gaan.'

Er viel een korte stilte. 'Beth, ik vraag me af of je dit wel serieus neemt. Als je hier echt mee verder wilt, moet ik zeker weten dat je loyaal en betrokken bent.'

De eerste keer dat ze voor Corinna had gewerkt, was ze ook al onderworpen aan dit soort emotionele chantage. Het was nu net zo ongemakkelijk om aan te horen als toen. 'Ik ben betrokken, Corinna. Ik heb hard gewerkt en een paar ideeën uitgewerkt.'

'Stuur maar op. Dan kijk ik ernaar.'

'Ik mail ze je vandaag.' Ze had tijdens de vlucht over de campagne willen nadenken, maar in plaats daarvan had ze zich verlustigd aan de champagne en het feit dat ze voor het eerst in lange tijd een stoel voor zichzelf alleen had en zelf de afstandsbediening mocht bedienen.

'Als je me ze vóór twee uur stuurt, kan ik ze inbrengen in de vergadering. Ik stuur je wel een link, zodat je kunt inbellen.'

'Dat gaat niet.' Beth kromp ineen toen ze het zei. Ging ze deze kans nu verpesten omdat ze eerder naar huis was gegaan? 'Het bereik is hier niet goed genoeg. Ik mail je wel.'

'Ik wacht het af.' Corinna's afkeurende toon klonk luid en duidelijk op duizenden kilometers afstand.

'Dank je wel. Ik zal–' Maar Corinna had al opgehangen, en Beth stond daar met een telefoon in haar hand en het gevoel dat ze het nooit goed genoeg zou doen.

De koude lucht sneed door haar kleren. Rillend haastte ze zich weer naar binnen. Ze was vergeten hoe hard en onverbiddelijk werk soms was.

Posy keek haar aan. 'Ga je scheiden?'

Wat konden zussen toch bot zijn. 'Het was Jason niet. Het was mijn oude baas Corinna, van wie ik hoopte dat het ook mijn nieuwe baas zou worden.' Scheiden? Dat zouden Jason en zij nooit doen. Ze hadden gewoon een meningsverschil. Dat kwam in de beste huwelijken voor. 'En kun je iets zachter praten, alsjeblieft?'

'Corinna?' Posy fronste haar wenkbrauwen. 'Corinna de heks?'

Beth wilde niet herinnerd worden aan Corinna's slechte kanten, zeker niet direct na een telefoontje waarin die duidelijk naar voren waren gekomen. 'Ik moet vóór twee uur een paar ideeën naar haar mailen, wat betekent dat ik tot zeven uur de tijd heb om met een geniaal plan te komen dat haar van haar naaldhakken blaast. Vind je het goed dat ik daar nu thuis aan ga werken?'

'Ik red het wel.' Posy keek op toen de deur openging en Suzanne binnen kwam vliegen. 'Mama, alles goed? Hoe is het met Vicky?'

'Slechter. Ik heb dokter Burn gebeld en gevraagd of hij langs wil komen. Ik ga er morgen weer heen.'

'Ik dacht dat je onderweg was naar de kerstmarkt.'

'Dat was ik ook, maar ik kreeg een e-mail van Hannah. Ze heeft hem gisteravond gestuurd, maar ik kijk maar één keer per dag naar mijn mail.'

Beth probeerde zich een universum voor te stellen waarin iedereen maar één keer per dag naar zijn mail keek. 'Wat schreef ze?'

'Ze komt eerder dan gepland.'

Posy hield een dienblad met koffie op één hand omhoog. 'Hoeveel eerder?'

'Vandaag.'

'Iedereen komt eerder thuis,' zei Posy. 'Het hangt kennelijk in de lucht.'

Suzanne fronste haar wenkbrauwen. 'Ik moet zeggen dat we ons wel een beetje zorgen maken. Waarom zou ze eerder komen? Beth, heb jij haar onlangs nog gesproken? Weet jij of er iets is?'

'De laatste keer dat ik haar sprak, leek alles in orde. Druk. Ze zegde een etentje af.' Beth voelde zich opeens schuldig omdat ze tegen haar zus was uitgevallen. Het was niet in haar opgekomen dat in Hannahs leven misschien niet alles op rolletjes liep.

Suzanne keek op de klok. 'Haar vlucht komt over een uur aan. Ik bel wel dat ik wat later op de markt ben.'

'Ik haal Hannah wel op.' Posy bracht snel, maar met een brede glimlach een bestelling naar een tafel en trok vervolgens haar schort uit. 'Ga jij maar naar de kerstmarkt, dan bewaakt Beth hier het fort.'

Beth schudde haar hoofd. 'Ik kan niet! Ik weet niet hoe de koffiemachine werkt en ik moet sowieso vanmiddag mijn ideeën voor Corinna uitwerken.' Ze had iets goed te maken omdat ze niet bij de vergadering kon zijn. Ze moest Corinna laten zien dat ze loyaal en betrokken was.

'Duncan weet hoe de koffiemachine werkt, en jij hebt twee kinderen, dus jij weet ongetwijfeld hoe je moet multitasken. Taart en koffie serveren aan blije mensen stimuleert vast je creativiteit.' Posy hing haar schort op en pakte haar jas. 'Dan kun jij naar de markt, mama.'

'Maar Hannah verwacht mij.'

Posy glimlachte. 'Dan zal ze blij verrast zijn als ze haar kleine zusje ziet.'

Mijn god, dacht Beth. Hoe had ze ooit kunnen denken dat eerder naar huis komen ontspannend zou zijn? En hoe kon ze een fantastische campagne bedenken terwijl ze shortbread en speculaaspoppen moest serveren?

13

Hannah

Hannah stond voor de schuifdeuren van de aankomsthal. Mensen stroomden langs haar heen, in hun haast onhandig en onoplettend. Ellebogen en scherpe hoeken van dozen stootten tegen haar aan. Tandenknarsend ging ze dichter bij het glas staan om dekking te zoeken.

Ze voelde zich kwetsbaar en nog niet klaar om Suzanne onder ogen te komen. In de auto naar huis zouden ze een goedbedoeld, opgewekt praatje maken, zonder de vragen te beantwoorden die op Suzannes lippen brandden. Hannah wist dat ze bepaalde dingen moest zeggen, maar ze kon het niet.

Als ze geluk had, was Stewart vroeg thuis. Zijn stabiele aanwezigheid leek Suzanne tot rust te brengen, en Hannah had hem altijd gemakkelijk in de omgang gevonden. Even ging het door haar heen dat ze misschien met hem moest praten over wat er in haar leven speelde.

Ze haalde haar telefoon van de vliegtuigstand en zag een berichtje van Adam: Bel me. Laat me weten hoe het met je zus is.

Waarom had ze in vredesnaam tegen hem gelogen?

Het was druk op het vliegveld en ze overwoog Suzanne te bellen om te vragen hoe ver weg ze nog was, toen er een bekende auto kwam voorrijden. Hannah pakte haar twee koffers en haar laptoptas, en waagde zich buiten in de ijzige wind. Het was echter niet Suzanne die uitstapte, maar Posy.

Haar zus droeg een vale spijkerbroek en wandelschoenen. Haar winterjack had een frisblauwe kleur en hing open, alsof ze geen tijd had gehad om het dicht te doen. Alles aan haar straalde energie uit. Hoe ze liep, hoe ze glimlachte, hoe ze met haar hoofd bewoog. Zelfs haar paardenstaart zwiepte enthousiast heen en weer. Haar zus kon niet slenteren. Ze droeg geen make-up, maar had blozende wangen en chocoladebruin haar dat glansde als gepolijst hout. Ze zou zo mee kunnen spelen in een spotje voor multivitaminen of gezonde ontbijtgranen. Vergeleken bij haar voelde Hannah zich bleek en ongezond. Zag zij er ooit zo levendig en energiek uit? Het antwoord was nee, tenminste niet zonder hulp van dure cosmetica.

'Kijk eens aan, onze verloren dochter.' Posy liep op haar af en omhelsde haar.

Dat verraste Hannah. Ze voelde Posy's zachte haar langs haar wang strijken en ademde de frisse citroengeur in. Haar hart maakte een sprongetje, een gevoel dat ze al lang niet meer had gehad. De kilte die de afgelopen weken in haar had gehuisd, smolt weg onder deze warmte en nam daarbij een deel van haar zorgvuldig opgebouwde muurtje mee.

Daar schrok ze zo van dat ze een stap achteruitzette en met haar zachte suède laarzen in een plas gesmolten sneeuw belandde. Het ijzige smeltwater sijpelde door het dunne leer heen. Haar neiging om intimiteit te vermijden was kennelijk zo groot dat ze er haar dure laarzen en mogelijk een paar bevroren tenen voor overhad.

'Ik dacht dat Suzanne me kwam halen.'

'Ze staat vandaag op een kerstmarkt. Daarom krijg je mij. Een lot uit een loterij, zou ik zeggen, maar misschien ben ik bevooroordeeld.'

Hannah had spijt dat ze zich zo snel uit de omhelzing had losgemaakt, wat ze niet begreep van zichzelf. Je kon toch niet het ene moment liefde afwijzen en die dan het volgende moment weer willen hebben? Gelukkig leek haar zus niets vreemds of anders aan Hannah te merken.

'Voorzichtig met die koffers. Die blauwe is nieuw.'

Posy keek op, en een paar lokken gleden over haar rode wangen. 'Als je iets te klagen hebt, mag je ze ook zelf dragen. Je hebt genoeg bij je. Blijf je hier wonen of zo?'

'Het is meestal niet zo warm in huis. Ik heb extra kleren meegenomen.'

'Zolang je bezig bent, is het warm genoeg.' Posy pakte de koffers op en zette ze in de auto. 'Als je niet steeds stil blijft zitten, heb je het niet koud.'

Ze waren nu al aan het kibbelen. Dat was in elk geval een vertrouwd gevoel. Ook al was Hannah in haar werk op weg naar de top, haar jongste zus gaf haar altijd het gevoel dat ze niet goed genoeg was, alsof al haar professionele kwaliteiten niets voorstelden.

'Ik ben hier nog geen twee minuten. Kun je je een beetje inhouden?' Hannah voelde de depressie als een motregen op haar neerdalen en langzaam door haar laatste beschermlaagjes sijpelen. 'Het spijt me. Bedankt dat je me komt halen.'

'Graag gedaan. Het spijt mij ook.' Posy glimlachte kort. 'Ik hoop dat dat ding dat uit je koffer puilt mijn kerstcadeau is.'

Hannah stapte in en trok het portier dicht, opgelucht dat ze zich kon afsluiten voor de chaos van het vliegveld, ook al wist ze maar al te goed dat ze haar problemen mee de auto in nam.

Dure kerstcadeaus waren het punt niet. Een creditcard overhandigen was makkelijk, hoewel haar koffer vooral zo zwaar was door de boeken die ze altijd mee op reis nam. Soms had ze maar plek voor een of twee boeken, maar voor deze trip had ze kleren opgeofferd om ruimte te maken voor zes lievelingsboeken. Het was alsof ze vrienden mee op reis nam. Alleen al het feit dat ze er waren gaf haar een goed gevoel. Later zou ze er haar toevlucht in zoeken en troost vinden in de werelden die tussen de pagina's schuilgingen.

Ze zag een echtpaar naar een taxi rennen en koffers, pakjes en twee jonge kinderen achter zich aan zeulen. Thuis voor de kerstdagen. De meeste mensen vonden dat een gezellig en rustgevend idee. Hannah niet.

Posy deed het portier open en een ijskoude windvlaag woei naar binnen. 'Vanwaar die zonnebril? We zijn in de Hooglanden, niet in Hollywood.'

Het zei veel over hun relatie dat haar zus ervan uitging dat ze die bril droeg om anoniem te blijven en niet omdat ze zich verslagen voelde. Posy kende de details van haar leven niet, en aan wie lag dat? Hannah had de misvattingen zich als bakstenen laten opstapelen, tot er een muur was ontstaan die haar van andere mensen scheidde. 'Wat doe je gestrest. Je zus oppikken van het vliegveld was vast het laatste waar je zin in had. Ik had een taxi kunnen nemen, maar de laatste keer dat ik dat deed, was Suzanne daar niet blij mee.'

'Je bedoelt mama.' Posy drukte op de claxon toen een auto vóór haar achteruitreed. 'En ik doe niet gestrest. Ze vindt het geweldig dat je thuiskomt voor de kerst. Ik ben blij dat je er bent.'

Hannah wist dat haar zus sprak uit liefde voor Suzanne. Ze was jaloers op het vermogen van haar zus om zo volledig en onverschrokken lief te hebben. Posy benaderde de liefde hetzelfde als een rotswand: dapper en zonder angst trad ze die tegemoet. Hannah vond dat het toonbeeld van moed. Zelf was ze maar een lafaard, vond ze. Ze liet haar hoofd tegen de hoofdsteun rusten en sloot haar ogen, maar daardoor moest ze aan Adam denken en voelde ze zich nog meer een lafaard. Dus deed ze haar ogen maar weer open. 'Vertel eens hoe het gaat. Ik moet nodig bijgepraat worden.'

'Je zou natuurlijk af en toe kunnen bellen of mailen.' Posy greep het stuur wat steviger beet. 'Sorry, let maar niet op mij. Te veel te doen in te weinig tijd, je kent het wel. Een update, oké. Papa is druk. Het Adventure Centre loopt goed. Martha heeft een tijdje niet gelegd, maar dat lijkt me niet iets waar jij wakker van ligt. Mama's bedrijf gaat als een speer. Het café is waanzinnig druk, maar dat is ook goed. Bonnie en ik zijn druk geweest met het reddingsteam en ik heb veel aan ijsklimmen gedaan. Dat is het wel zo'n beetje.'

'IJsklimmen?' Hannah huiverde en trok haar jas nog wat dichter om zich heen. De stof was klam en koud. 'Ik hoop maar dat je voorzichtig doet.'

'Zo klink je net als mama.'

'Hoe is het met haar?'

'Niet slecht, gezien de omstandigheden. Dit is altijd een moeilijke tijd voor haar.'

'Ja.' Hannah kreeg een knoop in haar buik. Voor haar was dit ook een moeilijke tijd. In de verte zag ze de besneeuwde bergtoppen en even zou ze willen dat ze in Manhattan was gebleven. Ze had een smoes kunnen verzinnen en zich kunnen opsluiten in haar appartement. Ze had zichzelf dit niet hoeven aandoen.

Door de bergen werd ze zich bewust van al haar fouten en zwakheden. Als kind had ze zich vaak afgevraagd wat er mis was met haar dat ze niet dezelfde passie voor klimmen had als haar ouders. Wat het ook was, als gevolg daarvan werd ze buitengesloten uit het clubje waarin alle mensen zaten van wie ze hield.

'Ze heeft nog steeds nachtmerries.' Posy keek in haar binnenspiegel naar het verkeer achter haar. 'Vijfentwintig jaar later en ze droomt er nog steeds van. Dat snap ik niet.'

Hannah snapte het wel. Ze had zelf ook nachtmerries, al waren die ongetwijfeld heel anders dan die van Suzanne. 'Het komt door de tijd van het jaar.' Ze hoopte maar dat haar zus niet al te lang bij dit onderwerp zou blijven stilstaan.

Posy reed zelfverzekerd en hield haar blik op de weg gericht. 'Ik had je niet nu al thuis verwacht. Is er iets gebeurd?'

Ik ben bang dat ik zwanger ben. 'Ik had een gat in mijn agenda.'

'Gelukkig maar, want ik weet niet of ik twee zussen met een crisis aankan.'

'Twee zussen?'

'Beth is thuis.'

'O.' Dus dat betekende dat ze geen tijd had om zich te herpakken voordat ze haar nichtjes onder ogen kwam. Aan de andere kant: als Beth er was, kon ze Hannah misschien helpen een zwangerschapstest te regelen. 'Ik dacht dat ze pas over een paar dagen zouden komen.'

'Het was een spontane actie. Heeft ze jou niets verteld?'

'Wanneer had ze dat moeten doen? We hebben het allebei druk. Beth en ik lopen de deur niet bij elkaar plat, als je dat soms denkt.'

Schuldgevoel was een constante achtergrondruis in haar leven, maar soms drong het opeens naar de voorgrond. Zoals nu, doordat ze eraan herinnerd werd hoe slecht ze op de hoogte bleef van het wel en wee in haar familie. Als er iets aan de hand was, kwam ze er niet vanzelf achter.

Posy keek haar van opzij aan. 'Het was maar een vraag. Je hoeft niet zo fel te reageren.'

Ze reageerde tegenwoordig overal fel op. Geen prettige ervaring. 'Hoe kan Beth nu eerder komen? Moet Jason niet werken?'

'Hij is niet meegekomen. De kinderen ook niet. Ze wilde wat tijd voor zichzelf.'

'Zit ze in een crisis?' Was dat de reden dat Beth had gebeld: omdat ze problemen had? Hannahs schuldgevoel werd nog groter. Ze was ervan uitgegaan dat ze gebeld had om het etentje te bevestigen. Het was niet in haar opgekomen dat er misschien wel iets mis was.

Ze dacht terug aan het telefoongesprek en zocht naar aanwijzingen, maar het enige wat ze zich kon herinneren, was dat Adam het vliegtuig was binnengekomen en ze zo snel mogelijk had willen ophangen om te voorkomen dat twee delen van haar leven met elkaar in botsing kwamen. 'Weet jij wat er aan de hand is?'

Posy aarzelde. 'Volgens mij kun je dat beter aan haarzelf vragen.'

Zij was wel de laatste om iemand raad te geven bij persoonlijke problemen, en ze kon moeilijk Beth om steun vragen, omdat ze zelf ook niet bepaald een steun was geweest. Ze nam een beslissing. 'Posy, zouden we bij een apotheek kunnen stoppen?'

Posy fronste haar wenkbrauwen. 'Voel je je niet lekker? Hoofdpijn van de champagne? Daar heb ik thuis wel wat voor.'

'Dat is het niet.'

'Wat is–'

'Ik moet een zwangerschapstest kopen.'

'Ben je zwanger?' Posy trapte vol op de rem en Hannah was blij dat ze haar gordel om had.

'Weet ik niet. Daarom heb ik die test nodig.'

'Aha.' Posy bleef recht voor zich uit kijken, haar handen nog steeds op het stuur. 'Oké... even denken.'

'Waarover?'

'Over een plek waar je een zwangerschapstest kunt kopen zonder dat het hele dorp erachter komt. Waarom heb je hem niet op het vliegveld gekocht?'

Hannah zuchtte. 'Heb ik geprobeerd. Ze waren uitverkocht.'

'Verkopen ze geen zwangerschapstests in Manhattan?'

Hannah draaide haar hoofd en keek uit het raam. 'Ik heb het steeds uitgesteld. Waarschijnlijk ben ik niet zwanger. Ik voel me niet misselijk of zo.'

'Maar je bent wel over tijd.'

'Ja.'

'En… is er een man in het spel?' Posy zag dat haar zus verrast naar haar keek. 'Heeft niemand je ooit uitgelegd van de bloemetjes en de bijtjes?'

'Sorry. Natuurlijk is er een man in het spel. Ik werd even meegesleept door de kerstgedachte en Maria's onbevlekte ontvangenis.' Posy keerde en reed in de richting waar ze vandaan gekomen waren. 'Er is hier in de buurt een apotheek. Zal ik hem voor je halen?'

Hannah was geroerd door het aanbod. 'Dank je, maar ik doe het wel. Wanneer we dan een bekende tegenkomen, denkt tenminste niemand dat jij zwanger bent.'

Toch voelde ze zich ongemakkelijk toen ze met de test bij de kassa stond. Als ze de test deed, kon ze het niet langer ontkennen. Dan wist ze het en moest ze beslissen wat ze ging doen. Ze hield haar zonnebril op en voelde zich een beetje belachelijk. Toen ze de test in haar handtas stopte, voelde ze zich voor het eerst misselijk.

Posy reed naar het dorp, maar de stemming in de auto was omgeslagen. 'Wil je erover praten?'

'Nee.'

'Oké.' Het was even stil. 'Ik bedoel, je ziet er niet echt blij uit, dus ik wil alleen maar zeggen dat je altijd-'

'Ik voel me prima, maar bedankt.'

'Goed dan.' Posy sloeg af naar het smalle weggetje dat naar de Glensay Lodge leidde. Ze hobbelden over kuilen en bandensporen tot ze bij het huis waren.

Het huis was nog precies zoals Hannah het zich herinnerde, omringd door spitse bergtoppen en bossen. Oorspronkelijk was het een victoriaans jachthuis geweest, dat later was verbouwd door de familie van wie het was geweest, voordat Suzanne en Stewart het kochten. Alles was gemoderniseerd, behalve de internet- en telefoonverbinding, die door de ligging in de bergen even onbestendig was als het weer.

In de zomer waren de hellingen achter het huis bedekt met paarse heide, maar in de winter gingen ze schuil onder een dik pak sneeuw. Het landschap had zowel iets moois als iets kils. Hannah wist dat veel mensen dat juist zo aantrekkelijk vonden. Als je aan de moderne wereld wilde ontsnappen, was je hier aan het juiste adres.

Ze borg haar zonnebril in haar handtas en stapte uit. De ijzige wind benam haar bijna de adem. De kou drong door kieren in haar kleren en haar voeten verkleumden. De grond was bevroren en haar laarsjes gleden weg. Het leek wel een waarschuwing. *Jij hoort hier niet.*

'Ga maar snel naar binnen. Je bent niet gekleed op dit weer. En kijk uit dat je niet uitglijdt, voor het geval dat je inderdaad...' Posy zette een koffer op de grond en zweeg even. 'Wat is er met je gezicht gebeurd?'

'Mijn gezicht?' Hannah zag haar zus zo verschrikt kijken dat ze bijna een spiegeltje wilde pakken om het zelf te zien.

'Heb je gehuild? Had je daarom een zonnebril op?'

'Wat? Nee, natuurlijk niet.'

'Je ogen zijn rood.'

Ze had wel degelijk gehuild, maar dat was uren daarvoor, toen ze haar gezicht onder de dunne, kriebelende deken van het vliegtuig had verborgen. 'Het was een lange vlucht. Ik heb hard gewerkt. Misschien is het een allergie. En ik ben verkouden geweest.' Dat waren veel te veel verklaringen. Eentje was voldoende geweest. Vier klonk wanhopig.

Posy leek dat ook te denken, want ze keek haar onderzoekend aan. 'Als je verdrietig bent-'

'Ben ik niet.'

Posy aarzelde, alsof ze nog iets wilde zeggen. 'Oké... Kom, we gaan naar binnen. Ik draag je koffers wel. Jij moet niet tillen, voor het geval dat je... En het spijt me dat ik niet kan blijven, maar ik moet terug naar het café.'

Hannah was opgelucht dat ze even tijd voor zichzelf had. Het eerste wat ze ging doen, was een dikke laag make-up aanbrengen. Dat ze vanbinnen dreigde in te storten hoefde niet aan de buitenkant zichtbaar te zijn. Haar ware aard verbergen deed ze het grootste deel van haar leven al.

'Er staat nog soep in de koelkast als je honger hebt, en er is cake in het blik.'

Hannah at al bijna een jaar geen suiker. Ze hoopte dat ze daardoor beter zou slapen, maar het maakte geen enkel verschil. Ze sliep alleen goed wanneer Adam er was. 'Ik heb in het vliegtuig gegeten.'

'Ga dan een dutje doen of zo. Je ziet er moe uit.'

'Ik slaap niet zo goed.' Waarom besprak ze haar slapeloosheid met haar zus?

Posy liep naar de voordeur, deed hem open en zette Hannahs koffers binnen. 'Heb je schaapjes tellen geprobeerd?'

'Wat?'

'Schaapjes. Die moet je tellen. Dat doen mensen als ze niet kunnen slapen.'

'Hoe zou ik dat moeten doen?'

'Je kunt uit het raam kijken,' zei Posy. 'Daar staan schapen zat om te tellen. Jij slaapt in de torenkamer. Wacht, ik til je koffers wel even naar boven.' Moeiteloos liep ze met Hannahs koffers de trap op en kwam even later weer terug. 'Er liggen houtblokken in de mand, dus maak een vuurtje als je het koud hebt. Mama heeft het hele huis volgehangen met lichtjes; kijk maar uit dat je jezelf niet elektrocuteert. Ik zie je straks, en vergeet Eric geen water te geven.'

'Eric?'

Maar Posy was al onderweg naar de auto.

Hannah deed de voordeur dicht en trok haar doorweekte laarsjes uit. De leistenen vloer was verwarmd en ze bleef even staan om de warmte door haar bevroren ledematen te laten trekken. Enigszins hersteld liep ze de trap op naar de torenkamer.

De slaapkamer had een hoog, gewelfd plafond en grote ramen met een spectaculair uitzicht op het loch en de bergen erachter. Vóór het raam was een brede vensterbank met zachte kussens die ertoe uitnodigden om heerlijk op te relaxen. De kamer straalde gezelligheid uit, mede dankzij het frisse witte beddengoed en de stijlvol gedrapeerde plaids en doeken.

Zelfs zonder Posy's waarschuwing zou Hannah wel hebben geweten wie er verantwoordelijk was voor de lichtjes die langs het raam en de open haard waren opgehangen. Suzanne had een hekel aan het donker. Ze hing lampjes op in ruimtes waar anderen ze nooit zouden ophangen en liet ze branden op plekken waar ze niet eens kwam.

Hannah wierp een blik op haar koffer en besloot later pas uit te pakken. Ze liep naar het raam om het laatste sprankje daglicht in zich op te zuigen voordat het vervaagde. Straks zou ze met de test naar de badkamer gaan en definitief uitsluitsel hebben, maar ze wilde nog even dit laatste moment van onwetendheid koesteren.

Ze knielde op de vensterbank en keek uit over het dal. De lucht was roze en de zon hing laag. Herinneringen borrelden op, ook al had ze hier geen verleden. Dat kwam door de bergen, dacht ze.

Hun scherpe punten schitterden in het verblekende zonlicht, net als die dag toen ze voor het raam had staan wachten.

Het waren niet eens dezelfde bergen. Hier was haar niets ergs overkomen, maar toch werd ze in haar verbeelding achtervolgd door die mogelijkheid.

Ze keerde zich af van het raam en zette haar laptop op het tafeltje bij de haard. Naast de bureaulamp lagen nieuwe notitieblokken en pennen, ongetwijfeld daar neergelegd door Suzanne, die overal aan dacht.

Voor de verandering deed het internet het meteen en ze controleerde haar e-mail, meer uit gewoonte dan uit werklust. Ze kon geen concentratie of enthousiasme opbrengen voor de honderden mailtjes die tijdens de vlucht haar inbox waren binnengestroomd. Alleen uit zelfdiscipline en macht der gewoonte handelde ze ze af en daarbij ging ze methodisch te werk. Sommige beantwoordde ze en andere stuurde ze door naar de juiste collega. Eén e-mail negeerde ze. Die was van Adam, een halfuur geleden verzonden, en in de onderwerpregel stond alleen: Bel me!

Ze klapte haar laptop dicht en stond op. Nu pas zag ze de kerstboom staan. Eric. Ze glimlachte flauwtjes, want alleen Posy zou een kerstboom een naam geven. Maar ze wist dat Suzanne degene was die hem op haar kamer had gezet.

Zo ging het elk jaar. Suzanne vulde het huis met een overdaad aan gezelligheid, alsof lichtjes, versieringen en vrolijkheid het gemis konden compenseren. Wat er in Hannahs geval ontbrak, waren haar ouders.

Ze waren vier dagen vóór Kerstmis gaan klimmen en nooit meer teruggekomen. Hannah had niet eens de kans gekregen afscheid te nemen.

14

Suzanne

Er waren weerswaarschuwingen geweest, maar dat was niet ongebruikelijk. Dit was Mount Rainier, de hoogste berg van de Cascades in de Pacific Northwest-regio, en het weer kon hier nou eenmaal snel omslaan.

Ze waren hun beklimming bij White River begonnen, waar ze door een dicht bos liepen. Vlakbij stortte het gletsjerwater met donderend geraas van de berg. Met behulp van touwen waren ze veilig de Winthrop-gletsjer overgestoken en ze hadden gekampeerd op de Curtis Ridge.

De volgende ochtend stond Suzanne op de sneeuw en keek naar het ochtendlicht, dat een rode gloed op de besneeuwde bergtoppen voor haar wierp. 'Er is vannacht bijna tachtig centimeter gevallen.'

'Hallo, sneeuwdekje van me, wat hou ik toch van je.' Rob sloeg haar op haar schouder toen hij haar voorbij zwoegde. 'Dit wordt de mooiste beklimming in tijden. Ik voel het gewoon.'

'Ik ook.' Cheryl kwam naast hen lopen. 'En dat mag ook wel, want dit tripje kost ons een fortuin aan kinderoppas.'

'Ik zei toch dat we de kinderen mee hadden moeten nemen?' zei Rob.

Cheryl lachte. 'Nog los van het feit dat ze geen klimvergunning aan peuters verstrekken, vind je Posy niet een beetje jong om Rainier te beklimmen in de winter?'

'Je moet ergens beginnen, en dat meisje heeft talent. Klimt overal bovenop. Laatst vond ik haar boven op het dak. Niet te geloven. Ik riep: "Kom van dat dak af, Posy." Weet je wat ze zei? "Waarom?"' Hij bulderde van het lachen. 'De appel valt niet ver van de boom. Ik neem haar volgend weekend weer mee naar de rotsen.'

Suzanne stelde zich de fragiele, stralende Posy voor die zich aan een rots vastklampte. Ze verwachtte dat Cheryl zou protesteren en zou zeggen dat een kind van drie nog lang niet kon bergbeklimmen, maar haar vriendin bleef gewoon lachen.

Sinds Cheryl verliefd was geworden op Rob, deelde ze niet alleen zijn huis, maar ook zijn nonchalante benadering van risico's. Suzanne dacht terug aan het gesprek dat ze met Stewart had gehad op de avond voordat ze aan deze beklimming begon.

'Ik vind het geen fijn idee dat je met hen tweeën gaat klimmen, Suzanne.'

Suzannes klimspullen lagen verspreid over de grond en haar rugzak stond open. 'Cheryl is mijn beste vriendin. We klimmen al sinds ons vijftiende samen.'

'Maar nu is ze getrouwd met Rob.'

Verder zei hij niets. Dat was ook niet nodig. Suzanne wist dat Rob een zwakke schakel was. Heetgebakerd, onbezonnen, ontzettend competitief. Jezelf uitdagen op een berg was één ding, maar om andere klimmers uit te dagen? Robs houding was een voortdurende bron van spanning tussen Cheryl en haar.

Je mag hem gewoon niet, Suz. Ik weet dat je hem niet mag.

Dat is niet waar...

Maar het was wel waar. Wat waren de regels wanneer je beste vriendin met een man trouwde die je niet mocht?

'Ze nemen geen risico's. Ze hebben drie kinderen.'

Stewart gromde. 'Sinds wanneer laten ze zich daardoor leiden? Rob is een egoïst en dat is hij altijd geweest.'

Maar veel klimmers waren zo, dacht Suzanne. Het was die obsessieve passie die hen tot bijna onmenselijke extremen dreef.

Ook kon de keuze van je klimpartner het verschil tussen leven en dood betekenen. Het ging er niet alleen om dat je iemand moest kiezen die de top kon halen, maar je moest ook iemand kiezen die goed reageerde en handelde bij een noodgeval. Eén zwak teamlid kon het hele team in gevaar brengen.

'Wij zijn hetzelfde,' zei ze. 'We willen allemaal die eerste beklimming. De moeilijkste route.'

Stewart keek hoe ze haar uitrusting klaarlegde. 'Ik hou van je. Let op het sneeuwdek. Ik wou dat jullie Liberty Ridge niet gingen beklimmen.'

'Dat is het mooiste stuk van de berg.'

'Vertrek vroeg uit het kamp,' waarschuwde hij. 'Doe voorzichtig op de Carbon-gletsjer, en als je de bergkam bereikt, klim dan aan de westkant.'

'Weet ik, Stewart.'

'Je klimt op een steile ijshelling met een dikke sneeuwlaag.'

'Weet ik ook.' Ze zette haar eigen ongemakkelijke gevoel van zich af. De route die ze hadden gekozen, was niet heel extreem, maar Stewart had inderdaad gelijk dat hij steil en onbeschut was, en dat het winter was. 'Ik heb hem al heel vaak beklommen. Ook als gids.'

'Je hebt hem niet met Rob beklommen. Je weet hoeveel mensen er daar in een bergspleet zijn gevallen.'

Dat wist ze. De bergspleten op Mount Rainier waren breed. Het was de berg met de grootste gletsjers in de VS. 'Ik ben voorzichtig, Stewart.'

'Ik wou dat ik hetzelfde over je klimmaten kon zeggen.' Hij legde zijn handen om haar gezicht en zoende haar. 'Als Rob niet naar je luistert, gooi ik hem hoogstpersoonlijk in een bergspleet. En dan haal ik hem er ook niet meer uit.'

'David en Lindsey zijn er ook nog bij.' Ze kende het andere stel niet goed, maar wat ze van hen wist, sprak haar aan. David was voor een vriend van Rob opvallend beschaafd. 'Ik wou dat je meeging.' Dat was niet helemaal eerlijk. Rob en Stewart mochten elkaar niet, en een technisch zware winterroute klimmen met iemand die je niet mocht zorgde voor spanning. Spanning zorgde voor een onaangename beklimming. 'Het komt allemaal goed.'

Suzanne dacht terug aan dat gesprek terwijl ze een gat groef om het sneeuwdek te inspecteren. Ze negeerde Robs geërgerde blik.

'Als je dat elke vijf minuten doet, blijven we hier langer dan nodig is en dat is nog gevaarlijker.'

'Jij weet net zo goed als ik dat lawines vooral voorkomen in de eerste vierentwintig uur na een storm.' Zware sneeuwval verhoogde het risico. De snelle toename van sneeuw verhoogde de druk op het sneeuwdek, en in combinatie met een menselijke aanzet was die druk vaak genoeg om een dodelijke lawine te veroorzaken.

'Rob heeft gelijk,' zei Cheryl. 'Ik weet dat je een gids bent, maar je wordt deze keer niet betaald. De voorspellingen zijn goed. En wij weten net zoveel van de berg als jij, Suz.'

Die kritiek voelde als een klap in haar gezicht. Ooit waren Cheryl en zij het over alles eens geweest. Daarom waren ze ook zulke geweldige klimpartners.

Suzanne wist dat ze zowel voor haar eigen veiligheid als voor die van haar klimmaten verantwoordelijk was, dus maakte ze haar inspectie af en kwam toen overeind. Dit was de laatste keer dat ze met hen ging klimmen, en als die beslissing een bedreiging voor hun vriendschap betekende, dan was dat jammer maar helaas.

Dan zou ze wel andere dingen bedenken om samen met Cheryl te doen.

Rob was doorgelopen, ongetwijfeld om weerstand te bieden aan de neiging om Suzanne de nek om te draaien, maar Cheryl bleef staan, verscheurd tussen haar echtgenoot en hun vriendschap. 'Deze tocht maken we voor de lol. Ik zit meestal thuis met de kinderen. Je hebt geen idee hoe ontzettend graag ik weer de berg op wilde.'

Dat wist Suzanne wel. Ze wist ook dat wanhoop niet samenging met veiligheid. Als berggids werd Suzanne betaald om moeilijke beslissingen te nemen, zoals omdraaien bij slecht weer, en ze vond het weer dat eraan kwam gevaarlijk. Het feit dat ze met vrienden aan het klimmen was, maakte de situatie nog gecompliceerder.

Rob was sterk, maar Suzanne wist dat de berg al snel een deel van die energie zou hebben opgeslokt. De berg zou hen op de proef stellen, hen tot het uiterste drijven.

Normaal gesproken was ze in deze fase van de beklimming opgetogen. Alleen in de bergen vond ze een dergelijk gevoel van welbevinden en rust. Vandaag was dat gevoel echter afwezig.

Suzanne hees haar rugzak op haar rug. 'Maak je je nooit zorgen over de kinderen wanneer je in de bergen bent?'

'Waarom?' Cheryl fronste haar wenkbrauwen. 'Er is toch iemand bij hen?'

'Ik bedoel als jou en Rob iets overkomt. Ik had gedacht dat je er voorzichtiger door zou worden.'

'Er overkomt ons heus niets, behalve dan dat je een prachtige beklimming verpest met je paranoia. Jij hebt niet eens kinderen, dus wat weet jij er nou van?' Cheryl draaide zich geïrriteerd om en Suzanne voelde zich gekwetst.

'Wacht,' riep ze haar achterna. 'Cheryl, het spijt me. Niet kwaad worden.'

'Je vindt me een slechte moeder!'

'Dat vind ik niet...' Misschien had ze niet precies die woorden gebruikt, maar ze had haar wel degelijk veroordeeld. 'Je hebt gelijk dat ik niets van kinderen weet. Kunnen we opnieuw beginnen? Deze tocht maken we voor de lol. Om te ontspannen.'

'Jij bent degene die niet ontspannen is.' Cheryl liep weg en liet Suzanne ongelukkig en gefrustreerd achter. Ze voelde een druk achter haar ribben en een bonkende hartslag die niets te maken hadden met de hoogte of de fysieke inspanning. Ze zag Lindsey en David op haar af komen. Gelukkig waren zij langzamer en was de woordenwisseling hun ontgaan.

Op de Carbon-gletsjer navigeerden ze voorzichtig en geconcentreerd met touwen langs de bergspleten, en Suzanne moest zich inhouden om niets te zeggen toen Rob de lawines filmde die van de Willis Wall afraasden.

Ze klommen door de wolken, door diepe sneeuw die aan hun laarzen zoog en het uiterste van hun spieren vergde. Af en toe gleed Rob terug, waar hij dan met een scheldkanonnade op reageerde.

Toen ze bij hun laatste kamp op Thumb Rock aankwamen, kon Cheryl weer lachen.

Ze groeven een platform voor de tent uit, schepten sneeuw om water te koken en aten hun weinig inspirerende rantsoenen. Het was ijzig koud en de wind rukte aan hun tenten.

'Sorry van daarnet.' Cheryl zette de vlam onder de pan wat lager. 'Ik denk dat we hier gewoon van mening over verschillen.'

Suzanne zei maar niet dat ze tegenwoordig over bijna alles van mening verschilden. 'Geeft niet.'

'Rob vindt dat je je leven niet moet omgooien alleen maar omdat je kinderen hebt, en daar ben ik het mee eens.'

Suzanne vond dat haar vriendin er moe uitzag. 'Hoe gaat het met de kinderen?'

'Posy is geweldig...' Er verscheen een glimlach op Cheryls gezicht. 'Rob heeft gelijk. Ze heeft het, Suz. Ze kent geen angst en heeft een goede coördinatie. We nemen haar volgende zomer mee klimmen. Rob denkt dat we wel een paar maanden weg kunnen gaan. Bij wijze van opvoeding.'

Rob denkt, Rob denkt... 'Vindt Hannah dat niet erg?'

Cheryl draaide het vuur uit en zette thee. 'Rob denkt dat het goed voor haar is. Hij heeft van die kleine wandelschoenen voor Posy gekocht. Je zou ze moeten zien. Ze ziet er zo schattig uit. Ik heb een foto op mijn telefoon. Help me herinneren dat ik je die laat zien.'

Ze hadden drie kinderen, en de enige over wie ze praatten, was Posy, dacht Suzanne. 'Vond Hannah de boeken leuk die ik had opgestuurd?'

'Welke boeken?' Cheryl fronste haar wenkbrauwen. 'O ja. Bedankt, maar stuur er maar geen meer. Rob zegt dat ze lezen als smoes gebruikt om niet te hoeven sporten.'

Suzanne slikte haar antwoord in. 'En Beth?'

'Beth is echt een meisje. Het enige wat ze wil, is make-up opdoen bij anderen en op ballet gaan. Je kunt je wel voorstellen wat Rob daarvan vindt.'

Suzanne vroeg zich af waarom Rob vond dat hij zijn kinderen naar zijn evenbeeld moest vormen.

Cheryl zette voorzichtig haar beker op de grond. 'Kunnen we ophouden over de kinderen? Vandaag ben ik mezelf, en niet iemands moeder.'

'Sorry. Ik ben dol op je meiden, en ik heb hen de laatste tijd niet veel gezien, dus ik vind het leuk om over hen te horen.' Ze dacht vaak hoe ironisch het was dat zij, die altijd al een gezin had gewild, nog steeds kinderloos was, terwijl Cheryl, die het nooit leek te interesseren, er nu drie had.

'Ik weet dat je dol op ze bent. Nu we het erover hebben...' zei Cheryl luchtig, terwijl ze haar laarzen uittrok. 'Jij zou ze wel nemen, toch?'

'Hoe bedoel je, nemen?' De zon ging onder en wierp stralen van vuur over de sneeuw en het ijs.

'Als ons ooit iets overkomt. Dan zou ik willen dat jij de kinderen neemt.'

Suzanne had opeens geen oog meer voor de zonsondergang. 'Ik?'

'Ik heb geen familie en Rob ook niet. Je bent als een zus voor me.'

Zussen hadden ook weleens ruzie, toch?

Ze benaderde het onderwerp even voorzichtig als eerder die dag de gletsjer onder hen, en behoedzaam ging ze op de netelige kwestie in. 'Wat vindt Rob?' Zij was ongetwijfeld de laatste aan wie Rob zijn kinderen zou toevertrouwen.

'Rob denkt dat we onoverwinnelijk zijn.' Cheryl pakte haar beker thee weer op. 'Wat een uitzicht!'

Suzanne keek naar haar vriendin. 'Wil je dat ik hun voogd word?'

'Ze zijn dol op je.'

'En ik op hen.' Drie kinderen. 'Zoals je al zei, weet ik niets van kinderen.'

'Dit is allemaal puur hypothetisch. Er gebeurt heus niets vreselijks. Zeker niet als jij elke bergspleet en elk sneeuwdek controleert.'

'Oké.' Ze werd zenuwachtig van klimmen met Rob. Door zijn achteloosheid had ze het gevoel dat zij extra voorzichtig moest zijn.

Cheryl keek haar aan. 'Maar zou je het willen?'

'De kinderen nemen? Natuurlijk.' Hypothetisch gezien dan. Ze herhaalde dat woord toen ze die nacht naar de wind luisterde die tegen de tent sloeg.

Om drie uur 's ochtends zetten ze koffie en keken ze naar het weer. Als ze de top wilden bereiken, moesten ze vroeg beginnen, want ze moesten nog twaalfhonderd meter aan steile sneeuw- en ijshellingen beklimmen op de gletsjers van de noordwand van Mount Rainier.

'Ziet er goed uit,' zei Rob, terwijl hij zijn rugzak om zijn schouders hing. 'Die top gaan we pakken.'

Suzanne ging voorop. Het ijs was hard en haar kuitspieren deden zeer. De berg was kalm, maar haar zenuwen allerminst. Een slapende draak was nog steeds gevaarlijk.

Toen ze pauze hielden om op adem te komen, keek ze naar de top. 'Lenticulariswolken.'

Rob verslond een energiereep. 'Het lijkt wel een ufo die in de lucht hangt. Geen zuchtje wind.'

'Ze hangen stil.' Suzanne kneep haar ogen tot spleetjes. 'Er is storm op komst.'

'Moet je jezelf nou horen. "Er is storm op komst."' Rob rolde met zijn ogen. 'We zijn in de bergen, schat. Er is altijd storm op komst, de vraag is alleen wanneer. In dit geval zijn we bij de top geweest en weer terug in het dal aan een biertje voordat deze storm toeslaat.'

Suzanne voelde woede in zich opwellen. *Noem me geen schat.* 'Lees het weer, Rob.'

'Ik ben niet zo'n lezer.' Hij nam een grote slok water en borg zijn fles weer weg. 'Als er storm op komst is, kunnen we maar beter snel op pad gaan.'

Lindsey kwam buiten adem op hen af gestrompeld. 'Denk je dat we moeten omdraaien?'

Rob vloekte. 'Zo dicht bij de top? Ben je gek geworden?'

Lindsey werd rood. 'Het is niet gek om voorzichtig te zijn, Rob.'

'Als je zekerheid wilt, moet je thuisblijven en een trui breien.'

Cheryl legde een hand op Robs arm en probeerde hem tot bedaren te brengen. 'Ik stel voor dat we tot de kam klimmen en dan opnieuw naar het weer kijken. Als het er dreigend uitziet, kunnen we altijd nog omdraaien.'

Suzanne vroeg zich af of ze moest uitspreken wat overduidelijk was, namelijk dat als Rob hier niet wilde omdraaien, hij zeker niet zou willen omdraaien als de top binnen handbereik leek. En ze moesten de gletsjer nog over.

'Vinden jullie het goed als ik nu vooropga?' Rob trok zijn handschoenen goed en schoof zijn rugzak wat beter op zijn rug.

Suzanne knikte met tegenzin en ze klommen verder. Was deze dag maar voorbij, dacht ze. Ze wilde naar huis, naar Stewart. Hij zou zijn warme soep maken, naar Schots recept van zijn moeder, die zo stevig was dat het een hele maaltijd was. Daar dacht ze aan om niet aan Rob en de beklimming te hoeven denken. Ze dacht eraan dat ze ooit zelf misschien ook drie kinderen zou hebben. Ze zou hun eigenheid koesteren en hen gelijk behandelen.

Hoog boven hen waren de zachte, tere sneeuwvlokken die 's nachts waren gevallen, samengeklonterd, waardoor hun gewicht toenam. De ijskristallen bonden zich, werden hard en drukten zwaar op de sneeuwlaag eronder. Diep in het sneeuwdek werd de verbinding tussen de sneeuwlagen zwakker, totdat Robs voetstappen voldoende waren om driehonderdduizend kubieke meter sneeuw los te laten komen.

Er was niet eens tijd om een waarschuwing te roepen.

15

Posy

Drie dagen na de komst van Hannah had Posy het punt bereikt dat ze wilde vluchten met Luke om nooit meer terug te komen. Het was precies de Kerstmis aan het worden waar ze bang voor was geweest, alleen werd ze deze keer niet gek van Hannah, maar van Beth.

Haar zus was geobsedeerd door die baan in Manhattan. Corinna had de avond ervoor al drie keer onder het eten gebeld. Telkens had Beth gezegd: 'Ik moet deze even nemen', en was ze van tafel gegaan, tot zelfs Suzanne met al haar engelengeduld gefrustreerd raakte.

Hannah had niets gezegd, wat Posy ook zorgen baarde. Niet omdat Hannah stil was, want dat was ze wel vaker. Het was meer dat ze kwetsbaar leek, en Posy had haar zus nog nooit kwetsbaar gezien. Ze kreeg haar rode ogen en zwangerschapstest niet uit haar hoofd, maar Hannah had er sindsdien niets meer over gezegd en Posy durfde er niet over te beginnen. Was ze nou zwanger of niet? En was ze daar blij mee of niet?

Ze wist dat haar ouders ook bezorgd waren, want ze had de blikken gezien die ze wisselden. Ze wisten allebei niet waarom

Hannah eerder thuis was gekomen, en toen ze het Posy vroegen, kregen ze een gepast neutraal antwoord. Als Hannah zwanger was, was het aan haar om dat kenbaar te maken. Ze had Hannah willen aanraden om er met Beth over te praten, maar die leek alleen maar aan lippenstift te kunnen denken. Posy was opgelucht als ze zich aan het eind van de dag op haar hooizolder kon terugtrekken.

Vanmorgen was ze vroeg naar het huis gegaan in de hoop rustig met haar moeder te kunnen ontbijten voordat ze samen naar het café reden.

Luke was een klimexpeditie naar de Denali aan het organiseren voor volgende zomer en had haar uitgenodigd mee te gaan. Het leek Posy geweldig om de hoogste berg van Noord-Amerika te beklimmen en Alaska te bezoeken. Ze had zich vast voorgenomen dit met haar moeder te bespreken. Hoe kon ze zo'n buitenkans laten schieten?

Ze wist niet zeker of het de beklimming van de Denali was die haar zo aantrok of het idee dat ze bij Luke zou zijn. Het maakte haar niet uit. Het enige wat ze wist, was dat ze het wilde. En als ze iemand inhuurde om in de zomer in het café te werken, kon het misschien ook.

Ze kwam aan bij het huis, van plan om een open en eerlijk gesprek te hebben. Helaas was haar moeder laat en was haar zus vroeg wakker, waardoor de kans op een rustig moment met haar moeder vervloog.

'Wanneer gebruik je lippenstift?' Beth kwam de keuken in met een notitieblok en een pen in haar hand. In een poging zich haar nieuwe rol eigen te maken, had ze Posy's garderobe ingeruild voor die van Hannah. Vandaag droeg ze een zwarte wollen jurk met daaronder laarzen met hoge hakken. Haar haar was opgestoken in een elegante knot en haar make-up was onberispelijk. Ze zou perfect gekleed zijn voor een bespreking in Londen of New York.

Maar voor een winterse dag in de ijskoude Hooglanden was haar outfit een lachertje als ze nog iets meer van plan was dan doelloos door het huis zwerven.

Posy's humeur werd er niet beter op toen ze haar zus zo zag. Met haar beide zussen in huis had ze het twee keer zo druk. Ze had zoveel te doen dat ze nauwelijks tijd had om te douchen of haar haar in een paardenstaart te binden, laat staan lippenstift uit te zoeken. Ze was al vanaf halfzes in de weer en ze moest het beddengoed in de schuur nog verschonen, de kippen voeren en Socks een baal hooi brengen voordat ze aan het werk ging in het café.

Toen ze merkte dat Beth op antwoord wachtte, haalde ze haar schouders op. 'De schapen kan het weinig schelen of ik lippenstift op heb. Wil jij de vaatwasser leegruimen?'

'Zo meteen. Mijn nagels moeten nog drogen, dus ik kan even niets met mijn handen doen. Ik wil graag jouw ideeën hierover horen.' Ondanks haar vers gelakte nagels maakte Beth een aantekening in haar blok. 'Ik vind dit trouwens een geweldig project. Echt geweldig. Ik heb het gevoel dat ik eindelijk doe wat ik wil, in plaats van altijd onder op de stapel te liggen en voor anderen te zorgen. Snap je wat ik bedoel?'

'Niet echt. Ik lig nog steeds onder op de stapel en zorg voor anderen.' Posy ruimde zelf de vaatwasser uit en stapelde de borden luidruchtig op in de kast.

De ironie ontging Beth volledig. 'Kun je daar heel even mee ophouden? Ik wil je wat vragen stellen.'

'Nee, dat kan ik niet, en ik ben niet jouw doelgroep.'

'Je bent juist precies mijn doelgroep. De nieuwe collectie waar ik aan werk, is voor vrouwen die normaal gesproken geen make-up gebruiken.' Beth liep naar het koffiezetapparaat en schonk zichzelf een kop koffie in. 'En wie zijn deze vrouwen?'

Posy kwam overeind. 'Misschien vrouwen die veel aan hun hoofd hebben. Bijvoorbeeld een vrouw die in haar eentje Kerstmis met de familie aan het organiseren is terwijl haar zus doet alsof ze in een kuuroord zit.'

Beth trok haar wenkbrauwen op. 'Je hoeft niet zo chagrijnig te doen.'

'Ik ben niet chagrijnig. Alleen druk. En haal die make-up van tafel. Ik wil ontbijten.'

'Ik ben ook druk. Corinna wil meer ideeën binnen hebben voordat het kantoor opengaat, dus ik heb in feite nog maar een paar uur. Ik moet mijn doelgroep begrijpen. Waarom doet een vrouw 's ochtends make-up op? Dat is de kernvraag die ik mezelf stel.'

Posy's frustratie kookte over als melk die te lang op het vuur stond. 'Meen je dat? Beth, je hebt geen idee hoe het met je kinderen gaat, je huwelijk verkeert in zwaar weer, en dat is de vraag die je jezelf stelt?'

Beth zette haar beker neer en de koffie klotste over de rand. 'Denk jij dat mijn huwelijk in zwaar weer verkeert?'

'Dat weet ik niet, maar Jason en jij hebben wel een ernstige communicatiestoornis, en de reden daarvoor is waarschijnlijk dat hij daar is en jij hier bent.'

'Ik weet het.' Beth plofte neer op de dichtstbijzijnde stoel. 'Waarom denk je dat ik wakker ben op dit uur? Ik kan niet slapen. Ik mis de meisjes. Ik mis Jason en ik weet niet hoe ik dit moet oplossen. Er valt geen compromis te sluiten over wel of niet nog een kindje.'

Posy pakte een doek en veegde de gemorste koffie op. Ze deed haar best haar geduld te bewaren. Wat was er toch met haar aan de hand? Vroeger was ze nooit zo prikkelbaar. 'Je lost het niet op door niet te praten. Hoe vaak heb je hem gesproken sinds je hier bent? Telkens als de telefoon gaat, is het Corinna.' Het zat haar dwars dat het schijnbaar onwankelbare huwelijk van haar zus nu wankelde. Het leek haar meer dwars te zitten dan haar zus. Nu de eerste 'wat heb ik gedaan'-crisis voorbij was, leek Beth zich alleen nog maar bezig te houden met Corinna en de campagne.

'Ik heb Jason niet meer gesproken.' Beths stem haperde een beetje. 'Ik heb één berichtje van hem gehad dat alles goed ging. Ik bel elke avond, maar dan zegt hij alleen maar "Hai Beth" en geeft hij de telefoon onmiddellijk aan de meisjes. Hij heeft niet eens iets over onze ruzie gezegd. Hij zal wel kwaad op me zijn omdat ik weg ben gegaan, en ik ben nog steeds kwaad op hem om wat hij heeft gezegd. De telefoonverbinding is ook niet zo betrouwbaar. Gisteravond moest ik drie keer terugbellen. Dat helpt ook niet als je een diep, eerlijk gesprek wilt voeren.'

Posy luisterde maar met een half oor. Ze vroeg zich af wie de vader van Hannahs kind was, als ze inderdaad zwanger was. Was het een onenightstand? Ze wilde er met Beth over praten, maar het was duidelijk dat Hannah haar niet over de zwangerschapstest had verteld, en Posy vond het niet aan haar om erover te beginnen. 'Je moet dit oplossen, Beth.'

'Ik weet niet hoe. Misschien komt er wel nooit meer zo'n kans als deze voorbij. Voor het eerst in jaren wil iemand me voor iets anders dan voor mijn opvoedkwaliteiten. Niet zomaar iemand, maar Corinna! Heb je enig idee hoe vleiend dat is? Ze is niet snel tevreden.'

'Dat blijkt wel, gezien het aantal keren dat ze gisteravond onder het eten belde.'

'Ja, en ze wil me. Ik zit straks in dat vliegtuig naar de westkust op weg naar een lunchbespreking waar ik niemands eten hoef te snijden.'

Posy snapte niet wat daar zo aantrekkelijk aan was, maar ze

begreep wel hoe het was om iets anders te willen. 'Weet je zeker dat dit is wat je wilt?'

'Ja. Om te beginnen maakt het me interessanter.'

Posy overwoog te zeggen dat ze haar gezeur over lippenstift oersaai vond.

Beth stond op en vulde haar koffie bij.

'Bewaar ook wat voor mama.'

Maar Beth was met haar hoofd alweer bij de baan die ze nog niet had en waar ze niet voor betaald kreeg. 'Zoals ik het zie, is mijn doelgroep grofweg verdeeld in twee groepen. Vrouwen die nog nooit make-up hebben gebruikt en vrouwen die die vroeger wel gebruikten, maar nu om de een of andere reden niet meer. Die laatste groep is een belangrijkere doelgroep, want die heeft meer potentieel. Ik heb een paar geweldige ideeën en ik ben bijna zover dat ik ze aan het team kan presenteren. En daarvoor heb ik een betrouwbare verbinding nodig. De lijn mag niet steeds wegvallen, zoals wanneer ik met Melly en Ruby praat.'

'Boven op het kippenhok is de ontvangst redelijk goed.' Posy keek naar de laarzen van haar zus. 'Of je kunt naar het eind van de wei lopen, waar Socks staat, maar dan moet je wel andere schoenen aandoen.'

'Weet je, misschien doe ik dat wel.' Beth nam een slokje van haar koffie. 'Alles om deze klus te klaren. Ik ga iedereen laten zien dat ik dit kan. Corinna zal diep onder de indruk zijn.'

Posy zou ook onder de indruk zijn als haar zus inderdaad op het kippenhok ging staan. 'Niet om het een of het ander, maar ik vind het geweldig dat je thuis bent met de meisjes. Geluksvogels zijn het. En jij ook, dat je het hebt kunnen doen.'

'Ik weet het, maar voordat ik Melly kreeg, was mijn loopbaan vergelijkbaar met die van Jason. We verdienden hetzelfde. En nu is hij veel verder vooruit.'

'Is het een wedstrijd? Ik dacht dat jullie een team waren, geen concurrenten.'

'Hij doet het beter dan ik.'

'Dat hangt ervan af hoe je "beter" definieert. Je bent een goede moeder.'

'Is dat zo? Hoe meet je dat? Ik krijg geen loonsverhoging of promotie. Mijn meisjes zijn geen engeltjes.'

'Maar ze voelen zich geliefd en veilig.' Posy bloosde. 'Sorry.'

'Waarvoor? We weten allemaal dat jij familie het allerbelangrijkste in je leven vindt. Samen met bergbeklimmen is dat de reden dat je hier nooit bent weggegaan en dat ook nooit zult doen. En dat begrijp ik, maar ik denk dat ik meer wil.'

Posy haalde diep adem. 'Nu je erover begint–'

'Je hoeft het niet uit te leggen of je te verontschuldigen. Iedereen wil iets anders, en dat is prima. Ik snap ook hoe belangrijk familie is. Je bent er op al die speciale momenten. Je bent er om hen op te vangen wanneer ze hun eerste stapjes zetten, te luisteren wanneer ze hun eerste woordjes zeggen...'

Posy gaf het op. Op dit moment was het onmogelijk om haar zus naar iets anders te laten luisteren dan naar haar eigen stem. 'Als het zo belangrijk is om er te zijn, waarom wil je dan zo snel weer aan het werk?'

'Ik ben klaar voor meer. Ik krijg er zo'n kick van, het is bijna fysiek.'

'Het ís ook fysiek. Dat heet cafeïne.' Posy pakte de beker van haar zus af. 'Genoeg.'

'Het is zo fijn om weer aan het werk te zijn.'

Aan het werk? Voor zover Posy kon zien, had haar zus tot nu toe niet meer gedaan dan zich opmaken, hoge hakken aantrekken en in zichzelf mompelend met een notitieblok in haar hand door het huis lopen.

Waren mensen van nature geneigd om het leven te willen dat ze niet hadden? Was het normaal om aan je keuzes te twijfelen?

Beth keek Posy met een schuin hoofd aan. 'Mag ik je opmaken?'

'Alleen als ik niet stil hoef te zitten. Ik moet nog van alles doen.'

'Geen probleem. Je bent bezig en hebt geen tijd voor make-up.' Beth pakte haar tas. 'Dat is het USP van deze collectie.'

'USP? Wat betekent dat?' Posy zette de melk weer in de koelkast. 'Uitermate Stom Plan?'

'*Unique Selling Point*.' Beth perste haar lippen op elkaar. 'Je neemt dit niet serieus, maar ik ga er niet met je over in discussie. Niets kan me vandaag irriteren.'

'Het is pas zeven uur. De dag is nog jong. Als niets je kan irriteren, is dit het juiste moment om je te vertellen dat jij vanavond kookt. De ingrediënten liggen in de koelkast.'

'Ik hoef van mezelf even niet te koken. Ik kook elke avond al voor de meisjes en Jason–'

'Mooi. Dan heb je genoeg ervaring. En denk eraan: ik hou niet van worteltjes.'

'Als ik jou niet mag opmaken, maak ik wortelsoep, gevolgd door een wortelschotel en worteltaart als toetje.'

'Oké, maak me maar op.' Posy sloeg de vaatwasser dicht. 'Maar vergeet niet dat ik een eenvoudige plattelandsmeid ben met een eenvoudig plattelandsleven.' Het enige leven dat ze ooit zou leiden. Misschien moest ze ervandoor gaan met Luke. Een blokhut in Alaska huren, overdag elanden en beren ontlopen en 's nachts stomende seks hebben. 'Je hebt twee minuten.'

Ze probeerde stil te zitten terwijl Beth bezig was. 'Ik wil er niet uitzien als een clown.'

'Je gaat eruitzien alsof je niets op hebt.'

'Waarom zou je het dan opdoen?'

'Niet praten. Als je steeds je gezicht beweegt, lukt het niet. Je bent nog precies zoals toen we klein waren en ik je wilde opmaken.'

'Het is even erg als toen. En het blijft er geen vijf minuten op zitten.'

'Wacht maar! Deze lippenstift is precies wat je nodig hebt. Volgens de recensies blijft hij onder alle omstandigheden zitten. Je kunt iedere man aan de bar van de Glensay Inn zoenen zonder dat de lippenstift eraf gaat.'

'Ik wil geen enkele man in de Glensay Inn–'

'Posy!'

Posy perste haar lippen op elkaar en probeerde haar neus niet op te trekken toen ze Beths vingers op haar huid voelde, en daarna diverse kwastjes. Op aanwijzingen van Beth deed ze haar ogen dicht en weer open, keek ze naar beneden, tuitte ze haar lippen... 'Als ik gepest word door het team, weet ik je te vinden.' Ze draaide haar hoofd om toen haar vader de keuken in kwam lopen. 'Ha pap.' Ze wuifde Beth en haar poederkwastjes weg. 'Waar is mama?'

'Papa!' Beth stoof op hem af en omhelsde hem.

Stewart knuffelde haar terug en keek over Beths schouder naar Posy. 'Wat is er met je gezicht gebeurd?'

'Moet je aan mijn zus vragen. Is er iets met mama?'

'Ze voelt zich niet lekker.' Hij liet Beth los. 'Ze heeft hoge koorts. Ik heb haar overgehaald om in bed te blijven.'

'O, nee toch! Griep?'

Beth legde de make-up weer op tafel. 'Ze had niet met die kippensoep naar Vicky moeten gaan.'

'Mama zou nooit een vriendin in de steek laten.' Posy pakte een dienblad van het aanrecht. 'Ik breng haar wel even wat te eten.'

'Ik denk niet dat ze iets wil.'

'Te drinken dan.' Posy vulde een kan water met ijsblokjes en schijfjes citroen. Haar moeder was nooit ziek. Misschien was haar immuunsysteem verzwakt door haar bezorgdheid over Beth en Hannah. Zou dat kunnen? 'Moeten we de dokter bellen?'

'Nog niet.'

'Je ziet er uitgeteld uit. Ga even zitten.' Posy duwde haar vader zachtjes op een stoel. 'Beth maakt wel een ontbijtje voor je. Wat dacht je van roerei? Martha heeft vanochtend gelegd en ik heb de eieren voor je bewaard. Ze liggen in de schaal, Beth.'

Beth krabbelde iets in haar notitieblok. 'Ik moet even–'

'Je moet even een roerei voor papa bakken. Hier is de pan.' Posy zette hem samen met een doos eieren voor haar zus neer. Als Beth nu niet heel snel in actie kwam, zou ze die eieren op haar hoofd kapotslaan, en niet omdat haar zus ooit had gezegd dat dat zo goed is voor je haar.

Stampvoetend liep ze de trap op en kwam bovenaan Hannah tegen.

'Hai Posy. Kun jij misschien–'

'Nee, dat kan ik niet. Mijn to-dolijst is nu al langer dan die van de Kerstman.' Schuldbewust bleef ze staan. Ze wilde juist dat Hannah met haar praatte, maar de timing had niet slechter gekund. 'Sorry. Drukke ochtend. Hoe gaat het? Wat wilde je vragen?'

'Niets. Laat maar.' Hannah liep terug naar haar kamer en Posy staarde haar na, zich ergerend aan haar zus en woedend op zichzelf. Ze had niet zo moeten uitvallen. Dit was het perfecte moment geweest om bezorgd en aardig te doen en erachter te komen wat de uitslag van de test was.

Ze hoorde gehoest en ging snel naar de slaapkamer van haar ouders. Haar moeder zat voorovergebogen in bed. Posy haastte zich erheen en zette het dienblad neer. Al het andere verdween uit haar gedachten en ze wreef over haar moeders rug. 'Ik maak warm water met honing en citroen voor je, dat helpt misschien tegen het hoesten.' Ze legde haar hand op haar moeders voorhoofd en voelde tot haar schrik dat ze gloeiend heet was.

'Blijf uit mijn buurt,' zei Suzanne schor. 'Anders steek ik je aan. En je hoeft geen drinken te maken. Ik sta zo op en dan maak ik het zelf wel.'

'Jij blijft hier. En je steekt me niet aan. Ik sta niet lang genoeg stil om bacillen op me te krijgen.'

'Ik kan niet in bed blijven. Er is te veel te doen.' Suzanne probeerde rechtop te gaan zitten, maar viel onmiddellijk terug in het kussen. 'Ik voel me zo zwak. De timing is vreselijk, zo vlak voor kerst.'

Posy leefde met haar mee, maar ze wist dat haar moeder het snelst beter werd als ze in bed bleef. 'Geef maar een lijst van wat er nog allemaal gedaan moet worden.' Ze probeerde niet te denken aan haar eigen lijst. Misschien kon ze het erin passen.

'Goed.' Suzanne kreeg weer een hoestbui. 'Op tafel liggen pen en papier.'

Posy ging het halen. Ze had niet verwacht dat haar moeder haar daadwerkelijk een lijst zou geven. 'Oké, brand maar los.' Laat de lijst alsjeblieft niet te lang zijn, dacht ze.

'Je moet cranberrysaus maken en invriezen. De cranberry's staan in de koelkast en er liggen sinaasappels in de fruitschaal. De kinderen zijn dol op mijn kaneelbiscuitjes, dus daar moet je twee porties van maken...'

De lijst werd zo lang dat Posy's hand aan het eind evenveel zeer deed als haar hoofd.

Hoe moest ze dit ooit allemaal gedaan krijgen? Zou haar moeder het merken als ze cranberrysaus uit een potje gebruikte?

'Geen wonder dat je ziek bent. Als ik alleen al naar deze lijst kijk, krijg ik griepverschijnselen, en ik was vijf minuten geleden nog gezond.'

'Ik moet nog tien kousen breien voor de inzamelingsactie. Ik weet dat jij dat niet kunt doen, dus breng me mijn wol en breinaalden maar, dan doe ik het hier.'

'Jij moet slapen.'

'Ik kan toch niet slapen als er nog zoveel te doen is. Wat zie je er mooi uit, trouwens.' Suzanne klonk hees. 'Ik zie jou niet zo vaak met make-up. Ga je uit?'

'Alleen naar het café.' Waar ze nu alleen stond, nu zowel Vicky als haar moeder geveld was door de griep. 'Beth heeft me opgemaakt.'

'Ik ben blij dat jullie het leuk hebben samen. En dat je hulp krijgt.'

Hulp? Tot nu toe was Beth ongeveer even behulpzaam geweest als een ventilator in een sneeuwstorm.

Niets was zoals het normaal was. Beth was altijd haar stabiele, voorspelbare zus geweest, maar nu was ze hier zonder kinderen en zat ze om de twee minuten aan de telefoon. Hannah, de zakelijkste vrouw die ze kende, was allesbehalve zakelijk geweest toen ze haar van het vliegveld ophaalde. Zelfs de zorgvuldig aangebrachte make-up kon de donkere kringen onder haar ogen niet verhullen. Ze leek radeloos, alsof ze elk moment op de vlucht kon slaan voor alles en iedereen, inclusief zichzelf.

'Ik zal Beth naar je toe sturen met citroen en honing.'

'Nee! Ze mag niet bij me in de buurt komen.'

'Waarom niet?'

Suzannes ogen vielen dicht. 'Als zij het krijgt, kan het schadelijk zijn voor de baby.'

'Welke baby?'

'Je hoeft voor mij niet de schijn op te houden. Het gaat rond in het dorp. Ik had natuurlijk liever gehad dat ze het eerst tegen mij had gezegd, maar ik vind het geweldig dat ze weer zwanger is.'

Posy besloot dat zodra ze Aidan in de smiezen kreeg, ze hem zou vermoorden. 'Mama, ze is niet zwanger.' Maar Hannah misschien wel, dacht ze erachteraan.

'Waarom denken sommige mensen dan van wel?'

'Misverstand. Dat gebeurt nou eenmaal als mensen hun neus in andermans zaken steken. We hadden het in het algemeen over baby's, en iemand heeft dat gehoord. Ga nu maar lekker slapen en maak je geen zorgen. Ik regel het allemaal.'

'Nu maak ik me pas echt zorgen. Over Beth, over Hannah én over jou.' Ze kreeg een hoestbui waar ze bijna in stikte. 'Dit kun je niet allemaal alleen. Er is nog zoveel te doen voordat Jason en de meisjes komen.'

'Beth en Hannah kunnen voor zichzelf zorgen, en we hebben nog een paar dagen voordat Melly en Ruby er zijn. We hebben tijd genoeg. Geen reden voor paniek.'

'Ik wil zo graag dat het voor iedereen een perfecte kerst is.'

'En dat wordt het ook.' Een perfecte ramp, dat werd het, dacht ze.

De deurbel ging en Posy trok haar moeders lakens recht. 'Ik ga even opendoen. Dat is waarschijnlijk de bezorger van de wol die je besteld had.'

Beth was eerder bij de deur dan zij, en Posy hoorde een geschokte kreet, gevolgd door een aantal vertrouwde stemmen. Ze keek de trap af. Het waren Jason en de meiden, samen met genoeg bagage om een heel vliegtuig te vullen.

Posy zakte neer op de bovenste tree en begroef haar gezicht in haar handen. Er was wel degelijk reden voor paniek.

16

Beth

Het laatste wat Beth had verwacht, was dat Jason en de meisjes eerder zouden komen. Ze zou kwaad moeten zijn dat hij haar privétijd verstoorde, maar ze was nog nooit zo opgelucht geweest om iemand te zien.

'We wilden je verrassen.' Jason stond aarzelend bij de voordeur, alsof hij niet zeker wist of hij wel welkom was. 'Had je meer tijd voor jezelf nodig? Ik wilde iets spontaans doen.'

Melly trok zachtjes aan zijn jas. 'Nu, papa.'

'Denk je?'

'Nu.'

Jason haalde zijn hand achter zijn rug vandaan en hield een bos witte tulpen voor haar neus.

Beths mond viel open. 'Waar heb je die gevonden?'

'We hebben de taxichauffeur gevraagd om even om te rijden.'

Beth was dol op bloemen, en op dit moment was ze ook dol op haar echtgenoot. 'Dank je. Ze zijn prachtig.'

'Ik zei toch dat ze deze het mooist zou vinden?' fluisterde Melly.

Jason gaf haar een knipoog. 'Goede tip, Mel.' Zijn haar zat in de war, zijn jas was verfomfaaid en hij had zich niet geschoren, maar Beth had nog nooit zoveel van hem gehouden als nu. Zelfs nu, na zoveel jaar, fleurde ze op wanneer ze hem zag.

Maar dat euforische gevoel ebde weg toen ze zich weer herinnerde dat ze niet op goede voet uit elkaar waren gegaan en dat hun problemen niet waren opgelost.

Ze gaf hem een zoen op zijn wang, die koud was onder haar lippen, zijn kaak ruw van de stoppels. 'Je moet je scheren.'

'Weet ik, maar daarvoor heb ik tijd alleen nodig in de badkamer.'

'Mama!' Ruby vond dat ze lang genoeg had gewacht en duwde hem opzij om bij Beth te komen. Melly volgde haar voorbeeld. Hun luidruchtige aanwezigheid herinnerde haar eraan dat er voorlopig geen kans was op een serieus volwassen gesprek.

Beth deed de voordeur dicht, legde de bloemen op de gangtafel die haar vader van gebruikt hout had getimmerd, en ging op haar hurken zitten om de meisjes te knuffelen. Melly's jas hing los en Beth zag dat ze haar mooiste jurk aanhad – kennelijk kon Jason ook moeilijk nee zeggen. Ruby's trui zat binnenstebuiten en ze droeg twee verschillende sokken. Maar wat maakte het uit? Ze waren in leven, ze waren van haar en ze waren hier. Beth kon wel huilen van blijdschap. Ze drukte hen zo stevig tegen zich aan dat Ruby met een gilletje protesteerde.

'Wat fijn om jullie weer te zien!' Ze kuste eerst het ene kind en toen het andere.

'Mooie jurk, mama.' Melly knikte goedkeurend.

Beth trok haar tegen zich aan en snoof haar vertrouwde geur op. Wat had ze hen gemist. 'Hoe was de reis?'

Ruby barstte in tranen uit. 'Papa heeft Bugsy in het vliegtuig laten liggen.'

Beth keek op naar Jason en zag nu pas hoe vermoeid hij eruitzag. 'Ben je Bugsy kwijtgeraakt?' Ze wist niet wie er meer ontdaan was: haar dochter of haar echtgenoot. Ze had verwacht dat hij het probleem, samen met de kinderen en de bagage, bij haar zou droppen, maar in plaats daarvan hurkte hij neer naast Ruby, die zich aan Beth vastklampte.

'Ik heb ze gebeld, schatje. Ze gaan in het vliegtuig kijken of Bugsy nog op de stoel ligt.'

'Maar wat als dat niet zo is?' Ruby keek verslagen, alsof het verlies van Bugsy het ergste was wat er kon gebeuren.

'Dan gaan we extra hard nadenken waar je hem het laatst hebt gehad.'

'Ik weet niet waar ik hem het laatst heb gehad!'

'Ze had hem in dat café,' zei Melly behulpzaam, 'toen je haar dat enorme bord friet gaf.'

Beth trok haar wenkbrauwen op. 'Hebben ze friet gegeten?'

'Bedankt, Mel.' Jason werd rood, maar bleef naar Ruby kijken. 'We vinden hem wel. Beloofd.'

Beth kreunde. Ze snapte waarom hij dat zei, maar vond het niet verstandig om beloftes te doen die je niet kon waarmaken.

Dat vond Ruby ook. 'Maar wat als het niet lukt? Melly zei dat Bugsy misschien nu ergens anders heen vliegt. Misschien is hij wel in Hongpong.'

'Kong,' verbeterde Melly.

Ruby's gezicht vertrok en ze begon op hoge toon te jammeren. 'Ik kan niet zonder Bugsy!'

Op dat moment verscheen Posy onder aan de trap. 'Wacht eens...' Ze zette haar hand achter haar oor, keek om zich heen en deed alsof ze hen niet zag. 'Ik dacht dat ik Ruby's stem hoorde, maar dat kan niet, want Ruby komt pas over een paar dagen.'

Ruby hield op met gillen en ademde huiverend in. 'Ik ben hier, tante Posy.' Ze hikte. 'Ik ben het.'

Posy bleef zoeken. 'Dat is gek. Ik hoor haar stem, maar ik zie haar niet.'

'Ik ben hier!' Ruby lachte door haar tranen heen, liet Beth los en rende op Posy af.

'Aha, dáár ben je.' Posy pakte Ruby bij haar middel en zwiepte haar hoog in de lucht. 'Hallo daar! En zie ik daar ook Melly? Nee, dat is Melly niet. Het is een prachtige prinses. Maar wat doet een prachtige prinses in mijn huis?'

Ze zette Ruby op haar heup en stak haar hand uit naar Melly, die met een verlegen glimlachje op haar af rende.

'Wat is er met je gezicht gebeurd, tante Posy?'

Posy raakte met haar vrije hand haar wang aan. 'Is er iets met mijn gezicht gebeurd?'

'Je hebt make-up op en dat heb je anders nooit.'

'Aha, dat. Dit keurig opgemaakte gezicht is het werk van jullie slimme moeder, die probeert uit te vinden welke kleur lippenstift Socks het mooist vindt. Kom maar mee, dan gaan we het hem samen vragen.'

Ruby giechelde. 'Dat is raar. Het kan Socks toch niet schelen of je lippenstift op hebt?'

'O nee? Probeer dat je moeder maar eens wijs te maken.'

'Je ziet er mooi uit,' zei Melly verlegen. 'Als je wilt, kan ik je elke dag opmaken zolang we hier zijn. En ik kan je nagels doen.'

Posy wist een huivering te onderdrukken. 'Dat zou geweldig zijn. Bedankt, Melly.'

Ruby trok aan haar mouw. 'Waar zijn opa en oma?'

'Opa is net de deur uit,' zei Beth. 'Hij was te laat en is een paar minuten geleden vertrokken...' Ze zag haar zus kijken. '... na het verorberen van het heerlijke roerei dat ik voor hem had gemaakt.'

Posy grinnikte en verplaatste Ruby naar haar andere heup. 'En oma ligt ziek in bed, dus daar kunnen jullie nu even niet naartoe. Misschien straks.'

Ruby's gezicht betrok. 'Ik wil naar opa. En ik heb speciaal voor oma een tekening gemaakt.'

'Echt waar? Wat super. Dan geven we haar die straks. Ik ben blij dat jullie hier zijn, want Socks heeft jullie gemist.'

Ruby fleurde op. 'Mogen we op hem rijden?'

'Dat moet je aan je moeder vragen.' Posy keek naar Beth, die een bezorgd gezicht trok.

Iedereen wist toch dat paardrijden gevaarlijk was, dacht Beth.

Jason legde zijn hand op haar schouder. 'Laat haar toch rijden. Je weet hoe graag ze dat wil. Ze kan een helm opzetten.'

'Het gaat niet alleen om hun hoofd, Jason. Ook om hun rug.' Beth beet op haar onderlip. 'We hadden rugbeschermers voor ze moeten kopen. Ik had er eerder aan moeten denken. En tegenwoordig hebben ze ook airbags, die openspringen wanneer je aan een touwtje trekt als je valt. Misschien kunnen we die nog vóór Kerstmis laten bezorgen.'

Waarom staarde iedereen zo naar haar?

Posy wipte Ruby op haar heup op en neer. 'Ik denk dat een helm voldoende is. Ik heb Socks aan de lijn. Er kan niets gebeuren.'

Natuurlijk kon er wel iets gebeuren! Geen wonder dat er zoveel ongelukken gebeurden. Mensen gingen veel te nonchalant met veiligheid om. Wat ze natuurlijk zelf moesten weten, maar ze wilde niet dat er nonchalant met haar kinderen omgesprongen werd.

Ruby hield haar adem in, en met haar armen om Posy's hals geslagen keek ze hoopvol naar Beth. 'Alsjeblieft.'

Beth bevond zich in een onmogelijke positie. Hoe kon ze nu nog nee zeggen? 'Goed dan. Maar je moet wel echt een helm op en alles doen wat tante Posy zegt. Niet te hard praten bij Socks in de buurt, en als je hem eten geeft, moet je je hand vlak houden, anders–'

'Beth.' Jason sloeg zijn arm om haar heen. 'Het komt goed.'

'Dat weet ik wel, ik zeg alleen–'

'Je wilt dat ze voorzichtig zijn. En dat zijn ze ook. Laat ze met Posy meegaan. Dan kunnen wij even bijpraten.'

Daar had hij een punt. Beth knikte. 'Toe maar, meiden. Veel plezier.'

Ruby juichte en Melly keek ook uitgelaten.

Posy nam hen mee. 'Hebben jullie warme kleren?'

'Ja!' Ruby keek naar Beth. 'Gaat mama weer weg?'

'Voorlopig gaat ze nergens heen. Het is Kerstmis.' Posy gaf Ruby een kus op haar wang. 'We zijn hier allemaal samen. Nadat we Socks te eten hebben gegeven, gaan we onze kerstsokken ophangen en mogen jullie me helpen met kerstkoekjes bakken, maar eerst moeten jullie je omkleden. Dan gaan we Socks voeren, want het is koud buiten en hij heeft extra eten nodig.'

Beth keek haar dankbaar aan. 'Moet je niet naar het café?'

'Ik geef Duncan wel een flinke bonus om eerder te komen en het café te openen.'

'Hier...' Jason pakte een koffer. 'Dit zijn alle winterspullen van de meisjes. Handschoenen, mutsen, dat soort dingen. Ik zal de koffer naar boven tillen.'

'Dat hoeft niet, maar bedankt.' Met Ruby nog steeds op haar heup tilde Posy met haar vrije hand de koffer op. 'Ruby en Melly zorgen voor de gezelligheid en ik voor de spierkracht. Oké, meiden. We gaan op jullie slaapkamer warme kleren uitzoeken. We moeten wel heel stil zijn, zodat we oma niet wakker maken. Ze heeft rust nodig.'

'Kus haar maar beter,' zei Ruby.

Posy knikte. 'Goed plan.'

'En tante Hannah?' vroeg Ruby hoopvol. 'Waar is tante Hannah?'

'Ze is nu aan het werk, maar straks is ze vast heel blij om jullie te zien.'

Ruby knikte. 'Tante Hannah werkt heel veel. Ze heeft een belangrijke baan.'

'Inderdaad.'

Ruby klopte Posy meelevend op haar schouder. 'Jouw baan is Socks voeren.'

'Klopt. En dat is ook belangrijk, want Socks eten geven betekent het verschil tussen leven en dood. Niet alle belangrijke banen worden goed betaald.' Ze keek Beth veelbetekenend aan en richtte toen haar aandacht weer op de meisjes. 'Hebben jullie laarzen? Want de wei is modderig.'

Ruby sloeg haar armen om Posy's hals. 'Hoeveel maaltijden eet Socks per dag? Papa kon niet geloven hoe vaak wij iets wilden eten. Hij zei dat ik at als een paard.'

'Paarden eten eigenlijk de hele tijd,' zei Posy.

Melly snoof. 'In dat geval is Ruby zeker een paard.'

Ze gingen naar boven en hun stemmen stierven weg. Beth en Jason bleven achter en keken elkaar aan.

Beth voelde zich onzeker en niet op haar gemak. Ze wist dat ze dingen te bespreken hadden, maar ze wist niet waar ze moest beginnen en of dit het juiste moment was. Ze wist niet waarom ze eerder waren gekomen. 'Kindvrije tijd. Zo zeldzaam dat we niet weten wat we ermee moeten doen.'

'Ja.' Hij wreef met zijn hand over zijn nek. 'Het spijt me van Bugsy.'

'Dat kan de beste overkomen.'

'Jou is het nooit overkomen.'

'Ik heb meer ervaring dan jij.' Ze besefte hoe het klonk en bloosde. 'Sorry. Ik bedoelde niet–'

'Geeft niet. Het is gewoon zo. Je ziet er trouwens geweldig uit. Daar had Melly gelijk in.' Zijn blik gleed over haar lichaam en bleef rusten op haar benen. 'Is dat een nieuwe jurk? Je bent zonder bagage vertrokken.'

'Van Hannah geleend. Maar jij ziet er niet zo geweldig uit. Heb je in het vliegtuig wat kunnen slapen?'

'Wat denk je zelf? Met die twee? Gelukkig had de vrouw naast ons medelijden met me, anders had ik niet eens naar de wc gekund.'

Hun gesprek verliep stroef en onnatuurlijk. Ze wisten allebei niet hoe ze over dat enorme rotsblok heen moesten komen dat tussen hen in lag. Beth besloot dat deze situatie om dezelfde benadering vroeg als koud water: gewoon er direct in springen.

'Over wat ik heb gezegd–'

'Niet nu.' Hij schudde zijn hoofd. 'Ik weet dat we moeten praten, maar na twee taxi's, twee vluchten en non-stop met de meiden bezig zijn, werkt mijn brein niet genoeg om te kunnen vertrouwen op de woorden die uit mijn mond komen. Dit gesprek is te belangrijk om af te raffelen, dus laten we wachten tot ik heb gedoucht, uitgepakt en slaap heb ingehaald.'

Ze wilde niet wachten. Bij sommige stellen konden ruzies wekenlang door sudderen, maar Jason en zij waren niet zo. Als ze het ergens over oneens waren, wat zelden voorkwam, bespraken ze het en losten ze het op. Ze hadden nog nooit een groot probleem gehad. Tot nu.

'Anders neem jij even een douche, dan zet ik de bloemen in het water en help ik je met uitpakken. Is dat een idee?' Ze keek naar de rest van de bagage. 'Je hebt meer koffers dan Hannah.'

'Ik wist niet wat ik voor de meiden moest meenemen, dus heb ik alles maar ingepakt. En ik heb ook wat voor jou ingepakt, omdat ik wist dat je niets had meegenomen. Ik stelde me al voor dat je op je sexy laarsjes door de modder moest lopen.'

'Ga lekker douchen. Dan maak ik koffie en iets te eten.' Ze verdween in de keuken en zag daar door het raam Posy en de meisjes, gehuld in jassen en sjaals, door de wei zwoegen op weg naar Socks. Ze zette de tulpen in een vaas en keek naar de kinderen, die over het hek klommen en de immer geduldige Socks overlaadden met liefde en vers hooi.

Ze schonk koffie in en roosterde boterhammen van het brood dat haar moeder de vorige dag had gebakken. Toen zette ze alles op een dienblad en liep ermee naar boven.

De deur naar haar slaapkamer stond wijd open en daar, uitgestrekt op bed, lag Jason. Toen ze het dienblad op tafel zette, opende hij even zijn ogen. 'Beth?'

'Ik dacht dat je eerst ging douchen en daarna ging slapen?'

'Ik moet even slapen voordat ik ga douchen, anders vrees ik dat ik verdrink. Het is nog niet officieel bevestigd, maar het zou zomaar kunnen dat ik al overleden ben.'

'Het spijt me dat je zo uitgeput bent.'

'Dat spijt je helemaal niet. Het is precies wat je wilde dat er zou gebeuren.'

Hij zag er zo zielig uit, zoals hij daar lag, dat ze een glimlach nauwelijks kon onderdrukken.

'Trek je niet eens je schoenen uit?' Bij wijze van antwoord gromde hij alleen maar, en nu glimlachte ze echt. 'Ben je echt zo moe?'

'Moe?' Hij deed één oog open. 'Moe ben ik na een dag strijd leveren met forenzen, mijn baas en lastige klanten. Dit is iets anders. Dit is veel erger. Ik weet er geen woord voor, maar "moe" komt in elk geval niet eens in de buurt.'

Beth kreeg medelijden met hem en trok zijn schoenen voor hem uit. 'Welk deel vond je zo vermoeiend?'

'Elk deel.' Hij deed zijn ogen weer dicht. 'Het eten, natuurlijk.

Dat is vermoeiend, want ze eten aan één stuk door. Drie maaltijden per dag en dan nog tussendoortjes. Nooit even rust. Het lijkt wel of ik een restaurant run.'

'De rust is tussen de maaltijden en de tussendoortjes.'

'Nee, want in die tijd ben ik het eten aan het klaarmaken of naar de supermarkt aan het rennen om iets te kopen wat ik was vergeten. "Mama heeft het altijd wel."' Hij deed zijn ogen weer open. 'Weet je hoe vaak ik die woorden deze week heb gehoord? Vind je dat grappig? Zie ik daar een zelfingenomen glimlach, Bethany McBride-Butler?'

'Misschien een beetje.' Het was fijn dat hij eindelijk een beter idee had van hoe haar leven eruitzag. 'Heb je me een beetje gemist?'

'Nee. Ik heb je heel erg gemist. En niet alleen omdat ik niet weet hoe je wentelteefjes moet bakken zoals jij dat doet. Melly vond ze "plakkerig" en Ruby vond ze gek smaken. Ik dacht dat je voor wentelteefjes alleen eieren en brood nodig had, maar kennelijk doe je er ook nog een of ander tovermiddel in.'

'Heb je kaneel gebruikt?'

'Nee. Hoe kon ik weten dat er kaneel in moest?'

'Ik doe er kaneel en een beetje suiker bij, want dan worden ze iets krokanter en minder "plakkerig".' Ze ging naast hem op het bed zitten. 'Dus de wentelteefjes waren een probleem. Nog meer?'

'Ik heb de verkeerde maillot meegenomen naar ballet.'

'Ik zei toch–'

'Je zei roze, dat weet ik, maar ik zag in de la geen roze liggen, dus nam ik de zwarte, want het was óf die, óf te laat komen, en je zei dat ik niet te laat mocht komen. Dus ik koos in mijn ogen het minst erge van de twee kwaden, maar kennelijk kan Melly in een zwarte maillot niet dansen. Dan gebeurt er iets met haar benen en kan ze die pas weer bewegen als ze roze zijn. Het is een medisch raadsel. En dan heb ik het nog niet eens gehad over twee kinderen elke ochtend op tijd de deur uit krijgen. Het verbaast me dat je ze niet in je pyjama naar school brengt.'

'Waarom heb je me niet verteld dat je het zwaar had? Wanneer ik belde, gaf je de telefoon meteen aan de meisjes. Ik dacht dat je zo kwaad was dat je me niet wilde spreken.'

'Die tien minuten dat ze met jou aan het bellen waren, was het enige moment waarop ik ongestoord iets kon doen. Bovendien had je duidelijk laten weten dat je tijd voor jezelf nodig had, dus wilde ik je niet storen.' Hij keek haar aan. 'En misschien was er ook enige trots in het spel. Ik wilde niet dat je wist dat het niet goed ging.'

Ze kon niet geloven dat hij het alleen had gedaan. 'Ik had verwacht dat je je moeder zou bellen zodra ik de deur uit was.'

'Dat heb ik ook bijna gedaan. Ik had de telefoon al vast. Toen besefte ik dat mijn moeder bellen gelijkstond aan toegeven dat ik het niet alleen kon. Jij zei tegen me dat ik geen idee had hoe jouw leven eruitzag, en dat ik niet echt tijd doorbracht met mijn dochters. Dat deed zeer. Ik wilde je laten zien dat je het mis had en dat ik het aankon. Niet alleen op zondagochtend in het park, maar ook de rest van de week. Ik wist dat ik niet zo'n slechte vader was als jij leek te denken en ik wilde je daarvoor het bewijs leveren.'

Ze voelde de spanning langs haar ruggengraat prikken. 'Jason–'

'Maar je bleek gelijk te hebben.'

'Ik had geen gelijk. Je bent een geweldige vader.'

'Omdat jij het mogelijk maakt dat ik alleen de leuke dingen meemaak. Als ik thuiskom, heb je de kinderen te eten gegeven en in bad gedaan en liggen ze in bed met een boek. En heb je ook nog het appartement opgeruimd. Hoe doe je dat trouwens? Het was al een uitdaging om hen drie keer per dag eten te geven, en twee keer hebben we 's avonds het bad overgeslagen. En het appartement ziet eruit alsof er is ingebroken. Ik heb me nog nooit zo'n mislukkeling gevoeld.' Hij pakte haar hand. 'Wat ik wil zeggen, is dat jij gelijk hebt en ik ongelijk. Wat jij doet, is niet makkelijk. Bij dezen geef ik officieel toe dat het een ongelofelijk tactloze en incorrecte uitspraak was, en ik hoop dat je me wilt vergeven.'

'Puur uit nieuwsgierigheid: wat vond je het moeilijkst?'

'Jou niet bij me hebben. Niet omdat je van onze losgeslagen kinderen en ons chaotische appartement een gezin en een thuis maakt, maar omdat ik jou miste om mee te lachen en te kletsen.' Hij pakte haar hand wat steviger vast. 'Je bent mijn beste vriendin, Beth. Ik heb spijt van wat ik die avond gezegd heb. Het verbaast me niets dat je wegliep.'

'Ik heb ook spijt van wat ik heb gezegd.' Ze was zo opgelucht dat ze wel kon huilen. Ze hadden nog steeds geen oplossing voor hun probleem, maar ze had er nu meer vertrouwen in dat ze die zouden vinden. Dat moest gewoon. 'Het spijt me dat ik ben weggegaan.'

'Mij niet.' Hij rolde op zijn zij en trok haar naast zich op bed. 'Het was precies wat ik nodig had. En de waarheid is dat ik het zalig vond om bij de meiden te zijn. Het was slopend en soms beangstigend, maar ik heb van alles over hen geleerd dat ik nog niet wist. En jij?' Hij streek een lok uit haar gezicht. 'Vind je het leuk om weer creatief bezig te zijn?'

'Ja.' Ze wilde nog niet toegeven dat ze doodmoe werd van Corinna's eindeloze eisenpakket en emotionele chantage. 'Het is fijn om mijn hersens weer te gebruiken. Ga je je nu douchen en omkleden?'

'Ja, maar ik wil nog even vijf minuten op bed liggen zonder dat Ruby me in mijn oog prikt. Dat kind denkt dat ze een zeester is.

Ik dacht altijd dat ons bed groot genoeg was, maar dat denk ik nu niet meer.'

Beth deinsde achteruit. 'Wacht even – heb je Ruby in ons bed laten slapen?'

'Niet meteen. Eerst stond ik telkens op wanneer ze me riep, net als jij, maar kennelijk ben ik minder sterk dan jij, want ik werd er al snel doodmoe van. Wanneer ik te moe was om op te staan, moest ze naar mij toe komen, en ik had niet de fut om haar weg te sturen.'

'Ze maakte misbruik van je, Jason.'

'Ja, kinderen zijn roofdieren. Ze voelen het wanneer je op je zwakst bent en dan slaan ze toe.'

Ze zuchtte bij de gedachte aan de moeite die het zou kosten om deze nieuwe gewoonte weer terug te draaien. 'Het is lastig te doorbreken. Je had haar niet bij je in bed moeten laten.'

'Dat weet ik, maar haar wil is sterker dan de mijne.' Hij tilde zijn hoofd op en keek haar aan. 'Het was een kwestie van overleven.' Hij liet zijn hoofd weer op het kussen vallen.

Beth kwam overeind. 'Neem een douche, Jason Butler, en ga dan slapen. Ik maak je over een uur wakker.'

'Kun je me ook over een week wakker maken?'

'Nee. Het is Kerstmis en dat is een familiefeest. Je moet meedoen.' Beth ging weer naar beneden en ruimde op in de keuken. Door het raam zag ze de kinderen om beurten door de wei rijden op Socks, die door Posy aan de lijn werd gehouden.

Ze benutte deze paar minuten alleen om haar ideeën naar Corinna te mailen. Gelukkig deed het internet het, en daar was ze dankbaar voor. En ze was blij met wat ze had gedaan. Ze had in elk geval aan zichzelf bewezen dat ze ook nog met iets anders bezig kon zijn dan met kinderen grootbrengen.

Eindelijk kwamen de meisjes binnen, met blozende wangen en

een glimlach op hun gezicht. Ruby huppelde met verwaaid haar de keuken in, Bugsy schijnbaar volkomen vergeten. 'Ik wil een pony, mama.'

Zelfs Beth was niet zo zwak dat ze daaraan toegaf. 'Zolang we in Manhattan wonen, gaat dat niet gebeuren.'

'Dan wil ik hier wonen, vlak bij opa en oma en tante Posy, en dan kan ik elke dag op Socks rijden.'

Beth trok Ruby's jas en laarzen uit, en zette ze in de bijkeuken. 'Je handen zijn ijskoud! Kom snel binnen om op te warmen.'

Melly bibberde van de kou. 'Mogen we alsjeblieft warme chocolademelk?'

Melly, het prinsesje, goedgemanierd zoals altijd.

'Dat mag. Ga je handen maar wassen en aan de keukentafel zitten. Dan maak ik warme chocolademelk.' Beth zag Posy in een wolk van sneeuwvlokken de deur door komen. 'Dank je wel. Wat ben je toch een fantastische tante.'

'Het is zo leuk om dingen met ze te doen. En nu moet ik naar het café, voordat Duncan ontslag neemt. Ik ben al te laat. Red jij je wel?'

'Waarom zou ik het niet redden?'

'Ik weet dat Jason en jij iets uit te praten hebben.'

'Dat komt wel goed.'

'Je kunt altijd Hannah vragen om op te passen.'

'Dat zal ze niet willen.'

Posy stampte de sneeuw van haar laarzen. 'Heb jij het idee dat alles goed is met haar?'

'Ja. Waarom zou het niet goed zijn? Wat bedoel je?'

'Niets.'

Beth wierp een blik op de deur. 'Ze is op haar kamer, maar dat is niet abnormaal.'

'Nee.' Posy stapte uit haar laarzen. 'Je hebt waarschijnlijk gelijk.

Oké, meiden, zorg goed voor Bonnie en dan zie ik jullie straks. Zeg maar tegen mama dat ze jullie meeneemt naar het café, dan krijgen jullie van mij allebei de grootste plak chocoladecake die jullie ooit hebben gezien.'

De meisjes juichten en Bonnie blafte kwispelend.

Later, veel later, na een dag vol warme chocolademelk, verhalen bij het vuur en een bezoekje aan Café Craft, waar de kinderen uitgelaten van terugkwamen, probeerde Beth hen tot rust te brengen. Ze hadden gebadderd en gegeten, en Beth hoopte vóór het avondeten nog even tijd met Jason te hebben.

Uit gewoonte ruimde ze de badkamer op. Ze haalde de badeendjes en Ruby's piepende krokodil uit het bad, hing de handdoeken over het verwarmde handdoekenrek en trok de deur achter zich dicht. Ze wilde net de slaapkamer van de meisjes binnenlopen toen ze Ruby's stem hoorde.

'Mama mag nooit meer bij ons weggaan.'

Beth verstarde en werd overspoeld door schuldgevoel. Het leek wel of ze in tweeën werd gescheurd. Wie zei ook weer dat je niet altijd alles kon krijgen wat je wilde? Diegene had gelijk. Hoe zeg je tegen een kleuter van wie je houdt dat ze niet voldoende is, dat haar moeder meer wil? En hoe kon ze zich op haar werk concentreren als ze zich steeds schuldig voelde tegenover de meisjes?

Ze sloeg haar hand voor haar mond. Ze moest die kamer binnenlopen, glimlachen als de moeder die Ruby kende en haar geruststellen. Ze mocht haar gevoelens niet laten zien. Het liefst had ze even een moment genomen om zich te herpakken, maar daar was nu geen tijd voor. Jason kon zo'n moeilijke vraag onmogelijk in zijn eentje beantwoorden. Toen hoorde ze zijn stem.

'Ga zitten, Ruby.'

'Ik wil naar mama.'

'Mama is even bezig, en ik wil dat je nu blijft zitten en naar me luistert. Weet je nog wat je deze week op school hebt geleerd? Daar hebben we het over gehad. Luisteren. Ik wil dat je dat nu doet.' Hij klonk kalm maar beslist, en Beth was niet de enige die zich verbaasde over de kracht van zijn stem; dat deed Ruby ook. Door een kier zag Beth hoe haar dochter op de grond neerplofte en met haar mond dicht en haar ogen wijd open afwachtte.

'Goed zo.' Jason ging op het smalle stukje tussen het bed en de muur naast haar op de grond zitten. 'Je wilt dat mama er elke minuut van de dag voor je is, en dat snap ik.'

Ruby's krullen dansten toen ze knikte, en Beth voelde zich wanhopig.

Niemand wilde dat ze dit deed. Haar kinderen niet en haar echtgenoot niet. Ze hield haar adem in en wachtte tot Jason zou zeggen dat hij ook wilde dat ze thuisbleef.

'Je weet toch dat ik 's ochtends altijd naar mijn werk ga?'

'Ja, dan pak je je jas en je tas en moet je belangrijke dingen doen. En je zit altijd aan de telefoon.'

'Precies. En wanneer we weer in New York zijn, gaat mama ook werken, net als ik.'

Ruby keek verward. 'Waarom?'

'Omdat mama niet alleen goed voor jullie kan zorgen, maar ook andere dingen kan. Mama houdt heel veel van jullie, maar ze wil ook andere dingen doen. Dingen die ze belangrijk vindt.'

'Wij zijn toch belangrijk?' Ruby's stem trilde, maar die van Jason bleef vast.

'Dat zijn jullie zeker. Maar iemand kan meer dan één belangrijk iets in zijn leven hebben. We zijn een gezin, wat betekent dat we niet alleen aan onszelf denken, maar ook aan de anderen in het gezin.'

'Wil ze dan nog wel met me spelen?'

'Natuurlijk. Ze vindt het heerlijk om met jou te spelen. Ze zal alleen niet op elk moment van de dag met je kunnen spelen. En je blijft langer op school met je vriendinnetjes.'

Daar dacht Ruby even over na. 'Maar wie haalt me dan op?'

'Dat moeten we nog even bekijken, maar er is altijd iemand die je ophaalt, dus daar hoef je je geen zorgen om te maken. Als mama er niet is, is oma Butler er, of ik.'

'Jij bent Bugsy kwijtgeraakt.' Ruby zei het op een toon alsof ze hem de minst betrouwbare optie vond.

'Dat is waar. Ik ben Bugsy kwijtgeraakt. En als dit een functioneringsgesprek was, zou ik toegeven dat ik een fout heb gemaakt.'

'Wat is een functioneringsgesprek?'

'Dan krijgt iemand van zijn baas te horen hoe goed hij is in zijn werk. En als het gaat om zorgen voor jou en Melly weet ik dat ik sommige dingen beter had kunnen doen.'

'Zoals Bugsy niet kwijtraken.'

'Bugsy niet kwijtraken staat boven aan de lijst. Het probleem is ook een beetje dat mama dingen zo goed kan dat ik nooit zo goed zal zijn als zij.'

Tranen prikten achter Beths ogen.

'Maar weet je wat?' Jason trok Ruby op schoot en sloeg zijn armen om haar heen. 'Wat je later ook wordt, of het nu brandweerman of astronaut of mama is, als je oefent, kun je er beter in worden. En dat is wat ik ga doen. Ik ga oefenen, zodat mijn volgende functioneringsgesprek wél goed gaat.'

Ruby dacht daar even over na. 'Jij kunt dingen niet zo goed als mama, maar ik vind je toch lief.'

Het was even stil. 'Dat is mooi...' Jason klonk schor. '...want ik vind jou ook lief.'

Beth leunde met haar hoofd tegen de muur en sloot haar ogen.

De brok in haar keel was zo groot dat ze bang was dat ze niet meer kon praten.

Wanneer zou ze toegeven dat ze het werk lang niet zo leuk vond als ze had gedacht? Ze had er zo naar verlangd, maar nu wist ze niet meer zo zeker of dit wel was wat ze wilde.

17

Suzanne

'Vijf dagen! Ik lig al vijf dagen in bed.' Suzanne sloeg haar benen over de rand en bleef toen stil zitten, omdat alles begon te draaien.

'En je moet er minstens nog een dag in blijven.' Stewart zette een beker op het nachtkastje. De thee was donkerbruin. Kennelijk was hij vergeten het zakje eruit te halen.

Voorzichtig nam ze een slokje en ze verslikte zich bijna. 'Heerlijk, dank je.' Ze zette de beker weer neer. 'Ik laat hem nog even afkoelen.' En dan zou ze hem door de gootsteen gieten als hij even niet keek.

Ze vond het vreselijk om zo hulpeloos te zijn. Om niet de energie te hebben om naar beneden te gaan en haar eigen thee te zetten. Ze raakte in paniek als ze dacht aan wat er nog allemaal moest gebeuren. Stewart hielp wel, maar hij deed dingen anders dan zij, en het zelf doen was juist onderdeel van de lol.

Ze was van plan geweest iedereen te verwennen. Te bemoederen. Ze had zich verheugd op lange etentjes en knusse avonden bij de open haard. In plaats daarvan bracht ze haar avonden alleen door. Haar kleinkinderen kwamen niet verder dan de deuropening, zodat ze hen niet kon besmetten.

Het goede nieuws was dat ze aan de beterende hand was. Ze had geen koorts meer, ze sliep eindelijk weer en voelde zich weer een klein beetje mens.

'Vandaag ga ik opstaan.'

'Dat hoeft niet. Posy en ik hebben alles onder controle. We zijn je lijst aan het afwerken.' Stewart trok de lakens recht, maar op de een of andere manier werd het er alleen maar rommeliger van. 'Vandaag zijn we bij punt negen. Ik maak cranberrysaus.'

'Je hebt nog nooit cranberrysaus gemaakt.'

'Mens versus cranberry – hoe moeilijk kan het zijn?'

'Denk eraan dat je vers sinaasappelsap gebruikt.'

'Oké.'

Ze wist dat hij niet luisterde. 'Sinaasappels, Stewart.'

'Ik weet wat sinaasappelsap is! Er staat een pak in de koelkast. Gisteren gekocht.'

'Ik pers verse sinaasappels uit.'

'Echt waar?' Stewart keek haar aan. 'Geen wonder dat je doodop bent.'

Ze zuchtte. Het was onmogelijk om hem duidelijk te maken dat ze de voorbereidingen voor Kerstmis leuk vond om te doen. 'Hoe gaat het met de meisjes? Geef me eens een update.'

'Alles is onder controle. Ik bewaak het fort.' Stewart liet zijn spierballen zien en gaf haar een knipoog. 'Ik ben Superman. Ik kan alles aan wat op mijn pad komt.'

Suzanne keek hem onderzoekend aan. 'Je trui zit binnenstebuiten.'

Hij voelde aan het etiketje in zijn nek aan en lachte schaapachtig. 'Ik kan alles aan, behalve mezelf aankleden.'

Hij maakte haar altijd aan het lachen, zelfs als ze zich hondsberoerd voelde. Ze hield zoveel van hem dat het pijn deed. Er ging geen dag voorbij dat ze niet door hem werd opgevrolijkt.

'Hoe gaat het met Beth? Weet jij al waarom ze eerder naar huis is gekomen?'

'Met Beth gaat het prima.' Hij keek haar niet aan en ze bestudeerde zijn gezicht om erachter te komen wat hij verborg.

'Maar je maakt je wel zorgen over haar.'

'Ik maak me niet zo snel zorgen.' Hij ruimde haar breiwerk op en stompte met zijn vuist in een kussen dat op de stoel lag. 'Waarom stomp je tegen dat kussen?'

'Ik stomp niet, ik schud het op. Jij schudt toch ook altijd kussens op?'

'Je sloeg er bijna een gat in. Als het een levend wezen was geweest, zou het nu buiten westen zijn.' Bovendien had ze hem in al die jaren dat ze samen waren nog nooit een kussen zien opschudden. Meestal gooide hij ze alleen maar op de grond. 'Je maakt je zorgen, en ik ook. Ik wil weten wat er aan de hand is.' Ze voelde zich hulpeloos, en dat vond ze vreselijk.

Stewart pakte een veertje dat uit het kussen was gekomen. 'Ook al maak ik me zorgen, we kunnen niets doen. Het zijn geen kinderen meer, Suzanne, het zijn volwassenen. Het is niet onze taak om dingen voor hen op te lossen. Het is onze taak om hen te steunen, door dik en dun.'

'Beth en Hannah zijn allebei eerder thuisgekomen. Dat is abnormaal. Wat nou als er iets is wat ze willen bespreken?'

'Dan komen ze naar ons toe. Ze weten dat dat kan. Dat weten ze al hun hele leven, lieverd.'

Maar dat vond Suzanne niet voldoende. 'Als Beth wilde praten, zou ze dat met jou doen.'

'En ik heb haar die kans gegeven. We hebben een paar keer samen ontbeten. Gisteren een eindje gewandeld met z'n tweeën. Ze heeft niets gezegd.'

'Ze kwam thuis zonder bagage. Ze gaat nooit op reis zonder bagage, dus dat betekent dat ze weggelopen is. Ik geloof er niets van dat de luchtvaartmaatschappij haar koffers is kwijtgeraakt. Doen Jason en zij normaal tegen elkaar? Denk je dat ze ruzie hebben gehad?'

Stewart ging op de stoel zitten en schudde zijn hoofd. 'Ik weet het niet. En zelfs als dat zo was, hoeft het nog niet heel ernstig te zijn. Ze zijn nu allebei hier, slapen in dezelfde kamer en hebben lol samen. Beth is steeds met haar haar en make-up bezig, wat volgens mij redelijk normaal is. Meer kan ik je niet vertellen.'

Suzanne pakte haar ochtendjas. 'Waarom maak jij eigenlijk de cranberrysaus? Dat kan Beth toch doen?'

'Ze is nogal druk met die baan van haar. Die vrouw belt telkens onder het eten. Als je het mij vraagt, vormt zij een groter probleem dan hun huwelijk.'

'Corinna? Ik vind het maar niets dat Beth weer voor haar gaat werken.'

'Ik ook niet, maar dat zijn onze zaken niet.' Stewart klonk vermoeid. 'Het is haar beslissing.'

'Kan zijn, maar volgens mij begaat ze een vergissing.'

'Als dat zo is, dan is dat haar vergissing en moeten wij haar die laten maken.'

En dat was een van de moeilijkste dingen van het ouderschap: toekijken hoe je kinderen fouten maakten. Ze wilde dat voorkomen. Hen behoeden voor elk leed.

'Het was makkelijker toen ze nog klein waren.' Suzanne trok haar ochtendjas aan en stond voorzichtig op.

Stewart was in een tel bij haar en sloeg een arm om haar heen. 'Rustig aan. Ik wil niet dat je instort.'

Ze glimlachte naar hem. 'Omdat je van me houdt.'

'Ook dat, maar ook omdat ik niet weet hoe je bloedvlekken uit het tapijt krijgt.'

'O, jij–' Ze wilde hem op zijn arm slaan en verloor daarbij haar evenwicht. Ze zou gevallen zijn als hij haar niet had opgevangen.

'Jij bent de koppigste, irritantste–'

'Je vergeet mooiste, beste, intelligentste...'

Hij kuste haar. 'Dat ook. Ga weer in bed liggen. Neem nog een dagje rust.'

Er werd zachtjes op de deur geklopt en Stewart wachtte tot Suzanne weer op bed was gaan zitten voordat hij opendeed. Melly en Ruby stonden voor de deur.

'We hebben kaarten gemaakt voor oma,' zei Melly. 'Om haar beter te maken.'

Ruby drukte ze in zijn hand en de glitters dwarrelden op het tapijt.

Suzanne keek naar de meisjes. Wat zagen ze er schattig uit, Ruby met haar woeste krullen en Melly met haar haar keurig in staartjes. 'Vermaken jullie je?' vroeg ze terwijl ze weer onder de dekens kroop. 'Hebben jullie op Socks gereden?'

'Elke dag. Is er een beroep waarbij je moet paardrijden? Want dan wil ik dat later worden.' Ruby rende op haar oma af en ontweek Stewart, die haar probeerde tegen te houden. 'Kom je snel weer naar beneden om te spelen?'

'Ja, heel snel. Uiterlijk morgen.'

'Fijn.' Ruby klom op bed en Suzanne schoof met tegenzin opzij.

'Ik wil je niet besmetten, liefje.'

'Als je het aan mij geeft, heb jij het niet meer.' Ruby klopte op haar been. 'Ik vind het niet erg om het even te hebben.'

Suzanne moest altijd lachen om wat ze zei, net als toen Hannah, Beth en Posy nog klein waren. Het liefst had ze haar nu een dikke knuffel gegeven. 'Ga maar weer naar je zusje, lieverd. En bedankt voor de kaarten. Ze zijn prachtig, en als ik ernaar kijk, voel ik me al een stuk beter.'

'Ik heb extra veel glitters gebruikt.'

Suzanne wierp een blik op haar glinsterende tapijt. 'Ik zie het. Heb ik even geluk.'

Beth verscheen in de deuropening. 'Ruby!' riep ze verschrikt. 'Ik zei toch dat je oma niet moest lastigvallen? Sorry, mama. Heeft ze je wakker gemaakt?'

'Nee. Ik sliep niet en ze valt me niet lastig. Sterker nog: ik voel me een stuk beter.'

Stewart zette de kaarten zorgvuldig neer. Hij was misschien niet zo goed in bedden opmaken of theezetten, maar hij begreep wel hoe belangrijk het was de kunstwerken van zijn kleinkinderen tentoon te stellen.

'Roep me als je iets nodig hebt.' Beth tilde Ruby op. 'Kom, dan gaan we spelen.'

Ze deden de deur dicht en Stewart keek naar de glitters op de grond. 'Best mooi zo. Ik vind dat we het zo moeten houden.'

'Je bedoelt dat je niet weet hoe je glitters uit het tapijt krijgt.'

'Ook dat. Maar geef toe: het ziet er feestelijk uit.' Hij keek op zijn horloge. 'Kan ik nog iets voor je doen? Ik moet over een uur bij het Adventure Centre zijn. Zal ik je nog een kop thee brengen?'

'Nee! Dat hoeft niet.' Ze wilde zeker niet nog meer thee. Ze had nog niet eens bedacht hoe ze van de thee die ze nog had staan af moest komen. 'Maggie komt straks even langs. Als ik iets nodig heb, haalt zij het wel. Dank je wel voor alles. Je zou een geweldige verpleegster zijn.'

'Ik heb altijd al gedacht dat zo'n uniform me goed zou staan.'

Ze glimlachte. 'Ik ben blij dat ik met je getrouwd ben.'

'Natuurlijk ben je dat. Ik ben onweerstaanbaar. Mijn verleidingkunsten zijn onovertroffen.' Stewart liep met veel bravoure door de kamer, maar bedierf het effect door over haar sloffen te struikelen.

Suzanne rolde met haar ogen. 'Jij hebt echt een geheugen als een zeef. Ik heb jou verleid.'

'Niet waar.'

'Je ging me te langzaam, Stewart McBride.'

'Zo herinner ik het me niet. Ik was een woeste hengst.'

'Een woeste–' Ze lachte zo hard dat ze moest hoesten.

Stewart reikte haar een glas water aan. 'Dat is je straf omdat je mijn mannelijkheid belachelijk maakt.'

'Ik maak je mannelijkheid niet belachelijk. Ik zeg alleen dat ik jou heb verleid.' Ze nam een slokje water. 'Vertel voordat je gaat nog even hoe het met Hannah is.'

Stewart trok zijn trui uit en keerde hem binnenstebuiten, zodat hij goed zat. 'Hoe bedoel je?'

'Lijkt ze blij?'

'Ze is veel op haar kamer, maar dat is niet ongewoon. Ze heeft een belangrijke baan, Suzy. We zouden trots op haar moeten zijn.'

'Natuurlijk ben ik trots op haar. Maar ik maak me ook zorgen dat ze mensen buitensluit. Dat ze mensen niet vertrouwt.' Suzanne schoof haar kussens goed. 'Wil jij eens met haar praten als je de kans krijgt?'

Hij vond zijn schoenen. 'Ja, maar je weet dat Hannah zich niet zo snel blootgeeft. Ik weet niet zo goed wat ik tegen haar moet zeggen.'

'Niets. Maar maak je geen zorgen. Morgen ben ik weer op de been en dan praat ik wel met haar.'

Als ze wilde weten wat er in haar gezin speelde, zou ze daar zelf achter moeten komen.

18

Hannah

Hannah had het document afgerond en mailde het naar kantoor. Ze moest met het team overleggen, maar de verbinding was al dagenlang bijzonder slecht. Ze had Angie al bijna een week niet gesproken.

Haar hand bleef even boven het toetsenbord hangen, en toen koos ze het tabblad Over ons en klikte op Adam. Zijn biografie en foto kwamen in beeld.

Ze wist dat ze hem moest spreken, maar had geen idee wat ze moest zeggen. Ze miste hun gesprekken, zijn glimlach, zijn scherpe geest en zijn gevoel voor humor. Ze miste hém.

'Hannah? Hannah!'

De deur vloog open en Hannah klapte haar laptop dicht. Ze was het niet gewend dat mensen haar kamer binnenstormden, maar dat was een van de ongemakken die hoorden bij thuis zijn. Er was weinig privacy.

'Wat is er?'

Beth stond op de drempel met een handdoek om zich heen geslagen. Haar haar hing los over haar blote schouders. 'Heb jij al het hete water gebruikt?'

Hannah kreeg een flashback uit haar jeugd, toen Beth praktisch in de badkamer woonde en haar overal achternazat om haar make-up te mogen doen. 'Ik heb gedoucht, als je dat bedoelt.'

'Volgende keer minder lang graag. Het water is ijskoud.'

'Oké, maar wil jij dan niet overal je make-up laten slingeren? Het lijkt wel of je een cosmetica-afdeling hebt geplunderd.'

Beth liep weer weg, maar draaide zich toen om en kwam terug. In het midden van de kamer bleef ze staan. 'Is alles goed met je?'

'Ja hoor. Waarom zou het niet goed gaan?'

'Weet ik niet. Je was zo stil onder het eten gisteravond en je bent veel op je kamer. Ik hoop dat het niet door de kinderen komt. Zijn ze te luidruchtig?' Beth keek naar Hannahs laptop. 'Wie is die man?'

'Welke man?'

'Die knappe man op je computerscherm die je voor mij probeert te verbergen. Een acteur?'

'Collega. Hij werkt bij ons.' Ze hield haar hand op de dichtgeklapte laptop, maar daar liet Beth zich natuurlijk niet door tegenhouden, want dit was haar familie, en privacy en respect voor elkaars persoonlijke ruimte kenden ze hier niet.

Beth schoof Hannahs hand opzij en klapte de laptop open. 'Wauw. Ik zou me niet kunnen concentreren als ik met hem in vergadering zat. Is hij getrouwd?'

'Nee.' Hannah klapte de laptop weer dicht, maar in plaats van weg te gaan bleef Beth staan.

'Mag ik je iets vragen?'

Hannah hoopte maar dat dit niet de gebruikelijke ondervraging was over haar liefdesleven. Die vragen kon ze nu echt even niet aan. 'Wat?'

'Zou je een uurtje op de meisjes willen letten? Ik wil even alleen met Jason zijn. Ze zitten beneden tv te kijken, dus je zult weinig met ze te stellen hebben.'

Het laatste wat ze nu wilde, was op kinderen passen. Met Melly en Ruby in huis kwam het hele babygebeuren iets te dichtbij. 'Ik heb het nogal druk, Beth.'

Haar zus stak haar kin vooruit. 'Het zijn je nichtjes. Ik dacht dat je het leuk vond om ze te zien.'

'Ik moet werken. Heb je Posy gevraagd?'

'Ik kan haar niet vinden. Volgens mij is ze buiten bij de schapen of zo. Alsjeblieft, Hannah. Ik heb wat tijd nodig met Jason.'

Het was veel makkelijker om aan de telefoon nee te zeggen dan in levenden lijve. 'Laat de deur maar open en zeg maar dat ze me moeten roepen als er iets is.'

'Alleen de deur openlaten is niet genoeg. Je moet ook bij ze gaan kijken. Bij Ruby is stilte niet altijd een goed teken. Vaak betekent het dat ze ergens op aan het klimmen is, en meestal controleert ze niet of het iets stevigs is.'

Herinneringen schoten door Hannahs hoofd als een film die vooruitgespoeld wordt. 'Oké, ik zal ook even bij ze kijken.'

'Dank je. Ik ben maar een uurtje weg.' Beth verdween en Hannah wendde zich weer tot haar laptop, maar ze kon zich niet concentreren op de cijfers op het scherm. Er kwam weer een e-mail binnen, waarin stond dat Angie haar dringend moest spreken.

Met een zucht pakte ze de telefoon op, maar er was geen signaal. De enige manier om Angie te spreken was de kou trotseren en buiten gaan bellen. Ze pakte haar jas en een extra trui, en liep de kamer uit.

Bij de slaapkamer van Suzanne en Stewart bleef ze even staan. Zou ze even aankloppen om te kijken of Suzanne iets nodig had? Als ze dat deed, wilde Suzanne natuurlijk praten, en Hannah was nog niet klaar voor het gesprek dat ze wist dat ze moest gaan voeren.

Ze maakte zichzelf wijs dat ze Suzanne niet wilde storen, ook al wist ze dat de waarheid anders lag, en liep zachtjes de trap af naar de televisiekamer, waar de meisjes op de bank een film zaten te kijken.

'Tante Hannah!' Ruby's krullen dansten als vraagtekens om haar gezicht. 'Kom je ook kijken? Het is een heel grappige film.'

Hannah keek naar de tekenfilm op het scherm. 'Zo meteen misschien. Meiden, ik moet even bellen.'

Ruby's ogen werden groot. 'Over Bugsy?'

'Ik... Niet over Bugsy.' Ze zag Ruby's gezicht vertrekken en zei snel: 'Niet alleen over Bugsy, tenminste. Maar ik zal de luchtvaartmaatschappij ook even bellen om te vragen of er nieuws is. Blijven jullie hier terwijl ik bel?' Beths woorden galmden na in haar hoofd. *Alleen de deur openlaten is niet genoeg. Je moet ook bij ze gaan kijken.*

Maar ze was maar vijf minuten weg. Suzanne was boven en de kinderen waren verdiept in de film. 'Beloof me dat jullie hier blijven en nergens heen gaan tot ik terug ben.'

'Beloofd, tante Hannah,' zei Melly met haar blik op het scherm. 'Ik let wel op Ruby.'

Ruby fronste haar wenkbrauwen. 'Je hoeft niet op mij te letten.'

'Welles,' zei Melly met zusterlijke superioriteit. 'Jij hebt Bugsy in het vliegtuig laten liggen.'

'En dat gaan we oplossen.' Na een laatste blik op de meisjes trok Hannah haar jas aan. Ze stak haar voeten in een paar oude snowboots die Suzanne voor haar had klaargezet en liep de tuin in. Iemand had het pad geveegd, maar door de vorst van vannacht was het spiegelglad geworden. Ze liep over de zachte sneeuw naast het pad en zwaaide met haar telefoon door de lucht, op zoek naar bereik.

Dit was absurd. Ze was vergeten hoe onberekenbaar de communicatiemiddelen hier waren. Hoe kon iemand hier normaal functioneren? Pas wanneer je zonder zat, besefte je hoe afhankelijk je was van technologie.

Met bevroren tenen schuifelde ze voorzichtig over de sneeuw naar de wei achter het huis. Hoe had ze in vredesnaam Schotland als een toevluchtsoord kunnen zien? Ze klom onhandig op het hek en zag een paar streepjes op haar telefoon. Eindelijk.

Angie nam onmiddellijk op. 'Miss Mc– Hannah! Fijn om je stem weer te horen. Hoe is het in Schotland?'

'Koud.' Ze was opgelucht dat haar assistente niet kon zien dat ze zich aan een modderig hek vastklampte. 'Heb je het verslag ontvangen dat ik heb gestuurd?'

'Ja. Het team is nu aan het vergaderen. Adam belt je zodra ze–' Haar stem viel weg en Hannah fronste haar wenkbrauwen.

'Hallo? Angie? Ben je er nog?' Ze controleerde de verbinding en ging een tree hoger op het hek staan. 'Angie?'

'Hannah? De lijn is heel slecht.'

'Ik weet het, maar beter hebben we helaas niet. Als eerste ga ik je iets mailen wat je met spoed moet afhandelen. Het is geen gemakkelijke klus, maar als iemand het kan, ben jij het. Dit heeft prioriteit.' Haar vingers waren zo koud dat ze bijna de telefoon liet vallen. Kreeg ze nu al bevriezingsverschijnselen? 'Vraag Adam of hij het coachingsgesprek met Michael Barnet kan doen dat ik voor morgen gepland had. Ik wilde het vanuit hier doen, maar dat gaat niet lukken.' Ze kon moeilijk een gesprek met een manager voeren over hoe hij leidinggaf aan zijn team terwijl ze bibberend in een wei stond met een voortdurend wegvallend signaal. 'Zijn er nog problemen met de andere klanten?'

Ze luisterde terwijl Angie praatte en zei af en toe iets, zoals: 'Ja, dat is cruciaal bij het doorvoeren van organisatorische veranderingen...' Ze verplaatste zich op het hek toen haar hand gevoelloos werd. 'We moeten het projectplan evalueren en de speerpunten voor januari bespreken. Is dat alles?'

'Ja. Er is vanochtend teamoverleg, dus als daar iets uit komt, bel ik je. Of wil je inbellen bij het overleg?'

'Volgens mij wordt dat- argh!' Hannah slaakte een gil toen ze iets nats en warms op haar bevroren vingers voelde. In een reflex trok ze haar hand weg en liet daardoor het hek los. Ze verloor zowel de telefoon als haar evenwicht en viel boven op een bevroren hoop modder en sneeuw voor het hek.

Ademloos bleef ze even liggen, en toen verscheen er een groot, langharig hoofd boven het hare. Hannah schreeuwde. De pony gooide geschrokken zijn hoofd in de lucht.

'Socks!' klonk Posy's stem in de verte. 'Socks!'

De pony keek in de richting waar haar stem vandaan kwam. Hij snoof opgetogen, staakte zijn verkenning van dit vreemde wezen dat in zijn wei lag en draaide zich om.

Tegen de tijd dat Posy bij het hek was, zat Hannah alweer rechtop. 'Gaat het? Ben je gewond? Wat kun jij bloedstollend gillen, zeg.' Posy liet de baal hooi vallen die ze vasthad en ging op haar knieën naast haar zus zitten. 'Heb je je bezeerd? Zeg eens iets! Je maakt me aan het schrikken.'

'Jij zit bij het reddingsteam. Je mag nergens van schrikken.'

'Het is anders als het je zus is. Vooral sinds je gezegd hebt dat je misschien zwanger bent.' Posy bloosde. 'Ik weet dat het me niets aangaat. Je hoeft er niet over te praten als je niet wilt. Ik ben gewoon bezorgd.'

'Ik ben zwanger.' O nee, had ze de baby beschadigd? Hij was nog niet eens geboren en ze had hem nu al beschadigd. Intuïtief legde ze haar hand op haar buik, ook al wist ze dat dat geen verschil maakte. 'Denk je dat ik hem kwijtraak?' En pas nu, nu die mogelijkheid zich aandiende, besefte ze hoe erg ze het zou vinden als dat gebeurde.

'Natuurlijk niet. Je bent niet diep gevallen en het was een zachte landing, maar volgens mij is op je rug in de sneeuw liggen niet goed voor je, dus laten we daar in elk geval iets aan doen.' Posy stak haar hand uit en hielp haar overeind. 'Wat doe je hier buiten? Beth en Jason kwamen tien minuten geleden langslopen en zeiden dat je op de meiden aan het passen was.'

'Ik moest even bellen.' Het was lang geleden dat Hannah zich zo nutteloos en vernederd had gevoeld. De laatste keer was ook in de bergen geweest. 'Ik wist niet dat ik aangevallen zou worden.'

'Socks is banger dan jij.'

'Heb ik hém bang gemaakt? Ik heb mijn gezicht niet tegen het zijne gedrukt en hem bijna verslonden.'

'Hij ging je niet verslinden.'

'Wat deed hij hier dan?'

'Hij woont hier. Jij was degene die hier niet hoort. Hij deed gewoon vriendelijk.' Posy sloeg haar armen om de hals van de pony en gaf hem een geruststellende knuffel. 'Ben je geschrokken? Arme Socks.'

'Arme Socks? En ik dan?' Hannah klappertandde zo hard dat ze nauwelijks kon praten. Ze durfde niet te kijken hoe haar jas eruitzag. Toen dacht ze weer aan Angie en raakte ze in paniek. Haar team mocht alleen haar professionele kant zien, maar deze keer was haar camouflage behoorlijk mislukt. 'Ik weet niet wat er met mijn telefoon is gebeurd. Ik zat midden in een gesprek.'

Posy keek om zich heen. 'Ik zie hem.' Ze gebaarde met haar hoofd. 'Daar. Midden in een berg paarden–'

'Ik wil het niet horen!' Hannah strompelde over de hobbelige bevroren grond naar haar telefoon, die het gelukkig nog steeds deed. Angie was echter niet meer aan de lijn en Hannah had geen idee wat ze wel en niet had gehoord. Ze stak de telefoon in haar broekzak en zag toen de schokkende schouders van haar zus. 'Kun je tenminste probéren om niet te lachen?'

'Ik lach van opluchting. Ik was bang dat je je bezeerd had. O, Hannah, Hannah...' Posy klapte dubbel en stikte bijna, en Hannah was zowel kwaad als jaloers op haar zus, omdat ze van elke situatie de grappige kant kon inzien. Ze wou dat ze wat van die lichtheid kon stelen en om haar ernstige zelf heen kon slaan.

'Ik ben blij dat je het amusant vindt.' Ze wist dat ze stijfjes klonk, maar ze kon er niets aan doen. 'Maak je vooral geen zorgen dat het een belangrijk telefoontje was en dat mijn carrière nu mogelijk voorbij is.'

'Doe ik niet.' Posy veegde met haar mouw haar ogen droog. 'Grapje. Hebben de mensen met wie je werkt geen gevoel voor humor?'

'Ik heb een serieuze baan. Ik heb liever dat mensen me niet uitlachen.' Vooral niet om het enige in haar leven wat ze in haar ogen goed kon. 'Kunnen we nu terug naar het huis?'

'Ja, maar ik moet je wel waarschuwen dat je rode vegen van de keukenmuur zult moeten schrobben.'

'Pardon?'

'Beth heeft al haar "eenvoudig aan te brengen" make-up op de keukentafel laten slingeren, ook al heb ik honderd keer gevraagd of ze die wilde opruimen. Je hebt Ruby alleen gelaten. Deze twee acties zijn met elkaar in botsing gekomen, met catastrofale gevolgen. Hoe noemde Beth die kleur ook weer? Alledaags Rood? Op de muur ziet het er niet zo geweldig uit, maar Ruby vond het in elk geval ontzettend eenvoudig aan te brengen.'

Hannah keek haar ontsteld aan. 'Ik heb ze maar vijf minuten alleen gelaten.' Ze liep met haar zus over het bevroren veld naar huis, bezorgd over de kinderen. 'En ik heb nog bij ze gekeken. Ze zaten lekker tv te kijken. Vijf minuten.'

'Vijf minuten en lippenstift is voor Ruby genoeg om te besluiten dat zij Michelangelo is en de keukenmuur het plafond van de Sixtijnse Kapel. Rustig nou maar. Het komt goed.'

Hoe kon haar zus zo kalm blijven? 'Ze zat tv te kijken!'

'Ruby zit meestal niet lang stil. Ze is altijd in beweging.'

Hannah werd geplaagd door schuldgevoel. Het was jaren geleden geweest dat ze voor het laatst de verantwoordelijkheid voor een kind had gehad. Toch had ze het moeten onthouden. 'Jij was vroeger ook zo. Ik moest je constant in de gaten houden.'

Posy fronste haar wenkbrauwen. 'Hield jij mij in de gaten?'

'Ja.'

'Wanneer? Hoe oud was ik toen?'

'Laat maar. Ik heb niets gezegd.' Waarom had ze dat gezegd? Ze voelde dingen die ze normaal niet voelde, en zei dingen die ze normaal niet zei.

'Ik wil het niet laten zitten.' Posy bleef staan. 'Heb jij op mij gepast? Waar waren onze ouders dan?'

'Klimmen. Ze lieten ons meestal thuis.'

'Kwam er dan geen oppas?'

'Soms, en soms kwam Suzanne, maar meestal waren we een paar uur met ons drietjes.'

Posy zette de kraag van haar jas op. 'Dus je bent zwanger. Ben je–'

'Van plan het te houden? Ja.' Ze was verbaasd hoe defensief ze reageerde. Hoe fel. Haar kind zou nooit denken dat het niet gewenst was. En ze wist nu dat het zeer gewenst was.

'Ik wilde vragen of je er blij mee was.' Op zachte toon vervolgde Posy: 'Wil je erover praten?'

Er stond een ijzige wind en Hannahs vingers waren bevroren.

Niet echt de omgeving voor een persoonlijk gesprek, maar toch verwarmden de woorden van haar zus haar. 'Nee, maar lief dat je het vraagt.'

Posy deed haar sjaal af en bond hem om Hannahs hals. 'Heb je het al verteld aan de man die... ik bedoel, aan de vader?'

Hannah trok de sjaal om zich heen, geroerd door het gebaar. 'Nee. Misschien moet ik maar blij zijn met de slechte telefoonverbinding, want ik zou niet weten wat ik tegen hem moest zeggen. Niet echt een gesprek dat ik vaak voer.'

Ze had geen idee hoe hij zou reageren. Hannah had altijd graag overal een plan voor, maar hiervoor had ze geen plan, en ze had ook geen tijd om er een te bedenken. En ze was zo verschrikkelijk moe. Was dat normaal? Ze had geen idee.

'Ik ben in elk geval een heel betrokken tante. Altijd beschikbaar voor oppasdiensten.'

'Mooi. Ik zal de hulp goed kunnen gebruiken, want ik wil liever geen vreselijke moeder worden.' Op de een of andere manier was het makkelijker om dit tegen Posy te zeggen, die toch al geen erg hoge dunk van haar leek te hebben.

'Waarom zou je een vreselijke moeder zijn?' Posy trok haar muts over haar oren. 'Volgens mij word je een geweldige moeder.'

'Waar baseer je dat op? Op het feit dat ik van het hek viel en mogelijk een kind heb beschadigd dat nog niet eens geboren is? Of dat ik mijn nichtje alleen heb gelaten omdat ik dacht dat dat wel kon?'

'Er is toch niks ergs gebeurd?' Posy haalde haar schouders op. 'Laten we het wel in perspectief blijven zien. Het huis moet misschien opnieuw geverfd worden, maar er is niemand doodgegaan.'

'Ik vrees dat Beth iets minder kalm zal reageren. Ze is vast woedend, en dat kan ik haar niet kwalijk nemen. Ik heb niet goed opgelet.'

'Jij hebt geen kinderen. Beth wist dit ook allemaal niet voordat ze kinderen kreeg. We leren door ervaring. Je zult op heel veel manieren een geweldige moeder zijn.'

'Denk je dat echt?' Was het triest van haar dat ze die bevestiging nodig had?

'Dat denk ik niet, dat weet ik. Kijk bijvoorbeeld eens hoe efficiënt je bent. Je zult waarschijnlijk een spreadsheet hebben waarop je Bugsy's locatie bijhoudt. En het is niet dat je geen ervaring hebt. Zoals je al zei: je hebt ook op mij gepast en ik ben er nog. Was ik moeilijk?'

Hannah wist nog hoeveel ze met Posy te stellen had gehad. 'Het was alsof ik een hele schoolklas in bedwang moest houden. Je was één brok energie, onmogelijk te temmen, en je klom overal bovenop. Zelf was ik helaas niet zo'n geweldige klimmer, waardoor het een flinke uitdaging was om jou van een kast af te krijgen.'

'Hoe oud was ik toen? Wanneer ging ik lopen?'

De wind sneed door hun kleren en zij stonden daar in de wei jeugdherinneringen op te halen. Hannah huiverde. 'Ik kan me jou niet lopend herinneren. Alleen klimmend. Papa had het er de hele tijd over. Hij was apetrots op je. In de zomer reisden we rond en woonden we praktisch in het busje. Dan nam hij je mee naar zijn klimmaten om met je te pronken. Ik hoor hem nog zeggen: "Heb je mijn Posy gezien? Eén bonk energie. Ze klimt overal op. Echt een kind van haar vader."'

Posy staarde haar aan. 'Dit is de eerste keer dat ik je over onze vader hoor praten.' Ze keek even verbaasd als Hannah zich voelde.

Dit onderwerp sneed ze normaal niet aan. Ze wist niet zo goed waarom ze dat nu wel deed, behalve dan dat ze de laatste tijd wel meer dingen deed die ze normaal niet deed. De zwangerschap leek iets met haar interne bedrading te doen. 'We moeten terug. Straks zijn Ruby en Melly–'

'We gaan zo. Mama is er, en ze voelt zich beter, dus als ze geschreeuw hoort, gaat ze vast wel op onderzoek uit.' Posy legde een hand op haar arm. 'Nam hij ons alle drie mee uit klimmen?'

'Nee. Alleen jou.'

'Kwamen Beth en jij nooit mee?'

Hannah voelde de spanning stijgen. 'Eén keer maar. Daarna liet hij ons achter in het busje en nam hij jou mee.'

'Wat gebeurde er die ene keer? Waarom nam hij jou niet ook mee?'

'Ik was niet zo'n klimmer. En klimmen was eigenlijk het enige waar papa echt om gaf.'

Hannah? Nee, die heeft het niet. Soms vraag ik me af of ze wel van mij is.

Hannah had niet eens geweten wat 'het' was. Het enige wat ze begreep, was dat ze iets miste, en dat dit gebrek voor haar vader een bron van diepe schaamte was. Ze deed haar best om te doen wat hij wilde, maar ze vond hem intimiderend, een leeuw van een man met een luide lach en een rusteloze energie. Hij schoor zich zelden en vloekte veel. *Fuck dit* en *fuck dat.* Ze voelde zich gespannen en niet op haar gemak bij hem, en zijn gesprekken leken wel in een andere taal te zijn. 's Avonds zat haar vader samen met zijn vrienden en heel veel bierflesjes rond het vuur en lag Hannah in bed te luisteren naar de woorden en zinnen die haar kant op dreven. Het ging over overhang, het Yosemite Decimal System, soleren, klimgordels, boorhaken en ankerkettingen.

Altijd wachtte ze tot ze over iets gingen praten wat ze kon begrijpen, maar dat gebeurde nooit. Klimmers, ontdekte ze, praatten over klimmen en nergens anders over. Zodra het gesprek op een of andere klimlegende kwam die een fantastische eerste beklimming had gedaan, begon haar vader meteen ook een trip te plannen. Mensen noemden hem een avonturier en een waaghals. En ze noemden hem ook een *blower*, maar ze had geen idee wat dat was. Ze wist alleen maar dat het in zijn leven draaide om iets wat zij totaal niet begreep. Ze had hoogtevrees en snapte niet waarom je zou gaan klimmen. Beth hield ook niet echt van klimmen, maar hun moeder vond haar voorliefde voor make-up en andere meisjesdingen wel schattig. Het was voor Hannah overduidelijk dat zij in de ogen van haar ouders weinig te bieden had.

'Maar jij was weer goed in andere dingen,' zei Posy. 'Je bent slim. Daar moesten ze toch trots op zijn. Ik durf te wedden dat ze over jou ook opschepten.'

Ze zou nooit toegeven hoezeer haar ouders haar zelfvertrouwen hadden verwoest, of hoe ze zichzelf in tig bochten had gewrongen om hun trots te verdienen, tot ze het uiteindelijk had opgegeven en de waarheid had aanvaard, namelijk dat ouders niet altijd evenveel van ieder kind hielden. 'We moeten terug naar de kinderen.' Ze deed een stap naar voren, maar Posy versperde haar de weg.

'Had je niet het idee dat ze trots op je waren?'

'Ik weet zeker dat ze dat niet waren.' Als ze zei: *Ik heb een tien voor rekenen, papa*, dan wreef haar vader over zijn kaak en mompelde hij met moeite iets als: *Goed hoor*. 'Mensen hechten waarde aan verschillende dingen. Onze ouders hechtten veel waarde aan fysieke vermogens, en zoals je net uit de val van het hek kon afleiden, is dat niet mijn sterkste kant. Die laatste zomer voor het ongeval leerde ik je lezen.'

'O ja?' Posy stak haar arm door die van Hannah en samen liepen ze naar het huis, hun laarzen knerpend op de verse sneeuw. 'Je was acht en leerde mij lezen? Daar moesten onze ouders toch wel trots op zijn?'

Verspil daar je tijd toch niet aan. Dat leert ze vanzelf wel. We willen niet dat ze net als jij wordt!

'Papa vond dat daar nog tijd genoeg voor was wanneer je naar school ging. Hij was bang dat als je boeken interessant vond, je niet meer zou willen klimmen.'

Ze kwamen bij de achterdeur en liepen de bijkeuken in. Hannah trok haar laarzen uit en vroeg zich af hoe het mogelijk was dat iemands stem vijfentwintig jaar lang in je hoofd kon blijven zitten.

Omdat ze wist dat het haar vader irriteerde dat ze van lezen hield, las Hannah altijd met een zaklamp onder de dekens. Het ergste vond ze de zomer, wanneer het hele gezin hun huisje in de bergen verliet en zich in het busje wurmde om tussen de Rockies en de Cascades te rijden en allerlei beklimmingen te doen. De ruimte was beperkt en ieder kind mocht maar één kleine tas meenemen. Hannah had die van haar volgestouwd met boeken.

Posy trok ook haar laarzen uit. 'Vertel eens over die keer.'

'Welke keer?'

'Je zei net dat je maar één keer met hen bent wezen klimmen.'

Eén zomer had ze zichzelf gedwongen om een beklimming te proberen, in plaats van in de bus te blijven en op te gaan in fantasiewerelden die veel aantrekkelijker leken dan haar eigen wereld. Ze wilde zich bewijzen en dezelfde trotse blik bij haar vader opwekken die hij in zijn ogen kreeg wanneer hij naar Posy keek. Uiteindelijk had ze alleen maar bewezen dat ze volledig ongeschikt was voor de klimsport.

'Het was geen doorslaand succes.'

Verstijfd van angst had ze op de rots gestaan, met klapperende tanden, haar paniek alleen nog maar versterkt door haar vaders ongeduld.

Jezus, klim gewoon! Ben jij nou een kind van mij?

Gek hoe verschillend kinderen kunnen zijn, had hij tegen een bevriende klimmer gezegd zonder zijn stem te dempen. Zijn overduidelijke schaamte en de instemmende blik van zijn vriend hadden haar bevroren handen losgeweekt. Vastbesloten om net zo te zijn als haar zus, had ze onbezonnen naar houvast gezocht op de gladde rots.

Posy deed de achterdeur dicht en sloot de kou buiten. 'Wat gebeurde er toen?'

'Ik viel.' En ze wist nog precies hoe het voelde toen ze weggleed en door de lucht viel.

'En heeft papa je opgevangen?'

'Nee. Hij had het te druk met zich verontschuldigen tegenover zijn vrienden voor mijn fysieke onvermogen.' Ze was zo hard terechtgekomen dat ze dacht dat ze elk botje in haar lichaam had gebroken. Uiteindelijk bleek ze er maar één gebroken te hebben. Haar arm was in een scherpe hoek gedraaid, en het bot stak door de huid naar buiten.

Posy's ogen begonnen te fonkelen. 'Was je gewond?'

'Ja, maar dat bleek uiteindelijk maar goed ook. De rest van de zomer mocht ik in de bus blijven.' Het gips was heet en kriebelde, ze voelde zich verbitterd en vernederd, maar ze was in elk geval veilig bij haar boeken.

'Je haatte me vast.'

'Wat? Nee! Ik was dol op je.' De woorden kwamen eruit voor ze er erg in had. 'Iedereen was dol op je. Je was dapper en innemend en je glimlachte altijd. Papa zei tegen iedereen die het maar horen wilde dat jij zijn lievelingetje was.'

Het duurde even voordat Posy antwoordde, en toen ze dat deed, klonk haar stem zacht. 'Wat moet dat pijnlijk zijn geweest voor jou.'

'Het is lang geleden.' Maar niet zo lang dat ze zich niet meer herinnerde hoe ellendig ze zich had gevoeld. 'We moeten de meisjes vinden.'

'Ik wil praten. Waarom praten we hier nooit over?'

Omdat het voelde alsof er met een scherp voorwerp in haar ingewanden werd gepord. 'Dat weet ik niet, maar ik moet de muren schoonmaken voordat Beth en Jason terugkomen, anders blijf ik dit nog jaren horen.' Ze had al veel meer gezegd dan ze van plan was geweest. 'Ik heb geen zin om ruzie te krijgen met Beth. Of met jou, trouwens. Ik weet dat jullie gestrest en druk zijn. Zeg me wat er gedaan moet worden voor de kerst. Dan doen we het samen.'

'Kun je een kalkoen plukken?'

'Nee. En ik weet dat je me loopt te stangen. Er staat op die lijst vast wel iets wat ik wel kan.'

Posy ritste haar jas open. 'Op de dag dat ze stierven... waren we toen alleen?'

'De lijst–'

'Was jij alleen?'

Hannah zuchtte. Haar zus was nog net zo koppig als toen ze als kind op de koelkast wilde klimmen. 'We hadden een oppas, maar toen ze te laat waren, ging ze weg en zei ze tegen mij dat ze zo zouden komen. Ze was kwaad omdat ze niet genoeg geld voor haar hadden achtergelaten. En ze zijn nooit gekomen. Jij was ziek. Je had verhoging. Ik wist niet wat ik moest doen. Ik probeerde te bellen, maar ze namen de telefoon niet op.'

'Wat moet dat eng geweest zijn.'

Op het moment zelf was ze niet bang geweest, zelfs niet bezorgd. Dat was later pas gekomen. Ze was kwaad geweest. Kwaad dat klimmen altijd belangrijker was dan het gezin. Kwaad dat ze hun verantwoordelijkheden in de wind hadden geslagen om weer een berg op te gaan. Kwaad dat ze niet eens de moeite namen om op te nemen wanneer ze belde. Ze had zelfs een bericht ingesproken: *Het gaat over Posy, niet over mij*, voor het geval dat ze dan misschien eerder zouden reageren.

Ik zit in het verkeerde gezin, had ze almaar gedacht, en wanneer ze haar ogen dichtdeed, had ze zich voorgesteld dat ze wakker werd en andere ouders had.

En dat was dus precies wat er gebeurde.

19

Beth

'Jij vindt me een slechte moeder omdat ik wil werken.' Beth stak haar arm door die van Jason, terwijl ze langs de rand van het loch wandelden. Er was een korte wandelroute die langs het meer voerde. In de zomer zat het hier vol broedvogels en beekforel. Nu, in de winter, hing er een ijzige verstilling over het loch. Achter hen strekten de bossen zich sprookjesachtig uit, de met sneeuw bedekte bomen versmeltend met de witte bergtoppen op de achtergrond.

'Dat is niet waar. Het klopt dat ik niet begreep waarom je weer aan het werk wilde, maar dat was omdat ik dacht dat ik wist hoe jouw dagen eruitzagen. Ik heb nu ontdekt hoe erg ik ernaast zat.'

'Maar jij wilt nog een kind. En het is niet eenvoudig om daar een compromis in te vinden.'

Jason bleef staan. Zijn adem vormde wolkjes in de ijskoude lucht en hij trok haar tegen zich aan. 'Ik zal niet ontkennen dat ik heel graag nog een kind zou willen, maar dat is een emotionele reactie, geen rationele. Ik weet dat je band met je zussen niet altijd even rooskleurig is, maar ik weet ook dat je blij bent dat je hen hebt. Jullie drieën lijken wel een soort exclusieve club.'

'Soms word ik gek van ze.'

'Weet ik, maar heb je op de allerergste momenten weleens gedacht: ik wou dat ik geen zussen had?'

'Nee.' Daar hoefde ze geen seconde over na te denken. 'Ze begrijpen me. We hebben hetzelfde meegemaakt, en dat schept een band waar niets aan kan tippen.'

'Ook al praten jullie er nooit over.'

'We willen er niet over praten, en dat begrijpen we van elkaar. Er is geen uitleg of excuus voor nodig. En het is niet alleen het ongeluk dat ons bindt. Het zijn honderd kleine andere dingen die op zichzelf niets lijken voor te stellen, maar gezamenlijk een verleden maken.'

Jason knikte. 'Ik ben jaloers op jullie. Dat jullie dat verleden delen. We zijn alleen met Kerstmis samen, maar ik zie het altijd. Zelfs wanneer jullie ruziemaken, is er een bepaalde intimiteit. Andere mensen zouden nooit op zo'n manier ruzie hebben. Jullie hebben een geheim leven en een band waar niemand anders deel van uitmaakt. En ja, vrienden kunnen als familie zijn, maar dat zijn ze niet, en bij familie doe je net iets meer je best. Kijk naar jou en Hannah. Je wordt gek van haar, maar heb je ooit overwogen om het op te geven?'

Beth slikte. 'Nee. Ik ben ontzettend trots op haar. Ze is heel slim. En ook als ze dat niet was, zou ik trots op haar zijn. Ze is mijn zus.'

Hij streek een paar lokken uit haar gezicht en stopte ze onder haar muts. 'En dat is wat ik voor onze meisjes wil. Wanneer wij oud en gerimpeld en lastig zijn, wil ik dat zij elkaar kunnen opbellen en zeggen: *Weet je wat die ouwelui van ons vandaag weer gezegd hebben?* Ik wil dat ze elkaar steunen.'

'Dat wil ik ook. En dat zullen ze ook doen. Ook al zijn ze heel verschillend en hebben ze soms ruzie, ze zijn ook heel dol op elkaar.'

'Door jou hebben ze geleerd om lief voor elkaar te zijn en voor elkaar te zorgen. Jij bent de lijm die ons gezin bij elkaar houdt.' Hij haalde diep adem. 'En die lijm blijft ook zitten als jij weer aan het werk gaat. Dus als dat is wat je wilt, moet je het zeker doen.'

'En dat derde kind dan?'

'Nadat ik de volledige zorg voor de twee meiden heb gehad, heb ik daar nog eens over nagedacht. Zoals je al hebt kunnen opmaken uit de openhartige onthullingen van onze dochter, ben ik een waardeloze vader. Je kunt me beter ontslaan.'

'Dat ben je helemaal niet.'

'Ik ben Bugsy kwijtgeraakt.'

'Dat was een kleine overtreding, geen reden voor ontslag. O, Jason...' Ze ging op haar tenen staan en sloeg haar armen om zijn nek.

'Ik heb zitten denken aan hoe het was toen jij moest bevallen.' Hij sloeg zijn armen stevig om haar heen. 'Al die paniek. Ik weet niet of ik dat nog een keer wil meemaken. Volgens mij had ik een kleine midlifecrisis. Ik denk dat als je erkent dat je je laatste kind hebt gehad, je beseft dat je leven een andere fase in gaat, en dat kon ik nog niet accepteren.'

'En nu?'

'Ik hou van ons gezin zoals het nu is. Ik hou van jou. Ik wil niets veranderen.'

Beth werd overspoeld door opluchting. 'Ik hou ook van jou.' Ze maakte zich los uit de omhelzing. 'Ik krijg trouwens nooit rimpels. Dat gaat niet gebeuren. En ook geen grijze haren.'

'Volgens mij zag ik er net eentje.' Jason trok haar muts van haar hoofd.

Beth slaakte een kreet en graaide ernaar. 'Mijn oren vriezen eraf. En als je mijn grijze haren aanwijst, ga ik bij je weg.'

'Niet bij me weggaan.' Hij trok haar in zijn armen en zoende haar, zijn mond warm en vaardig op de hare. 'Ik hou van je, Beth McBride.'

'Ik ben een Butler.'

'Dat is waar.' Hij glimlachte tegen haar lippen. 'En dat zul je ook blijven.' Hij pakte haar hand en ze liepen verder om het meer, gelukkig in elkaars gezelschap.

'We zijn te weinig met z'n tweetjes.'

'Mee eens.' Hij klemde haar hand nog wat steviger vast. 'Dat gaan we vaker doen.'

Het voelde als een nieuw begin, zoals ze hier, omringd door schitterend natuurschoon, toekomstplannen stonden te maken.

'Fijn om de meiden bij de familie te kunnen achterlaten en te weten dat ze in veilige handen zijn. En dat moeten we thuis ook regelen. Betrouwbare kinderopvang. Als je moeder wil helpen, kan ik me op mijn werk concentreren zonder me zorgen te maken over de kinderen.'

Ze wilde niet zo'n moeder zijn die zich constant verscheurd voelde. Ze moesten het gewoon goed organiseren. Goochelen. Ze zou werktijd duidelijk scheiden van privétijd. Ze zag al voor zich hoe ze interviews gaf aan glossy's over het combineren van carrière en gezin. In gedachten zag ze er foto's bij. De kinderen die aan de keukentafel in hun schrift of plakboek bezig waren, een gezonde snack binnen handbereik. Stukjes appel en wortel, misschien bleekselderij. Beths laptop zou dichtgeklapt op het aanrecht liggen, als bewijs dat het volledig om haar kinderen draaide wanneer ze bij haar gezin was. Als haar telefoon overging, liet ze hem op de voicemail springen, want luisteren naar haar kinderen betekende dat ze hun haar volle aandacht gaf.

Ze dacht na over de details terwijl ze terugliepen naar het huis. Wegdromend bij dit perfecte leventje dat ze verzonnen had, duwde ze de keukendeur open. Toen slaakte ze een verschrikte kreet en bleef stokstijf staan, waardoor Jason, die achter haar liep, tegen haar aan botste.

'Sorry! Wat–' Hij zag waarom ze was blijven staan. Het leek wel een scène uit een horrorfilm.

'Is dat... bloed?' Beth trilde zo hevig dat ze bijna flauwviel. Een verlammende angst overspoelde haar. Er was een ongeluk gebeurd. Een ernstig ongeluk. 'Ruby? Waar is Ruby?'

Pas later zou ze bedenken dat ze alleen haar jongste dochter had geroepen, alsof ze intuïtief aanvoelde dat alleen zij bij dit bloedbad betrokken zou kunnen zijn. 'Is ze gewond? Dood?' Er was geen spoor van de kinderen, en haar twee zussen waren op handen en knieën de muur aan het schrobben. 'Wat is er gebeurd? Is ze naar het ziekenhuis? Leeft ze nog?'

'Rustig nou maar.' Posy blies het haar uit haar ogen. 'Als het in de pr niks wordt, kun je nog altijd een carrière als actrice overwegen. Geen Shakespeare, maar zo'n foute horrorfilm waarin meisjes een donker gebouw binnenlopen en vragen: "Is hier iemand?", en dan de hele tijd gillen. Er ligt niemand in het ziekenhuis. En dit is geen bloed. Het is lippenstift, al moet ik zeggen dat het inderdaad dezelfde kleur is. Ze zouden het Vampier moeten noemen in plaats van Alledaags Rood. En ik kan overigens bevestigen dat deze lippenstift bij elke kus zal blijven zitten. We hebben het al met zeepsop geprobeerd en stappen straks over op dikke bleek. Het is met geen mogelijkheid van de muur te krijgen.'

Beth stond zo erg te trillen op haar benen dat ze steun moest zoeken bij de muur. Ze was ervan overtuigd geweest dat het bloed was.

Jason liep langs Beth heen om de schade op te nemen. 'Shit.'

Precies op dat moment kwam Ruby de keuken binnenhuppelen en glimlachte verrukt. 'Papa zei shit!'

Hoe was het mogelijk dat kinderen nooit luisterden wanneer je dat wilde, maar wel alles prima verstonden zodra je iets zei waarvan je liever niet wilde dat ze het hoorden?

'Papa zei chips,' zei Beth. 'Chips. Hij vroeg of er nog chips waren. Hij heeft honger.'

Ruby leek niet overtuigd. 'Maar-'

'Ga naar je zusje, Ruby. Papa komt er zo aan. We hebben het hier straks wel over.' Ze wachtte tot Ruby afgedropen was en draaide zich vervolgens weer om.

Jason staarde met een soort verwondering naar de muur. 'Heeft Ruby dit gedaan? Ze heeft talent. Het is prachtig. Het lijkt wel een vroege Picasso–'

'Jason!' riep Beth geërgerd uit. 'De deur. We bevriezen hier.'

Hij schrok op. 'O ja. Mag ik aan de andere kant van de deur blijven?'

'Nee. Je mag achter Ruby aan gaan en haar geen seconde uit het oog verliezen. Ik kom zo.'

Bonnie kwam kwispelend de keuken binnenlopen en Beth hapte naar adem toen ze de rode vegen op haar goudblonde vacht zag. 'Ze… O nee…!'

'Yep.' Posy keek naar de hond. 'Bonnie demonstreert hier de Sexy Scarlet. Staat haar goed, vind je niet? Ik kan haar maar beter binnen houden, anders hebben we met nieuwjaar puppy's.' Ze gaf Bonnie een kus en Jason sloop de keuken uit.

Beth ontplofte. 'Hoe heb je dit kunnen laten gebeuren? Je zou op hen passen. Als ik eraan denk wat er had kunnen gebeuren…' Ze kreeg bijna geen lucht meer. 'Voor hetzelfde geld was Ruby de bergen in gelopen en verdwaald! Ze had wel in de sneeuw kunnen wegzakken en kunnen doodvriezen. Ze had de straat op kunnen rennen en aangereden worden. Zichzelf met een keukenmes kunnen snijden…'

'Het spijt me. Ik moest dringend even bellen.' Hannah keek verslagen, terwijl Posy een doek in het zeepsop doopte en er vervolgens mee over de muur wreef.

'Had dat niet even kunnen wachten? Ik ben maar een uurtje weggeweest! Een uurtje.' Beth vergat even dat ze nog maar tien minuten eerder tegen Jason had gezegd dat ze zo blij was met haar zussen. Ze zou hen nu allebei met alle liefde kunnen wurgen. 'Werk mag niet vóór familie komen.'

'O nee?' Posy wierp haar een doek toe. 'Zegt de werkverslaafde vrouw die gisteravond minstens acht keer van tafel ging om met haar gestoorde baas te bellen. Bespaar ons dat belerende toontje, Bethany Alice McBride, en help liever met schoonmaken. Of ga mijn hond wassen. Je mag kiezen, maar doe in elk geval iets en hou op met ons de les te lezen.'

Beth keek haar met stomheid geslagen aan. Sinds wanneer nam Posy het voor Hannah op? Ze kon zich niet heugen wanneer dat voor het laatst gebeurd was. En ze worstelde inderdaad met haar gezin en haar nieuwe baan, maar ze was niet werkverslaafd. En hoe konden ze zo onaardig doen, terwijl het hun schuld was? 'Je had hen niet alleen mogen laten.'

'Jij had je make-up niet op tafel moeten laten slingeren,' beet Posy haar toe. 'Als je die had opgeruimd, zoals ik had gevraagd, zou dit niet gebeurd zijn, dus geef maar gewoon toe dat jij medeschuldig bent.'

Beth wilde niet medeschuldig zijn. 'Ze hadden wel een ongeluk kunnen krijgen!'

'Maar dat is niet gebeurd, dus er is niks aan de hand.' Posy keek naar Hannah. 'Ik krijg het rood er niet af, jij?'

'Nee. Paars gaat beter. Dat blijft iets minder vastzitten.'

'Wat zit hier in vredesnaam in?' Posy keek Beth misprijzend aan. 'Ik zou de ingrediënten maar even nalezen, want als het dit met de muur doet, wil ik dat spul niet meer op mijn gezicht hebben.'

Hannah bestudeerde de hardnekkige veeg. 'We moeten op internet zoeken naar oplossingen. Misschien citroensap of zo?'

Beth was volkomen overdonderd. 'Ik moet bij de meisjes kijken.'

Posy had blosjes op haar wangen van het poetsen. 'Ik heb net voordat je kwam nog bij ze gekeken. Ze waren verlanglijstjes voor de Kerstman aan het maken. En voordat je weer in paniek raakt: ik heb de glitters afgepakt.'

'Ze hadden hun verlanglijstje al gemaakt. Weken geleden al.'

'Dan maken ze er nu nog een.' Posy borstelde stevig over een rode veeg. 'Je hebt ons de leiding gegeven, dus dan mogen wij de activiteit bedenken en mag jij daar niets van zeggen.'

Beth hing haar jas over de rugleuning van een stoel. 'Maar wat als ze iets anders aan de Kerstman vragen? De cadeaus zijn al gekocht en ingepakt.' Ze wilde haar kinderen met kerst absoluut niet teleurstellen. 'Ze mogen niet van gedachten veranderen.'

'Dan zeg je...' Posy weifelde. 'Weet ik veel. Dat de Kerstman van verrassingen houdt of zo.'

'Geloven ze daar nog steeds in?' vroeg Hannah. 'Kun je niet gewoon zeggen dat de Kerstman niet komt omdat hij eigenlijk niet–'

'Komt de Kerstman niet?' Ruby stond in de deuropening. 'Waarom niet? Omdat ik op de muren heb getekend? Weet hij dat ik stout geweest ben?' Haar stem brak en haar bovenlip trilde.

Beth tilde haar op. Kon deze dag nog erger worden? 'Tante Hannah bedoelde dat ze denkt dat de Kerstman niet bij haar komt.'

'Waarom niet? Is tante Hannah ook stout geweest?'

Beth wilde Ruby de keuken uit dragen, maar Ruby kronkelde en wriemelde tot Beth haar moest neerzetten.

'Tante Hannah...' Ruby rende op Hannah af zonder acht te slaan op de natte doek en de vegen op de muur. 'Waarom komt de Kerstman niet bij jou? Wat heb je gedaan?'

Beth was zo gespannen dat het leek alsof haar ruggengraat op knappen stond. Als haar zus Ruby nu opnieuw afwees, zou dat de druppel zijn. Dat zou Beth niet over haar kant laten gaan.

Hannahs hart klopte in haar keel toen Ruby voorzichtig bij haar op schoot kroop en haar armpjes om haar heen sloeg. Wat een vertrouwen, dacht Beth angstvallig, terwijl haar dochtertje zich nog volledig onbewust was van de afwijzing die op een dergelijk blijk van liefde kon volgen.

Beth deed een stap naar voren, klaar om in te grijpen, zodat Ruby haar geloof in de goedheid van de mens nog wat langer kon vasthouden, maar zag toen dat Hannah haar arm om haar dochtertje heen sloeg. Ze verstarde toen Ruby Hannah een kus op haar wang gaf.

'Heb je hem een brief geschreven, tante Hannah?'

'Ik... Nee,' zei Hannah. 'Ik heb hem geen brief geschreven.'

'Dan weet hij ook niet wat je wilt. Je moet hem wel schrijven. Het kan nog. Ik kan je wel helpen.' Ruby gleed van Hannahs schoot en trok aan haar mouw. 'Je mag mijn glitterpennen wel gebruiken als je wilt.'

'Glitterpennen,' mompelde Posy. 'Ik had de glitters afgepakt, maar ik heb niet aan de glitterpennen gedacht. Overal loert gevaar.'

'Glitterpennen.' Hannah stond langzaam op en pakte Ruby's uitgestoken hand. 'Dat klinkt leuk.'

Leuk? Zei Hannah nou echt: *Dat klinkt leuk?* Beth kon zich niet heugen dat haar zus ooit uit vrije wil met haar meisjes was gaan spelen.

'Wacht!' Posy kwam overeind en liet de doek in de emmer vallen. 'Ik ga niet in mijn eentje deze muur staan boenen, terwijl jullie met glitterpennen naar de Kerstman schrijven.'

'Het is belangrijk, tante Posy. Al mijn pennen liggen in de

tv-kamer.' Ruby trok Hannah al kletsend mee de keuken uit. 'Wat wil je hebben voor kerst, tante Hannah?'

'Weet ik niet.'

'Dat moet je weten. Denk eens heel diep na. Iedereen heeft wel iets wat hij wil. Als je één wens had en je mocht alles kiezen wat je maar wilde, wat zou je dan kiezen?'

Hun stemmen stierven weg en Beth kon Hannahs antwoord niet meer horen. Ze keek naar Posy. 'Wat is er met Hannah gebeurd?'

Posy staarde voor zich uit.

'Posy?'

Posy's glazige blik werd weer gefocust. 'Wat?'

'Waar zat je met je gedachten?'

'Wist je dat Hannah haar arm heeft gebroken?'

Beth keek naar de deur. 'Niets van gemerkt.'

'Toen we klein waren. Papa nam haar mee uit klimmen en toen viel ze van een rotsblok. Herinner jij je dat nog?'

Beth keek naar haar zus en vervolgens naar de rode strepen op de muur. 'Wat heeft dat hiermee te maken?'

'Weet je het nog?'

'Nee.' Beth wreef met haar vingers over haar voorhoofd. 'Misschien. Vaag. Ik heb op het gips getekend. En het was haar rechterarm, dus ze kon hem wekenlang niet gebruiken. Weet je dat niet meer?'

'Ik heb geen enkele herinnering aan die tijd, behalve aan Suzanne die me knuffelde.'

'Waarom begin je daar nu over? Ik zit hier in een crisis en jij mijmert over het verleden?'

'De crisis zit alleen maar in je hoofd, maar inderdaad, laat maar,' zei Posy.

Dat frustreerde Beth. 'Hannah gelooft niet in sprookjes. Als ze tegen Ruby zegt dat de Kerstman niet bestaat, vermoord ik haar.'

'Dat gaat ze niet zeggen, maar goed, laten we toch maar even gaan kijken, voor het geval ze er per ongeluk iets uitflapt. We poetsen de lippenstift straks wel van de muur. Kom, het is zussentijd. Laten we iets leuks gaan doen.'

Het klonk verrassend aanlokkelijk. Beth ontspande zich een beetje. 'Met z'n allen?'

'Het is Kerstmis. Als we met Kerstmis niet los kunnen gaan met glitterpennen, wanneer dan wel?'

Beth liep naar de deur toen haar telefoon ging. Ze haalde hem uit haar zak en haar ontspannen stemming verdween als sneeuw voor de zon. 'Het is Corinna. Ik moet–'

'Dat moet je helemaal niet. Neem alsjeblieft niet op. Het is zussentijd! En dat gebeurt niet vaak. Corinna kan wachten.' Posy bleef met haar hand op de deurklink staan wachten, terwijl Beth in dubio stond.

Ze zou liever niet opnemen, maar ze had het gevoel dat het moest. Ze wist dat het van haar werd verwacht. Balend van zichzelf nam ze op. 'Hai, Corinna.'

Posy's glimlach vervaagde. 'Want familie gaat vóór alles, hè?' Hoofdschuddend liep ze de keuken uit.

20

Posy

'Dit is voor mij niet eenvoudig om te zeggen, dus daarom zeg ik maar gewoon meteen waar het op staat. En als je het niet erg vindt, heb ik liever dat je me niet onderbreekt.' Posy ging er eens goed voor zitten. Na diverse pogingen om anderen te vertellen hoe ze zich voelde, was ze deze keer vastbesloten het te zeggen. 'Luke heeft me gevraagd om volgende zomer met hem te gaan klimmen. Ja, je hoort het goed. Hij is een expeditie aan het organiseren voor de beklimming van de Denali in Alaska. Schrik niet. Het is veilig, beloofd, en ik zal me goed voorbereiden. Hij denkt zelfs dat ik misschien gesponsord kan worden door een groot buitensportbedrijf, wat heel gaaf zou zijn, want dan word ik betaald voor het dragen van kleren die ik sowieso aantrek.' Ze ademde diep in. 'Ik zie dat je verrast bent, en dat snap ik. Ik ben tenslotte het meisje dat nog nooit van huis is weggeweest, behalve tijdens mijn studie. Maar ik wil dit heel graag. We weten allebei van wie ik die klimpassie heb geërfd. Maar ik wil niet dat je het persoonlijk opvat. Het heeft niets met jou te maken, en alles met mij. Begrijp je dat?' Ze sloot haar ogen, worstelend met haar gevoelens. 'Waarom voel ik me schuldig? Omdat ik van deze plek hou. En ik hou van jou. Ik ga niet weg omdat ik niet van je hou. Ik hoop dat je dat weet.'

'Hou je van een kip?'

Posy deed haar ogen open. Luke stond met een geamuseerde glimlach tegen de deur van het kippenhok geleund.

Ze kreeg een kleur. 'Wat doe jij hier? Je was toch aan het schrijven?'

'Het eerste wat je over schrijvers moet weten, is dat ze overal toe bereid zijn om maar niet te hoeven schrijven.'

'Dat is niet logisch.'

'Voor een schrijver wel. Schrijven is meer dan alleen typen op een laptop. Ik noem dit denktijd. Ik wandel en doe alsof ik aan het werk ben. In dit geval was ik op zoek naar jou. En ik wil eigenlijk deze voor de hand liggende vraag niet stellen, maar waarom praat je tegen een kip?'

'Dit is niet zomaar een kip. Dit is Martha.' Beschroomd kwam ze overeind. Het was nieuw voor haar om zo intiem met iemand te zijn. Ze wist niet wat voor relatie ze hadden en wat ze voor hem voelde. Ze wist niet wat hij voor haar voelde. Was ze voor hem gewoon een tijdverdrijf tot hij weer wegging? Of was er meer aan de hand? Het was gewoon beschamend hoe onervaren ze was. Misschien moest ze Hannah om advies vragen over hoe je met vluchtige relaties moest omgaan. 'Ik heb zitten denken over die trip waar we het over hadden.'

'Je bedoelt naar de Denali?'

'Ja. Ik dacht dat als ik het nou eens hardop uitsprak, ik misschien makkelijker een knoop kan doorhakken. Martha is een uitstekend publiek, want ze onderbreekt me niet en denkt niet dat ze alles al van me weet. Bovendien is het handig om te oefenen wat ik straks tegen mijn moeder ga zeggen.'

Hij vond haar waarschijnlijk gestoord. Hij had iets met een vrouw die met kippen praatte.

'Waarom moet je oefenen?'

'Dat je die vraag stelt geeft al aan hoe slecht je mijn familie kent. De laatste paar weken heb ik er al diverse keren bij mensen op gezinspeeld dat ik misschien wel een leven buiten dit dorp zou willen, maar niemand luistert naar me. Ze denken dat ze al weten wat ik wil, dus ja, ik moet oefenen. Ik moet stellig zijn, zodat het niet het ene oor in gaat en het andere uit. Ik wil dat ze me zien zoals ik echt ben, niet zoals ze denken dat ik ben. Ook al maak ik mezelf daar soms ook schuldig aan...' Ze dacht aan Hannah. 'Wanneer je iemand goed kent, is het moeilijk om hem of haar op een andere manier te zien.'

Luke stak zijn handen in zijn zakken. 'Had Martha nog goede raad? Of vond ze het een kwestie van de kip of het ei?'

'Lach je me nu uit?'

'Nee. Ik lach je toe.'

'O ja? Het lijkt anders meer op uitlachen.'

Zijn glimlach vervaagde. 'Waarom heb je er niet met mij over gepraat?'

Posy's hart begon sneller te kloppen. 'Jij bent een deel van het probleem.'

'Hoezo?'

'Voordat ik jou leerde kennen, had ik alleen maar vage ideeën over weggaan. Ik was er niet serieus mee bezig. Het was iets wat aan me knaagde, maar wat ik gemakkelijk kon negeren. En toen kwam jij en... en... jij gaf me een reden om te vertrekken. Je hield die fonkelende diamant voor mijn neus–'

Hij kneep zijn ogen tot spleetjes. 'Diamant?'

Ze bloosde. Dat was stom, Posy, heel stom, dacht ze. 'Niet een echte diamant. Maar zo eentje waar je over droomt, waar je naar verlangt. Ik heb het over de tocht. De Denali...'

'Je verlangt niet naar een echte diamant?'

Plaagde hij haar nou? Ze wist het gewoon niet. 'Kunnen we het over iets anders hebben, voordat ik mezelf nog meer voor schut zet?'

'Je zet jezelf niet voor schut. Hoe kom je daar nu bij?'

'Omdat ik hier heel slecht in ben!' riep ze uit. Martha kakelde verschrikt. 'Ik ben een groentje als het om relaties gaat.'

Hij keek haar met een lome, sexy glimlach aan. 'Echt waar? Dat zou je niet zeggen.'

Ze keek in zijn ogen. 'Dat is fysiek. Fysieke dingen kan ik. Ik ben sportief aangelegd–'

'Dat heb ik gemerkt.'

'Ik heb het over al het andere. De emotionele kant van de zaak. Ik heb niet bepaald veel ervaring. Seks is het makkelijke deel. Dat is niet ingewikkeld. Het is net als een ijswand beklimmen. Je doet wat je doet, maar de rest...' Ze zuchtte. '... is ingewikkeld. Ik weet niet waar dit heen gaat, of wat jij ervan vindt dat je weggaat, of wat ik ervan vind dat je weggaat, of wat ik ervan vind dat ik wegga, of wat dit betekent, of–' Haar stem stokte toen hij haar tegen zich aan trok en zijn lippen op de hare drukte.

Hij zoende haar tot haar huid tintelde, haar hart wild tekeerging en haar gedachten nog verwarder waren dan daarvoor. Toen hij haar eindelijk losliet, duizelde het haar. Ze keek hem aan. 'Ik weet niet waarom je dat deed en ik weet ook niet of het helpt.'

'Ik deed het omdat het lekker is.'

'Je vindt jezelf zeker heel leuk?'

'Ik ben een man. Bij zo'n zoen kan mijn brein nog maar aan één ding denken, en dat ben jij.' Hij nam haar gezicht in zijn handen. 'Er zit kennelijk van alles in je hoofd. Je moet niet met Martha praten, maar met mij.'

Ze wist niet of ze daar al klaar voor was. 'Ik zal erover nadenken.' Posy bukte en aaide Martha over haar dikke verenpak. 'Bedankt voor het luisteren, gevederde vriendin van me.' Ze keek even bij de andere kippen en liep over de dikke laag stro naar de deur.

Luke legde zijn handen op haar schouders. 'Posy...'

'Ja?' Ze werd ongemakkelijk van zijn blik, en ze voelde zich al ongemakkelijk genoeg.

'Niets. Laat maar.' Hij liet haar los. 'Er zijn tig dingen die ik wil zeggen, maar een kippenhok is daar niet echt de meest geschikte plek voor en ik weet niet of Martha er wel tegen kan.'

Posy deed de deur achter zich dicht en volgde Luke over het pad van de schuur naar het huis. 'Ik moet gaan.' Ze voelde zich opeens rusteloos. 'Ik moet nog duizend-en-een dingen doen en ik wil nog even bij mama kijken om zeker te weten dat ze goed eet. Ze wil trouwens morgen mee-eten. Dat wordt dan het eerste familiediner met iedereen erbij, want mama lag steeds in bed en wilde niemand besmetten, dus bleef ze op haar kamer. Kom je ook?'

'Het is een familiediner – ben ik wel welkom?'

'Ze vroeg specifiek of ik jou ook wilde uitnodigen. Ze vindt je leuk.' Ze zag zijn aarzeling en vroeg zich af of ze hem hiermee in een lastig parket bracht. 'Maak je geen zorgen. Het is geen officiële kennismaking met mijn ouders.'

'Ik heb al met je ouders kennisgemaakt.'

'Dat weet ik, maar ik zie je aarzelen.'

'De reden dat ik aarzel heeft niets met ons te maken.' Hij zweeg opnieuw. 'Is je moeder beter?'

Was dat de reden dat hij aarzelde: omdat hij zich zorgen maakte om haar moeder? 'Veel beter, bedankt. En ze hoeft niets te doen. Mijn zussen en ik koken, ook al weten ze dat nog niet.'

'In dat geval kom ik graag. Dank je.' Hij keek om naar de schuur.

'Ik zou het graag nog even uitstellen, maar ik moet mijn conceptversie afmaken. Tot straks.'

Hij liep weg, zonder dat ze iets wijzer was geworden over haar gevoelens of de zijne. Over een paar maanden zou zijn boek af zijn en dan zou hij vertrekken. Ze kon hem uitzwaaien of met hem meegaan.

Het bleef door haar hoofd malen toen ze terugliep naar het huis, soep opwarmde en die naar haar moeder bracht.

Toen ze langs de badkamer liep, hoorde ze de douche lopen en geluiden alsof iemand aan het overgeven was. Hannahs slaapkamerdeur stond open, dus ging Posy ervan uit dat zij in de badkamer was. Gealarmeerd bleef ze bij de deur staan. Ze wilde haar helpen, maar wist niet zeker of haar zus haar hulp zou accepteren. Ze herinnerde zich dat Hannah Beths haar naar achteren had gehouden na haar eerste ervaring met alcohol, maar dat was niet hetzelfde, toch? Ze hield het dienblad in haar ene hand en klopte met de andere op de deur, maar ze kreeg geen antwoord.

Ze begon kerstliedjes te zingen om de geluiden die Hannah maakte te overstemmen en liep de slaapkamer van haar ouders in. 'Hoe voel je je?'

'Beter, dank je, maar niet als je zo blijft zingen.' Suzanne zat rechtop in bed met een breiwerkje op schoot. 'Is er iemand aan het overgeven?'

'Nee, dat is de douche.' Posy duwde met haar heup de deur dicht. Als Hannah het Suzanne wilde vertellen, moest ze dat vooral doen, maar Posy zou niets zeggen. 'Je ziet minder bleek, gelukkig.'

'Jij ziet er daarentegen doodmoe uit. Doen je zussen weer niets?'

'Nee hoor, ze helpen mee.'

'Zelfs Hannah?'

'Vooral Hannah, en hier is het bewijs.' Posy zette het dienblad op haar moeders schoot. 'Soep van geroosterde tomaat en paprika. Door Hannah voor jou gemaakt.'

'Ik wist niet dat ze kon koken.'

'Het verbaasde haarzelf ook.' Posy vroeg zich af wat haar moeder zou zeggen wanneer ze erachter kwam dat Hannah zwanger was. Voor zover zij wist, was zij de enige die ervan op de hoogte was, waardoor ze zich nog verantwoordelijker voelde. Ze betwijfelde of ze veel voor haar kon betekenen. 'Mag ik je kan water even lenen? Nu Hannah staat te douchen, kan ik snel even op haar kamer Eric water geven. Ik ben zo terug.'

Ze trok de slaapkamerdeur achter zich dicht en drukte haar oor weer tegen de badkamerdeur. De douche liep nog steeds. 'Hannah?' Ze tikte zachtjes op de deur. 'Gaat het?' Er kwam geen antwoord, dus kon ze, behalve de badkamerdeur intrappen, weinig doen. Ze liep met de kan water naar Hannahs kamer.

Het eerste wat haar opviel toen ze binnenkwam, was hoe netjes het er was. Posy's loft zag er soms uit alsof er was ingebroken, maar op Hannahs kamer stond alles keurig op zijn plek. Geen kleren die over stoelen hingen, geen schoenen verspreid over de vloer. Zelfs de boeken op het nachtkastje stonden in een rechte lijn naast elkaar.

Op het bureau stond een opengeklapte laptop met op het scherm een spreadsheet die er zo ingewikkeld uitzag dat Posy al hoofdpijn kreeg toen ze ernaar keek. Ze dacht aan wat Hannah had gezegd over hun ouders: dat ze alleen sportieve prestaties belangrijk hadden gevonden.

Vervolgens richtte ze haar aandacht op de kerstboom. 'Hallo Eric.' Ze voelde of de aarde nog vochtig was en goot er langzaam wat water bij. 'Had je dorst, jongen?'

Ze plukte een paar naaldjes van de grond, toen Hannahs telefoon overging. Posy liet van schrik de kan bijna vallen. In dit deel van het huis was er zelden bereik.

Dat hij nu net moest overgaan nu Hannah in de badkamer was. Moest ze het negeren? Nee, Hannah zei altijd hoe belangrijk haar werk was. Posy kon haar zus misschien niet helpen in de badkamer, maar ze kon wel een boodschap aannemen. Ze besloot dat de rol van behulpzame zus haar wel beviel en nam op.

'Hallo?'

'Hallo, spreek ik met het dansende pizzameisje?'

Posy wilde zeggen dat hij verkeerd verbonden was, maar de man praatte gewoon door, en omdat hij een fluweelzachte, diepe stem had die je het gevoel gaf dat je met een handschoen van bont werd gestreeld, bleef ze luisteren.

'Angie zei dat ze je aan de lijn had, en dat je het toen uitgilde en vervolgens de verbinding werd verbroken. Dus we vroegen ons natuurlijk allemaal af wat er was gebeurd. Ben je ontvoerd door Hooglandse strijders? Geschaakt door een kerel in een kilt?'

'Eh...'

'Je beantwoordt mijn mails niet en ik maak me zorgen. Ik hou van je, weet je nog? Hoe is het met Posy? Is ze nog ziek? Het moet wel ernstig geweest zijn als je er alles voor uit je handen laat vallen en op het eerstvolgende vliegtuig naar Schotland springt.'

Ziek? Posy plofte op het bed neer. 'Met wie spreek ik?' En, dacht ze, wie is het dansende pizzameisje?

'Met wie spreek ík?'

'Hannah eet geen pizza. Daar zitten koolhydraten in.'

Er viel een lange stilte. 'Welke zus ben jij? Beth of Posy?'

'Posy.'

'Ben je weer beter? Hannah maakte zich zorgen over je. Ze is meteen naar je toe gevlogen.'

Posy wist zeker dat zij niet de reden was dat Hannah de eerste de beste vlucht had genomen. 'Een heel stuk beter, bedankt.'

'Dat is fijn om te horen.'

Posy leunde naar achteren op het bed en vroeg zich af welke ziekte ze had gehad. Moest ze hees praten? Verzwakt? 'Jij lijkt meer over mij te weten dan ik over jou.'

Hannahs zwangerschap was blijkbaar niet het resultaat van een onenightstand, zoals zij had aangenomen. Ze wierp een blik op de badkamerdeur en probeerde te horen of de douche nog steeds liep. 'Hebben jullie al lang iets met elkaar?'

'Een halfjaar. Ik ben Adam.'

Adam, die al een halfjaar iets had met haar zus. Adam, die van haar zus hield. Ze was ervan uitgegaan dat Hannah alleen maar vluchtige contacten had. Ze had nooit gedacht dat haar zus een serieuze relatie had.

Dansend pizzameisje? Posy zou die versie van haar zus weleens willen ontmoeten. En ze wilde ook weleens de man ontmoeten die een kant van Hannah naar boven bracht die niemand anders zag.

'Aangenaam kennis te maken, Adam.'

'Hoe is het met haar? Ze was behoorlijk gestrest toen ze wegging.'

Posy keek naar de gesloten badkamerdeur. Hij wist waarschijnlijk niet dat Hannah zwanger was. 'Dat is ze nog steeds.'

'Het is frustrerend om niet met haar te kunnen praten.'

'Ja, het bereik in de Glensay Lodge is nog onvoorspelbaarder dan het weer, en dat wil wat zeggen. Het zou waarschijnlijk makkelijker zijn om een vliegtuig te pakken en haar in levenden lijve te spreken. Ja, waarom doe je dat eigenlijk niet? We hebben hier een ouderwetse familiekerst. Hoe meer zielen, hoe meer vreugd. Maar maak je in elk geval geen zorgen over haar. Ze lijkt in orde, en ze heeft Eric die haar gezelschap houdt–'

'Eric? Een jongen van het platteland?'

Posy keek naar de kerstboom. 'Zo zou je het kunnen noemen. Hij is lang, redelijk breed en drinkt veel.' Ze hoorde de badkamerdeur opengaan. 'Ze komt eraan, dus als je even wacht, zal ik... Hallo?'

Het signaal was weg. Posy legde de telefoon neer en stond op toen Hannah binnenkwam.

Met haar natte haar en zonder make-up zag ze er jonger uit dan anders. 'Met wie was je aan het praten?'

'Je telefoon ging... Ik heb opgenomen.' Hoeveel moest ze zeggen? Voor het eerst in lange tijd konden zij en haar zus goed met elkaar overweg. Posy wilde deze fragiele wapenstilstand maar al te graag behouden.

Hannah wreef met een handdoek haar haar droog. 'Mijn telefoon? Maar er is in deze kamer helemaal geen bereik.'

'Soms wel. Irritant, ik weet het. Je weet nooit waar je aan toe bent.'

'Wie was het?'

'Adam.' Posy merkte een verandering op bij haar zus. Haar schouders verstijfden en haar gezichtsuitdrukking werd vlak. Het was alsof ze de gordijnen had dichtgetrokken, zodat niemand meer kon zien wat ze dacht. Hannah hield op met het drogen van haar haar. 'Heeft hij een bericht achtergelaten?'

'Nee, maar de verbinding werd halverwege verbroken.'

'Waarom heb je me niet geroepen?'

Omdat ik in shock was. 'Je stond onder de douche. Ik wilde je net de telefoon brengen toen het signaal wegviel. Hij klonk aardig.' Ze moest nu op eieren lopen. 'Ik neem aan dat hij de vader is?'

Hannah keek haar verontrust aan. 'Je hebt het hem toch niet verteld, hè?'

'Natuurlijk niet. Ik ben je zus. Ik ben een barrière tussen jou en de wereld.'

Hannah ontspande. 'Mooi zo.'

'Ben je misselijk?'

'Opeens. Vast psychisch.'

En meer zou ze niet te horen krijgen, dacht Posy. Ze besloot niet door te vragen en veranderde van onderwerp. 'Ik ben mama's kerstdiner van morgen aan het voorbereiden. Je weet hoe graag ze alles perfect wil hebben met Kerstmis, en dat is tot nu toe niet gelukt doordat ze ziek is. Ik heb erg met haar te doen.'

'Ja, ik ook,' zei Hannah, in gedachten verzonken, en ze pakte de haardroger.

'Ik vind dat jij, Beth en ik ons best moeten doen om Kerstmis extra speciaal voor haar te maken, te beginnen met het kerstdiner morgen.'

'Hoe dan? Ik ga geen kalkoen plukken en ik kan niet breien.'

'Ik dacht meer aan hard ons best doen om het gezellig te maken. Niet kibbelen. Het met elkaar eens zijn. Aardig zijn tegen elkaar. Naar elkaar luisteren. Perfecte zussen zijn.' Het leek zelfs haar moeilijk, terwijl zij nota bene degene was die het voorstelde. Het verbaasde haar niets dat Hannah haar geamuseerd aankeek.

'Klinkt als een extreem stressvol diner, maar oké. Ik doe mee. Dan moet je wel tegen Beth zeggen dat ze haar telefoon boven laat liggen, want als die vrouw belt, weet ik zeker dat ze opneemt. En als ze opneemt, word jij kwaad en betekent dat het einde van de zusterlijke harmonie.'

'Jij wordt ook boos.'

'Omdat die vrouw een heks is en ik het niet kan aanhoren hoe bazig ze tegen Beth doet.'

Posy staarde haar aan. 'Vind jij dat ook?'

'Natuurlijk. Het is een feit.'

Posy zuchtte. 'Het is een strenge baas.'

'Ik ben een strenge baas,' zei Hannah, 'maar ik ben wel eerlijk, duidelijk en consequent in mijn verwachtingen. Corinna is geen strenge baas, ze is een tiran. Dat is iets anders. Een van de redenen waarom Beth weer wil gaan werken, is om meer zelfvertrouwen te krijgen, maar werken voor zo'n baas heeft juist het tegenovergestelde effect.'

Posy wist niets van de zakenwereld, maar het klonk logisch wat Hannah zei. 'Beth vindt het een enorm compliment dat deze vrouw haar in haar team wil.'

Hannah fronste haar wenkbrauwen. 'Volgens mij is dat niet wat er aan de hand is.'

'Hoe bedoel je?'

'Niets. Laat maar.'

Posy wilde het niet laten. 'Jij helpt bedrijven met reorganiseren. Je bent de slimste vrouw die ik ken. Kun jij Beth helpen?'

'Waarom denk je dat ze mijn hulp zou willen?'

'Ze heeft hem in elk geval nodig. Je bent haar zus. Dat geeft je het recht om je er zonder toestemming mee te bemoeien. En denk aan het alternatief: als je niets doet, gaat ze weer voor die vrouw werken en dat wordt een ramp.'

'Ik vraag me af of dat gaat gebeuren.'

'Denk je dat Beth zal weigeren?'

'Nee. Ik denk...' Hannah schudde haar hoofd en pakte een haarborstel. 'Laat maar. Laten we het er morgen over hebben. Wat gaan we koken? Wat is Suzannes lievelingseten?'

Posy kon haar zus af en toe wel wurgen, zo irritant vond ze haar. 'Ik ben nog niet uitgepraat over Beth. Je doet allemaal vage uitspraken, maar maakt steeds je zinnen niet af.'

'Omdat ik niet alle feiten heb die nodig zijn om tot een geïnformeerde conclusie te komen.'

'Kun je niet gewoon roddelen, net als normale mensen?'

'Nee.' Hannah stak de stekker van de haardroger in het stopcontact.

'Jouw brein is gewoon eng. Dat vond ik vroeger al intimiderend.'

Hannah keek haar onthutst aan. 'Vond jij mij intimiderend?'

'Ja, dan keek je naar een rij cijfers waar ik geen touw aan kon vastknopen en snapte jij precies wat er stond. Ik kon het niet uitstaan dat ik het niet begreep. Ik voelde me dom. Wat lach je nou? En waarom vroeg je dat op zo'n toon?'

'Omdat ik jóú intimiderend vond.'

Dat was belachelijk. 'Hoe kun je mij nou intimiderend vinden?'

'Moet ik een opsomming geven?'

Eigenlijk wilde Posy dat wel. 'Ja.'

'Ten eerste je sportieve prestaties.' Hannah frunnikte aan de borstel. 'Je bent sterk en lenig. Jij zou nooit van een hek vallen.'

'Jij ook niet, als je de juiste schoenen zou dragen.'

'Je beklimt bergen.'

'Iedereen kan een berg beklimmen. De mensen die we redden, zijn van alle rangen en standen en van verschillende sportieve niveaus.'

Met een scheef lachje zei Hannah: 'Ik bedoel maar. Jij bent degene die hen redt. Je bent dapper en deskundig. Bij jou voel ik me...' Ze zocht naar het woord. '... een bangerik.'

Posy ging weer op het bed zitten. 'Doe niet zo raar.'

'Jij kunt alles, van daken repareren tot lammetjes ter wereld brengen.'

'Dat doen de schapen meestal zelf.'

'Je snapt heus wel wat ik bedoel.'

Posy snapte het niet echt. Ze kon zich niet voorstellen dat iemand haar intimiderend zou kunnen vinden, en al helemaal niet haar zus. 'We zijn goed in verschillende dingen.'

'Dat is waar. Ik ben een feitenmens.' Hannah keek in de spiegel en zette de haardroger aan.

'Ga je bij relaties ook op de feiten af?'

Hannah zette de haardroger uit en keek haar zus in de spiegel aan. 'Pardon?'

'Relaties.' Posy werd rood. 'Daar ben ik namelijk niet goed in.' Als zij zich zou blootgeven, zou haar zus dat misschien ook doen.

Hannah glimlachte flauwtjes. 'Vraag je mij om relatieadvies? Is dat een grap?'

'Nee. Maar jij bent slim en verstandig, en ik dacht dat jij misschien–'

'Relaties zijn niet verstandig. Daarom ben ik er ook niet goed in.'

Grommend kwam Posy overeind. 'Aan jou heb ik ook niks. Als antwoord op je vraag over morgen: Maggie heeft een wildschotel voor ons gemaakt. Ze bracht hem gisteren toen ze bij mama langsging. We doen er aardappelen bij. Wil jij puree maken? Dan rooster ik pastinaak met ahornsiroop. En ik maak soep. Beth is goed in desserts, dus ik zal haar vragen het nagerecht te doen. Wat er ook gebeurt, er mag geen stress zijn.' Posy zweeg even en vroeg zich af hoe ver ze kon gaan in deze nieuwe relatie. 'Daarom zat ik te denken om voor vanavond iets makkelijks te maken.'

'Lijkt me prima. Wat had je in gedachten?'

Posy besloot de proef op de som te nemen. 'Wat vind je van pizza?'

'Ik eet geen pizza, maar de meisjes vinden die vast heerlijk, en dan maak ik voor mezelf wel een salade.'

'Eet jij nooit pizza?'

Hannah fronste haar wenkbrauwen. 'Dat weet je toch? Mag ik nu mijn haar drogen?'

Dansend pizzameisje.

'Natuurlijk. Droog jij je haar maar.'

Ze had het nooit echt erg gevonden dat Hannah en zij niet heel close waren, maar nu opeens wel. Wat moest ze doen om ervoor te zorgen dat haar zus met haar ging praten?

21

Suzanne

Ze had haar familieleden nog nooit zo hun best zien doen. Suzanne zat aan de keukentafel en voelde zich zwakker dan ze wilde toegeven. De arts zei dat het besmettingsgevaar geweken was, maar ze wist dat ze nog een lange weg te gaan had voor ze weer haar normale zelf was. Ze zou waarschijnlijk in bed moeten blijven, maar het kwam zo weinig voor dat de hele familie bij elkaar was dat ze er het beste van wilde maken.

Bovendien deden zij al het werk. Ze zagen eruit als leden van een zwemploeg die elkaar nog nooit hadden gezien en die hun bewegingen op elkaar af probeerden te stemmen. Alles liep uit de pas. Ze vond het vertederend dat ze leken te denken dat zij niet in de gaten had hoe hard ze hun best deden, en vroeg zich af hoelang het zou duren voor er iets misging. Voor de verandering was er niemand die snauwde. Er hing geen spanning in de lucht. Niet veel, tenminste.

Posy tuurde in de pan terwijl Hannah bezig was. 'Gebruik je olijfolie voor de puree? Waarom geen boter?'

'Ik hou van olijfolie.'

'Maar je eet toch geen koolhydraten?' Posy deed haar mond open en weer dicht. 'Prima. Heerlijk. Uitstekende keus.'

Ze bewogen zich ongemakkelijk door de keuken, terwijl ze, kletterend met borden en pannen, de tafel dekten, ijsblokjes in kannen water deden en af en toe tegen elkaar aan botsten.

Als Suzanne niet zo'n hoofdpijn had gehad, zou ze erom hebben moeten lachen. Ze had altijd al wel geweten hoe verschillend ze waren. Hun karakters waren niet veel veranderd sinds hun kindertijd. Hannah was de georganiseerde, Beth de dromer, en Posy stuiterde door het leven alsof ze op een trampoline stond.

Hoe had ze ooit kunnen denken dat ze hun onderlinge relatie kon sturen? Het enige wat ze kon doen, was hun de gelegenheid bieden om een band te smeden, en dat had ze gedaan.

Beth trok de koelkast open. 'Posy, heb jij de room gebruikt?'

'Ik heb wat in de soep gedaan.'

'Dat was mijn room. Voor mijn toetje. Ik wilde hem net gaan kloppen.'

'Dan moet je een beetje minder kloppen.' Posy deed wat verse peterselie in de soep en Beth haalde diep adem. Suzanne wachtte tot Beth ontplofte, maar in plaats daarvan glimlachte ze. 'De room smaakt vast heerlijk in de soep.'

Suzanne en Stewart keken elkaar even aan en hij haalde zijn schouders op om aan te geven dat hij niets met dit alles te maken had.

Hij stond op en haalde een glas water voor haar. 'Weet je zeker dat je niet beter in bed kunt blijven? We kunnen je eten ook op een dienblad naar boven brengen.'

'Ik ben het beu om in bed te liggen. Het gaat prima zo.' Ze zag dat hij haar wilde tegenspreken, maar hij wist ook hoeveel het voor haar betekende om iedereen thuis te hebben.

Dus ging hij naast haar zitten. 'Laat maar weten als je in katzwijm valt, dan vang ik je op.'

'Ben ik ooit in katzwijm gevallen?'

Hij pakte een stukje brood. 'Wel bijna. De eerste keer dat je me zag. Maar dat kan niemand je kwalijk nemen.'

Normaal zou ze een gevat antwoord paraat hebben, maar vandaag weigerde haar brein dienst.

Op dat moment kwam Luke binnen. Posy liet de soeplepel uit haar hand vallen.

'Het sneeuwt weer.' Luke stampte de sneeuw van zijn laarzen en hing zijn jas op. 'Er is storm op komst. Perfect schrijfweer.'

Posy pakte de lepel weer op, en Suzanne zag dat ze bloosde. Ze zag ook dat haar jongste dochter de enige was die Luke niet onmiddellijk begroette. Omdat Posy normaal gesproken makkelijk met haar huurder kletste, ging Suzanne ervan uit dat er iets tussen hen veranderd was.

Aantrekkingskracht? Genegenheid? Liefde? Wat het ook was, ze was blij om het te zien. Het fiasco met Callum was Posy niet in de koude kleren gaan zitten. Het was niet eenvoudig om een relatie te hebben in een kleine gemeenschap, en Callum was onhandig omgegaan met hun breuk. Voor zover Suzanne wist, had Posy sindsdien niets serieus gehad.

'Kom binnen, Luke.' Ze gebaarde naar een lege stoel. 'Ik heb je nauwelijks gezien de laatste tijd. Ik hoop dat je het warm genoeg hebt in de schuur. Heb je genoeg hout? Is je koelkast gevuld?'

Op de een of andere manier deed hij haar aan Stewart denken op die leeftijd. Hij had dezelfde atletische lichaamsbouw en spierkracht. Dezelfde kalme aandacht en passie voor wat hij deed. Maar, merkte ze op, het was een passie die niet omsloeg in een obsessie. Ze mocht hem graag.

'De schuur is heel comfortabel. Posy zorgt goed voor me. Wat ruikt het hier lekker. Kan ik ergens mee helpen?'

Dat hij het aanbood was voor Suzanne al genoeg. 'Je hebt wijn meegebracht. Meer hulp hebben we niet nodig.'

'Ga zitten, Luke.' Stewart gebaarde naar een lege stoel. 'Welkom in het gekkenhuis. Hoe gaat het met schrijven?'

'De vraag die iedere schrijver vreest.' Luke ging zitten en wierp een blik op Posy. 'Het begint langzaam ergens op te lijken. Ik ben op een punt waarop ik niet kan geloven dat het boek ooit af komt. Ik moet naar de boeken kijken die ik al geschreven heb om mezelf ervan te overtuigen dat ik het kan.'

Beth keek op van haar kom met slagroom. 'Hoeveel boeken heb je dan geschreven?'

'Dit is mijn derde.'

'Gaat het over survivaltechnieken?'

'Dat was het tweede boek.' Luke schudde zijn hoofd. 'Dit gaat over de mooiste beklimmingen in Noord-Amerika.'

Posy diende de soep op en gaf Luke een extra grote portie. Het gesprek kwam op eten en Kerstmis, waarna Hannah de borden afruimde en ze verdergingen met de ovenschotel.

Suzanne vroeg zich af of Stewart gelijk had gehad en ze inderdaad in bed had moeten blijven. Ze voelde zich licht in het hoofd.

'Die puree smaakt gek,' zei Ruby, en ze prikte met haar vork in het eten op haar bord.

'Hij is heerlijk,' zei Beth. 'Eet maar gewoon op.'

'Maar–'

'Hoe is het met Vicky, mama?' Beth gaf de schaal met pastinaak door. 'Is ze al beter?'

Posy nam een hap. 'Ze werkt morgen een halve dag in het café.'

'Die puree smaakt gek,' zei Ruby.

'Neem gewoon een paar happen, dan mag je de rest laten liggen.' Jason schaamde zich duidelijk voor zijn jongste dochter. Hij fluisterde iets in haar oor, en Ruby's wangen kleurden en haar ogen begonnen te glanzen.

Als Suzanne naar haar kleindochter keek, voelde ze haar pijnlijke hoofd en vermoeide ledematen niet zo erg.

Posy was ook een moeilijke eter geweest. Cheryl en Rob hadden haar gewoon laten eten wat ze wilde, maar toen Suzanne zag wat hun kind at, was ze zo ontzet geweest dat ze dat zonder enige aarzeling of schuldgevoel als eerste had veranderd. Het enige wat Posy echt nooit had willen eten, waren wortelen.

'Ik weet niet waarom je naam me zo bekend voorkomt.' Beth had het nog steeds tegen Luke. 'Maar ik moet eerlijk bekennen dat ik nooit een boek van je gelezen heb, dus dat kan het niet zijn.'

'Zijn boeken zijn overal te krijgen.' Posy pakte een kan water en schonk haar glas vol. 'Zelfs als je ze niet gelezen hebt, heb je ze vast ergens zien liggen. Daar ken je zijn naam waarschijnlijk van.'

Beth fronste haar wenkbrauwen. 'Misschien.'

Het viel Suzanne op dat Hannah erg rustig was. Haar haar was zorgvuldig geföhnd en haar make-up was keurig aangebracht, waardoor ze er elegant uitzag. Ze dacht aan Hannah op de avond van het ongeluk, toen ze stilletjes in huis zat te wachten, terwijl ze de verhitte Posy met natte doeken probeerde te koelen. De politie had aangeboden om het slechte nieuws te brengen, maar Suzanne had erop gestaan dat zij het hun vertelde. Ze had zich uit haar eigen poel van verdriet gehesen om een reddingsboei te kunnen zijn voor de kinderen van haar beste vriendin.

Hannah had zolang voor zich uit gestaard dat Suzanne was gaan twijfelen of ze wel had begrepen wat ze had gezegd. De therapeut met wie ze even had gesproken, had benadrukt hoe belangrijk het was om het woord 'dood' in het gesprek te gebruiken, dus had ze dat gedaan, hoe akelig ze het ook vond, want het gaf haar het gevoel dat ze deze toch al zo zwaar getroffen kinderen nog een extra klap gaf.

Ze had getwijfeld welk kind ze het als eerste zou vertellen. Ieder kind had andere behoeften, en zij had haar eigen behoeften, maar die kwamen pas op de vierde plaats.

Zonder Stewart zou ze het niet hebben gered. Of wel? Ze was het enige wat deze kinderen nog hadden, en ze zou hen nooit in de steek laten. Haar hart lag bij hen. Zij waren haar reden om elke ochtend uit bed te komen, om het gevecht met het schuldgevoel en de depressie aan te gaan, om zichzelf elke dag een doel voor ogen te houden. Zij waren ook háár reddingsboei geweest. Haar zorg voor hen had haar gedwongen ook voor zichzelf te zorgen.

'Wacht!' Beth liet haar vork kletterend op haar bord vallen. Het gesprek verstomde. 'Luke.'

Luke zat roerloos op zijn stoel. Hij kreeg iets waakzaams over zich. 'Ja?'

'Luke Whittaker.'

Posy keek haar zus geërgerd aan. 'Beth, ik weet niet wat je hebt, maar–'

'Nu weet ik waarom je naam me bekend voorkomt. Je hebt een paar maanden geleden een boodschap bij me ingesproken. Je wilde me spreken over–' Beths stem stokte. Ze wierp een vlugge blik op Suzanne en keek toen snel weer weg.

Suzanne kende die blik. Het was de blik die haar familieleden gebruikten wanneer ze het ongeluk als gespreksonderwerp probeerden te vermijden. Suzanne praatte er niet graag over, en dat respecteerden zij.

Maar waarom dacht Beth dat Luke haar gebeld had? En waarom zei ze het zo scherp? Zo had ze Beth nog nooit horen praten. Ze wachtte tot Luke zou ontkennen dat hij een bericht op haar telefoon had achtergelaten en zou lachen om de vergissing.

Hij legde zijn vork ook neer. 'Je hebt niet teruggebeld.'

'Je begon er niet over,' zei Beth. 'Toen ik je in het café ontmoette, zei je niet wie je was.'

'Ik heb mezelf voorgesteld.'

'Maar je wist dat ik je naam niet aan dat telefoontje had gekoppeld.' Beth stond op. De stoelpoten schraapten over de keukenvloer. Haar stem klonk gesmoord, maar Suzanne wist niet of dat van woede of van verdriet was.

Haar brein voelde traag, alsof ze achter de feiten aan liep en ze de anderen niet bij kon houden. Ze had hier een slecht gevoel bij. Een heel slecht gevoel.

'Hij heeft mij ook gebeld.' Hannah legde haar servet op tafel, ook al was haar bord nog halfvol. Ze was rustiger dan Beth, maar haar stem was ijskoud. 'Wat doe je hier, Luke?'

'Wacht eens even.' Posy zette haar glas zo hard neer dat het water over de rand klotste. 'Zo praat je niet tegen een gast. Waarom zou Luke jullie gebeld hebben? Hij kent jullie niet eens.' Ze verdedigde Luke fel en stond als een tijgerin tegenover haar zussen.

Dat had Suzanne ook nog maar zelden gezien. Normaliter was Posy gelijkmoedig en makkelijk in de omgang, maar vanavond leek niemand de beste versie van zichzelf te zijn. Ze had de drie meiden nog nooit zo van slag gezien. De harmonieuze sfeer was als sneeuw voor de zon verdwenen. Haar droom van een perfecte Kerstmis viel voor haar ogen in duigen. Wat de reden ook was dat Luke contact had gezocht met de meiden, ze zou het tot op de bodem uitzoeken. Ze moest hen beschermen.

'Je schrijft over het ongeluk!' Beth sloeg met haar hand op tafel. 'Dat ben je aan het doen, toch? Je schrijft over alles wat met de bergen te maken heeft. Je bent journalist.'

'Ik ben geen journalist. Ik ben bergbeklimmer en schrijver.'

'Journalisten zijn schrijvers. Of is het makkelijker om in andermans leven binnen te dringen wanneer je dat feit verzwijgt?' Beth keek naar Hannah. 'Heeft hij jou ook gebeld? Had ik dat maar geweten. Dan hadden we ervaringen kunnen uitwisselen.'

'Beth!' Posy keek haar zus kwaad aan, maar Beth negeerde haar.

'En toen we allebei niet opnamen, kwam je hierheen en ging je direct voor Posy. Wat een lef. We hebben door de jaren heen vaak genoeg telefoontjes gehad van mensen zoals jij, maar niemand is zover gegaan dat hij met mijn zus naar bed ging om de informatie te krijgen.'

'Je wordt bedankt.' Posy was bijna in tranen. 'Altijd leuk als je zus je persoonlijke leven onder het familiediner prijsgeeft. Ik vertel jou nooit meer wat.'

'Beth!' zei Jason scherp, om haar eraan te herinneren dat er kinderen aan tafel zaten.

Even leek het alsof Beth hem niet had gehoord. Toen hij haar naam nog een keer zei, draaide ze haar hoofd naar hem om en knipperde met haar ogen, alsof ze uit een diepe slaap ontwaakte. Ze zag Ruby's geschrokken gezichtje en Jasons gespannen gelaatsuitdrukking. 'Sorry.' Beth leek in dubio te staan. Verontschuldigend begon ze: 'Jason–'

'Ik wil bij tante Posy slapen,' zei Ruby met een klein stemmetje. 'Sinds ik Bugsy kwijt ben, ben ik bang in het donker.'

Melly voelde de onenigheid aan tafel en probeerde haar zusje te sussen. 'Je mag bij mij in bed.'

'Beloofd?' Ruby was nu de enige aan tafel die blij keek.

Jason keek naar Beth en stond op. 'Ik ga met de meisjes televisiekijken. We zetten hem wel flink hard.' Hij knikte kort naar Beth en voegde er op zachte toon aan toe: 'Hou je in.'

'Hoef ik mijn puree niet op te eten?' Ruby huppelde zonder protest de keuken uit.

Suzanne wou dat zij zich zo ontspannen voelde. Haar hart bonkte in haar keel. Ze voelde zich misselijk, wat volgens haar niets met haar griep te maken had. Toen ze haar glas pakte, trilde haar hand een beetje. Had Luke over het ongeluk willen praten? Waarom? 'Ben je door journalisten gebeld? Waarom heb je dat niet verteld?'

'Omdat jij niet graag over het ongeluk praat, en dat respecteren wij.'

Hadden ze haar in bescherming genomen? Ze keek naar Luke, maar aan diens gezicht was niets af te lezen.

'Ik kan je verzekeren dat ik heel anders ben dan andere mensen die je in het verleden hebben benaderd.'

Beth kneep haar ogen tot spleetjes. 'Je vindt jouw tak van journalistiek kennelijk stukken beter.' Nu de kinderen van tafel waren, klonk ze weer even scherp als eerst.

'Dat is niet de reden.'

Suzanne vroeg zich af waarom haar dochter niet gewoon naar de reden vroeg, in plaats van allerlei aannames te doen, maar Beth leek te denken dat ze al over alle feiten beschikte.

'Heb je de informatie gekregen die je nodig had? Mooie citaten? Wanneer wordt het artikel geplaatst?'

Was hij echt een artikel aan het schrijven? Die gedachte beangstigde haar. Ze wilde het niet nog eens herbeleven, zoals ze het door de jaren heen keer op keer had herbeleefd. Ze had gedacht dat haar nachtmerries de enige herinnering aan die dag waren, maar kennelijk had ze zich vergist. Het zou nooit weggaan. De vragen. De speculaties. De schuldvraag. Haar handpalmen waren klam van het zweet en haar hart ging als een razende tekeer.

Toen voelde ze Stewarts hand op de hare, sterk en stevig. Hij had dit hele gesprek kunnen stilleggen, maar kennelijk vond hij dat ze dit moesten horen. En natuurlijk had hij gelijk.

Wat het ook was, ze zou zich erdoorheen slaan. Samen zouden ze zich erdoorheen slaan.

Posy stond strijdlustig op van haar stoel. 'Beth–'

'Waar schrijf je voor?' Hannah nam de ondervraging over. 'Dagblad? Blog? En vanuit welke invalshoek? Vijfentwintigjarig jubileum? Of ga je doen alsof het toeval is dat je hier bent? We staan niet toe dat je Suzanne pijn doet, als je dat maar weet.'

Kwam Hannah voor haar op? Ondanks alle spanningen ontging de ironie Suzanne niet. Haar meisjes stonden zij aan zij om haar te beschermen. Ze had hen in geen jaren één front zien vormen. Het was authentieker dan de plichtmatige interactie die ze aan het begin van de avond had gezien. Als het ergens anders over was gegaan, had ze het als een doorbraak gezien. Maar waarom moest het nou net dit onderwerp zijn dat de zussen samenbracht? Moesten ze het nu echt weer oprakelen?

Luke legde zijn vork neer. 'Het is geen toeval.'

Posy plofte neer op haar stoel. Alle strijdlust leek uit haar verdwenen. 'Niet?' Ze was duidelijk even verward en geschokt als Suzanne. 'Ik snap het niet. Ben je hier om... Wat is er aan de hand?'

Dat wilde Suzanne ook weleens weten. Waarom wilde Luke haar spreken over het ongeluk? Als hij geen journalist was, waarom vroeg hij er dan naar?

'Ik ben hier niet om een artikel te schrijven of om iemand te interviewen. En dat is zeker niet de reden dat wij iets hebben gekregen.' Hij keek Posy aan. 'Dat weet je.'

'O ja?' Posy klonk vertwijfeld. Kennelijk voerde ze een innerlijke strijd tussen wat ze moest geloven en wat ze wilde geloven. 'Heb je mijn zussen gebeld?'

Suzanne voerde ook een innerlijke strijd. Ze mocht Luke graag, maar nu vreesde ze dat haar dochter iets met een man had die niet eerlijk tegen haar was geweest.

'Ja,' zei Beth. 'Hij had ingesproken: "Ik zou graag met je in gesprek komen over het ongeluk en je ouders."'

'En wat ik zou willen weten,' zei Hannah, 'is dat als je geen journalist bent, en je niet bent zoals de anderen die ons door de jaren heen gebeld hebben, waarom je er dan naar vraagt?'

Er viel een lange stilte en de spanning was te snijden. 'Omdat jullie ouders niet de enigen waren die bij dat ongeluk om het leven zijn gekomen,' zei Luke eindelijk. 'De mijne ook.'

Suzanne voelde zich nog lichter in haar hoofd worden. Waren zijn ouders ook omgekomen? Maar dat zou betekenen...

Opeens begon iedereen tegelijk te praten, wat gevolgd werd door een abrupte stilte, waarbij ze naar haar keken om te zien wat deze onverwachte onthulling bij haar teweegbracht. Haar mond was droog. 'Lindsey en David, het andere stel dat die dag met ons aan het klimmen was, hadden een zoon.'

'Dat ben ik.' Luke keek haar aan. 'Ik ben hun zoon.'

Ze voelde de greep van Stewarts hand op de hare verstevigen, maar ze keek hem niet aan. Ze dwong zichzelf terug te denken aan die dag. 'Hun achternaam was Palmer. Die van jou is Whittaker.'

'Ik ben geadopteerd door de zus van mijn moeder, Trudy. Haar man heette Whittaker. Er was veel belangstelling voor het ongeluk. Ze wilden dat ik een normale jeugd had, dat ik het achter me kon laten. Ze hebben me grootgebracht als hun eigen kind. Ze gaven me hun naam en een thuis. Ze woonden in Manhattan, wat niet verder verwijderd kan zijn van mijn vroegere leven. Ik verdween uit beeld. Ik was niet echt degene waar de wereld in geïnteresseerd was.'

'Dat was ik,' bracht Suzanne met moeite uit. Ze wist dat haar verhoogde hartslag niets met haar ziek-zijn te maken had. 'Ik was de enige overlevende. Ik was degene in wie ze geïnteresseerd waren. Ik wist wel van je bestaan, maar niet hoe je heette. Ik heb nog naar je gevraagd. Ik heb het Trudy gevraagd, maar...'

Opeens was ze helemaal bezweet, terwijl haar koorts allang was gezakt. Ze hoorde Trudy Whittakers stem weer, die verwrongen van verdriet allerlei beschuldigingen naar Suzannes hoofd slingerde. *Hoe kan het dat jij wel bent blijven leven? Hoe heb je jezelf kunnen redden, maar niet mijn zus?*

Ze had zichzelf die vragen ook gesteld, maar dat maakte het nog niet eenvoudiger om ze aan te horen.

Uit de blik in Lukes ogen leidde ze af dat hij alle details kende. 'Trudy is een paar jaar geleden overleden.'

Suzanne haalde diep adem. 'Ze gaf mij de schuld. Ze dacht dat het aan mij lag.'

'Wat niet zo was.' Stewart kwam dichterbij en sloeg zijn arm om haar heen. 'Dat weet je.'

'Mijn tante wist dat ook,' zei Luke rustig. 'Ze had het er jaren later nog over. Dat ze zo verscheurd was geweest door verdriet dat ze zich op jou had afgereageerd. Ze wilde iemand de schuld geven, en jij was de enige die nog leefde.'

'Als er iemand schuld had,' zei Stewart, 'dan is het Rob geweest.'

Luke knikte. 'Ik weet het.'

Dat was niet de reactie die Suzanne had verwacht. 'Hoe kun je dat weten?'

'Omdat ik door de jaren heen met allerlei mensen heb gepraat. Onderzoek heb gedaan. Mensen heb gesproken die hem hebben gekend en met hem hebben geklommen. Rob had de reputatie dat hij grenzen opzocht en ze overschreed. Hij was niet zozeer moedig als wel roekeloos. Hij nam onaanvaardbare risico's. Er waren er genoeg die niet met hem wilden klimmen.'

Stewart schoof zijn bord van zich af. 'Suzanne zou ook niet met hem geklommen hebben als Cheryl er niet was geweest.'

'Dus eigenlijk zeg je dat onze vader jouw vader heeft omgebracht,' zei Beth met een klein stemmetje. Haar felheid had plaatsgemaakt voor onzekerheid.

'Zo is het genoeg.' Suzanne schoof bij Stewart vandaan. Ze moest reageren. Iets doen. 'Rob was hun vader. We moeten hier niet over praten.'

'Ik wil er wel over praten.' Posy's wangen waren even bleek als de sneeuw die ze vanuit het raam konden zien liggen. 'Is het waar?'

'Het is waar.' Deze keer was het Hannah die het woord nam, en iedereen keek naar haar. 'Ik hoorde hen vroeger vaak praten. Mama zei altijd: *Rob, beloof me dat je omdraait als het weer omslaat.* En dan wuifde hij haar opmerking weg en zei hij dat hij weigerde om dat soort beloftes te doen. Ze zei: *Je bent nu vader*, waarop hij dan zei: *Ik ben de man met wie je bent getrouwd.*'

Dat klonk inderdaad precies als Rob, dacht Suzanne.

'Dus Beth heeft gelijk. Hij heeft hen de dood in gejaagd,' zei Posy toonloos, en Suzanne boog zich naar voren.

'Nee, lieverd. De waarheid is dat zulke dingen soms gewoon gebeuren. Er waren die dag geen waarschuwingstekens. Als die er waren geweest, zou ik zijn omgedraaid. Er waren wat kleine probleempjes, meer niet. Dingen die niet goed voelden, maar eerlijk gezegd kwam dat eerder door de spanningen in de groep, al geloof ik niet dat die een rol speelden bij het ongeluk. Uiteindelijk waren we gewoon op het verkeerde moment op de verkeerde plek.'

'Maar door mijn vader was je op de verkeerde plek.' Hannah rechtte haar rug. 'Negentig procent van alle lawines wordt door menselijk handelen veroorzaakt.' Dat Hannah de cijfers kende, ook al gaf ze niets om bergbeklimmen, gaf wel aan hoe traumatisch het voor haar was geweest.

Beth wendde zich tot Luke. 'Het spijt me dat je je ouders verloren hebt. Maar waarom heb je niet gewoon meteen gezegd wie je was? Waarom heb je geen open kaart gespeeld?'

'Ik wist niet zo goed hoe ik het moest aanpakken. Dat is de reden dat ik eerst met jou contact zocht in plaats van met Suzanne. Ik wilde met jou praten over hoe ik het het best kon doen. Veel mensen zijn door het ongeluk getraumatiseerd, onder wie mijn tante. Het was verkeerd wat ze heeft gedaan. Ze heeft je gekwetst, en ik wilde hier niet binnen walsen en nog meer leed veroorzaken.' Hij keek naar Suzanne. 'Ik weet dat deze verontschuldiging tientallen jaren te laat komt, maar ze had spijt van hoe ze die dag tegen jou tekeer is gegaan. Ze wilde sorry zeggen, maar wist niet hoe. Ze wist dat ze je pijn had gedaan en was bang dat ze de wond zou openrijten door weer contact met je op te nemen. En daarom wilde ik hier ook niet onaangekondigd langskomen. Ik wilde de tijd nemen en onderzoeken hoeveel schade ik zou aanrichten als ik opeens na al die jaren kwam opdagen. Ik kwam hier in de verwachting dat ik hooguit een week zou blijven, maar ik werd verliefd op de schuur, deze plek, en...' Hij zweeg even. 'En op het leven dat jullie hier hebben.'

Suzanne dacht dat hij wilde zeggen dat hij verliefd was geworden op Posy. Het leek uren geleden, in plaats van minuten, dat ze zich had afgevraagd hoe het tussen hen zat.

Ze keek naar het koud geworden eten op haar bord.

Je deed je uiterste best om het verleden te begraven, en dan gebeurde er iets en besefte je dat het al die tijd vlak onder de oppervlakte had liggen wachten om weer blootgelegd te worden. 'Het spijt me van Trudy, en het spijt me dat we niet hebben kunnen praten. Ik heb ook geen contact meer met haar gezocht, omdat ik wist dat ze mij de schuld gaf, en destijds vond ik dat ze gelijk had.'

Stewart wilde iets zeggen, maar ze raakte zijn arm aan om hem tegen te houden. 'Na het ongeluk heb ik me telkens weer afgevraagd wat ik anders had kunnen doen. Hadden we een andere route kunnen nemen? Had ik meer mijn best moeten doen om Rob te laten omdraaien? Ik heb elke optie overwogen. Ik vroeg me voortdurend af of ik het ongeluk had kunnen voorkomen. Als ik iets anders had gedaan, zouden deze vier mensen dan nu nog in leven zijn?'

Hannah stond op. 'De feiten lijken de theorie te ondersteunen dat dat niet het geval zou zijn, en we moeten uitgaan van de feiten. En hier is nog een feit: mijn vader was een tiran.' Haar stem trilde, alsof ze al haar moed bijeen moest rapen om dat te zeggen. 'Hij wilde dat alles op zijn manier ging, en als mensen niet deden wat hij wilde, werd hij kwaad. Geef jezelf niet de schuld, Suzanne. Ik weet niet of het papa's schuld was, maar ik weet zeker dat het niet de jouwe was.'

'Dat weet ik ook.' Posy liep om de tafel heen en omhelsde Suzanne. 'We hoeven hier niet over te praten. Ik weet hoe zwaar dat voor je is. Luke, je kunt nu beter gaan.'

Luke aarzelde. 'Posy–'

'Ik snap dat dit voor jou ook heel persoonlijk is, maar dit is erg zwaar voor Suzanne en ik vind dat je moet gaan.'

'Ik ben het met Posy eens,' zei Hannah. 'Ik begrijp dat jij ook een trauma uit je jeugd hebt, maar wat je ook dacht te bereiken door na al die jaren hier op te duiken, het was egoïstisch van je om geen rekening te houden met hoe het mijn moeder zou raken. Ik wil niet dat je haar van streek maakt.'

Mijn moeder. Suzanne keek haar aan. Had ze dat nou goed gehoord? Het was voor het eerst dat Hannah haar zo noemde. Haar hart leek te zwellen. Het drukte tegen haar borstkas, duwde tegen haar ribben en perste de lucht uit haar longen. Toen zag ze Lukes gezicht en besefte ze dat dit geluksmoment even in de wacht moest worden gezet.

'Luke–'

'Ze hebben gelijk, ik had niet moeten komen. Destijds leek het een goed idee, maar nu zie ik dat het dat niet is.' Hij schoof zijn stoel naar achteren en stond op. 'Ik zal de huur tot en met februari betalen, zoals we hadden afgesproken, maar ik vertrek morgen.'

'Ga zitten, Luke. Ik wil graag met je praten.' Dat wilde ze echt, al wist ze dat ze eerst haar familie moest overtuigen voordat ze dat kon doen.

Beth stond al klaar om toe te slaan. 'Mama, je hoeft niet met hem te praten. Deze tijd van het jaar is al moeilijk genoeg voor je zonder dat je het hierover moet hebben.'

'Ik ben het met Beth eens,' zei Posy, en Suzanne zuchtte. Jarenlang had ze niets liever gewild dan harmonie tussen de drie zussen, en nu kozen ze uitgerekend dit moment.

'Meiden...' Ze maakte zich los uit Posy's omhelzing en stond ook op. Haar benen voelden als pap, en ze wist niet of dat nog een overblijfsel van de griep was of een reactie op wat er nu allemaal gebeurde. 'Nu is het mijn beurt om een paar dingen te zeggen. Ten eerste klopt het dat ik niet graag over de lawine spreek. Dat was mijn manier om te voorkomen dat het mijn leven zou beheersen. Maar daardoor zijn jullie gaan geloven dat ik heel fragiel ben, en dat is niet waar.'

Beth fronste haar wenkbrauwen. 'Mama...'

'Ik waardeer het dat jullie me willen beschermen, maar de volgende keer dat er een journalist belt over iets wat met mij te maken heeft, geef me dan gewoon zijn nummer, zodat ik hem rechtstreeks kan spreken. Is dat duidelijk?'

'Maar–'

'Is dat duidelijk?'

Beth en Hannah wisselden een blik. 'Ja.'

'Mooi zo. En nu wil ik dat jullie allemaal even weggaan, zodat Luke en ik ongestoord kunnen praten.'

Posy stak haar handen in de zakken van haar spijkerbroek. 'Geen sprake van. Ik ga hier niet weg. Je zult me eruit moeten slepen.'

Suzanne keek naar Stewart. Hij zweeg bedachtzaam en nam het allemaal in zich op. Hij maakte zich zorgen over haar, dat wist ze. Maar hij was ook de enige die begreep waarom ze dit moest doen.

Stewart stond op. 'Ik vind dat we jullie moeder met Luke alleen moeten laten.'

Kennelijk had zijn stem meer gewicht dan de hare, want de drie zussen keken elkaar aan en liepen schoorvoetend naar de deur.

Beth aarzelde. 'We wachten in de kamer hiernaast.'

'Nee, dat doen jullie niet.' In andere omstandigheden zou Suzanne misschien hebben geglimlacht. 'Pak je jas en ga maar een eind wandelen.'

Hannah keek haar onthutst aan. 'Het sneeuwt.'

'Dan gaan jullie naar de Glensay Inn en drinken jullie wat bij de haard. Jullie zijn maar één keer per jaar samen. Er is vast genoeg om over te praten.'

De drie zussen liepen achter elkaar de deur uit, en zij, Luke en Stewart bleven achter.

Ze keek naar haar echtgenoot, die haar door dik en dun had gesteund en haar door de moeilijke tijd na het ongeluk heen had geloodst. 'Blijf,' zei ze, en Stewart deed de deur dicht en ging weer zitten.

'Ik was ook niet van plan om weg te gaan.' Hij pakte een fles whisky en zette die samen met drie glazen op tafel.

Luke schoof zijn bord van zich af en leunde tegen de rugleuning van zijn stoel.

Hij had weg kunnen lopen, dacht Suzanne. Hij had vijandigheid, beschuldigingen en allerlei vragen naar zijn hoofd geslingerd gekregen, maar hij zat hier nog steeds. Hij was sterk, zowel fysiek als moreel. Zijn ouders zouden trots op hem zijn geweest.

Luke stroopte de mouwen van zijn trui op en boog zich naar voren. 'Je hebt ongetwijfeld vragen. Dingen die je wilt weten.'

'Ik wil meer over jou weten.' Suzanne kon gewoon niet geloven dat hij hier tegenover haar aan haar keukentafel zat. 'Ik heb de afgelopen jaren vaak aan je gedacht. Dan vroeg ik me af hoe het met je ging, en of je leven was verwoest door wat er was gebeurd.' Ze had zich veel zorgen gemaakt, maar zich ook schuldig gevoeld. Altijd dat knagende schuldgevoel.

Stewart schonk de whisky in de glazen. 'Hij ziet er niet uit alsof zijn leven verwoest is. Borrel, Luke?'

'Je denkt toch niet dat ik nee zeg tegen een *single malt*? Vooral deze single malt.'

Het voelde allemaal heel normaal en ongedwongen. Luke nam een slok, en Suzanne keek naar de beweging van zijn keel en de vurige blik in zijn ogen.

Ze realiseerde zich dat ze hem altijd als jongetje was blijven zien. Een weeskind. Kwetsbaar. Gebroken.

Maar er was niets gebrokens aan de man die tegenover haar zat. Hij had zich niet verschuild voor het leven, maar het juist omarmd. Hij straalde kracht en energie uit. Hij was vitaal en levendig, en een paar scheurtjes in haar hart werden geheeld nu ze hem zo gezond en wel zag.

'Posy zegt dat je Rainier hebt beklommen.' Ze kon het zich niet voorstellen. Na wat er was gebeurd zou ze zelf nooit meer in de buurt van die berg willen komen.

'Jazeker.' Zijn glimlach was als een helder licht in een donkere tunnel. 'Die spoken heb ik op mijn achttiende verjaagd.'

Niet bang, niet beschadigd. Niet getekend. 'Vertel eens wat over jezelf,' zei ze. 'Ik wil weten hoe het was om in Manhattan op te groeien, maar toch bergbeklimmer te worden, net als je ouders. Ik wil alles weten.'

Het werd tijd om ermee op te houden in gedachten een beeld te schetsen van zijn leven. Het werd tijd voor de realiteit.

Tijd voor de waarheid.

22

Posy

'Goh,' zei Beth, terwijl ze neerplofte op haar gebruikelijke plek aan de tafel bij de haard.

'Goh,' zei Hannah, die iets voorzichtiger ging zitten.

'We probeerden haar te beschermen en toen gooide ze ons eruit.' Posy wenkte Aidan, die achter de bar stond. 'Dat geloof je toch niet?'

'Wat ik niet geloof,' zei Beth, 'is dat Luke Palmer met jou naar bed is geweest. Dat vind ik echt laag-bij-de-gronds.'

'Whittaker,' zei Posy fel. 'En jij gaat ervan uit dat zijn belangstelling voor mij alleen maar voortkwam uit een of ander snood plan.' Ze had nog geen tijd gehad om de onthullingen van de afgelopen paar uur te verwerken, en ze was er nog absoluut niet klaar voor om over Luke te praten. Ze voelde zich verward, boos, verraden en beledigd, en inderdaad misschien een beetje dom. Voor het eerst in lange tijd was ze weer intiem met iemand, en bij Luke had ze meer van zichzelf laten zien dan bij wie ook. En nu was ze dankzij Beth gaan twijfelen of het allemaal wel oprecht was geweest. 'Ik wou dat ik het je nooit had verteld. Zussen mogen elkaars vertrouwen niet beschamen. En ze mogen je ook niet de put in praten.'

'Dit waren uitzonderlijke omstandigheden,' mompelde Beth. 'Ik wilde je geen pijn doen. Ik wilde je juist beschermen. Ik wil niet dat er misbruik gemaakt wordt van mijn kleine zusje.'

'Ten eerste ben ik geen klein kind. Ten tweede zie ik niet hoe iets wat zo plezierig en wederzijds is als misbruik zou kunnen gelden, en ten derde heb ik jou of Hannah niet nodig om me te beschermen, al moet ik zeggen dat ik dat samenspannen van jullie twee angstaanjagender vind dan een steile rotswand.'

Aidan kwam met zijn gebruikelijke, vriendelijke glimlach op hen af lopen. 'Biertje voor Posy, witte wijn voor Beth.' Hij zette de drankjes op tafel. 'Wat wil jij, Hannah?'

'Mineraalwater graag,' antwoordde Hannah.

Posy staarde ontstemd in het vuur. Wanneer zou Luke haar de waarheid hebben verteld? Zou hij die hebben verteld vóór de expeditie? Misschien zouden ze op een avond in de tent liggen en zou hij opeens zeggen: 'Trouwens...'

Ze dacht dat ze een intieme band hadden. Iets speciaals. Wat was ze toch een idioot.

'We moeten dit uitpraten,' zei Beth, 'in plaats van ons verdriet te verdrinken.'

'Mijn verdriet, zal je bedoelen.' Posy zakte onderuit in haar stoel. 'En de enige die ik op dit moment wil verdrinken, is Luke.'

Was het hem alleen maar om de seks te doen geweest? En als dat zo was, wat vond zij daar dan van? Ze hadden elkaar tenslotte geen beloftes gedaan.

'Het spijt me. Ik had niets moeten zeggen aan tafel, maar kan het zijn dat je je boosheid op Luke op mij projecteert?'

'Nee. Ik ben ook boos op jou.'

Beth keek gekrenkt. 'In dat geval ga ik ook maar mijn verdriet verdrinken.' Ze keek naar Hannah. 'Waarom drink jij water? Lekker gezellig. Kun je niet vijf minuten ophouden met perfect zijn?'

'Ik ben niet perfect. En ik zeg ook niet tegen jou wat je moet drinken, dus ik zie niet wat daar ongezellig aan is.' Hannah deed haar sjaal af; sneeuwvlokken dwarrelden op de grond.

Posy was benieuwd of Hannah van plan was om Beth te vertellen dat ze zwanger was. Als ze zo doorging, zou de baby geboren zijn voordat Hannah het aan iemand had verteld. Aan de andere kant: gezien Beths neiging om te pas en te onpas uit de school te klappen, kon ze het Hannah niet kwalijk nemen dat ze het voor zich hield.

Aidan verscheen weer aan hun tafeltje met een fles water en een glas met schijfjes citroen en ijsblokjes. 'Willen de dames ook iets eten?'

'Nee, bedankt, we hebben al gegeten.'

'Als je van die lekkere dadelcake hebt, zou ik daar wel een stukje van lusten.' Beth keek haar zus verongelijkt aan. 'Dankzij onze kleine familiecrisis kon ik mijn bord niet leegeten. Al zou het natuurlijk ook kunnen komen doordat de puree met olijfolie, zoals mijn dochter al zei, gek smaakte.'

Hannah sloeg haar slanke benen over elkaar. 'Weet je wat boter doet met je bloedvaten?'

'Het maakt ze klaar voor dadelcake. Kom maar door, Aidan. Doe er maar drie lepels bij.'

'Twee,' zei Hannah. 'Ik eet geen koolhydraten.'

Posy dacht aan haar gesprek met Adam. 'Je eet wel pizza.' Ze pakte haar bierflesje op en nam een paar grote slokken. 'Je danst om pizza heen.'

Hannah staarde haar aan. 'Pardon?'

'Niets. Laat maar.' Ze kon zich even niet op Hannah concentreren; ze had het te druk met zelfmedelijden hebben.

Hannah boog naar voren en trok het flesje uit haar hand. 'Laten we voor deze ene keer in ons leven een serieus gesprek hebben. En als je te snel drinkt, kun je straks niet meer lopen.'

'Mocht je het nog niet in de gaten hebben: mijn liefdesleven verkeert in een crisis. Dus ik mag overal troost zoeken, zeker omdat ik die bij mijn zussen niet zal vinden.'

Beth fronste haar wenkbrauwen. 'Hoezo, rond een pizza dansen?'

Posy schudde haar hoofd. 'Niets. En ik wil even zeggen dat ik weinig medeleven proef van jullie kant.'

'Medeleven waarmee?' Beth nam een slokje van haar wijn. 'Je hebt het bed gedeeld met een megasexy man. En je zei dat je niet wilde dat ik je in bescherming nam.' Maar ze boog zich over tafel en gaf Posy een knuffel.

'O.' Dat bracht Posy van haar stuk. 'Ik dacht dat je kwaad was.'

'Niet op jou. Jij kon ook niet weten dat hij een bedrieger was. Er waren geen uiterlijke kenmerken die daarop wezen.'

'We weten nog niet of hij een bedrieger is.' Hannah draaide de dop van de waterfles en schonk haar glas vol. 'Misschien geeft hij echt om Posy.'

'Waarom heeft hij haar dan niet de waarheid verteld?'

'Omdat het leven nooit zo eenvoudig is als je denkt.' Hannah legde haar handschoenen op tafel, waarbij ze de ene precies op de andere legde, zodat de vingers op elkaar lagen en het één handschoen leek. 'Ik denk dat we ons erop moeten voorbereiden dat Suzanne flink van slag is als we thuiskomen. Door dat gesprek komt alles natuurlijk weer boven. En ze zag er al niet al te best uit toen we weggingen.'

Posy vond het een akelige gedachte dat Suzanne van slag was. En nog akeliger dat Luke daar mogelijk de oorzaak van was.

Aidan zette een bordje met dadelcake voor Beth neer. 'Willen de dames nog iets?'

Posy nam de lepels van hem aan. 'Nee, dit is heerlijk. Bedankt, Aidan.' Ze wachtte tot hij buiten gehoorsafstand was en zei toen:

'Ik geef toe dat ik behoorlijk pissig ben dat Luke niet meteen iets heeft gezegd. Het voelt gek om intiem geweest te zijn met een man die niet degene blijkt te zijn die je dacht. Net alsof je met twee verschillende mannen naar bed bent geweest. Ben ik nu ontrouw?'

'Hoe kon het dat je het niet wist? Heb je hem niet gegoogeld?' Beth haalde de speld uit haar haar en zocht in haar tas naar haar lippenstift, die ze vervolgens opdeed.

Hierdoor raakte Posy even afgeleid. 'Kun jij dat zonder spiegel? Waarom zit het dan niet op je hele gezicht?'

'Omdat ik weet waar mijn mond is. Het eerste wat je doet als je een man ontmoet, is hem googelen. Voor hetzelfde geld is hij een seriemoordenaar.'

'Want seriemoordenaars zetten al hun gegevens online, zodat hun toekomstige slachtoffers alvast gewaarschuwd zijn. En trouwens: ik héb hem gegoogeld. Ik heb Luke Whittaker opgezocht, en vond informatie over Luke Whittaker. Gek genoeg kreeg ik geen melding: *Hoi Posy, Luke Whittaker heet eigenlijk Luke Palmer en zijn ouders zijn tegelijk met de jouwe omgekomen.* Kennelijk staat toch niet alles op internet. En overigens is het jouw taak als zus om me te steunen, niet om me het gevoel te geven dat ik een idioot ben. Dit is voor mij ook pijnlijk, hoor.'

Beth stopte haar lippenstift terug in haar tas. Ze kreeg een kleur en keek ongemakkelijk en schuldbewust. 'We wilden je geen pijn doen, maar je moest weten hoe de vork in de steel zat. Jij was degene die zei dat zussen elkaar de waarheid moeten vertellen.'

'Als de waarheid zo belangrijk voor je is, waarom heb je dan niets over die telefoontjes gezegd?'

'We hebben het elkaar ook niet verteld.' Hannah, verstandig als altijd, probeerde de spanning uit de lucht te halen. 'We praten nooit over het ongeluk.'

Posy wist ze dat ze waarschijnlijk overdreven reageerde, maar ze voelde zich aangevallen en inderdaad ook een beetje dom.

Ze stak haar lepel in Beths cake. Op deze manier had ze nog nooit met haar zussen gepraat. Ze wist niet zo goed wat ze ervan moest vinden. Op dit moment voelde ze zich niet zo geweldig. Anderzijds was het goed om te weten dat haar zussen aan haar kant stonden, ook al hadden ze het dan niet handig aangepakt.

'We wisten niet dat hij hiernaartoe zou komen,' zei Beth. 'We dachten dat als we het bericht gewoon negeerden, hij vanzelf uit beeld zou verdwijnen. Deze tijd van het jaar maakt me gespannen.'

Hannah nam een slokje van haar water. 'Ons allemaal. Waarom denk je dat ik vorig jaar niet gekomen ben?'

'Omdat je dringend voor zaken ergens heen moest, zei je.'

'Dat was gelogen.' Hannah zette haar glas weer neer. 'Ik was van plan om te komen. Ik was al op het vliegveld, maar toen durfde ik niet meer.'

Posy begreep niet waarom er moed voor nodig was om naar huis te gaan. 'Wat gebeurde er dan?'

Hannah boog haar hoofd; haar zilveren oorbellen glommen in het licht van de vlammen. 'Ik kon het niet aanzien hoe erg iedereen zijn best deed om Kerstmis leuk te vinden.'

'Ik vínd Kerstmis heel leuk,' zei Posy. 'Dat meen ik. De geur van dennennaalden en kaneelkoekjes, uitgelaten kinderen–'

'Als je Kerstmis zo leuk vindt, waarom ben je dan altijd zo gestrest?'

'Ik ben niet altijd gestrest. Ik weet hoe moeilijk deze tijd van het jaar voor mama is, en ze doet altijd haar best om van Kerstmis iets speciaals te maken, dus wil ik ook altijd dat het een perfecte kerst is. Maar het is moeilijker dan wat ze je in tijdschriften en tv-reclames willen doen geloven, en uiteindelijk voel ik me dan een mislukkeling. Op televisie heeft niemand een to-dolijst van vijf kilometer. Mijn kalkoen glanst nooit zo mooi als die op de reclame, en bij ons zit er niemand met een gelukzalige glimlach geduldig toe te kijken terwijl brave kindertjes rustig hun kerstcadeaus openmaken. En nu we het er toch over hebben: hoe kan het dat op tv een kerstboom nooit zijn naalden verliest?'

Hannah schonk nog wat water in. 'Omdat die beelden nep zijn. Op die kalkoen hebben ze waarschijnlijk glansmiddel gespoten, en de naalden zijn vastgelijmd aan de kerstboom. Die reclames zijn het resultaat van overbetaalde marketingjongens die in een kamer zitten te bedenken hoe ze goedgelovige mensen geld uit hun zak kunnen kloppen door hen te laten geloven dat een perfecte kerst te koop is.'

'Ho eens even,' zei Posy. 'Ik ben niet goedgelovig.'

'Ho eens even,' zei Beth. 'Zeg je dat mijn marketingechtgenoot overbetaald is? En denk eerst maar eens aan je eigen salaris voordat je antwoord geeft.'

'Ik word niet betaald om iemand te laten geloven dat een bepaalde levensstijl mogelijk is als je bepaalde producten koopt. Dat is een leugen.'

'Kom nou toch.' Beth wendde zich tot Posy. 'Niet alle cake opeten! Er is nog maar een heel klein beetje over.'

'Ik bescherm je tegen jezelf. En hoe komen we opeens op Jasons salaris? We hadden het over Kerstmis.'

'Mama wil een perfecte kerst omdat ze overcompenseert,' zei Beth, 'maar ik weet niet wat jouw excuus is.'

'Ik heb geen excuus nodig. Ik ben een van nature kerstig persoon.'

'Je bedoelt stekelig? Zoals hulst?'

'Nee, dat bedoel ik niet. Voor mij draait Kerstmis om warmte, gezelligheid en familie.' Posy dacht na over wat Beth had gezegd. Het was waar dat hun moeder te hard haar best deed om Kerstmis perfect te laten zijn. En het was ook waar dat overcompensatie daar een belangrijke rol in speelde.

'Voor mij draait Kerstmis om de kinderen.' Beth legde haar lepel neer. 'Ik wil perfecte herinneringen voor hen maken. Ik wil dat ze kerst associëren met belletjes en twinkelende lichtjes en al die andere attributen die gewetenloze reclamemensen zoals mijn echtgenoot ons aansmeren.'

Hannah staarde in het vuur. 'Voor mij draait Kerstmis om het ongeluk. Suzanne overcompenseert, maar als ik mag kiezen, sla ik het liever helemaal over. Elk jaar wil ik gewoon dat het voorbij is.'

Posy zag de pijn in haar ogen en dacht plotseling niet meer aan Luke en hoe het nu verder moest.

Hannah was ouder geweest. Van hen drieën was zij het meest geraakt door de dood van hun ouders. Ze had Hannah nooit als kwetsbaar beschouwd, maar de afgelopen dagen had ze ontdekt hoezeer ze zich daarin vergist had. Ze dacht aan Hannah met rode ogen, Hannah die bang was dat ze een slechte moeder zou zijn, Hannah met nat haar, zich afvragend waarom Adam had gebeld. En nu Hannah die toegaf hoe moeilijk ze deze tijd van het jaar vond.

Posy had haar zus nog nooit zo horen praten. Ze wist dat dit iets heel groots voor haar was, en ze wilde dat op de een of andere manier erkennen, maar ze was bang dat ze iets verkeerds zou zeggen. Ook Beth hield voor de verandering haar mond.

Posy dacht aan hoe het voelde toen Beth haar had geknuffeld en legde haar hand op die van Hannah. 'Kunnen wij iets voor je doen?'

Hannah leek zich te vermannen. 'Nee, maar ik red me wel. Dat doe ik altijd.'

'Maar je moet het allemaal alleen doen,' zei Posy, 'en dat vind ik geen prettig idee.'

Beth knikte. 'Ik ook niet. We zijn een team. Een eenheid. En op dit moment voelt dat goed. We zouden dit vaker moeten doen.' Ze keek de pub rond en nam de sfeer in zich op. 'Ik ben bijna blij dat mama ons eruit heeft gegooid. Een knapperend haardvuur, een warme Schotse pub en familie. Het gebeurt niet vaak dat we zo kunnen praten. Waarom doen we dat niet vaker?'

'Omdat we alleen met kerst samen zijn.'

'Maar zelfs dan doen we het meestal niet. Dit zou een nieuwe traditie moeten worden: elke kerst gaan de drie McBride-zussen naar de pub en praten openhartig over hun leven. Ik ben blij met deze eerlijkheid. Wij zijn de kerstzussen. Geen rendiertruien meer; ik ga T-shirts voor ons bestellen die we met kerst kunnen dragen.'

'Als je maar niet verwacht dat ik die ook echt aantrek.' Hannah streelde haar zachte kasjmieren trui, alsof ze bang was dat Beth hem van haar lijf zou rukken.

Posy vroeg zich af hoe ver deze eerlijkheid reikte. Durfde ze naar Adam te vragen? Afgaande op wat ze in het telefoongesprek met hem had gehoord, was Hannah bij hem een heel andere vrouw, en die vrouw wilde ze weleens leren kennen. Ze besloot het erop te wagen. 'Vertel eens over Adam met zijn sexy stem.'

'Adam is een collega.' Hannah keek naar hen en zuchtte toen ze hun gezichten zag. 'Oké, hij is iets meer dan een collega. We hebben iets.'

Beth speelde met haar lepel. 'Was dat de man op de foto?'

'Ja.'

'Waarom noemt hij jou "dansend pizzameisje"?' Posy negeerde Beths verbaasde blik.

'Soms zijn we nog tot laat aan het werk en dan bestelt hij pizza, en het kan inderdaad een keer gebeurd zijn dat ik een stuk heb gegeten. En één keertje waren we wat aan het dollen en toen heeft hij me de tango geleerd.'

Haar zus die aan het dollen was? Haar zus die de tango danste? Beth knipperde met haar ogen. 'Ben je verliefd?'

'Ik ben niet verliefd.' Hannah staarde in het vuur. 'Die gevoelens heb ik niet.'

'Als hij je om een pizzadoos laat dansen, voel je wel degelijk iets.' Posy keek naar Beth. 'Ik neem jou trouwens wel kwalijk dat je niet hebt gezegd dat ze een relatie had.'

'Ik wist het niet! Ze verzint smoesjes om niet met mij te hoeven afspreken. Waarschijnlijk omdat ik zo saai ben.'

Hannah fronste haar wenkbrauwen. 'Je bent niet saai.'

'Dat ben ik wel. Ik kan alleen maar over kinderen praten.'

'Omdat je van hen houdt en trots op hen bent. En waarom zou je dat niet zijn? Je bent een geweldige moeder, Beth. Ik zie het probleem niet.'

'Het probleem is dat jij hen niet leuk vindt.'

Posy verstijfde. Oeps. Beth had dit ook gezegd toen Posy haar van het vliegveld had gehaald, maar Posy had het toen aan de vele glazen champagne geweten.

Hannah keek haar onthutst aan. 'Dat is belachelijk.'

'Je komt nooit op bezoek. Je verzint smoesjes om niet te hoeven komen, en als het eindelijk een keer doorgaat, wil je per se in een restaurant afspreken. Ik probeer me niet beledigd te voelen, omdat ik weet dat je niets met kinderen hebt, maar het zijn je nichtjes, en de waarheid is dat je niet graag bij hen bent.'

Posy kreeg het ongemakkelijke gevoel dat ze nu doorsloegen in hun eerlijkheid en dat ze op veel gevaarlijker terrein waren aanbeland. 'Misschien moeten we–'

'Dat is niet waar.' Hannah zag bleek.

'Dat je nooit op bezoek komt?'

'Dat is misschien wel waar, maar dat is niet omdat ik je meisjes niet leuk vind. Ik kan gewoon niet geloven dat je dat denkt.'

'Je hebt ze vanmiddag alleen gelaten.'

'Dat is omdat ik onbekwaam ben, niet omdat ik hen niet leuk vind.'

Hannah was zo goudeerlijk dat Posy medelijden met haar kreeg, maar ze had ook met Beth te doen, want ze wist dat dit een gevoelig punt voor haar was.

'Kunnen we niet beter terug–'

'Nee,' zei Beth. 'Als we een openhartige zussenavond hebben, dan gaan we openhartig zijn.'

'We hadden niet echt een zussenavond,' zei Posy. 'Mama gooide ons eruit en toen–'

'Het is een zussenavond geworden. En ik zit hier al een tijdje mee, dus als je het goedvindt, wil ik dit graag bespreken. Vertel me de waarheid, Hannah.'

Posy vroeg zich af of ze moest ingrijpen. Haar zussen gekwetst zien vond ze nog moeilijker dan de situatie met Luke.

Hannah zat heel stil. 'De waarheid is dat ik het moeilijk vind om bij je kinderen te zijn omdat Ruby me aan Posy doet denken.'

Posy staarde haar aan. 'Is dit mijn schuld?'

'Het doet me denken aan de avond dat ze omkwamen. Jij was er kapot van. Je bleef maar roepen: "Mama, ik wil naar mama, waar is mama?", en ik wist niet hoe ik je moest troosten.' Hannahs ogen werden vochtig.

Posy voelde haar pijn en kon het bijna niet aanzien. Onrustig schoof ze heen en weer op haar stoel. De geluiden van de pub verdwenen naar de achtergrond. 'Ik kan het me niet herinneren.'

'Maar ik wel, en het was vreselijk. Ik voelde me wanhopig en machteloos. Je had zoveel verdriet dat het me overspoelde. Toen ik zag hoe je om je ouders schreeuwde en ik niets kon doen om je pijn te verzachten, voelde het alsof mijn hart werd uitgerukt. Vanaf die avond kreeg ik elke avond als je moest huilen bijna een paniekaanval.' Hannah ademde diep in om rustig te worden. 'Toen werd het op de een of andere manier ieder kind dat huilde. Ik ben een paar keer bij een therapeut geweest, maar dat werkte voor mij niet. Dus ging ik kinderen maar uit de weg.'

'Inclusief Ruby.' Beth zei het zachtjes, zonder een spoortje verwijt.

Hannah wreef met haar vingers over haar voorhoofd. 'Ja. Hoe dan ook, je stelde een vraag en ik heb hem beantwoord.'

Posy slikte. 'Zeg je nu dat je door mij de liefde uit de weg gaat?' Ze voelde zich verantwoordelijk, ook al wist ze dat het belachelijk was om zo te denken.

'Weet ik veel. Ik ben geen psychiater.'

'En ik?' Beth boog zich naar voren. 'Waar was ik in dit alles?'

'Jij klampte je aan Stewart vast. Je was altijd papa's lievelingetje.'

'Ik klampte me aan Suzanne vast,' zei Posy. 'Dat is mijn vroegste herinnering. Ik lag in bed, warm en veilig, en werd geknuffeld. Ze was geweldig.'

'Dat was Suzanne niet.' Hannah speelde met haar glas. 'Dat was ik.'

'Nee, het was Suzanne. Ik weet nog dat ze me voorlas in bed. Dat is mijn vroegste herinnering.'

'Ik las jou voor in bed. Na hun dood sliep je elke avond bij mij. Jij en je konijn, waarvan ik de naam vergeten ben, maar dat ik nog zo kan uittekenen.'

Posy keek haar verbluft aan. Het was alsof ze door een storm omver werd geblazen. De warmte, de veiligheid, de vriendelijkheid, de knuffels... 'Was jij dat?'

'Ja. Bedankt, trouwens, dat je dat nog weet. Dan was het het trauma waard.'

Aan de buitenkant leek Hannah zichzelf weer onder controle te hebben, en Posy dacht bijna dat ze zich de stress had ingebeeld, ware het niet dat ze de voet van haar zus ritmisch onder tafel op de grond hoorde tikken.

Ze kon deze nieuwe informatie nog nauwelijks bevatten. 'Maar–'

'Je hebt je een halfjaar aan mij vastgeklampt. Eigenlijk tot we hierheen verhuisden. Toen leek je tot rust te komen en je nieuwe leven op te pakken. Het was net of je oude leven nooit had bestaan.'

'Als we vroeger zo close waren, wat is er dan gebeurd?'

'Ik denk dat ik afstand heb genomen,' zei Hannah. 'Dat leek me een makkelijkere, minder pijnlijke manier van leven.'

Er viel een stilte, die uiteindelijk verbroken werd door Beth. 'Dat wist ik niet. Het is niet in me opgekomen dat dat de reden kon zijn dat je de meisjes niet wilt zien. Het... Het spijt me dat ik je van alles verweten heb.'

'Geeft niet. Ik ben blij dat we het opgehelderd hebben.' Hannah glimlachte flauwtjes. 'Ik heb wel een probleem, dat geef ik volmondig toe. Jij ook.'

Beth keek haar niet-begrijpend aan. 'Ik heb geen probleem.'

Posy nam nog een grote slok van haar bier. 'Dat heb je wel.'

'Is dit een samenzwering of zo?'

'Nee. Het is zo. Jij hebt een probleem.' Misschien was het niet het juiste moment om erover te beginnen, maar voor zoiets was nooit een goed moment. 'Je bent overbezorgd als het om je kinderen gaat.'

'Iedere moeder is bezorgd.'

Hannah dronk haar glas leeg. 'Maar jij bent niet zoals andere moeders. Jij bent overbezorgd. Je ziet overal rampspoed. Je dramatiseert.'

Verongelijkt zei Beth: 'Dat is niet waar.'

Posy keek naar Hannah. 'Laten we erover ophouden. Het is begrijpelijk.'

'Begrijpelijk,' herhaalde Hannah.

Beth rechtte haar rug. 'Ik wil er niet over ophouden. En als je hiermee wilt zeggen dat een ongeluk van vijfentwintig jaar geleden van invloed is geweest op hoe ik mijn kinderen opvoed, kan ik je vertellen dat dat niet zo is. Noem eens één voorbeeld van mijn overbezorgdheid.'

Posy aarzelde. 'Je begint bijna te hyperventileren wanneer de meisjes op Socks willen rijden.'

'Iedereen weet dat je een helm op moet met paardrijden. Dat is algemeen bekend.'

'Ja.' Hoe kon ze dit nou zo voorzichtig mogelijk brengen? 'Maar als je kon, zou je rugbeschermers en airbags voor hen kopen.'

'Er zijn genoeg ruiters die valbescherming dragen.'

'Misschien op wedstrijdniveau, maar niet als ze met een stokoude pony door een wei sjokken.'

Beth duwde haar gebalde vuisten in haar schoot. Haar knokkels waren wit. 'Socks is een groot beest. Elk paard kan op hol slaan.'

'Een paard slaat nooit zomaar op hol, en bovendien heeft Socks artrose. Draven doet hem al zeer. Op hol slaan ligt ver boven zijn vermogens.'

Beth bloosde. 'Ik zeg alleen maar dat het zou kunnen.'

'En dat is precies mijn punt,' zei Posy. 'Je reageert op alles wat er zou kúnnen gebeuren. Niet wat er feitelijk gebeurt. Je dramatiseert.'

'Ik anticipeer gewoon op ongelukken. Zo voorkom ik dat ze gebeuren.'

'Volgens mij doorleef jij elk denkbaar ongeluk,' zei Hannah langzaam. 'Je ziet het voor je en daardoor raak je in paniek.'

Beth keek alsof ze het wilde ontkennen en liet toen haar schouders hangen. 'Dat klopt, dat doe ik inderdaad. Ik stel me altijd voor dat er iets vreselijks gaat gebeuren, net zoals er met ons is gebeurd. Ik ben bang, en daarom doe ik wat ik kan om nare dingen te voorkomen. Ik probeer controle te hebben op elk klein dingetje. Het is doodvermoeiend.' Ze staarde in het vuur. 'Ik heb een probleem.'

'Misschien wordt het tijd om iets aan onze problemen te doen,' zei Hannah.

'Ja. Ik moet meer mijn best doen om te ontspannen. Ik wil geen zenuwachtige kinderen kweken.'

Beths telefoon ging over en met een blik op haar zussen zocht ze paniekerig in haar tas. Verontschuldigend zei ze: 'Misschien is er iets aan de hand. Ik ga meer mijn best doen om te ontspannen, maar ik begin morgen. Deze moet ik even opnemen voor het geval Ruby in de badkuip is verdronken, of naar buiten is gelopen, of–' Ze zag het nummer. 'Het is Corinna.'

'Dát is pas een ramp.' Hannah rukte de telefoon uit haar hand en zette hem uit.

'Wat doe je? Die moet ik opnemen!' Beth sprong op en griste de telefoon weer terug. 'Door jou word ik nog ontslagen!'

'Ze kan je niet ontslaan. Ze heeft je nog niet eens aangenomen.' Hannah legde de telefoon op tafel. 'Als het Jason of een van de meiden was geweest, snap ik dat je hem wilde opnemen, maar omdat dit een openhartige avond is, wil ik je er even op wijzen dat Corinna je gebruikt. Ze gebruikt je als gratis personeel en dat laat jij gebeuren.'

'Het is een gebaar van goede wil. Ik moet indruk op haar maken.'

Posy zat nog steeds met haar hoofd bij wat Hannah had gezegd. Hoe kon haar geheugen haar zo in de steek hebben gelaten? Hoe kon ze zich wel de liefde herinneren, maar niet degene die die liefde gaf? Ze staarde naar de slanke schouders en het elegante postuur van haar zus en probeerde zich te herinneren dat ze bij haar in bed kroop. Wanneer had haar geheugen besloten dat het Suzanne was, en waarom?

Hannah keek Beth doordringend aan. 'Wil je echt voor die vrouw werken?'

'Ja. Ze is slim, ze is creatief, ze is gedreven.' Beth zweeg even. 'En ze denkt dat ik precies de juiste vaardigheden heb die ze nodig heeft voor deze klant.'

'En wat zijn die vaardigheden?' Hannah bleef haar aankijken. 'Waarom denk je dat ze juist jou wil?'

'Suggereer je soms dat ik geen vaardigheden heb? Ik ben degene die het profiel van de doelgroep heeft gemaakt. Ik begrijp de vrouw die vroeger altijd make-up gebruikte, maar die het nu te druk heeft met haar leventje, en misschien is ze wat zelfvertrouwen kwijt en...' Beths stem stierf weg. 'Ze wilde niet dat ik de doelgroep bepaalde. Ze wil me omdat ik de doelgroep bén.'

Hannah zei niets, maar keek haar vol medeleven aan.

'Nu moet jij zeggen dat ik het mis heb,' zei Beth met een klein stemmetje.

'Je hebt het niet mis.'

Posy probeerde de klap te verzachten. 'Ze kan het mis hebben. Ze weet het niet zeker.'

'Ik weet het zeker,' zei Hannah, en Posy voelde een steek in haar borstkas.

Deze avond werd nog zwaarder dan de allerzwaarste reddingsoperatie in de bergen. Ze voelde zich verslagen. Beth was zo enthousiast geweest over de baan. Ze wilde haar niet verdrietig zien. 'Het goede nieuws is dat je al die proefmonstertjes krijgt. Alleen geen Alledaags Rood meer, want dat zit op de keukenmuur.' Ze besloot dat humor misschien niet de beste aanpak was en kneep zachtjes in Beths arm. 'Er zijn andere banen. Betere banen.' Was dat eigenlijk wel zo? Dat wist ze niet, maar het leek haar het best om bemoedigend te klinken.

Beth staarde naar haar telefoon zonder hem aan te raken. 'Ze haalde me erbij omdat ik al zeven jaar thuiszat met de kinderen. Ik ben niet haar eerste keus voor het nieuwe team, ik ben haar marktonderzoeksproject. Ik ben een laboratoriumrat!'

'Ik vind jou geen rat, hoor.' Posy keek Hannah wanhopig aan. Zij was hiermee begonnen, en nu moest zij het ook maar zodanig oplossen dat Beth niet met een naar gevoel bleef zitten.

Beth stopte haar telefoon weer in haar tas. 'Vaarwel, droombaan.'

'Voor Corinna werken is absoluut geen droombaan,' zei Hannah stellig. 'Ze heeft geen idee hoe je mensen moet aansturen. Werk nooit voor een tiran, vooral niet wanneer die de eigenaar van het bedrijf is.'

Deze keer sprak Beth haar niet tegen. 'Je hebt gelijk. Ze is een tiran. Ik wist dat, maar probeerde dat weg te drukken, omdat het me een makkelijke manier leek om weer aan de slag te gaan. En dat ze mij voor haar nieuwe bedrijf wilde gaf me zelfvertrouwen toen ik erom verlegen zat. Maar ze geeft je geen zelfvertrouwen; ze verwoest het juist, omdat je nooit aan haar normen voldoet.' Haar stem haperde. 'Ze geeft je altijd het gevoel dat als je je niet in elk gesprek op je allerbest presteert, je een mislukkeling bent. Toen ik vroeger voor haar werkte, zat ik altijd te wachten tot ze me zou ontslaan. Ze geeft je zo sterk het gevoel dat je niks voorstelt dat je ervan overtuigd raakt dat niemand anders je wil. En wanneer iemand dan toch alle moed bij elkaar raapte om weg te gaan, gaf ze diegene een waardeloze referentie mee.'

'Laat ik het nog een keer vragen,' zei Hannah. 'Wil je echt voor haar werken?'

'Nee, maar er is niemand anders die mij zou willen aannemen. Ik zit al zeven jaar thuis. Mijn zelfvertrouwen is op een dieptepunt omdat ik al zo lang niet werk.' Ze keek naar Hannah. 'Waarom kijk je zo?'

'Je zelfvertrouwen is zo laag omdat de laatste voor wie je werkte Corinna was, en ze jou het gevoel gaf dat je niet goed genoeg was. Het ergste wat je kunt doen, is weer voor haar gaan werken. Je wilt een energieke, positieve werkomgeving waar je vaardigheden worden gewaardeerd.'

'Heb ik vaardigheden?'

Er verscheen een glimlach op Hannahs gezicht. 'Jazeker. Alle professionele kwaliteiten die je had voordat je kinderen kreeg, zijn er nog steeds. Je hebt je alleen op andere dingen gericht. Dus je moet je focus weer verschuiven.'

'Ik ben mijn contacten kwijt.'

'Die heb je ook ooit uit het niets opgebouwd, dus dat zul je nu ongetwijfeld weer doen. Je hebt misschien wat begeleiding nodig om uit te zoeken wat je precies wilt en hoe je jouw vaardigheden het best kunt inzetten.'

Beth staarde ongelukkig in het vuur. 'En wie gaat dat doen?'

'Ik.'

'Zou jij mij willen helpen?'

'Ja.'

'Wat kost dat?'

Hannah rolde met haar ogen. 'Op die vraag geef ik niet eens antwoord.'

'Ik weet hoe druk je bent,' mompelde Beth. 'Dan sta ik enorm bij je in het krijt.'

'Zussen staan niet bij elkaar in het krijt. En ik weet zeker dat er een tijd komt waarin ik jouw hulp nodig zal hebben.'

Posy vroeg zich af of Hannah aan de baby dacht en aan de tijd die voor haar lag.

'Zo meteen moet ik huilen, en mijn mascara is niet waterproof.' Beth zocht in haar tas naar een zakdoekje. 'Denk je echt dat iemand anders me wil?'

'Dat weet ik wel zeker.'

Posy voelde zich helemaal warm worden, en dat had niets met het haardvuur naast haar te maken. Hannah zou Beth helpen. Tot vanavond had ze het gevoel gehad dat zij en haar zussen langs elkaar heen leefden, maar nu waren ze samen en zorgden ze voor elkaar. 'Wat mooi is dit.' Ze hief haar bijna lege flesje. 'Op de kerstzussen.'

Ze nam zich voor zelf ook meer haar best te doen. Ze zou begripvoller zijn. Als Hannah alleen eiwit wilde, zou Posy eiwit voor haar kloppen. Van het eigeel kon ze altijd nog pudding maken.

Gewikkeld in de warme deken van zusterlijke saamhorigheid liepen ze gearmd de pub uit.

'Het vriest dat het kraakt,' zei Hannah. 'Waarom zijn we gaan lopen?'

'Omdat we al wat gedronken hadden. Bovendien is het maar tien minuutjes lopen.'

'Tien minuten voelen als tien uur wanneer je bevroren tenen hebt. En ik hou niet van plattelandsweggetjes in het donker.'

Posy leidde haar om een beijzeld stuk weg. 'Wat ben je toch een stadsmens.'

'Absoluut. Laten we een taxi bellen.'

'Dit is Manhattan niet. We hebben alleen Pete, en hij zat in de pub, dus je wilt niet dat hij ons brengt.'

'Als hij de enige taxichauffeur in het dorp is, waarom zit hij dan in de kroeg?'

'Omdat het hele dorp daar is, dus hij weet dat niemand hem nodig heeft.'

Ze hielden elkaar stevig vast, zowel voor warmte als voor stabiliteit, en schuifelden voetje voor voetje over het pad, bijgeschenen door Posy's telefoon om te kunnen zien waar ze liepen.

Beth zette een kerstliedje in en Posy viel haar bij, tot Hannah dreigde om haar in een greppel te duwen.

Toen ze de hoek om gingen, zagen ze een auto met draaiende motor bij de voordeur staan.

'Dat is een taxi,' zei Hannah. 'Je zei dat er geen taxi's waren.'

Posy keek naar het logo op de zijkant. 'Die is niet van hier. Hij komt van het vliegveld.'

Er stapte een man uit, die de chauffeur een paar briefjes overhandigde. Hij had een lange, donkere jas aan, de kraag opgeslagen tegen de kou. Posy schatte hem op één meter negentig en hij zag er geraffineerd uit, iets waardoor hij in deze omgeving misplaatst zou moeten lijken, maar dat was niet het geval. Hij zag er chic uit, vond ze. Ze had nauwelijks tijd om zich af te vragen wie hij was, want naast haar slaakte Hannah een verschrikte kreet.

'Adam?'

Adam? Was die chique man Adam? Posy's eerste gedachte was dat hij er even goed uitzag als hij klonk, en haar tweede gedachte was dat Hannah doorgaans niet van verrassingen hield. Zou ze blij zijn om hem te zien? Ze voelde dat Hannahs vingers zich in haar arm boorden.

'Wat doet hij hier? Hij heeft geen enkele reden om hier te komen, behalve–' Hannah viel stil. Haar adem maakte wolkjes in de ijskoude lucht. Toen keek ze naar Posy. Alle warmte was uit haar blik verdwenen. 'Heb jij gezegd dat hij moest komen?'

'Nee! Tenminste...' Posy's hart begon te bonken en ze dacht terug aan het gesprek. 'Niet precies. Misschien dat ik zoiets gezegd heb toen we een grapje maakten over het slechte bereik. Ik zei dat het makkelijker was om gewoon langs te komen, maar ik had niet verwacht... New York is ver weg... Waarom zou hij... Hij zei dat hij van je hield.'

Hannah keek verslagen en trok haar hand weg van Posy's arm alsof ze zich gebrand had. 'Wat heb je gedaan?'

Hun fragiele ontluikende nieuwe relatie werd direct de kop ingedrukt. De hoop dat deze avond een nieuwe start en een hechte band inluidde vervloog. 'Hannah, ik wilde alleen maar–'

'Wát wilde je alleen maar? Je ermee bemoeien, net als de rest? *Heeft Hannah een vriendje? Wanneer gaat Hannah nou eens samenwonen?* Wat hebben jullie daarmee te maken? Ik dacht dat jij de barrière tussen mij en de rest van de wereld was. Of probeer je mijn leven soms te ruïneren?'

'Nee.'

Ik hou van je, dacht Posy. Je bent mijn zus. Ik heb het verpest en dat spijt me.

Ze wist niet wat ze moest zeggen. En ze had het idee dat het ook niet uitmaakte wat ze zei.

23

Hannah

De voordeur ging open en de hele familie stond in de deuropening. Suzanne en Stewart met Melly en Ruby die langs hun benen gluurden, Jason ongetwijfeld er vlak achter.

Hannah, geflankeerd door haar zussen, had het gevoel dat iedereen naar haar keek, wachtend op haar reactie. En haar reactie was paniek. Ze had nog geen tijd gehad om aan het idee te wennen dat ze zwanger was. Ze wist nog niet hoe ze ermee om moest gaan. Ze wist niet welke rol Adam zou spelen, óf hij wel een rol wilde spelen, en ze wist ook niet hoe ze daarmee moest omgaan. En ze kon zeker niet goed omgaan met mannen die onaangekondigd op de stoep stonden.

Ze had tijdens de kerstdagen juist eens goed willen nadenken over wat ze wilde en hoeveel risico's ze bereid was te nemen. Haar bedoeling was geweest om een plan te bedenken en dat vervolgens zorgvuldig, stap voor stap, uit te voeren. In plaats daarvan had ze nu het gevoel dat ze door een vloedgolf werd meegesleurd en bijna kopje-onder ging zonder dat ze er iets aan kon doen.

Hoe had Fosy zoiets kunnen doen? En hoe had Adam het in zijn hoofd gehaald om hierheen te komen zonder eerst met haar te overleggen? Waarom was hij niet op de Caribische eilanden, zoals gepland?

Maar of ze nu wilde of niet, hij was hier, en ze moest hem wel binnenlaten en de overenthousiaste nieuwsgierigheid van haar familie over zich heen laten komen. Ze kon hun hersens bijna horen kraken. Ze vroegen zich van alles af, en zouden haar vast het hemd van het lijf gaan vragen. Door zijn komst moest zij zich blootgeven.

Met de grootste moeite vond ze dat deel van zichzelf terug dat altijd grip op haar leven had en liep op Adam af, waarbij ze haar best deed om niet uit te glijden.

Posy stak haar hand naar haar uit. 'Wil je mij–'

'Nee.' Ze wilde niemand meer vasthouden. Uiteindelijk was zijzelf de enige ter wereld die ze echt kon vertrouwen. En gelukkig stelde ze zichzelf deze keer niet teleur. Ze zette haar voeten stevig op de grond en gleed niet uit.

'Wat een verrassing.' Ze zag aan zijn behoedzame blik dat hij wel doorhad dat ze het niet per se een leuke verrassing vond.

'Ik heb het erop gewaagd.'

En dat was het verschil tussen hen, dacht ze. Hannah waagde het er niet op. Ze sprong pas als ze zich verzekerd had van een veilige landing. Ze begon nooit aan een reis zonder te weten wat haar eindbestemming was.

De taxi reed weg en ze zag het koffertje naast Adams voeten.

'Kom binnen!' Suzanne deed de deur nog wat verder open. 'Jullie bevriezen zo nog.'

Hannah wilde niet naar binnen. Ze wilde wegrennen. Het kon haar niet schelen of ze uitgleed en plat op haar gezicht viel.

Pas toen ze binnen was, dacht ze weer aan Luke en de reden waarom ze in de pub waren beland. Het leek een eeuwigheid geleden dat ze met haar zussen had gepraat. Ze had zich lichter gevoeld dan ooit. De deur die ze al zo lang op slot hield, was op een kiertje gezet.

Nadat Beth open was geweest over haar onzekerheden, had Hannah op het punt gestaan om haar over de baby te vertellen en toe te geven hoe kwetsbaar en onbekwaam ze zich voelde. Ze had overwogen Beth om advies te vragen.

Nu voelde ze zich weer dichtklappen om zichzelf te beschermen.

Suzanne stak haar hand naar Adam uit. 'Ik ben Suzanne. Leuk je te ontmoeten. Mijn excuses voor dit chaotische huishouden.'

Hannah stelde zich voor wat Suzanne nu dacht. *Hannah heeft een liefdesleven! Eindelijk.* Ze voelde weer de verstikkende druk die ze altijd voelde wanneer ze thuis was.

Adam schudde haar de hand, een en al innemendheid en zelfvertrouwen. 'Ik ben juist degene die zijn excuses moet aanbieden voor mijn onaangekondigde bezoek. Ik heb een kamer geboekt in de pub.'

O nee, dacht Hannah. Dan wist meteen het hele dorp dat Hannah McBride eindelijk aan de man was. Hij had net zo goed een advertentie in het plaatselijke dagblad kunnen zetten.

'Je hoeft niet daar te slapen. We hebben hier ruimte genoeg. Ik bel de pub wel even om je reservering te annuleren.' Suzanne onthaalde hem met dezelfde gastvrije warmte die Café Craft tot zo'n populaire trekpleister maakte.

Het krenkte Hannah dat het niet in Suzanne opkwam dat zij dit misschien niet wilde. Niemand had aandacht voor wat zíj wilde of nodig had. Dat leek niemand te interesseren. Het enige wat hen interesseerde, was dat ze in het beeld paste dat zij van de wereld hadden. Dat haar leven was zoals zij het graag zagen.

Melly's ogen waren groot van bewondering. 'Ben jij een prins?'

Adam schoot in de lach. 'Waarom denk je dat?'

'Je bent heel lang, je hebt donker haar en je lijkt een beetje op de prins op het witte paard.'

'Het spijt me dat ik je moet teleurstellen, maar ik ben geen prins.'

'Ben je het vriendje van tante Hannah'?'

Adam aarzelde even. 'Ik ben haar vriend.'

Ruby deed een stap naar voren. 'Ben je met het vliegtuig gekomen?'

'Ja.'

'Heb je Bugsy gezien?'

'Oké, laat mij maar even.' Beth liep naar voren en pakte Ruby op. 'Jullie moeten allang in bed liggen! Waarom zijn jullie nog zo laat op?'

'Dat mocht van papa. Hij dacht dat jij er toch niet achter zou komen.'

'Klikspaan,' mompelde Jason. 'Kom op, meiden. Naar boven.'

'Lees je dan nog een verhaaltje voor?'

Hannah voelde zich gevangen en raakte bijna in paniek. In gedachten ging ze de verschillende scenario's af: het meteen aan Adam vertellen? Het uitstellen?

Toen zei Beth: 'Willen jullie, omdat het een speciale avond is, dat tante Hannah jullie een verhaaltje voorleest?'

Melly kon haar oren niet geloven. 'Vanavond? Ja!'

'Ja!' viel Ruby bij. 'Maar dan moet ze wel stemmetjes doen.'

Jasons blik gleed van Hannah naar Adam. 'Maar Hannah wil waarschijnlijk–'

'De meisjes zouden het geweldig vinden,' zei Beth snel. 'Adam vindt het vast niet erg. In de woonkamer is de haard aan en papa heeft een bijzondere fles whisky. Wij houden Adam wel bezig terwijl zij de kinderen voorleest. Dank je, Hannah.' Ze deed alsof Hannah haar een enorme gunst bewees, en Hannah kreeg een brok in haar keel.

Beth duwde haar niet naar Adam toe. Ze gaf haar de kans om haar gedachten op een rijtje te zetten. Ze wendde zich tot Adam. 'Vind je dat oké? Maak het jezelf gemakkelijk, dan kom ik naar beneden zodra ik klaar ben met de kinderen.'

Ze zei 'zodra ik klaar ben met de kinderen' alsof ze het met de regelmaat van de klok deed, en alleen uit zijn heel licht opgetrokken wenkbrauwen leidde ze af dat hij de vermijdingstactiek wel doorhad. Adam was van alles, maar hij was zeker niet dom.

'Natuurlijk,' zei hij op neutrale toon. 'Een goede whisky sla ik niet af.'

Hannah liep achter de meisjes aan en luisterde maar met een half oor naar Ruby's opgewonden gebabbel.

Met het gesprek met Adam en de ondervraging door de familie in het vooruitzicht maakte ze geen haast met voorlezen. Ze deed haar schoenen uit en ging naast Ruby op bed liggen, terwijl Melly in het andere bed kroop. 'Wat lezen we?'

Ze bleef doorlezen toen Ruby allang was opgehouden met de bladzijdes omslaan en Melly's ogen al ruimschoots waren dichtgevallen. Toen ze vond dat ze zich niet langer in de slaapkamer van de meisjes kon verschuilen, deed ze het licht uit en liep zachtjes naar haar eigen kamer. Beneden hoorde ze geklets en gelach.

Ze stond voor het raam te piekeren wat ze moest doen, toen er op de deur werd geklopt. Ze zette zich schrap voor het moeilijke gesprek met Adam en deed open. Tot haar verbazing stond Stewart voor de deur.

'Mag ik binnenkomen?'

'Natuurlijk,' zei Hannah gespannen. Ze wist dat ze onbeleefd was geweest. Ze had alle huisregels over gastvrijheid aan haar laars gelapt en hen waarschijnlijk in verlegenheid gebracht. Dit was niet de eerste Kerstmis die stressvol verliep, en het zou waarschijnlijk ook niet de laatste zijn, maar toch voelde ze zich schuldig over haar aandeel. 'Ik wilde net naar beneden komen.'

Stewart ging op de stoel bij haar bureau zitten. 'Dat hoeft niet.'

Toch bleef het schuldgevoel knagen. 'Ik had niet naar huis moeten komen. Suzanne wil altijd dat Kerstmis een vrolijke aangelegenheid is en nu heb ik het verpest. Is ze erg van streek? Maak je je zorgen over haar?'

Waarom kon ze toch nooit zijn zoals mensen wilden dat ze was? En nu had ze zelfs Stewart teleurgesteld. De vriendelijke, stabiele, onverstoorbare Stewart.

'Je hebt helemaal niets verpest. En ik maak me geen zorgen om Suzanne, maar om jou.'

'Mij?'

'Je hebt nog nooit een jongen mee naar huis genomen, en het is duidelijk dat je Adam niet hebt uitgenodigd. En je bent eerder naar huis gekomen en kijkt ongelukkig.'

Ze schaamde zich dat ze zo doorzichtig was, niet alleen voor zichzelf, maar ook voor Adam. 'Ik had niet verwacht dat hij hier op de stoep zou staan. Je hebt vast allerlei vragen.' Ze voelde zich verschrikkelijk ongemakkelijk.

'Eentje maar.' Stewart boog zich naar voren. 'Wat wil je dat ik doe?'

'Doe?'

'Met Adam. Het maakt me niet uit waarom hij hier is, of wie wat vindt. Het enige wat ik belangrijk vind, is wat jij wilt.' Hij zweeg en keek naar zijn handen, alsof hij niet goed wist wat hij ermee moest doen. 'Wat je ook wilt dat ik doe, ik doe het. Ik los op het op zoals jij het opgelost wilt hebben. Als je wilt dat hij weggaat, hoef je het maar te zeggen en dan regel ik het. Je hoeft hem niet te zien als je niet wilt. Hij kan vannacht in de pub slapen en dan breng ik hem morgen weer naar het vliegveld.'

'Denk je dat ik dit niet zelf afkan?'

'Dat kun je zeker, maar ik ben je vader en ik bied je aan om het voor je te doen. Iedereen heeft af en toe een beetje hulp nodig. Ik bied het je aan, als je wilt. Soms is het niet erg om de makkelijke weg te nemen. Ik zie dat dit zwaar voor je is, dus laat me je helpen.'

Hannah was zo geroerd dat ze even geen woord kon uitbrengen. Ze voelde een steek in haar borstkas. Hij was niet naar haar kamer gekomen om haar de les te lezen over haar manieren, maar om zijn hulp aan te bieden. Ze draaide snel haar hoofd van hem af, zodat hij haar tranen niet kon zien. Die brandden achter haar ogen, welden op en waren nauwelijks te onderdrukken. *Ik ben je vader.*

'Het is ingewikkeld. We hebben iets en... nou ja, ik ben zwanger.' Ze had geen idee waarom ze dat er ineens uitflapte, maar als Stewart al verbaasd was, liet hij het niet merken.

'En wat vind je daarvan?'

Ze wreef over haar armen om het warm te krijgen. 'Adam is de vader, maar ik heb het hem nog niet verteld.'

'Ben je daarom eerder thuisgekomen?'

'Ja. Het was een soort paniekreactie. Ik heb altijd een plan, zoals je weet, en dit hoorde niet bij mijn plan.' Ze leunde tegen het raam. Was ze maar dapperder. Ze moest het Adam gewoon meteen vertellen en vragen wat hij wilde, maar hun relatie was nog zo pril en fragiel, en ze wist niet goed wat ze ervan moest denken. Hij zei dat hij van haar hield, maar ze wist inmiddels dat liefde onbetrouwbaar was. Die ging gepaard met allerlei verwachtingen, net als Kerstmis. Wat als ze niet kon zijn wat hij wilde? Ze hield ervan als dingen logisch waren, maar in de liefde was niets logisch.

'Hou je van hem?' Stewarts zachte, vriendelijke toon was als balsem voor haar rauwe gevoelens.

'Ik weet het niet. Ik denk van wel, maar ik dacht altijd dat het een blij gevoel was, en het voelt vooral eng. Dat klinkt vast heel stom.'

'Helemaal niet. Gevoelens zíjn ook eng.'

Hannah zei met een scheef glimlachje: 'Jij vindt niets eng.'

'Ik vind heel veel dingen eng.'

Ze keek om. 'Je beklimt voor je werk verticale rotswanden.'

'Rotsen kun je zien, aanraken, leren kennen. Het zijn tastbare dingen, maar gevoelens...' Hij schudde zijn hoofd. '...zijn net als het weer. Je hebt er geen controle over. Als je nergens om geeft, ben je onschendbaar, maar zodra je ergens om geeft... kun je gekwetst worden. En kunnen mensen je teleurstellen.'

'Weet ik. Ik heb meer mensen teleurgesteld dan ik kan tellen.' En ze had haar relatie met Posy weer geschaad, net nu ze een nieuwe verstandhouding leken te bereiken. Die gedachte deprimeerde haar meer dan ze voor mogelijk had gehouden. Ze was blij geweest met dat korte moment van kameraadschap. Heel even had ze een toekomst voor zich gezien waarin ze een hechtere band met haar zussen had. Ze was gaan geloven dat ze dat misschien toch kon.

Stewart stond op en liep op haar af. 'Je hebt nooit iemand teleurgesteld, Hannah.'

Ze wist dat dat niet waar was. 'Ik ben nooit zoals mensen willen dat ik ben.' En ze wist dat de meeste mensen niet zagen wat er onder de oppervlakte lag. Behalve Adam. *Dansend pizzameisje.* 'Ik hou van dingen waar ik zeker van kan zijn. Cijfers, feiten, zakelijke groei – die dingen zijn voor mij logisch. Ze gedragen zich voorspelbaar. Liefde begrijp ik niet. Die lijkt zo grillig. Je kunt liefde niet meten, je kunt hem niet sturen. Je kunt met heel je hart van iemand houden, maar dat betekent nog niet dat hij of zij ook van jou houdt. En dat is niet iets waar je aan kunt werken, of waar je beter je best voor kunt doen. En ik kan het weten, want ik heb het geprobeerd.'

Ze voelde Stewarts hand op haar schouder, warm en geruststellend. 'Ik heb het vermoeden dat je nu niet over Adam praat, maar over je vader.'

Het verbaasde haar niet dat hij het begreep. Ze wist dat er weinig genegenheid was geweest tussen Stewart en haar biologische vader. 'Het is niet dat ik er veel aan denk. Dat moet je niet denken. Het is gewoon–'

'Deze tijd van het jaar.' Hij wreef zachtjes over haar schouder. 'Weet ik. Het raakt ons allemaal op een bepaalde manier. Wonden helen, maar laten wel littekens achter. En dat gesprek met Luke heeft alles weer opgerakeld.'

'Ik heb het altijd jammer gevonden dat ze gestorven zijn zonder dat ik de kans heb gekregen om hen trots op mij te laten zijn. Papa wilde dat ik anders was dan ik was.'

'Dat is niet waar. Hij was wel degelijk trots op je, maar hij was een ingewikkeld mens.' Stewart liet zijn hand zakken. 'Ik ben geen psycholoog, maar ik denk dat het probleem eerder was dat hij niet wist hoe hij met je moest omgaan. Het enige wat Rob kon, was klimmen. Volgens mij heeft hij in zijn hele leven geen boek gelezen. En jij was superslim. Beangstigend slim. Ik weet nog dat Suzanne thuiskwam als ze op jou gepast had en vol verhalen zat over wat je allemaal had gedaan. *Hannah zei dit, Hannah leest dat.*'

'Ik heb zo mijn best gedaan om zijn liefde te krijgen.'

'Je wilde zijn liefde en zijn goedkeuring. Dat is iets natuurlijks. Het helpt waarschijnlijk niet dat ik dit zeg, maar ik weet zeker dat hij van je hield, ook al liet hij het niet zien.' Hij legde zijn arm om haar schouders. 'Toen je bij ons kwam, was je enorm op je hoede. Je liet ons nooit echt dichtbij komen.'

'Ik wist niet hoe ik me moest gedragen. Ik wist niet wat ik moest doen. Als mijn eigen ouders niet van me hielden, waarom zou iemand anders dat dan wel doen? Waarom zouden jullie dat doen? Ik was jullie toch alleen maar tot last?' Ze veegde met haar handpalm de tranen van haar wangen en het volgende moment werd ze tegen Stewarts borstkas aan gedrukt. Ze voelde zijn zachte trui tegen haar wang en zijn veilige armen om haar heen.

'Je bent ons nooit tot last geweest. Je bent het beste wat ons ooit is overkomen.'

'Hoe kun je dat nou zeggen?' Haar stem klonk gesmoord tegen zijn schouder. 'Jij en Suzanne hebben vanwege ons niet eens zelf kinderen kunnen krijgen.'

'We hadden drie prachtige meisjes.' Hij duwde haar een stukje van zich af, zodat hij haar kon aankijken. 'Je bent mijn dochter. Dat ben je sinds de dag dat Suzanne je meebracht naar ons appartement, met je koffer vol boeken en een doodsbange blik op je gezicht.'

'Ik schaam me rot.' Hannah snufte. 'Ik ben te oud om op je schouder uit te huilen.'

'Je bent nooit te oud om op je vaders schouder uit te huilen, al zie ik je natuurlijk liever niet verdrietig.' Hij wreef met zijn duim over haar wang. 'We hadden dit gesprek waarschijnlijk twintig jaar geleden moeten voeren, en volgens mij hebben we allebei lang genoeg over het verleden nagedacht, dus laten we ervoor zorgen dat we het van nu af aan goed doen. Ik heb nog nooit een vriendje van je in elkaar hoeven slaan. Ik weet ook niet of ik het kan, maar als je wilt dat ik dat doe, wil ik wel een poging wagen.'

Ze keek hem met een waterige glimlach aan. 'Hij is sterker dan hij eruitziet.'

'Hij ziet er behoorlijk sterk uit, maar ik heb spierballen. Je moeder is zelfs met me getrouwd vanwege mijn spierballen. En omdat ik zo knap en charmant ben natuurlijk.' Stewart liet haar los. 'Wat wil je doen, lieverd?'

'Ik weet het niet. Ik wilde tijd hebben om hierover na te denken. Ik wilde een plan maken.'

'Misschien kunnen jullie het met z'n tweeën bedenken. Voor wat het waard is: in mijn ogen zegt het wel iets over hem dat hij helemaal hierheen is gekomen.'

Ze vond een zakdoekje en snoot haar neus. 'Dat hij een stalker is?'

'Dat hij iemand is die niet snel opgeeft en jou belangrijk genoeg vindt om er zijn best voor te doen. En misschien is het ook wel iemand die jou beter kent dan je denkt.'

'Hij kent me best goed.' Ze verfrommelde het zakdoekje tot een prop. 'Hij zegt dat hij van me houdt.'

'Ik denk dat een man als Adam meent wat hij zegt. Hij komt op mij niet over als iemand die spelletjes speelt.'

'Ik denk ook wel dat hij het meent, maar liefde is niet betrouwbaar. Er komt altijd een eind aan, toch? Het ene moment zijn mensen nog gelukkig en even later zijn ze gescheiden. Het is de meest onvoorspelbare, onbetrouwbare emotie.'

'Soms gaat het mis, maar heel vaak gaat het ook goed. Suzanne en ik zijn al heel lang samen.'

'Dat is anders. Jullie zijn perfect samen.'

'We zijn niet perfect en we hebben ook moeilijke momenten gehad, maar volgens mij hoeft liefde niet alleen maar rozengeur en maneschijn te zijn. Dat hoop ik tenminste niet.' Hij krabde aan zijn kin. 'Het is maar goed dat Suzanne dit niet hoort, want dan zou ze met haar ogen rollen. Nu ik erover nadenk, heb ik volgens mij nog nooit rozen voor haar gekocht.'

Hannah glimlachte. 'Je stond aan haar zij toen ze voogd werd van drie kinderen. Je was er voor haar, ook al hoefde je dat niet te doen. Jullie waren nog niet eens getrouwd. Je had weg kunnen lopen.' Het verbaasde haar nog steeds dat hij dat niet had gedaan.

'Ik wilde bij Suzanne zijn. Jullie waren een bonus, maar als ze een dierentuin had geërfd, was ik ook bij haar gebleven.'

Hannah kreeg een brok in haar keel. 'Ik ben geen deskundige, maar volgens mij betekent dat meer dan rozen.'

'Ik ben ook geen deskundige, maar het lijkt mij dat een man niet zo'n lange reis maakt om een vrouw te zien als zijn gevoelens voor haar niet heel sterk zijn. Natuurlijk kun je hier beter met Suzanne of je zussen over praten. Of met Adam. Dat lijkt me het meest voor de hand liggen. Als je wilt, stuur ik hem naar boven. Zo niet, dan stuur ik hem weg.'

'Stuur hem niet weg.' Hij was helemaal hiernaartoe gekomen; het minste wat ze kon doen was met hem praten.

'Mocht je je bedenken: ik ben beneden.'

Hij liep naar de deur toen Hannah vroeg: 'Stewart? Gaat het een beetje met Suzanne, na haar gesprek met Luke?'

'Het gaat zelfs heel goed. Het was onverwacht, maar het leven zit vol onverwachte wendingen, en het deed haar goed om er eindelijk over te praten. Ik heb altijd getwijfeld of dat hardnekkige zwijgen van haar wel zo verstandig was.' Hij zweeg even, zijn hand op de deurklink. 'We zijn blij dat je er bent. Het is het beste kerstcadeau dat je ons had kunnen geven. En nu stuur ik Adam naar boven.'

Hannah vroeg zich af of ze nog tijd had om snel in de badkamer haar gezicht te wassen, maar toen hoorde ze al mannenstemmen onder aan de trap en de ferme pas van Adam op de gang. Hij wist natuurlijk niet welke kamer van haar was, dus liep ze naar de openstaande deur.

Hun ogen vonden elkaar. Ze kreeg een soort stroomschok, wat altijd gebeurde wanneer ze Adam zag. Het gaf haar het verontrustende gevoel dat ze niet alles onder controle had. Ze kon gewoonweg niet geloven dat hij echt hier was, helemaal in het noorden van Schotland.

Hij liep de kamer in en deed de deur zorgvuldig achter hen dicht, alsof hij ervoor wilde zorgen dat wat zij gingen bespreken de kamer niet zou verlaten. 'Ik moet je mijn excuses aanbieden.'

Dat was wel het laatste wat ze had verwacht dat hij zou zeggen. Zij was juist degene die haar excuses aan moest bieden. 'Ik had jou niet hier verwacht. Ik had niet verwacht dat je hierheen zou komen.'

Met een scheef lachje zei hij: 'We zaten midden in een potje schaak en het was jouw beurt. Ik maak dingen graag af.'

Ondanks alles moest ze glimlachen. 'Kwam je helemaal hierheen zodat ik je kon verslaan?'

'Tja, wat zal ik zeggen? Ik ben ook een masochist.'

Haar glimlach verflauwde. 'Ik ben bot geweest.'

'Nee.' Hij liep op haar af, maar hield zijn handen in zijn zakken. Hij omhelsde haar niet en raakte haar niet aan. 'Ik weet niet wat me bezielde om hierheen te vliegen zonder eerst te bellen. Normaal gesproken ben ik niet zo impulsief. Of tactloos.'

'Het kwam door Posy. Zij stelde het voor.'

Hij schudde zijn hoofd. 'Het is niet haar schuld. Ik was degene die op het voorstel inging.'

'Je hebt haar over de pizza en het dansen verteld.'

Hij wreef over zijn voorhoofd. 'Ze nam de telefoon op. Ik ging ervan uit dat jij het was, omdat jij en je telefoon onafscheidelijk zijn. Pas na een paar zinnen ontdekte ik dat jij het niet was. Het is mijn schuld, niet de hare. En ik had het je eerst moeten vragen voordat ik hierheen vloog, maar ik was bang dat je me tegen zou houden als ik je gebeld had, en ik wilde je heel graag zien.'

'Waarom?'

'Omdat ik je miste.' Nu raakte hij haar wel aan, maar zachtjes. Aarzelend. Hij streek een lok uit haar gezicht en keek haar onderzoekend aan. 'Heb je gehuild? Verdomme, Hannah!' Hij liet zijn handen zakken en deed een stap achteruit. 'Ik heb jou nog nooit zien huilen. Ik wil je nooit aan het huilen maken.'

'Ik huil niet.'

'Lieg niet tegen me. Ik ga nu meteen weg, maar dan moet je me wel beloven dat je ophoudt met huilen.'

Ze had hem nog nooit zo onzeker gezien. 'Dat wil ik niet.' Wat wilde ze dan wel? Ze had geen idee. Dit was hét moment om hem te vertellen dat ze zwanger was. Maar hoe moest ze het brengen?

Ze was van plan geweest om eerst onderzoek te doen naar hoe je een man het best kunt vertellen dat hij vader wordt. Ze had een ingewikkeld draaiboek in haar hoofd met diverse alternatieven. Wat ze zou doen als hij in paniek zou raken, als hij niets meer met haar te maken wilde hebben, als hij het het beste nieuws vond dat hij maar kon krijgen... Ze had alleen geen rekening gehouden met een onaangekondigd bezoek voordat ze haar strategie had bepaald.

'Niet weggaan.' Ze zou het rustig aan doen. Als hij niet meteen wegging, was er geen haast.

'Weet je het zeker?' Hij bleef stilstaan, maar deed geen stap in haar richting. 'Ik wil je niet onder druk zetten.'

'Ik wil dat je blijft.'

Nu liep hij wel naar haar toe en trok hij haar in zijn armen. Hij zoende haar, hield haar stevig vast en keek toen de kamer rond. Zijn blik bleef rusten op de kerstboom. 'Wat een mooie kamer is dit. Leuke boom.'

'Dat is Eric,' zei Hannah. 'Posy heeft hem een naam gegeven. Dat doet ze met alles, van varkens en kippen tot kerstbomen.'

Adam verstrakte. 'Eric? Heet die boom Eric?'

Ze knikte, en hij vloekte binnensmonds. 'Ze zei dat het goed met je ging omdat je Eric bij je had. Ik dacht... Ik ging ervan uit dat Eric een man was.'

Hannah gaapte hem aan. 'Ben je daarom helemaal hierheen gevlogen?'

'Het speelde wel mee.' Zijn wangen kregen een dieprode kleur. 'Ik durf het eigenlijk niet toe te geven, maar misschien was ik een heel klein beetje jaloers. Op een naaldboom. Als je het goedvindt, zou ik dit graag onder ons houden.'

Onwillekeurig schoot ze in de lach. 'O, Adam...'

'Lach je me nu uit? Want ik heb de meest stressvolle vlucht uit mijn leven gehad omdat ik me jou met Eric voorstelde. Je zus zei dat het een plattelandsjongen was, dus ik stelde me brede schouders voor en...' Hij maakte zijn zin niet af. 'Zou het slecht voor onze relatie zijn als ik je zus vermoord?'

'Nee hoor, helemaal niet. Ik wilde haar zelf ook al vermoorden. Daarom ging ik naar boven.'

'Ik dacht dat je naar boven ging om mij te ontvluchten.' Hij zoende haar opnieuw. 'Je zus wilde je beschermen, wat ik leuk vind, maar ik vind het minder leuk dat ze jou tegen mij wilde beschermen.'

Hannah slikte. 'Het is ingewikkeld.'

'Dat vind ik wel meevallen.' Hij trok haar tegen zich aan. 'Eric moet weten dat ik wel met hem om je wil vechten.'

'Puur uit belangstelling: wat zou je hebben gedaan als Eric een mens was geweest?'

'Geen idee. Je gaat ervan uit dat ik hier logisch over nagedacht heb, maar de waarheid is dat ik me door mijn oerinstincten liet leiden en het eerste het beste vliegtuig genomen heb.'

'Ze hadden geen vliegtuigen in de oertijd.'

'En volgens mij waren er ook geen oermensen die Eric heetten. Je hebt geen idee hoe opgelucht ik ben dat je geen kamer deelt met een gespierde Hooglander in een kilt.' Hij drukte zijn lippen opnieuw op de hare en ze voelde de vertrouwde passie opvlammen, zo sterk als het alleen maar bij hem gebeurde. Ze vlijde zich tegen hem aan en het zoete genot stroomde door haar lichaam.

Voordat ze Adam had leren kennen, had ze nooit geweten dat een zoen zo intiem kon zijn. Zijn zoen was zo persoonlijk dat het bijna leek of hij een blauwdruk had waarop al haar zenuweinden stonden. Hij hield haar hoofd vast en prikkelde haar met de langzame bewegingen van zijn tong en de zachte druk van zijn vingers. Ze voelde zich duizelig en gedesoriënteerd, alsof ze te snel een glas whisky had gedronken of een pirouette had gemaakt, zoals de balletdanseressen naar wie Melly zo graag keek.

Zonder zijn mond los te maken van de hare liep hij met haar naar achteren en duwde haar zachtjes op het matras. Hannah hapte naar adem. Wanneer ze bij hem was, verloor ze niet alleen haar evenwicht, maar ook een deel van zichzelf. Het deel waarop ze vertrouwde om haar veilig te houden. 'We moeten niet... Ik weet niet...' Wanneer hij haar zoende, was ze niet eens meer in staat om een gedachte af te maken, laat staan om hem uit te spreken. 'Het is ingewikkeld.'

'Dit deel is niet ingewikkeld.' Zijn handen zaten in haar haar en met zijn mond drukte hij een spoor van kussen langs haar kaak, haar keel, haar schouder. Doelgericht trok hij haar trui uit en knoopte hij haar blouse los, zodat hij bij haar blote huid kon. 'Dit deel is helemaal niet ingewikkeld.'

Ze probeerde te antwoorden, maar het enige wat ze wist uit te brengen was een zwak gemompel, en hij tilde zijn hoofd op, langzaam en met tegenzin, alsof iemand hem bij haar wegtrok.

Hij keek haar diep in haar ogen en ademloos liet ze zich door hem bewonderen. 'Wil je dat ik ophoud?' Met zijn handen die deden wat ze nu deden, vond ze dat geen eerlijke vraag.

Hij keek haar met een lome glimlach aan terwijl hij haar lichaam streelde, en Hannah kwam erachter dat ze absoluut niet wilde dat hij stopte. En ze wilde ook niet dat hij naar huis vloog of in de pub sliep. Ze wilde dat hij hier bij haar bleef. Ze wilde het zo graag dat ze bereid was om hun ontluikende relatie bloot te stellen aan de nieuwsgierige blikken van haar familie. Ergens in haar achterhoofd, bedolven onder de stortvloed aan sensaties en endorfine, wist ze wel dat ze hem nog steeds moest vertellen dat ze zwanger was. Maar niet vanavond.

Het was een lange dag geweest. En een nog langere avond. Hopelijk werd het ook een lange nacht.

Er was nog tijd genoeg voor dat gesprek.

24

Posy

Posy sloeg haar moeders aanbod van een slaapmutsje af en ploegde door de verse sneeuwlaag naar de schuur. De sneeuw bedekte de takken, die doorbogen onder het gewicht, dempte alle geluiden en weerkaatste het maanlicht, zodat ze geen zaklamp nodig had.

Normaal gesproken werd ze blij van dit landschap, maar vanavond kon zelfs de frisse winterlucht of de geur van het houtvuur dat uit het huis kwam haar niet opbeuren. Ze was nog steeds kwaad op Luke en voelde zich vernederd, maar haar overheersende emotie was verdriet. Niet vanwege Luke, maar omdat ze Hannah kwaad had gemaakt. Voor het eerst in jaren hadden ze elkaar dingen toevertrouwd en samen gelachen. Ze was vanavond nieuwe dingen te weten gekomen. Over de band die ze vroeger hadden. Over haar zus. De sfeer was veranderd en even had ze zich sterker met haar zus verbonden gevoeld dan ooit tevoren.

Maar nu had ze het verpest. Waarom had ze ook met haar grote mond tegen Adam gezegd dat hij moest komen? Aan de andere kant: het was een grapje geweest. Hoe kon zij nou weten dat hij het echt zou doen? Ze kende niet veel mannen die zo toegewijd waren. Callum was zo vaak niet komen opdagen op een afspraak, en hij woonde om de hoek. Hij zou nooit de Atlantische Oceaan zijn overgevlogen.

En wat Luke betreft... Luke had haar niet de waarheid verteld. Wat hield hij nog meer voor haar verborgen?

De vlokken vielen in lome wervelingen naar beneden en vormden laag na laag op het dikke sneeuwtapijt dat er al lag en dat tot aan de bergen reikte. De maan hing boven de bergtoppen en bescheen de hellingen onder zich. Op andere avonden zou Posy er vol bewondering naar hebben gekeken, maar nu werd ze verblind door tranen. Ze brandden in haar ogen en ze moest blijven staan omdat ze gewoon niet kon zien waar ze liep.

Ze knipperde met haar ogen, wreef met haar gehandschoende hand over haar gezicht en ademde de geur van thuis in. Hier weggaan leek opeens niet meer zo'n geweldig idee. Was het echt wat ze wilde? Misschien niet, en zeker niet met iemand die tegen haar gelogen had. Terwijl ze eerst zo zeker was geweest, zat ze nu vol twijfel. Sterker nog: ze durfde niet meer op haar eigen oordeel te vertrouwen.

Had Beth gelijk? Had ze het internet grondiger moeten afstruinen? Was ze te goed van vertrouwen als ze geloofde dat mensen waren wie ze zeiden dat ze waren?

Ze zag licht door de ramen van de schuur naar buiten schijnen en even werd ze overspoeld door woede bij de gedachte aan de schok die Luke in haar familie had veroorzaakt, gevolgd door schuldgevoelens, omdat ze haar moeder niet eens had gevraagd waar ze over hadden gepraat en hoe ze zich daarbij gevoeld had. Haar eigen gevoelens waren zo overweldigend dat ze geen ruimte meer had voor die van anderen.

Ze had achter Hannah aan willen gaan om uit te leggen dat het niet haar schuld was, maar ze kende haar zus goed genoeg om te weten wanneer het geen zin had om te praten. Dus had ze stijfjes toegekeken hoe Suzanne Adam had verwelkomd, haar hartelijkheid in schril contrast met de kilte die haar oudste dochter uitstraalde. Er was een glas whisky in zijn hand gedrukt en er werden nieuwe houtblokken op het vuur gegooid.

Suzanne leek helemaal niet van streek, maar juist ongewoon vrolijk. Dat kon natuurlijk komen doordat er een lange, donkere, knappe man op de stoep stond die voor Hannah kwam. Suzanne kon haar geluk vast niet op.

Stampvoetend liep Posy de trap op naar de hooizolder. Het werd weer net zo'n beladen Kerstmis als altijd.

Wat heb je gedaan? De beschuldigende woorden van haar zus galmden nog na in haar hoofd. Niet op een mooie manier, zoals de kerkklokken op eerste kerstdag, maar onheilspellend, als een doodsklok.

Posy was niet lang gebleven. Voor hetzelfde geld was Adam alweer onderweg naar het vliegveld. Zou Hannah hem nog vertellen dat ze zwanger was?

Het waren haar zaken niet, dacht ze, terwijl ze voor de deur naar haar sleutels zocht. Ze zou zich nooit ofte nimmer meer bemoeien met iemands relatie. Per slot van rekening was ze zelf niet bepaald een deskundige.

'Posy?' Lukes stem kwam van onder aan de trap. 'Kunnen we even praten?'

'Nee. Ik heb voor vandaag genoeg menselijke interactie gehad.' Ze stak haar sleutel zo krachtig in het slot dat als de deur een levend wezen was geweest, hij nu dood zou zijn.

Bonnie sprong op en begroette haar met onbeteugelde blijdschap, wat voor Posy een van de vele redenen was dat ze nooit zonder hond zou willen leven.

Ze ging op haar knieën zitten en knuffelde Bonnie, wiens hele lijf meezwaaide met haar kwispelende staart. 'Ik wil ook in jouw hondenwereld wonen en nooit meer met een mens praten.'

'Ik neem aan dat ik de reden voor deze nieuwe levenswens ben.' Luke stond in de deuropening. Bonnie huppelde vrolijk op hem af en begroette hem enthousiast.

Posy dacht even na over dit trouweloze instinct, terwijl Luke de deur achter zich dichtdeed en de kou buitensloot. De hooizolder was haar persoonlijke ruimte, ingericht om maximaal comfort te bieden op koude winternachten. De lampen straalden een zacht licht uit over de houten vloer, en dikke kleden en warme plaids maakten van de ruimte een knusse cocon. De oorspronkelijke rustieke eiken balken waren behouden gebleven en het gewelfde plafond gaf de illusie van ruimte, ook al was de loft in werkelijkheid niet groot. In de zomer had ze een oogverblindend uitzicht op de bomen en het loch, maar de winter had zijn eigen magie.

Luke bleef bij de deur staan, alsof hij verwachtte dat ze hem er weer uit zou duwen. 'Vijf minuten. Dat is alles wat ik vraag.'

'Dat is vijf minuten meer dan ik bereid ben te geven.'

'Je bent kwaad.'

'Denk je? Hoe raad je het zo? Komt het doordat mijn gezichtsuitdrukking meestal overeenkomt met mijn stemming, en wat je hier dus ziet...' Ze draaide met haar vinger rondjes in de lucht om haar gezicht. '... een kwaad gezicht is, en niet een blij gezicht, een verward gezicht of een bezorgd gezicht? Als ik een bedrogen gezicht had, zou ik dat nu opzetten, maar dat heb ik niet in mijn repertoire. Jij laat daarentegen niets zien. Toen we naakt in dit bed lagen, had ik geen idee dat je niet degene was die je zei dat je was.'

'Ik ben wel degene wie ik zei dat ik was.'

'Je vergat daarbij wel een hele geschiedenis te vermelden.'

'Ik ben er niet meteen over begonnen omdat ik niet goed wist hoe ik het moest aanpakken. Het is een gevoelig onderwerp en ik wilde jullie niet van streek maken. Ik ben hier niet om over het ongeluk te schrijven. Dat is nooit mijn opzet geweest.'

'Misschien niet, maar je bént hier wel vanwege het ongeluk. Je hebt ons niet willekeurig op de kaart geprikt. Wat ik niet begrijp, is waarom je niet gewoon hebt gebeld en gezegd: *Hoi, herinneren jullie je mijn ouders nog? Ik wil graag met jullie praten.*'

'Zo simpel was het niet. Jij was nog te jong om het je te kunnen herinneren, maar vlak na het ongeluk waren de spanningen hoog opgelopen.'

'Je bedoelt dat je tante zich absurd gedroeg – hoewel ik me afvraag hoe ze zich een mening kon vormen over wat er was gebeurd, terwijl ze zelf haar werkdagen sleet in een wolkenkrabber in Manhattan.' Ze wist dat ze onredelijk was, maar het gevoel van verraad blokkeerde haar vermogen om kalm en rationeel te blijven. Het enige wat ze kon denken, was hoe het moest zijn geweest voor Suzanne, die fysiek en emotioneel beschadigd was doordat ze zelf op het nippertje aan de dood was ontsnapt en gekweld werd door haar eigen vragen over of ze had kunnen voorkomen wat er was gebeurd.

Posy kende zichzelf goed genoeg om te weten dat haar reactie niet alleen over Luke ging. Die ging over Hannah. Over de complexiteit van relaties.

'Trudy had een hechte band met haar zus...' Hij aarzelde. '... met mijn moeder. Ze was radeloos.'

'Ik heb het op het nieuws gezien. Je tante was als een wild dier, schreeuwend en hysterisch.'

Er was één foto in het bijzonder die ze zich nog helder voor de geest kon halen, waarop Lukes tante Suzanne in een hoek had gedreven en tegen haar tekeerging. Suzanne zag eruit als een opgejaagd dier. Posy was misselijk geworden bij de aanblik van die foto.

Luke trok zijn laarzen uit en liep naar haar toe. 'Ik wil haar niet verdedigen. En je hebt gelijk: haar reactie was deels te wijten aan het feit dat ze niets van klimmen wist. Ze woonde in de stad en werkte op kantoor. Ze hield van kunst en opera. Ze begreep niet waarom haar zus ging klimmen; ze snapte de aantrekkingskracht ervan niet, of waarom iemand die risico's zou willen nemen. We weten allebei dat er twee soorten mensen op de wereld zijn: mensen die klimmers begrijpen en mensen die hen niet begrijpen. Vertel me eens: wanneer jij een reddingsoperatie uitvoert, ben je dan kwaad op de mensen die zich blootstellen aan de elementen?'

Posy staarde hem aan, op het verkeerde been gezet door die vraag. 'Nee.'

'Je gaat die bergen in, soms in levensgevaarlijke weersomstandigheden, om iemand te redden die zich uit vrije wil in die positie heeft gebracht. Niemand heeft hem gedwongen om de bergen in te gaan. Het was vrijwillig. En dan kom jij, samen met Bonnie, door weer en wind, om hem te redden. Het kan jullie dood betekenen. Maakt dat je niet kwaad en gefrustreerd?'

Posy staarde hem aan. 'Natuurlijk niet.'

'Precies. Maar iemand van buitenaf, die geen liefde voor de bergen, de natuur of het klimmen heeft, snapt dat niet. Je hebt het net zo vaak gezien als ik: mensen die ervan worden beschuldigd "egoïstisch" te zijn. Omdat ze het leven van andere mensen in de waagschaal stellen. Toch denken reddingswerkers daar niet zo over. Ze begrijpen wat mensen naar de bergen trekt.'

'Dus in feite zeg je dat ik het gedrag van je tante moet vergeven omdat ze niet snapt wat bergbeklimmen inhoudt.'

'Ik geef je de context van haar reactie. En de behoefte om iemand de schuld te geven is een veelvoorkomend aspect van rouw.'

'En zij koos ervoor Suzanne de schuld te geven, die al getraumatiseerd was. Wist je dat ze daarna nooit meer als gids heeft gewerkt? Ze heeft nooit meer geklommen. Ze voelde zich verantwoordelijk.'

Onbewogen incasseerde hij het verwijt. 'En mijn tante heeft daaraan bijgedragen.'

'Ja. En aan de nachtmerries en de aanhoudende gevoelens van overlevingsschuld, die nooit meer weggaan. Je hebt geen idee.' Posy kwam overeind en trok haar jas uit. Sneeuwvlokken dwarrelden op de grond. Ze zou zich niet door mooie woorden laten ompraten. Zo makkelijk was ze niet.

'Ik heb het ook doorgemaakt, Posy.' Hij glimlachte niet. 'Ik heb mijn ouders die dag verloren.'

Alle strijdlust vloeide uit haar weg. Uitgeput en verward plofte ze neer op de bank. Ze voelde iets nats op haar hand en zag dat Bonnie haar likte.

'Je hond maakt zich zorgen over je.' Hij zweeg even. 'En ik ook.'

'Beetje laat om je nu zorgen over me te gaan maken.'

'Wat er tussen ons is… Ik had niet verwacht dat dat zou gebeuren.'

Zij ook niet, en ze wist niet wat ze nu moest doen. 'Ga nu maar weg. Ik ga morgen met een groep uit Edinburgh klimmen en heb mijn slaap nodig.' Ze hees zichzelf van de bank. 'Doe de deur achter je dicht.'

Hij weifelde en liep toen naar de deur.

Pas toen het duidelijk was dat hij echt wegging, ontdekte ze dat ze dat helemaal niet wilde. Hij bukte om zijn laarzen te pakken en ze zei: 'Ik heb één vraag. Als Beth je vanavond niet had ontmaskerd, wanneer zou je het me dan hebben verteld? Zou je het überhaupt hebben verteld?'

'Natuurlijk. Wanneer…' Hij haalde zijn schouders op. 'Ik vond het fijn wat we hadden en was bang dat ik het kapot zou maken. Ik was van plan om iets te zeggen zodra ik een goed moment gevonden had, maar hoe langer ik wachtte, hoe moeilijker het werd om dat moment te vinden.'

'Dat is in elk geval eerlijk.'

Hij had zijn ouders ook verloren. En hij had geen woord tegen Suzanne gezegd, ook al was hij toen ze stierven nog niet oud genoeg om zich een eigen mening te vormen. Er moesten toch momenten geweest zijn waarop hij zich afvroeg of Suzanne blaam trof. Hij had ook zijn tante verloren, die waarschijnlijk als een moeder voor hem was geweest.

Ze merkte dat ze niet kwaad meer was. Het leven was gewoon ingewikkeld. Het was tevens onvoorspelbaar en – voor sommigen – veel te kort, waardoor het des te belangrijker was om van elk moment het beste te maken.

Haar zussen zouden het niet begrijpen, maar dat was hun probleem.

Ze nam een besluit en stond op. 'Het spijt me dat je je ouders verloren hebt. Het spijt me dat jij daar ook mee hebt moeten leven. En het spijt me dat ik tegen je tekeer ben gegaan. Je tante was vast een goed mens.' Ze ging voor hem staan. De plasjes gesmolten sneeuw voor de deur sijpelden door haar sokken en verkilden haar voeten.

'Ze was inderdaad een goed mens. Maar ook een goed mens kan zich soms slecht gedragen.'

Ze had het gevoel dat zij dat ook had gedaan. Waarschijnlijk wilde hij zijn familie beschermen, net als zij de hare. Posy sloeg haar armen om zijn nek en ging op haar tenen staan. 'Kus me.'

Zijn mond kwam dicht bij de hare. 'Betekent dit dat je het me vergeeft?'

'Dat laat ik je nog wel weten.' Ze trok zijn hoofd naar beneden en voelde het verlangen zo sterk in haar opwellen dat ze tegen zijn lippen naar adem hapte.

'Baseer je je besluit op wat er nu gaat gebeuren?' Hij frunnikte aan de gulp van haar spijkerbroek. 'Want dan krijg ik misschien faalangst.'

Ze sjorde zijn jas uit, trok aan de zoom van zijn trui en struikelde bijna toen ze uit haar spijkerbroek stapte. 'Ik heb het idee dat het je wel gaat lukken.' Ze had nog nooit zo'n haast gehad met iets, maar Luke deelde voor de verandering die haast niet.

Hij had een blos op zijn wangen en zijn ademhaling was onregelmatig, maar hij hield haar schouders vast, zodat ze op een armlengte afstand bleef. 'Er is nog iets wat ik tegen je wil zeggen.'

Ze kon zich nauwelijks concentreren. 'Kan dat wachten?'

'Nee, want ik wil niet dat je denkt dat ik iets achterhoud.'

Wat nu weer? 'Zeg het maar dan. Maar ik waarschuw je wel dat, behalve als je ernstige misdrijven bekent waar een lange celstraf op staat, er weinig van invloed is op wat er nu gaat gebeuren.'

'In het kader van eerlijk zijn en alles op tafel leggen, moet ik bekennen dat ik denk dat ik iets voor je voel.'

Opluchting vermengde zich met duizelingwekkende vreugde. 'Dat dénk je?'

'Dit is allemaal nieuw voor me.'

Zij had ook gevoelens voor hem, en ze wist niet zeker of dat goed was of juist een complicerende factor, en op dit moment kon het haar ook niet schelen. Ze trok zijn shirt uit zijn spijkerbroek. 'Laat maar weten wanneer je eruit bent, maar in de tussentijd denk ik dat ik je het best maar kan afleiden.'

Ze trok hem mee naar de slaapkamer, waar ze de rest van hun kleren uittrokken, onhandig in de haast, en hij op bed viel met haar onder hem. Zijn mond was warm en dringend, en ze reageerde met dezelfde vurigheid, wanhopig om haar honger naar hem te stillen.

Ook al was hun verhouding nog relatief pril, ze wist al hoe zijn tong voelde, hoe zijn aanraking was. Gulzig namen ze van elkaar en gul gaven ze aan elkaar.

Ze rolden om, zodat zij bovenop kwam, en ze stak haar vingers in zijn haar, terwijl ze dronk van zijn hete mond. De zoen was ongelofelijk, elektrisch geladen, wanhopig, en toen het haar duizelde en ze er bijna in verdronk, draaide hij haar weer op haar rug, zodat ze onder hem lag. Hij nam haar gezicht in zijn handen en keek haar intens aan.

Zijn ogen waren ergens tussen blauw en grijs in. Ze deden haar denken aan bergen en mist en aan verstilde winterochtenden. Ze had zijn ogen stralend van vrolijkheid gezien, glanzend van vastberadenheid, maar nu waren ze vurig van verlangen. Hij had gezegd dat hij iets voor haar voelde, en al had hij niet gezegd wat precies, ze zag het in zijn blik en voelde het in zijn aanraking.

Later zouden ze misschien woorden geven aan die gevoelens, maar nu telde alleen dit moment. De wind rammelde aan de ramen, maar op de hooizolder was het warm en behaaglijk, en hier in haar bed liep de temperatuur hoog op.

Hij boog zijn hoofd weer, en deze keer drukte hij een spoor van kussen naar beneden. Eerst zoende hij haar schouder, waarna hij haar tepels verkende met zijn tong tot ze kreunde van genot. Ze voelde zijn hand langzaam over haar dijbeen glijden en de intieme druk van zijn vingers toen hij haar met erotische precisie streelde. Haar lichaam voelde zwaar, haar brein langzaam en haar gedachten verward. Ze vroeg zich af hoe hij zo precies wist hoe hij haar moest aanraken. 'Niet stoppen.'

'Ik stop niet.' Hij verschoof iets en ze voelde zijn gewicht op haar, zijn kracht, en toen drong hij diep bij haar naar binnen en smoorde hij haar verstikte kreet van genot met zijn mond.

Even bleven ze zo liggen, met elkaar versmolten, alle gedachten overspoeld door lust. Toen begon hij te bewegen, eerst nog langzaam, en ze sloeg haar benen om hem heen en duwde haar heupen omhoog, zijn ritme volgend. Haar vingers boorden zich in zijn gespierde schouders en ze klampte zich aan hem vast. Ze wilde iets vasthouden wat sterk en veilig was, wat tegenwicht kon bieden aan de duizelingwekkende lichtheid die ze voelde wanneer ze met hem samen was.

Hij kuste haar mond, haar kaak, haar halslijn, en bleef het meedogenloze ritme vasthouden, waarmee hij haar bij elke stoot dichter bij het hoogtepunt bracht. Ze liet zich gaan, gaf zich eraan over, en fluisterde dat ze hem wilde, dat ze hem nodig had. Haar hart bonkte wild, haar spieren spanden zich en toen ze met een gelukzalig genot haar climax bereikte, riep ze zijn naam en nam ze hem mee, en het schokken van haar lichaam voerde hem naar hetzelfde punt.

Naderhand lag ze met haar hoofd op zijn borst. Zijn borstkas ging onregelmatig op en neer. Ze voelde zich zwak en niet bij machte om te bewegen, maar ook hij leek geen aandrang te voelen om in beweging te komen. Hij hield haar stevig alsof hij haar nooit meer wilde loslaten.

Hij was de eerste die iets zei. 'Ik heb een vraag.'

Ze glimlachte tegen zijn huid. 'Moet je hem stellen?'

'Mijn vraag is niet prestatiegerelateerd.' Hij drukte een kus op haar hoofd en streek haar haar naar achteren. 'Wanneer ik wegga, ga je dan met me mee?'

Ze tilde haar hoofd op en wou dat hij niet dit moment had gekozen om dit onderwerp aan te snijden. 'Je hebt de schuur tot maart gehuurd.'

'Is dat het eerste waar je aan denkt – dat de schuur dan leegstaat?'

Haar hart bonkte tegen zijn borstkas. 'Je bent wel nuttig voor de oefeningen van het reddingsteam. Het valt niet mee om vrijwilligers te vinden die in een gat in de sneeuw willen liggen wachten tot ze gevonden worden.'

'Vreemd, ik vraag me af waarom.' Hij draaide een haarlok van haar om zijn vinger. 'Dus je zult je huurder missen, en je slaafje. Verder niets? Want ik krijg de indruk dat ik alles op tafel heb gelegd, maar jij niet.'

'Ik weet het.' Ze rolde van hem weg en ging op haar rug liggen, haar blik gericht op de houten balken aan het plafond van haar slaapkamer.

'Is het omdat je denkt dat ik niet eerlijk tegen je ben geweest? Voor wat het waard is: ik heb nadat jij weg was een goed gesprek met Suzanne gehad. Ik had veel eerder contact met haar moeten zoeken.'

'Dat is het niet.'

'Wat dan wel?'

Ze voelde frustratie en iets wat dicht tegen wanhoop aan lag. 'Ik kan niet zomaar weggaan, Luke. Ik kan niet zomaar uit mijn leven stappen.'

'Ik dacht dat je avontuur wilde.'

'Dat wil ik ook.'

Maar het was allemaal ingewikkelder geworden omdat ze nu ook hém wilde. Wat moest ze doen?

25

Beth

'Ik wist helemaal niet dat Hannah een vriend had.' Beth zat de volgende ochtend op de slaapkamervloer de laatste kerstcadeautjes in te pakken, terwijl Jason bij de deur op de uitkijk stond om nieuwsgierige kinderen tegen te houden. Ze had de cadeautjes in verschillende tassen gedaan, zodat ze ze niet door elkaar zou halen. 'Waarom zou ze dat niet verteld hebben?'

'Ik denk omdat ze er niet over wilde praten.'

'Maar ze praatte wel over andere dingen.' En Beth was nog steeds verbijsterd over hoe open haar zus was geweest over hun verleden en over wat ze bij haar kinderen voelde. Maar ze had dus over haar liefdesleven heel veel niet verteld, afgaande op Hannahs blik toen ze Adam uit de taxi zag stappen. 'We hebben over het ongeluk gepraat.'

'Dat meen je niet.' Jason leunde tegen de deur. 'Daar praten jullie nooit over. Was dat vanwege Luke?'

'Waarschijnlijk was hij wel de aanleiding, ja.'

'Was dat niet te moeilijk voor je?'

Ze keek hem aan, geroerd door zijn bezorgdheid. 'Nee. Het was eerder een opluchting, omdat Hannah haar gedachten en gevoelens heeft gedeeld. Ook heb ik ontdekt dat het ongeluk deels de reden is dat ik altijd zo bezorgd ben over de kinderen.'

'Weet ik.'

'Als je het wist, waarom hebben we het daar dan nooit over gehad?'

'Omdat je nooit over het ongeluk wilt praten. Daar word je gestrest van.' Hij pakte een rol plakband op die bij zijn voeten was beland. 'Maar je bent inderdaad vaak bezorgd, en dat vind ik jammer.'

'Denk je dat de kinderen daardoor te voorzichtig zijn?' Dat was wel het laatste wat ze wilde.

'Als je Ruby vanochtend op tafel had zien klimmen, zou je die vraag niet stellen. Ik maak me meer zorgen over jou. Als je met iemand wilt praten... een deskundige...'

Beth nam het plakband van hem aan en knipte een stuk af. 'Dat zat ik ook al te denken. Ik zal erover nadenken.'

'Ik ben blij dat je zo goed met je zussen hebt gepraat. Had je daarom Hannah beneden uit de brand geholpen?'

'Ze zag eruit alsof ze dat nodig had. Ik maakte me zorgen om haar.' En ze maakte zich ook zorgen om Posy, maar die was vertrokken voordat Beth de kans had gekregen om met haar te praten. Waarschijnlijk had ze na Hannahs uitbarsting wat ruimte nodig gehad. Het had haar vast van haar stuk gebracht.

Terwijl ze nadacht over de complexiteit van families, plakte Beth het laatste pakje dicht. 'Klaar. Dit kan allemaal in de kerstkousen. Ik verheug me nu al op die blije kindergezichtjes op kerstochtend.'

'Het enige wat Ruby wil, is Bugsy. Ik heb op internet gezocht wanneer er bereik was, maar ik heb niets gevonden wat ook maar in de verste verte op Bugsy lijkt. Er is een konijn op eBay, maar dat ziet er niet uit en heeft de verkeerde kleur.'

'Ze heeft Bugsy al sinds ze een baby is. Ze maken hem waarschijnlijk niet meer.'

Jason keek haar ontsteld aan. 'Stoppen ze met de productie van populaire knuffeldieren? Hebben die mensen dan geen enkel verantwoordelijkheidsgevoel? Ik voel me vreselijk. Melly zegt dat Ruby niet kan slapen. Ik ben de slechtste vader ter wereld. We hadden gewoon vijf reserveknuffels moeten kopen.'

'Reserveknuffels?' Beth schoof de tas onder het bed. 'Ik ben onder de indruk. Dat is hogere opvoedkunde. Een paar weken geleden zou je daar nog niet aan gedacht hebben.'

'Een paar weken geleden was ik een ander mens. Of misschien wel dezelfde, maar met andere prioriteiten. Als we voortaan iets belangrijks kopen voor de meisjes, kopen we het dubbel. Dat hadden we met Bugsy moeten doen.'

'Dat heb ik gedaan.'

'Dat heb je–' Jason gaapte haar aan. 'Wat?'

'Ik had reserveknuffels gekocht, maar geen vijf. Ik had er drie gekocht.'

'Drie?' Hij slaakte een hoorbare zucht van verlichting. 'Dus je hebt er nog twee thuis liggen? Dat is fantastisch nieuws. Wat ben je toch een geweldige moeder, Beth.'

Het werd tijd voor een bekentenis. Beth strekte haar benen en kreunde. 'Ik ben niet geweldig.'

'Maar je hebt twee reserveknuffels thuis–'

'Ik zei niet dat ik reserveknuffels thuis had.'

'Maar–'

'Dit is niet de eerste keer dat Bugsy een enkele reis naar een onbekende bestemming maakt.'

Er viel een lange stilte. 'Bedoel je dat jij Bugsy ook weleens bent kwijtgeraakt?' Wanneer?'

'De eerste keer dat ik hem kwijtraakte, was–'

'Wacht even. Was er meer dan één keer?'

Beth kermde. 'Ik heb hem in dat eettentje bij het park laten liggen. We gingen daar een keer een milkshake halen en toen kreeg Ruby een driftbui, ik weet niet meer waarom. Iedereen keek naar me met die blik die mensen opzetten als je kinderen zich misdragen. Ze denken allemaal hoe zij het zelf zouden aanpakken en dat is nooit hoe jij het doet.'

'Ik ken die blik.' Hij keek haar aan. 'Vroeger niet, dat is waar, maar inmiddels ken ik die blik.'

'Ik wilde daar alleen maar zo snel mogelijk weg, dus gooide ik wat geld op tafel...' Ze ademde diep in. '...en liet ik Bugsy achter. Op de stoel. Ik heb later nog gebeld, maar hij was weg. Dus pakte ik een reserve-Bugsy.'

'Merkte ze geen verschil?'

'Misschien dat ik hem een beetje vuil heb gemaakt om hem er wat authentieker uit te laten zien.'

Jason keek haar perplex aan. 'En de tweede keer?'

'Toen heb ik hem in de metro laten liggen.'

Hij wreef met zijn hand over zijn kaak. 'Dus je bent Bugsy twee keer kwijtgeraakt, maar je hebt niets gezegd? Ik dacht dat jij perfect was.'

'Niemand is perfect, Jason. We zijn mensen. We doen ons best en meer kunnen we niet doen. Je zette me op een voetstuk, en dan voelde ik me altijd gevleid, maar ook een mislukkeling, want ik wist dat ik niet die vrouw was.' Ze slikte. 'Het was niet alleen dat ik het gevoel had dat je de kinderen niet kende; ik had ook het gevoel dat je mij niet kende.' Ze was nog nooit zo eerlijk tegen hem geweest.

'Ik hou van je. Het maakt me niet uit als je fouten maakt. Je hebt geen idee hoeveel beter ik me voel nu ik weet dat jij Bugsy ook bent kwijtgeraakt.' Jason hielp haar overeind. 'En trouwens, ik vind je nog steeds op alle fronten een geweldige moeder.'

‘Ik heb geen reserve-Bugsy.’

Hij nam haar in zijn armen en ze voelde verlangen in zich opwellen. ‘Ik hou van je.’

‘Ik hou ook van jou.’

‘Mama? Mag ik op Socks rijden?’ Ruby kwam binnenlopen en ze lieten elkaar los. Jason duwde met zijn voet de tas met cadeautjes nog wat verder onder het bed.

‘Nee, lieverd. Het sneeuwt.’

‘Maar ik vind sneeuw leuk.’

‘Misschien straks, als het weer wat beter is, maar tante Posy is nu even druk en er wordt storm voorspeld.’ Beth zag Ruby’s lip trillen en tilde haar op. ‘Het beste wat je met dit weer kunt doen, is een taart bakken met oma. Wat denk je daarvan? Dan doen we het samen, met z’n drietjes.’

Ruby liet dat even bezinken. ‘Oké. Maar dan wil ik daarna op Socks rijden.’

Beth droeg haar naar beneden en duwde de keukendeur open. Het rook er naar kaneel en kruidnagel. Suzanne zeefde bloem boven een kom. Beth zag tot haar opluchting dat ze er ontspannen en tevreden uitzag.

Ruby wurmde zich uit Beths armen en klom op een stoel. ‘Mag ik helpen?’

‘Natuurlijk, maar wat is regel nummer één bij het koken?’

‘Handen wassen.’ Ruby klom weer van de stoel af, waste haastig haar handen en kwam weer terug bij de tafel.

Suzanne gaf haar een lepel en trok de kom wat dichter naar hen toe. ‘Voorzichtig roeren, zodat de bloem niet door de hele keuken stuift.’

Beths telefoon ging over. Het was Corinna. Haar hart begon te bonzen en ze kreeg een knoop in haar maag. Gisteravond had ze het telefoontje genegeerd, maar dat kon ze niet nog een keer maken, vond ze. Waarom voelde ze zich verplicht op te nemen, terwijl ze wist dat Corinna misbruik van haar maakte? Haar hart ging wild tekeer bij de gedachte aan wat er zou gebeuren als ze wéér niet opnam. 'Ik moet deze even nemen.'

Ruby's gezicht betrok. 'Je zou meehelpen. Dat had je beloofd.'

Ze voelde een steek van schuldgevoel. 'Begin maar vast met oma, ik kom er zo aan.' Toen zag ze haar moeder naar haar kijken. 'Heel even maar. Het is belangrijk.'

Suzanne zei niets. In plaats daarvan leidde ze Ruby af en maakte haar aan het giechelen door vormpjes te maken in het deegmengsel.

Beth liep de keuken uit en bleef toen staan. Waar was ze mee bezig? Dit was waanzin. Hannah had gelijk over Corinna. Ze was een tiran. Beth wilde niet voor een tiran werken. En ze was het aan niemand verplicht om dit telefoontje aan te nemen. Ze zou terugbellen op een moment dat het haar uitkwam, en dat was niet wanneer ze met haar familie kerst aan het vieren was. Ze liet de telefoon op de voicemail springen. Misschien zou ze wel helemaal niet terugbellen. Als er bereik was, zou ze Corinna een e-mail sturen om te zeggen dat ze geen belangstelling meer had voor de baan. Tot die tijd ging ze kerstkoekjes bakken met haar dochtertje.

Met trillende handen stopte ze de telefoon in haar broekzak en ze liep weer naar de keuken.

Haar moeder keek haar aan. 'Viel het signaal weg?'

'Nee. Ik heb besloten later terug te bellen.' Haar handen beefden nog steeds. 'Waarschijnlijk een idioot besluit.'

Haar moeder glimlachte. 'Klinkt als een heel goed besluit.'

Op dat moment ging de achterdeur open en kwam Posy binnen. Ze stampte de sneeuw van haar laarzen en ritste haar jas los. 'Het lijkt buiten de Noordpool wel.'

Beth zocht op haar gezicht naar sporen van tranen. Hadden zij en Luke een confrontatie gehad?

Ruby liet de koekjes voor wat ze waren en rende op Posy af. 'Kunnen we op Socks rijden?'

'Nog niet meteen.' Posy tilde haar op en zwierde haar in het rond. 'Hij staat in het achterste veld en het vriest dat het kraakt. Bovendien sneeuwt het weer.'

'Ik wil niet dat hij doodgaat.'

'Doodgaat?' Posy streek over Ruby's haar. 'Waarom denk je dat hij doodgaat?'

Is dat mijn schuld, vroeg Beth zich af. Heb ik haar geleerd om altijd het ergste te denken?

'Omdat het zo koud is,' zei Ruby.

Posy schudde haar hoofd. 'Hij gaat niet dood. Hij heeft een heel dikke vacht, enorm veel hooi en hij kan onder een afdak schuilen als hij wil.' Posy draaide zich om toen Luke achter haar binnenkwam. Hij had zijn armen vol houtblokken en droeg een rugzak over zijn schouder.

'Wat doe jij hier?' Beth keek van hem naar haar moeder en voelde een sterke beschermdrang opkomen. Wilde zij Luke wel in haar keuken?

Suzanne keek op van het deeg dat ze aan het uitrollen was. 'Bethany Butler, dit is mijn huis en iedereen is welkom hier.' Ze glimlachte naar Luke. 'Bedankt voor het hout. Posy legt het wel in de mand in de woonkamer. Ga lekker zitten en warm even op. Dan maak ik koffie en mag je straks een van de koekjes die Ruby en ik aan het bakken zijn. Heb je de foto's bij je die me zou laten zien?'

'Ik heb ze hier.' Hij haalde een laptop uit zijn rugzak en zette hem op tafel, op veilige afstand van Ruby's kookkunsten.

Posy liep met de houtblokken de keuken uit en Beth drentelde achter haar aan. Hannah lag opgekruld op de bank met een boek en Beth vroeg zich af waarom ze alleen was.

'Waar is Adam?'

Hannah keek niet op van haar boek. 'Hij moest iets voor zijn werk doen.'

Posy liet de houtblokken in de mand naast de haard vallen. 'Ik weet dat je niet wilt dat hij hier is en het spijt me, maar hij is helemaal vanuit New York hierheen gevlogen, dus denk je niet dat je minstens met hem moet praten, Hannah?'

Beth zag Hannah rood worden en kwam tussenbeide. 'Jij bevindt je nou niet bepaald in een positie om iets over relaties te zeggen, Posy. Jij heult met de vijand.'

Nu werd Posy rood. 'Hij is niet mijn vijand. We vinden toch allemaal dat iedereen zijn eigen keuzes mag maken?'

'Je gaat naar bed met een man die tegen je gelogen heeft. En tegen mama.'

'Mocht je het niet in de gaten hebben: mama heeft hem hier verwelkomd.'

'Zo is ze. Ze is de hartelijkste vrouw die er bestaat. Dit onderwerp brengt haar van streek, Posy!'

'In het algemeen wel, maar in dit geval niet. En jij bent niet de enige die haar wil beschermen. Ik geef ook om haar. Wij allemaal.' Posy rechtte haar rug. 'Denk je dat papa Luke binnen zou laten als mama zich door hem slechter zou voelen?'

Ze wisten allebei hoe beschermend Stewart was.

'Waarschijnlijk niet. Maar dat betekent nog niet dat jij een relatie met hem moet hebben. Ik maak me ook zorgen over jou.'

'Ze heeft een punt,' zei Hannah. 'Luke heeft je gekwetst.'

'En vorige week heb ik tijdens het klimmen mijn hand opengehaald. Maar daardoor geef ik het klimmen nog niet op,' zei Posy geërgerd. 'Je hebt toch geen leven als je dingen niet doet alleen maar omdat je bang bent dat het pijn gaat doen? Pijn gaat weer over. En terwijl de pijn wegtrekt, kun je denken aan hoeveel plezier je hebt gehad.'

Hannah fronste even haar wenkbrauwen en verdiepte zich toen weer in haar boek.

Beth staarde voor zich uit. *Pijn gaat weer over.* Haar zus zei het zo achteloos. In tegenstelling tot Hannah en Beth ging Posy pijn niet uit de weg. Ze was vrijelijk in een relatie met Luke gestapt en leek zich geen zorgen te maken over hoe die zou uitpakken. Posy deed wat ze wilde en had er alle vertrouwen in dat ze wist om te gaan met wat er op haar pad kwam.

Beth wou dat ze meer was zoals zij. Ze wilde net iets zeggen toen Ruby de kamer in kwam gerend.

'Mama, heb je ze nog gebeld over Bugsy?'

Beth kreeg een knoop in haar maag. 'Ja, maar ze hebben hem nog niet gevonden.' Ze moest haar dochter vertellen dat ze zonder Bugsy moest leren leven. Ze moest nu meteen met de nieuwe versie van zichzelf beginnen door dit lastige onderwerp aan te pakken. 'Ruby–'

'Ik heb een idee!' riep Ruby enthousiast. 'Ik kan de Kerstman schrijven!'

'Lieverd, dat lijkt me niet–'

'Dat lijkt me een geweldig idee.' Hannah legde haar boek neer. 'Ik help je wel met de brief en dan mag jij je naam eronder zetten. We kunnen je mooie glitterpennen gebruiken.'

Ruby holde de kamer uit om haar glitterpennen te zoeken en Beth zei gefrustreerd: 'Ik wilde haar net de waarheid gaan vertellen.'

'Ze gelooft in de Kerstman.' Hannah stond op. 'Je zei dat je dat niet wilde bederven.'

'Maar nu heb je de ellende uitgesteld tot kerstochtend. Ik heb haar liever nu overstuur dan met Kerstmis, maar door jou kan dat nu niet meer.'

Hannah bleef bij de deur staan. 'Beth-'

'Als je gaat zeggen dat ik me niet zo moet opwinden, hou dan je mond maar. Ik weet dat je het goed bedoelt, maar eerlijk gezegd heb je gewoon geen verstand van kinderen.'

Er viel een ijzige stilte. Hannah draaide zich om en liep zonder nog iets te zeggen achter Ruby aan de kamer uit.

Beth beet op haar onderlip. 'Nu heb ik haar kwaad gemaakt.'

'Je hebt haar zelfvertrouwen onderuitgehaald,' verzuchtte Posy. 'Ze vindt zichzelf niet goed met kinderen en nu bevestig je haar daarin. Je moet niet zo streng zijn.'

'Ik ben degene die op kerstochtend aan Ruby moet uitleggen dat de Kerstman ons niet altijd alles geeft wat we vragen, zelfs niet als we braaf zijn geweest.'

'Is dat zo'n slechte les? We krijgen niet altijd alles wat we willen; dat is nu eenmaal zo in het leven.' Posy keek naar het hout dat in de haard vlam vatte. 'Ik snap dat je haar geloof in de Kerstman levend wil houden, dat is ook normaal. Kerstmis is een magische tijd voor kleine kinderen. Maar je kunt kinderen niet grootbrengen met het idee dat het leven altijd op rolletjes loopt. Soms gooit het leven met stenen naar je, en wanneer dat gebeurt, moeten ze ervoor leren wegduiken wanneer dat kan, en leren om weer op te staan als ze geraakt zijn. Je moet hun leren om met die stenen om te gaan.'

'Je vindt me geen goede moeder.'

'Dat zeg ik niet. Ik zeg alleen dat een goede moeder meer doet dan alleen haar kinderen beschermen tegen pijn. Het is ook: hun leren omgaan met pijn. Hun veerkracht bijbrengen en handvatten geven om te kunnen omgaan met alles wat op hun pad komt.' Ze liep de kamer uit en Beth keek haar na.

Diep vanbinnen was Beth zich er pijnlijk van bewust dat Posy gelijk had. Ze moest ophouden met haar kinderen te beschermen tegen elk mogelijk leed. Kon ze dat?

26

Hannah

Later die ochtend brak er storm los. De wind rukte aan de ramen en huilde door de bossen. Sommige bomen werden omvergeblazen, andere zuchtten en steunden onder de druk. Het klonk alsof er buiten een menselijk wezen langdurig jankte.

Hannah vroeg zich af of zij de enige was die het als een huilende baby vond klinken. Of kwam dat doordat ze alleen maar aan de zwangerschap kon denken? Beths woorden hadden haar pijn gedaan. *Je hebt geen verstand van kinderen.* Maar nu was ze hier, zwanger en wel. Ze had zevenenhalve maand om erachter te komen.

Een kind kon flink verpest worden door een slechte opvoeding. En zij kon het weten. Dat wilde ze niet op haar geweten hebben bij haar eigen kind. Ze wist dat ze Adam over de zwangerschap moest vertellen, maar ze moest zelf nog aan het idee wennen. Ze had nog geen tijd gehad om het te laten bezinken, laat staan om te bedenken wat ze tegen hem wilde zeggen.

En hoe konden ze in hemelsnaam zo'n gesprek voeren terwijl haar familie over haar schouder meekeek? Het was ondraaglijk. Ze had het gevoel dat ze allemaal naar haar keken en hun oordeel klaar hadden.

Ze gingen aan tafel voor de lunch, en tot haar opluchting kwam Luke er ook bij zitten. Dat verminderde de kans dat haar iets persoonlijks werd gevraagd. Adam zat rechts van haar en Ruby wilde per se links van haar zitten. Hannah was dankbaar dat ze het ongemakkelijke gesprek nog wat langer kon uitstellen.

'De Kerstman komt toch wel, hè tante Hannah? Wat als de rendieren niet door de sneeuwstorm kunnen?'

Hannah en haar zus wisselden een blik. 'Ik, eh...' Ze kon dit niet. 'Ja hoor, hij komt wel.'

'Maar hoe dan?'

Hannah was zich ervan bewust dat alles wat ze zei waarschijnlijk verkeerd was. 'Hij heeft het al heel vaak gedaan. Ik denk dat hij wel weet wat hij doet.' Hij wel. Zij had geen idee.

'Ik hoop het maar, want hij komt Bugsy brengen.'

Beth stak een lepel in een kom met geroosterde pastinaak en zei niets.

Suzanne was het vlees aan het snijden toen Posy's telefoon piepte; die van Stewart piepte tegelijkertijd.

Posy haalde haar telefoon uit haar broekzak en sprong overeind. 'Sorry, we moeten gaan. Er zijn wandelaars op duizend meter hoogte door de sneeuwstorm overvallen.'

Suzannes hand met het mes bleef boven het vlees hangen. 'Maar je hebt nog niets gegeten.'

'We redden ons wel.'

'Kunnen ze de helikopter niet sturen?'

'In dit weer kun je niet vliegen.' Posy pakte een stuk brood en besmeerde het dik met boter. 'Te veel smuik en sneeuw.'

Adam pakte zijn glas wijn op. 'Voor de stadsmensen onder ons: wat is smuik?'

'Dikke mist.' Posy pikte een stuk kip van het bord. 'Het zicht is nul. Er kan geen helikopter vliegen, dus we zullen het te voet moeten doen.' Kauwend liep ze naar de deur. 'Blijf maar niet op voor ons.'

Suzanne legde het mes neer. 'Denk je dat het zo lang gaat duren?'

'Zou kunnen.' Stewart pakte zijn jas en zijn laarzen. 'We nemen het rupsvoertuig om zo dichtbij mogelijk te komen. Ook handig om in te schuilen voor de storm, mocht het nodig zijn.'

Hannah voelde haar maag samentrekken. Haar blik kruiste die van Suzanne. Ze dachten allebei aan die avond.

Posy floot naar Bonnie, die haar plek naast Ruby's stoel verliet en kwispelend naar de deur rende. 'Er is tenminste één iemand die het leuk vindt om in een sneeuwstorm te gaan speuren.'

Lukte stond ook op. 'Kan het team hulp gebruiken?'

Posy keek over haar schouder. 'Een ervaren hulp als jij absoluut. Je hebt al drie keer met ons getraind. Weet je zeker dat je je middag wilt doorbrengen op een kale bergtop waar de wind met honderdvijftig kilometer per uur om je oren raast en de gevoelstemperatuur min vijfentwintig is?'

'Klinkt als een leuke date.'

Hannah stond perplex. Ze begreep niets van haar zus, maar Luke kennelijk wel. Misschien pasten ze toch wel bij elkaar.

Opeens was er een heleboel commotie. Toen gaf Stewart Suzanne een kus en weg waren ze. De deur werd door de wind uit hun handen gerukt en sloeg hard achter hen dicht. Even later hoorden ze een auto starten.

'Mijn excuses, Adam.' Suzanne ging verder met het snijden van de kip. 'Onze lunch is normaal niet zo krankzinnig.' Adam stond op en reikte haar de borden aan. 'Ik vind het niet krankzinnig, hoor.' Hij leek op zijn gemak, waardoor Hannah zich op de een of andere manier slechter voelde.

Beth keek naar Suzanne. 'Hoe kun je hem laten begaan als je zo bezorgd bent?'

'Omdat hij iets doet wat hij graag wil. En Posy ook. Ik zou hun nooit verbieden om iets te doen wat ze graag willen. Of ik bezorgd ben? Natuurlijk. Ben ik rustig wanneer ik weet dat ze met slecht weer in de bergen zijn? Nee. Maar ik hou mezelf voor dat ze weten wat ze doen. En ze nemen allebei geen risico's. Ze zoeken het gevaar niet op.'

Na de lunch pakte Ruby Hannahs hand. 'Wil je met me spelen?'

Hannah was bang dat ze weer iets zou doen wat haar zus niet leuk vond en antwoordde met een geforceerde glimlach: 'Ik ben daar niet zo goed in, Ruby.'

'Ik kan je wel laten zien hoe het moet,' zei Ruby behulpzaam. 'Je kunt het leren. Je hoeft alleen maar te oefenen. We spelen wel boekwinkeltje. Daar ben je vast goed in, want je houdt van lezen.'

Hannah stond op. Waarom voelde zo'n simpele zin als een stomp in haar maag? 'Goed, dan gaan we samen spelen. Kies jij maar wat.' Ze wist dat ze met Adam moest praten, maar het weer was te slecht om te gaan wandelen en ze had geen zin om op haar kamer te praten, waar iedereen die langskwam het kon horen.

Adam stond op. 'Ik moet nog een offerte afmaken. Dank je wel voor de heerlijke lunch.'

Hannah speelde een paar uur met Ruby. Ze waren maar met z'n tweetjes in de tv-kamer en Hannah merkte dat ze ontspande.

Eerst maakten ze kerstversieringen, met grote hoeveelheden lijm en glitters, die voor het merendeel op Hannahs spijkerbroek belandden. Na een uur kwam Melly erbij. 'Mag ik je make-up doen, tante Hannah?'

Hannah ging gedwee op de grond zitten, terwijl Melly zorgvuldig haar gezicht opmaakte. Ze zat toch al onder de glitters; hoeveel erger kon het worden?

'Je ziet er heel mooi uit, tante Hannah.' Melly richtte zich vervolgens op Hannahs haar. 'Linten in je haar zou mooi staan.'

Hannah, die zichzelf niet echt een type voor linten vond, bleef stil zitten terwijl Melly haar haar borstelde en het in een roze lint bijeenbond. Ze durfde niet in de spiegel te kijken.

'Nu ben ik aan de beurt om met tante Hannah te spelen.' Ruby pakte haar hand en trok haar mee naar de andere kant van de kamer. 'Jij gaat op de grond liggen. Ik ga je begraven en dan redden. Je mag gillen als je wilt, want je bent heel bang. Dan ga ik je troosten.'

Hannah had zich voor de vierde keer onder een stapel kussens van de bank verstopt toen Adam de kamer in kwam lopen.

Ruby was opgetogen met de komst van nog een potentieel slachtoffer. 'Wil je ook mee reddertje spelen? Ik ben brandweerman en jij ligt onder het puin.'

'Dat is een zeer aanlokkelijk aanbod,' zei Adam droogjes, 'maar ik wilde graag Hannah even lenen. Ik heb haar hulp nodig met rekenen.'

Ruby reageerde begripvol. 'Ze is heel slim.'

'Inderdaad.'

Hannah kroop onder de kussens vandaan. Ze had glitters op haar broek en een lint in haar haar, en ze had geen spiegel nodig om te weten hoe ze eruitzag. Dit was waarschijnlijk een goed moment om het op een gillen te zetten.

Ze zag Adams mondhoek omhooggaan en met het schaamrood op haar kaken stond ze op. Ze vond het ongemakkelijk om met kinderen te spelen waar anderen bij waren, want ze wist dat ze er niet goed in was, al moest gezegd worden dat Ruby aandoenlijk vergevingsgezind was over haar gebrek aan talent.

Het geeft niet, tante Hannah. Ik weet dat je het niet verkeerd wilde doen...

Dat Adam nu net getuige moest zijn van haar gebrekkige omgang met kinderen, vlak voordat ze hem ging vertellen dat ze zwanger was, was niet echt goede timing. Of misschien juist wel. Dan was het in elk geval duidelijk waarom ze zo zenuwachtig was.

Ze liep achter hem aan naar de slaapkamer en deed de deur achter hen dicht. 'Heb je aan de offerte gewerkt?'

'Hij is klaar. Ik dacht dat je hem misschien even wilde nalopen.' Hij wierp een blik op haar. 'Ik denk dat als we de lampen uitdoen, je licht geeft in het donker. Dat roze lint is ook mooi. Hopelijk neem je deze look mee terug naar New York.'

'Mijn gezicht jeukt van alle make-up, maar ik wil die er niet af halen.'

'Waarom niet?'

'Omdat ik Melly niet wil beledigen. Ze is erg trots op haar werk.'

Hij keek haar onderzoekend aan. 'Ik hou mezelf voor dat je met je nichtjes speelt omdat je dat leuk vindt, en niet om mij uit de weg te gaan. Je hebt me nog steeds niet verteld waarom je eerder naar huis bent gegaan en waarom je hebt gelogen dat Posy ziek was.' Hij legde zijn handen op haar schouders. 'Is het omdat ik te hard ga? Vind je het ongemakkelijk als ik tegen je zeg dat ik van je hou?'

Het was nog veel ingewikkelder dan dat.

Hij liet haar los. 'Ik had niet moeten komen. Dat was niet eerlijk tegenover jou. Ik had eerst moeten bellen, maar telkens als ik bel, is er óf geen bereik, óf je neemt niet op. Ik ben iemand die een ander pad neemt als de weg geblokkeerd is. Dat weet je. Ik werd er gek van dat ik je niet kon zien en niet met je kon praten, dus nadat ik Posy gesproken had, leek het me de juiste beslissing.' Hij liep naar het raam en keek naar de grijze lucht en de dreigende wolken. 'Wat een weer. Redt je zus het wel?'

Op dit moment dacht ze niet aan Posy; ze dacht aan hem. Was het wel eerlijk om hem hier te vertellen dat ze zwanger was, omringd door haar familie? Dit was geen neutraal terrein. Het was niet makkelijk voor hem om een uitweg te vinden in een potentieel uiterst ongemakkelijk situatie. 'Posy is goed in haar werk. Ze is voorzichtig. Stewart ook.' Toch was ze bezorgd. Suzanne was ook goed geweest in haar werk. Ze was voorzichtig geweest. 'Ik ga maar even bij Suzanne kijken. Ze is vast erg bezorgd.'

Zijn blik gleed van het uitzicht naar haar. 'Waarom noem je haar Suzanne? Je zussen noemen haar mama.'

'Dat was mijn manier om afstand te bewaren.'

'Waarom wilde je die afstand?'

Ze ging op bed zitten. Hier kon ze tenminste eerlijk over zijn. Terwijl de wind aan de ramen rukte, vertelde ze hem het hele verhaal. Dat haar vader geen geduld met haar had gehad. Dat ze het idee had dat ze niet gewenst was. Dat ze wist dat ze niet zijn lievelingetje was.

'Ik had niet de kwaliteiten die ze bewonderden.'

'Ik dacht dat ze niet van me hielden, dus waarom zou Suzanne dan wel van me houden?'

De woorden kwamen er verrassend makkelijk uit en hij luisterde zonder haar te onderbreken, zijn blik op haar gericht, terwijl de wind om het huis huilde.

Pas toen ze klaar was met haar verhaal, zei hij iets. 'Je noemt haar Suzanne omdat je bang was voor een hechte band met haar?'

'Het voelde veiliger. Het doet zeer om van iemand te houden die niet van jou houdt. En je kunt iemand niet dwingen om van je te houden.'

'Denk je dat Suzanne niet van je houdt?'

'Ik weet dat ze van me houdt. Maar in het begin voelde ik me een last. Het is moeilijk om te veranderen als je al je hele leven op je hoede bent.'

'Je bent bij mij ook op je hoede. En ik heb extra druk op je uitgeoefend door hierheen te komen. Ga met Suzanne praten, Hannah. Ze is vast doodongerust over Posy en Stewart. Je vader.'

Er was nog een heleboel te zeggen, maar ze had geen flauw idee hoe ze het moest zeggen, dus vertrok ze maar gewoon. Als het weer beter werd, zouden ze morgen een eind kunnen gaan wandelen. Het was makkelijker om buiten te praten.

De keuken rook naar Kerstmis. Suzanne had een schort voor en was druk in de weer. Ze glimlachte toen ze Hannah zag. 'Ik zie dat je met Melly hebt gespeeld.'

Hannah voelde aan het roze lint in haar haar. 'Hoe raad je het zo? Zijn het de glitters of het lint?'

Suzanne haalde een brood uit de oven. 'Volgens mij heb je je nichtje heel blij gemaakt. Ik heb twee soorten soep gemaakt en ingevroren, en ik ben met mijn tweede brood bezig.'

'Waar kan ik je mee helpen?'

'Nergens mee. Dit doe ik om niet door te draaien zolang je vader en je zus in de bergen zijn. Als ik druk ben, denk ik niet na.' Suzanne schudde voorzichtig het brood uit het bakblik. 'Ik zou me geen zorgen moeten maken, maar het stormt zo hard dat het onmogelijk is om het niet te doen. Ik probeer hen niet te verstikken. Meestal lukt dat me. Ik heb het bij hen beter gedaan dan bij jou.'

'Hoe bedoel je dat?' Hannah pakte een doek en nam het lege bakblik van Suzanne aan.

'Ik maak me zorgen over je.'

'Wat er die avond gebeurd is, heeft ons allemaal op verschillende manieren beschadigd.'

'Ja, maar we weten allebei dat er in jouw geval al vóór die avond veel schade was aangericht.' Suzanne zeefde bloem boven een kom. 'We hebben nooit over je band met je vader gesproken.'

Hannah wist niet of ze daar nu wel over wilde praten. 'Wat valt erover te zeggen?'

Suzanne pakte een fles olijfolie. 'Het was geen makkelijke man. Ik vind het erg voor je dat je zo hard je best moest doen om zijn liefde te krijgen. Je had zoveel talenten, en door hem hechtte je er geen waarde aan. Dat vond ik heel naar om te zien. Cheryl en ik hadden er regelmatig woorden over.'

Dat was nieuw voor Hannah. 'Dat wist ik niet.'

'Ik hoopte dat het zou veranderen. Misschien zou dat ook gebeurd zijn. Maar toen ze zo plotseling en op zo'n vreselijke manier omkwamen, was ik bang dat je het gevoel dat je niet goed genoeg was zou vasthouden. Mijn hart brak toen ik zag hoe behoedzaam je was bij anderen, en dat je het veiliger vond om afstand te houden. Ik wilde je in mijn armen nemen en veiligheid geven, maar de schade was al aangericht en je liet me niet meer toe.'

Hannah voelde een knoop in haar buik. 'Papa en mama hebben ons bij jullie gedumpt. Jij en Stewart waren nog jong, met nog een heel leven voor je. Opeens hadden jullie drie kinderen. Al jullie eigen plannen, dromen en avonturen gingen in rook op.' Ze had hier nog nooit over gepraat. 'Er waren vast heel veel dingen die jullie hadden willen doen, en die nu door ons niet meer konden. Je moest verhuizen omdat jullie de hulp van Stewarts familie nodig hadden, en je hebt vanwege ons nooit zelf kinderen gekregen. Jullie hebben ons zoveel gegeven en ik heb niets teruggegeven.' En dat schuldgevoel was er altijd.

'Jullie waren een geschenk. Daar moet je nooit aan twijfelen.' Suzanne veegde haar handen af en ging op de stoel naast Hannah zitten. 'Eerlijk gezegd was ik jaloers op Cheryl met haar drie meisjes. Jullie drie waren het enige wat ik wilde in mijn leven. Toen ze stierf, voelde ik me in zekere zin schuldig, omdat ik jullie kreeg en zij niet. Ik had me vast voorgenomen om de allerbeste moeder voor jullie te worden. Niet omdat ik vond dat ik haar dat verschuldigd was, maar omdat ik het wilde. Ik wilde jullie beschermen en jullie het vertrouwen schenken om weer liefde te geven, in de wetenschap dat die ontvangen en gewaardeerd zou worden. Ik wilde dat jullie je weer vertrouwd en verbonden konden voelen met iemand.'

'Ik vertrouw je, Suzanne.' Emoties welden in haar op en dreigden door de muur heen te breken die normaal haar gevoelens altijd binnenhield. 'Ik heb je altijd vertrouwd.'

Ze hoorden de achterdeur slaan en keken allebei hoopvol op, maar het was slechts de wind. Suzanne keek naar Hannah. 'Je zei dat ik me verantwoordelijk voelde, en dat was natuurlijk ook zo. Zo zou iedereen zich voelen in deze omstandigheden. Jullie hadden een groot verlies geleden, en ik was doodsbang dat ik iets zou doen wat het voor jullie nog erger zou maken. Ik kon jullie niet jullie moeder teruggeven, dus probeerde ik het op een na beste te doen, namelijk dingen zo doen zoals ik dacht dat zij ze zou hebben gedaan. In het begin vroeg ik me steeds af: wat zou Cheryl doen? Het was alsof ze over mijn schouder meekeek. Ik hoorde haar stem zeggen: *Relax, Suz, doe niet zo gestrest.* Ik werd gek van die stem, en Stewart werd gek van mij. Hij zei altijd dat we het op onze manier moesten doen, dat als jullie onze kinderen waren, we jullie ook als onze kinderen moesten opvoeden. Wij moesten beslissen wat het beste was en hoe we het wilden doen. Ik wist me geen raad. De meeste ouders krijgen de kans om zich voor te bereiden, maar wij werden van de ene op de andere dag vader en moeder. Het was niet zozeer een steile leercurve als wel een verticale rotswand.'

Hannah dacht aan haar eigen doodsangst dat ze geen goede moeder zou zijn. Hoeveel moeilijker moest het wel niet zijn als je drie getraumatiseerde kinderen erfde? 'Je had ons ter adoptie kunnen afstaan. Je had het jezelf kunnen besparen.'

'Het is geen moment in me opgekomen om jullie niet aan te nemen. Jullie hadden zekerheid nodig. Ik heb zelf als kind nooit zekerheid gehad en dat was vreselijk. Ik was er nooit zeker van dat de grond niet onder mijn voeten vandaan geslagen zou worden. Ik was nooit ergens zeker van, tot ik Cheryl ontmoette. En daarna Stewart. Ik wilden dat jullie wisten dat Stewart en ik er altijd voor jullie zouden zijn.'

'Dat heb ik altijd geweten.' Maar dit was de eerste keer dat ze het hardop zei. Ze wist dat er tijden waren geweest dat ze moeilijk in de omgang was. Dat ze niets liet zien. Vorig jaar was ze niet eens naar huis gekomen voor Kerstmis. En hadden Suzanne en Stewart haar daar een schuldgevoel over bezorgd? Nee. Ze hadden het liefdevol geaccepteerd, zoals altijd.

'Door de jaren heen werd het makkelijker,' ging Suzanne verder. 'Ik besloot dat er meer manieren waren om een goede moeder te zijn. Misschien deed ik het niet zoals Cheryl het gedaan zou hebben, maar ik deed het zoals ik dacht dat het goed was. Jullie waren mijn meiden. En soms voelde ik me schuldig, omdat ik dit geweldige gezin had waar Cheryl niet meer van kon genieten.'

'Was het moeilijk voor je om naar Schotland te verhuizen?' Dat was iets wat ze zich ook vaak had afgevraagd.

'Nee. Het was het beste wat we hadden kunnen doen. Thuis wist iedereen van Cheryl en Rob. Jullie waren "die zielige kinderen". Als we waren gebleven, hadden jullie nooit de kans gekregen om je daaraan te ontworstelen. Het ongeluk zou aan jullie zijn blijven kleven, en aan mij. Ik zag mensen zich afvragen of het mijn schuld was dat ze dood waren. Ik stelde mezelf die vraag voortdurend. Andere mensen hoefden die niet ook nog eens te stellen. Stewart zei dat we verhuisden om dichter bij zijn ouders te zijn, maar hij deed het ook om een nieuwe start te kunnen maken.'

Hannah had altijd geweten dat ze een offer hadden gebracht. Waar ze niet over had nagedacht, was hoe dapper ze waren geweest. Suzannes eerlijkheid over hun problemen stemde haar nederig. 'Ik heb je nooit echt bedankt voor wat jullie allemaal hebben gedaan. Ik ben jullie echt ontzettend dankbaar.' Dat had ze eerder moeten zeggen. Ze had hun elke dag moeten zeggen hoe geweldig ze waren.

'Ach lieverd, dat weet ik toch. Je bent een slimme, sterke, prachtige vrouw en ik ben heel trots op je.' Ze kneep zachtjes in Hannahs hand. 'Ik ben er altijd voor je als je me nodig hebt. Ik hoop dat je dat weet.'

Hannah realiseerde zich dat haar moeder – en ze zag haar wel degelijk als haar moeder – altijd haar gezin voor alles stelde. 'Vond je het moeilijk om met Luke te praten?'

'Integendeel. Hij heeft een mooi leven. Ik ben blij dat ik weet dat hij nog steeds de bergen in gaat, dat hij mij niet de schuld geeft van de dood van zijn ouders. Hij draagt het verleden natuurlijk met zich mee, maar het heeft hem niet gevormd.'

Maar het had haar wel gevormd, dacht Hannah. Ze had zich erdoor laten vormen. Ze had het haar keuzes laten bepalen. Niet alleen het ongeluk, maar ook haar relatie met haar vader.

Dat zou veranderen. Ze wist niets over kinderen grootbrengen, maar ze wist wel dat ze geen kind wilde grootbrengen dat bang was voor de wereld. Door jezelf te beschermen sloot je soms de pijn buiten, maar ook de goede dingen. 'Het is fijn om weer thuis te zijn, mama.' Ze had zich nog nooit zo ontspannen en op haar gemak gevoeld.

Suzannes ogen glommen. 'Fijn dat je er bent.' Ze schraapte haar keel en stond op. 'Zal ik een kopje thee zetten? Het wordt nog een lange avond. Ik wilde pizza maken voor de kinderen. Dan kunnen zij helpen met beleggen. Dat vinden ze vast leuk om te doen.'

'Ik regel het beleg wel.' Hannah liep naar de koelkast en haalde er kaas, olijven, champignons en ham uit.

'Als je het wilt snijden en in kommetjes wilt doen, dan heel graag. Ruby wil graag haar eigen pizza beleggen.'

Hannah vond een mes en een snijplank. Ze had nog nooit naast haar moeder in de keuken gestaan. 'Je vraagt je vast af hoe het zit met Adam.' Hannah sneed de ham in stukjes en deed die in een van de kommetjes. 'Ik was er nog niet over begonnen omdat ik... Nou ja, mijn relaties mislukken meestal en dan voel ik me er rot over dat ik jou teleurgesteld heb.'

'Mij teleurgesteld hebt?' Suzanne keek op van haar deeg. 'Je kunt mij nooit teleurstellen. Ik hoop dat ik dat vanavond duidelijk heb gemaakt.'

'Ik weet dat je me graag samen met iemand ziet.'

'Het enige wat ik wil, is dat je gelukkig bent. Dat is het enige wat ik ooit heb gewild.' Suzanne veegde de bloem van haar handen. 'Ik gun jou het allermooiste leven.'

Hannah glimlachte. 'Je wilt dat ik ga trouwen en tien kinderen krijg.'

'Dat is niet waar. Suzanne glimlachte ook. 'Nou ja, misschien een beetje. Tien kinderen is overdreven. Voor wat het waard is: ik mag Adam graag. Hij was bereid om het erop te wagen. Ik hou van mannen die niet bang zijn om risico's te nemen voor de liefde. Daar is moed voor nodig, en dat bewonder ik.'

Zij bewonderde het ook. Misschien kon ze er zelfs inspiratie uit putten. 'Ik ben zwanger, mama.' Ze zocht naar de verbazing op Suzannes gezicht, maar vond die niet. 'Wist je het al? Ik heb het tegen papa gezegd, ik ging ervan uit dat–'

'Je vader zou nooit iets wat jullie onder vier ogen hebben besproken aan mij vertellen.'

'Maar hoe–'

'Ik hoorde dat je moest overgeven. Posy deed de deur dicht en begon kerstliedjes te zingen. Ik ben dol op je zus, maar niet op haar zangstem, en omdat ik vrij zeker weet dat ze het niet deed om mij te entertainen, ga ik er ervan uit dat zij het ook weet.'

'Ze is een test met me gaan kopen toen ik hier aankwam. Ik had het jou als eerste moeten vertellen.' En nu had ze er spijt van dat ze dat niet gedaan had. Ze wou dat ze om raad had gevraagd in plaats van alles binnen te houden. 'Ik heb het Adam nog niet verteld. Ik vraag me af hoe ik dat het best kan doen.'

Suzanne knikte. 'Je bent de slimste vrouw die ik ken. Je komt er wel uit. En als je het erover wil hebben, ben ik er voor je. Ik ben blij dat je er met je zus en je vader over hebt kunnen praten.'

Bij de gedachte aan haar vader keek ze op de klok. 'Heeft het zin om hen te bellen?'

Beth dacht kennelijk hetzelfde, want ze kwam bezorgd de keuken binnenlopen. 'Zullen we papa en Posy bellen?'

Suzanne schudde haar hoofd. 'Papa belt zodra hij kan. Ik wil hem niet van zijn werk houden.'

Beth ging op de dichtstbijzijnde stoel zitten. 'Ik vind het een vreselijk idee dat ze nu in deze storm zitten. Ik snap niet hoe jullie het uithouden. Ik probeer niet dramatisch te doen, maar dat valt niet mee.' Ze pakte een stukje ham uit het schaaltje en at het op. 'Wat kijken jullie ernstig. Hadden jullie het over papa?'

Suzanne zei niets, en Hannah wist dat ze het aan haar overliet wat ze wilde vertellen.

Ze ging ook zitten. Ze wist niet hoe ze dit ging doen, maar ze wist wel dat ze het niet alleen wilde doen. 'Ik ben zwanger.'

Beths mond viel open. 'Echt waar? Wat geweldig. Wanneer ben je erachter gekomen? Waarom heb je me niets verteld?'

Hannah bloosde. 'Omdat jij me slecht met kinderen vindt en mijn zelfvertrouwen op dit moment niet nog een deuk hoeft op te lopen.'

'Dat vind ik helemaal niet.' Beth keek ontsteld en daarna berouwvol. 'Zeg je dat omdat ik tegen je uitviel over Ruby en dat gedoe met de Kerstman? Dat heeft niets met jou te maken, maar alles met mijn neurotische gedoe. Het spijt me dat ik zo lichtgeraakt ben. Sorry daarvoor. Hoe voel je je?'

'Goed.' Het voelde vreemd om er eindelijk over te praten. 'Een beetje misselijk, maar dat kan ook psychisch zijn. En wat moe, maar dat komt waarschijnlijk doordat ik niet zo goed slaap.'

'Is Adam er blij mee?'

'Hij weet het nog niet. Ik heb het hem nog niet verteld.' Ze wachtte tot Beth alle redenen zou opsommen waarom ze dat onmiddellijk moest doen, maar dat deed Beth niet.

In plaats daarvan knikte ze. 'Die vermoeidheid kan van de zwangerschap komen. Toen ik in verwachting was van Melly, was ik ongeveer vanaf de zevende week doodmoe. En ik moest natuurlijk gewoon werken, net als jij nu. Dat maakt het zwaarder. Elke dag wanneer ik thuiskwam van mijn werk, viel ik op de bank in slaap. Jason moest me wakker maken voor het avondeten. Het was slopend. Toen ging dat over en had ik een paar maanden lang juist heel veel energie, tot vlak voor het einde.'

'Dat weet ik nog.' Suzanne zette bekers thee voor hen neer. 'Daar belde je me toen nog over.'

Hannah hield de beker met beide handen vast. 'Dus jij denkt dat het wel weer wegtrekt?'

'Dat weet ik zeker. Bij mij was dat na ongeveer dertien weken.' Beth fronste haar wenkbrauwen. 'Of misschien twaalf. Ik weet het niet meer zo goed. Ik zal je het nummer van mijn arts geven, want zij was geweldig. Je wilt niet dat ze allemaal tests doen die niet nodig zijn.'

Hannah had nog niet eens aan artsen of tests gedacht. Ze voelde zich een beetje overdonderd door wat ze allemaal niet wist, en realiseerde zich toen dat Beth dat wel leek te weten. 'In ruil voor loopbaanadvies wil ik wel wat babytips.'

Beth grinnikte. 'Afgesproken.'

'Heb je wat boeken voor me te leen?'

'Ja, maar ik heb ze allemaal gelezen en heb twee kinderen gekregen, dus je kunt het ook gewoon aan mij vragen. Het enige waar ik je niet mee kan helpen, is hoe je je geen zorgen moet maken. Dat moet je zelf leren. Je wordt een geweldige moeder, Hannah. Er is nog nooit iets geweest waar je niet goed in was.'

'Klimmen.' Hannah glimlachte flauwtjes. 'Ik ben heel slecht in klimmen.'

'Ik ook.' Beth pikte een olijf uit een bakje. 'Het is ook funest voor je nagels.'

Suzanne schoot in de lach. 'De helm vond je vroeger nog het ergst. Dan raakte je haar helemaal uit model.'

Beth streek over haar glanzende zijdezachte haar. 'Het is een kwestie van prioriteiten. Ik zie er graag op mijn best uit, en wanneer ik krijsend van angst aan een rotspunt hang, is dat niet het geval.' Ze boog naar voren. 'Bel me maar als je gezelschap wilt naar je eerste controle. Dan ga ik met je mee.'

Bij dat aanbod smolt Hannahs laatste beetje weerstand weg. Waarom had ze in hemelsnaam gedacht dat ze het alleen moest doen? Hoe het ook met Adam zou gaan, ze had haar zus. Haar twee zussen. Ze had haar familie. 'Dank je.'

'Ik moet jou bedanken! Ik kan gewoon niet geloven dat Ruby en Melly een neefje of nichtje krijgen. En Jason wordt vast een heel betrokken oom, wat zijn behoefte aan nog een baby in de familie zou moeten bevredigen. Wacht.' Ze keek naar de deur. 'Ik hoor getrippel van kindervoetjes.'

Een paar tellen later kwam Melly de keuken in met in haar

armen Betsy, de oude pop van Beth. 'Ik vind de wind eng, oma. Wordt het dak eraf geblazen? Net als bij *The Wizard of Oz*?'

'Nee hoor, liefje. Blijf anders maar lekker in de keuken, hier klinkt het minder hard. Wil je meehelpen met pizza maken?'

Ruby kwam achter haar zus aan de keuken binnen. 'Ik wil een knuffel.' Ze liep echter niet op Beth af, maar op Hannah.

Hannah aarzelde even en tilde haar toen op. Ze wreef over Ruby's rug terwijl ze tegen haar praatte, en dacht aan al die keren dat ze dat bij Posy had gedaan.

Suzanne had gelijk: er waren meer manieren om een goede moeder te zijn. Ze moest gewoon de manier vinden die bij haar paste.

Ze wilde niet dat het verleden haar toekomst bepaalde. Morgenochtend zou ze met Adam praten. Ze had lang genoeg gewacht.

27

Posy

Om drie uur 's nachts kwam Posy koud en vermoeid thuis. Ze trok haar sneeuwpak uit, liet zich languit op bed vallen en viel met haar kleren aan als een blok in slaap. Om acht uur werd ze wakker, bibberend van de kou en met overal spierpijn. Bonnie lag opgekruld naast de houtkachel bij het laatste beetje warmte van het vuur.

Ze sleepte zichzelf naar de douche en probeerde onder de hete stralen op te warmen. Ze had een enorme blauwe plek op haar dijbeen doordat ze was uitgegleden, en een schram op haar wang van een steen die onder iemands voet was losgeschoten en haar gezicht had geraakt.

Toen ze onder de douche vandaan kwam, bekeek ze zichzelf in de spiegel. Ze zag er gehavend uit. Misschien kon ze het verborgen houden voor haar moeder als ze wat make-up van Beth leende.

Bonnie trippelde op haar af en zwaaide bezorgd met haar staart.

'Ik wil het niet horen. Je ziet er zelf trouwens ook niet zo florissant uit,' zei Posy tegen haar. 'Zeker een *badhairday*?'

Het was een lange, zware reddingsoperatie geweest, onder barre weersomstandigheden. Ze trok een warme, droge trui aan en was net haar haar aan het drogen toen er op de deur werd geklopt.

'Kom maar binnen, hoor. Anders wacht je ook nooit tot ik opendoe.' Ze verwachtte Luke, maar het was Hannah.

De moed zonk haar in de schoenen. Ze hadden elkaar niet meer echt gesproken sinds Hannah tegen haar was uitgevallen. Moest dit nu uitgepraat worden? Ja, ze voelde zich schuldig, maar ze had geen puf om een tirade van haar zus te ondergaan. Ze was fysiek en mentaal uitgeput.

Aan de andere kant had zij iets fout gedaan. Hannah had het zwaar en zij had het onbedoeld nog zwaarder voor haar gemaakt.

Ze wreef de slaap uit haar ogen en bekeek haar zus wat beter. 'Je ziet er moe uit. Was het laat geworden?'

'Ik ben even laat naar bed gegaan als jij.'

'Echt?' Posy bond haar nog vochtige haar in een paardenstaart. 'Waarom?'

'Ik heb mama gezelschap gehouden tot jullie thuis waren.'

Mama. Posy vroeg zich af of haar zus in de gaten had wat ze zei. 'Wat aardig van je.'

Hannah rilde van de kou. 'Posy–'

'Gaat dit over Luke? Zijn Beth en jij van plan om in te grijpen?'

'Nee, ik–'

'Als het niet over Luke gaat, dan ben je vast hier omdat je mij er nog steeds de schuld van geeft dat Adam hier is.'

'Dat is niet–' Hannah keek naar Posy's blote benen en haar mond viel open. 'Je been is bont en blauw. Wat is er gebeurd?'

'Ik ben gevallen. Dat gebeurt weleens. Zeg maar niets tegen mama, want dan maakt ze zich zorgen, en ook niet tegen de rest van het team, want dan lachen ze me uit.'

'Moet je niet naar de spoedeisende hulp?'

'Het is maar een blauwe plek.' Posy deed de deur nog wat verder open. 'Kom binnen, voordat ik ook nog bevries.'

'Heb je er ijs op gedaan?' Met een blik vol afgrijzen haastte

Hannah zich naar de koelkast. Ze haalde er een zak diepvrieserwten uit en wikkelde die in een handdoek. 'Druk dit ertegenaan.'

'Alsof ik het niet al koud genoeg heb. En sinds wanneer heb jij je EHBO-diploma?' Maar ze was geroerd door het gebaar, en opgelucht dat ze niet meer kwaad leek te zijn. Ze drukte de zak erwten tegen haar been. 'Ik moet je mijn excuses aanbieden. Ik wilde gisteren met je praten, maar we werden opgeroepen voordat ik kans had gezien je onder vier ogen te spreken. Ben je echt met mama opgebleven?'

'Ja. We konden allebei niet slapen, dus zijn we bij het vuur gaan zitten en hebben we urenlang gepraat, over van alles en nog wat. Het was heel gezellig.' Ze wreef over haar armen.

Posy legde de erwten neer. 'Ik zal de kachel aansteken. Je hebt het koud omdat je geen grammetje vet op je lijf hebt.'

'Als je nu weer een grap over pizza gaat maken–'

'Nee hoor. Na vannacht is mijn gevoel voor humor tijdelijk verdwenen. Ik heb koffie nodig.' Posy stak de kachel aan en liep naar de keuken. Er zat haar zus duidelijk iets dwars, en ze zocht naar de juiste vraag om te stellen. Ze zette koffie en overhandigde haar zus een beker. 'Hoor eens, over wat ik heb gedaan–'

'Het maakt niet uit.'

'Het maakt wel uit. Ik had niet aan de telefoon tegen hem moeten zeggen dat hij langs moest komen, ook niet als grapje. Ik had niet zo lang met hem moeten praten zonder op de badkamerdeur te bonken, maar hij klonk zo leuk en zei dat hij van je hield en...' Ze schudde haar hoofd. 'Nu klink ik net als mama. Sorry. Van nu af aan bemoei ik me nooit meer met iemands liefdesleven. Ik ben er voor je om met je mee te leven en verder niets. Maar het spijt me dat ik het lastiger voor je heb gemaakt. Het is vast heel ongemakkelijk.'

'Het is niet ongemakkelijk.' Hannah warmde haar handen aan

de beker. 'Hij is weg.' Ze liep naar het raam en bleef met haar rug naar Posy toe staan. 'Wat kun je hier ver kijken. Net of je in een boomhut woont.'

'Wacht– zei je *weg*? Heb je hem weggestuurd? Ben je gek geworden?'

'Je zou je er toch niet meer mee bemoeien of zelfs maar je mening geven?'

'Dat klonk mooi in theorie, maar ik kan toch niet zwijgend aanhoren dat je zo'n geweldige man hebt laten lopen? Waar ben je dan precies naar op zoek? Ik bedoel, hij is superknap, leuk met kinderen en overduidelijk verliefd op jou. Waarom zou je hem wegsturen?'

'Dat heb ik niet gedaan.' Hannah draaide zich om. 'Toen ik vanochtend wakker werd, was hij weg. Hij heeft een taxi naar het vliegveld genomen.'

'Hoe dan? Zijn de wegen vrijgemaakt?'

'Ik weet niet hoe, maar Adam kennende heeft hij er vast iets op gevonden. Dat doet hij altijd. Dingen regelen. Als er een manier bestaat om iets te doen, komt Adam erachter. Zo is hij.'

Posy zette haar beker op het aanrecht. 'Wist je niet dat hij wegging? Is dat zijn reactie op jouw mededeling dat je zwanger bent? Want ik zweer het je, in dat geval–'

'Ik heb het hem niet verteld.'

'Is hij niet vertrokken vanwege de baby?'

'Nee. Hij heeft een briefje achtergelaten waarin hij zegt dat hij niet had moeten komen. Dat het niet eerlijk van hem was om mij op die manier onder druk te zetten. Hij dacht dat een gesprek hierover me nog meer onder druk zou zetten, dus nam hij een eenzijdige beslissing.'

'Waarom zei je dat niet meteen?'

'Dat probeerde ik, maar jij leek te denken dat ik je een blauw oog kwam slaan.'

'Dus hij is weggegaan uit beleefdheid.' Wat een stommerik, dacht Posy. Ze had geen flauw idee wat ze moest zeggen. Ze had niets verstandigs te melden als het om relaties ging. Gletsjers, daar was ze beter in. 'En je bent opgelucht dat hij weg is.'

'Ik ben niet opgelucht.' Hannahs ogen vulden zich met tranen. 'De halve nacht ben ik aan het bedenken wat ik tegen hem ga zeggen, en als ik dan eindelijk zover ben, word ik wakker en is hij er niet meer.'

'Wilde je hem over de baby vertellen?'

'Alles. Dat ik van hem hou. Dat ik zwanger ben–' De woorden bleven in haar keel steken. 'Mama en ik hebben gisteravond heel lang gepraat. We hebben het over Luke gehad–'

'Luke?'

'Dat hij zijn keuzes niet door het ongeluk laat beïnvloeden. En ik realiseerde me dat ik bijna al mijn keuzes door het ongeluk, en door mijn relatie met onze vader, heb laten beïnvloeden. Beth is overbezorgd om haar kinderen, mama is overbezorgd om mij en ik ben overbezorgd om mezelf! Ik ga dingen uit de weg om mezelf tegen pijn te beschermen en daar moet ik mee ophouden.'

Posy kon nauwelijks geloven dat ze naar haar sterke, degelijke, stabiele zus luisterde. 'Dat snap ik, maar je gaat ervan uit dat hij jou pijn zal doen. Misschien gebeurt dat wel helemaal niet.' Ze wou dat ze dit gesprek niet hoefde te voeren na slechts een paar uurtjes slaap. 'Ik heb niets verstandigs of deskundigs te zeggen. Had ik dat maar. Maar ik weet wel dat Adam een fatsoenlijke vent is. Een goed mens. En ik denk dat je al van hem houdt, dus waarom zou het minder pijn doen wanneer je hem wegstuurt?'

Hannah snufte. 'Sinds wanneer kun jij zo goed logisch redeneren?'

'Sinds ik tijd heb doorgebracht met mijn buitengewoon slimme grote zus,' zei Posy.

'Volgens mij ben ik niet dapper genoeg voor de liefde. Jij stort je er gewoon in. Kijk maar naar je houding tegenover Luke: *we zien wel hoe het gaat.* Jij probeert jezelf niet te beschermen. Jij maakt je geen zorgen over wat er gebeurt als het misgaat. Jij gaat met de liefde hetzelfde om als met de bergen: je gaat ervoor en geniet van elk moment.'

'Omdat ik geluk heb gehad. Ik heb er nooit aan getwijfeld dat er van mij gehouden werd, Hannah. Ik heb nooit het gevoel gehad dat ik moest veranderen, of dat ik niet goed genoeg was.' Posy sloeg haar armen om haar zus heen en voelde haar verstrakken.

'Wat doe je?'

'Ik geef je een knuffel. Om je eraan te herinneren dat wat er ook gebeurt, je er niet alleen voor staat. Als je me vraagt hoe je kunt liefhebben zonder gekwetst te worden, moet ik je het antwoord schuldig blijven, maar als je me vraagt of het de moeite waard is om het risico te lopen gekwetst te worden om liefde in je leven te hebben, dan is mijn antwoord ja.' Ze hoopte dat ze er niet te makkelijk over praatte. Als Luke haar hart brak, zou ze het dan het risico waard vinden? Ze begon te twijfelen of ze het wel goed had gezegd, toen Hannah haar omhelzing beantwoordde.

'Ik heb je gemist.'

Posy kreeg een brok in haar keel. 'Ik heb jou ook gemist. Je kon het niet aan om me gekwetst te zien, maar moet je me nu zien.' Ze omhelsde haar zus stevig. 'Ik herinner me dat verdriet niet meer, Hannah. Ik herinner me alleen maar de liefde. Dankzij jou. Jij hebt me omringd met liefde. Dat is mijn vroegste herinnering. Als ik zelfbewust en zelfverzekerd ben, dan heb ik dat aan jou te danken.'

Hannah trok zich zo snel terug dat Posy bijna haar evenwicht verloor. 'Ik wil dat je iets voor me doet, voordat ik van gedachten verander.'

'Wat je maar wilt.'

'Ik wil dat je uitzoekt welk taxibedrijf in deze weersomstandigheden rijdt. Ik kan het ook zelf, maar dan duurt het te lang. Ik wil naar het vliegveld toe en achter Adam aan gaan, en ik wil het nu meteen doen, voordat ik van gedachten verander.'

Posy griste haar spijkerbroek van de stoel en trok hem aan. 'Ik ben je taxi. En ik ben ook nog eens gratis. Ga je hem vertellen dat je zwanger bent? Oké, dan gaan we.' Ze goot haar laatste slok koffie naar binnen en pakte haar jas. 'Bel hem nu meteen en zorg dat hij niet in dat vliegtuig stapt. We hebben versterking nodig. Waar is mijn telefoon?' Ze vond hem in haar jaszak en voor de verandering had ze bereik. Ze belde Beth, die slaperig opnam. 'Wakker worden! Kom over vijf minuten naar de auto. Ik weet dat je normaal meer dan vijf minuten nodig hebt om je klaar te maken, maar maak voor deze ene keer maar een uitzondering. Het is noodweer.' Ze gebruikte het codewoord uit hun jeugd. 'Hoor je me? Maak je maar op in de auto.'

Hannah schudde haar hoofd. 'Waarom maak je Beth wakker?'

'Omdat we voor deze missie misschien twee mensen nodig hebben. Eén iemand om te rijden en één iemand om te voorkomen dat je van gedachten verandert en uit de auto springt. Bovendien wil Beth hier ook bij zijn. Je moet haar denk ik ook vertellen dat je zwanger bent. Ze kan je misschien helpen.'

'Ik heb het haar gisteravond verteld. En mama ook.'

Posy was opgelucht dat ze niet meer op haar woorden hoefde te letten en werd warm bij de gedachte dat Hannah zich in staat had gevoeld het hun te vertellen. 'Daar ben ik blij om.'

'De enige die het nog niet weet, is Adam. Misschien is dit een stom idee. Het vliegveld is niet de beste plek om dit gesprek te voeren.'

'Bel hem nou maar.' Posy was bijna even wanhopig als haar zus, omdat ze wist dat deze situatie deels haar schuld was. 'Bel hem alsjeblieft.'

Hannah pakte haar telefoon. 'Het signaal is weggevallen.'

'Dan moeten we maar hopen dat er ijs op de startbaan ligt en de vliegtuigen vertraagd zijn. Snel!' Posy pakte haar sleutels en sprintte naar de auto.

Daar stond Beth, haar haar in de war en zonder make-up op haar gezicht. 'Wat is er loos?' Ze onderdrukte een geeuw. 'Voor het eerst in mijn leven slapen de kinderen uit en dan word ik wakker gemaakt door mijn zus.'

'Niet zeuren. We hebben een crisis.'

'En ik ben er. Ik heb op je SOS gereageerd. Het was alleen fijn geweest als je crisis op een iets christelijker tijdstip had plaatsgevonden.'

'Dit is niet mijn crisis. Stap in.' Posy kroop achter het stuur en Hannah ging op de achterbank zitten. Beth stapte naast Posy in en had het portier nog niet dicht toen Posy al plankgas gaf. De auto schoot vooruit, slippend en stuiterend over kuilen in de weg.

'Dit wordt onze dood,' zei Beth, 'en ik kan niet doodgaan zonder eerst sorry te hebben gezegd tegen Hannah.' Ze draaide zich om op haar stoel. 'Ik had niet tegen je moeten uitvallen over dat gedoe met de Kerstman. Ik heb er echt spijt van.'

'Geeft niet,' zei Hannah.

Beth schudde haar hoofd. 'Het geeft wel. Ik heb er de hele avond aan zitten denken. Het spijt me echt. Je bent lief tegen de meisjes, en ze vinden het geweldig om met jou dingen te doen. En Posy heeft gelijk dat ze moeten leren dat ze niet altijd alles krijgen wat ze willen, en dat ik meer moet ontspannen en moet leren accepteren dat ze niet altijd blij zijn. Ik doe echt mijn best, maar ik ben er nog niet. Als we deze autorit overleven, beloof ik dat ik nog harder mijn best zal doen.'

'Áls we dit overleven?' Posy schakelde en Beth gromde.

'Ik doe het weer, hè– dramatiseren?'

'Ja, je doet het weer.'

'Ik ben gewoon niet zo stoer. Ik ben de zus die met poppen speelde, niet met messen. En ik zou dus ook graag zonder bloed op mijn gezicht bij het vliegveld aankomen. Dat ziet er niet uit. Kan iemand mij tenminste vertellen waarom ik mijn leven op het spel zet? En laat het alsjeblieft een goed verhaal zijn.'

Nog maar een halfuur geleden had Posy zich uitgeput gevoeld, maar nu barstte ze van de energie. 'We zitten de liefde op de hielen. Beter gezegd: we gaan Adam vangen voordat hij in het vliegtuig stapt.'

'Waarom zei je dat niet meteen?' Beth fleurde op. 'Wat romantisch. Geweldig.' Ze stak haar arm naar achteren en kneep in Hannahs been. 'Het lijkt wel een film. We hebben make-up nodig. Het is maar goed dat ik een noodkoffertje bij me heb voor het geval dat.'

Posy grinnikte. 'Want make-uploos zijn is de grootst denkbare ramp.' Ze keek naar de tubes en flesjes die Beth op haar schoot uitstalde. 'In mijn noodkoffertje zitten verbanden, hechtdraad, drukverband–'

'We hebben met verschillende noodgevallen te maken.' Beth maakte zich met professionele snelheid op. 'Probeer de auto stil te houden.'

Posy overwoog om expres te gaan slingeren, maar besloot dat het de ruzie niet waard was. 'Ik snap niet waarom je de moeite neemt. Jij bent niet degene die haar liefde aan een man gaat verklaren.'

'Ik ben figurant. Bij figuranten worden ook het haar en de make-up gedaan.' Ze hield het portier vast terwijl Posy over de weg scheurde. 'En wanneer de ambulancemedewerkers me uit de auto komen snijden, wil ik er goed uitzien. Wil je mijn lippenstift lenen, Hannah? Een beetje blush? Je ziet eruit alsof je bent leeggezogen door een vampier.'

'Jij kunt je misschien opmaken in een rijdende auto, maar ik niet.'

'Ik moet weten hoe laat het is. Hoelang hebben we nog?' Posy keek in de binnenspiegel naar Hannah, die er bleek en gespannen bij zat. Beth had gelijk: ze kon wel wat kleur op haar wangen gebruiken.

'Ik heb even gekeken en over een uur vertrekt er een vlucht. Ik denk dat hij die neemt. Ik weet nog niet eens zeker of ik dit wel wil. Ik weet niet eens wat ik moet zeggen.'

'Zeg gewoon de waarheid. Zeg dat je van hem houdt. En dat je zwanger bent.' Posy maakte een scherpe bocht en Beth greep het portier weer vast om rechtop te blijven.

'Ik vind het geweldig, trouwens. Het lijkt me super om tante te zijn. Dan heb je alle leuke dingen van een baby, maar niet de vermoeiende.'

'Hou op,' zei Posy, 'anders zet ik bij de volgende bocht het portier open.'

'Ik zeg alleen maar hoe leuk het is. Het is fantastisch nieuws.'

Hannah sloot haar ogen. 'Ik vind het vooral doodeng.'

'We moeten allemaal wat dapperder zijn.' Posy greep het stuur beet toen de wielen begonnen te slippen. 'Oké, hou je vast, het gaat goed, niet in paniek raken.'

'Daar kom je een beetje te laat mee.' Beth gaf Hannah haar make-up. 'Je bent de dapperste persoon die ik ken. Ik zou nooit een kamer vol CEO's binnen durven lopen om hun te vertellen wat ze moeten doen. Jij doet niet anders. Jij opent een spreadsheet en begrijpt meteen wat je ziet. Ik krijg een paniekaanval bij zoveel getallen. En je kunt met iedereen praten. Omdat je zo belezen bent, kun je altijd een gesprek voeren. Ik weet dat het niet hetzelfde is, en je gaat me nu vast uitlachen, maar ik was doodsbang voor mijn afspraak met Corinna. Ik voelde me een bedrieger. Dus heb ik een trucje voor als ik bang ben.'

Hannah rommelde in het make-uptasje en haalde er lippenstift uit. 'En dat is?'

Beth bloosde. 'Ik doe net alsof ik in een film speel.'

'Een film?' Posy tuurde door de sneeuw en probeerde in te schatten hoe snel ze kon rijden. 'Welke film? Hopelijk een enge. Bij voorkeur met dinosaurussen.'

'Maakt niet uit, als het maar bij het scenario past. Het is makkelijker om een personage te spelen dan om mezelf te zijn. Bij dat gesprek met Corinna voelde ik me een bedrieger. Maar ik kleedde me erop, en die laarzen werden me trouwens bijna fataal, en voordat ik in de lift stapte, maakte ik mezelf wijs dat ik in een film speelde en een aanstormend talent was dat het bedrijf naar grote hoogten zou stuwen.'

Hannah keek naar de weg voor zich, waagde het er toen op en bracht snel lippenstift aan. 'Dus ik moet aan een film denken waarin een vrouw achter een man aan zit op een vliegveld om te zeggen dat ze van hem houdt?'

'Je mag je eigen film schrijven,' zei Beth. 'Maar de rol die je speelt, is die van een mooie, zelfverzekerde vrouw met fantastische benen en ongelofelijk haar–'

'Lekker oppervlakkig,' mompelde Posy. 'Ik zou kiezen voor iemand met een groot hart.'

'Zo kun je er bijvoorbeeld aan de buitenkant stijlvol en rustig uitzien,' zei Beth, 'terwijl je eigenlijk een plan beraamt om je van je jongste zus te ontdoen.'

'Ik ben wel degene die haar naar het vliegveld brengt.'

Hannah gaf de make-up terug. 'Dus ik speel iemand die op een vliegveld achter een man aan zit om te zeggen dat ze van hem houdt. Waarom heb ik het hem niet eerder verteld? Waarom heb ik tot het allerlaatste moment gewacht? Misschien speel ik iemand die net zo'n slappeling is als ik.'

'Je speelt een spion.' Beth vond een doosje blush en gaf het aan Hannah. 'Gebruik hier wat van. Je bent een knappe spionne en hij is ook een spion, voor de andere kant, dus jullie hebben allebei tegen je gevoelens moeten vechten. Je heet Hannahskaya, of Hannahova.'

'Hannah Over en Uit zul je bedoelen.' Posy proestte het uit. 'Die film zou ik echt niet gaan kijken. Dat wordt een flop.'

Beth negeerde haar. 'Jullie staan allebei aan het begin van een gevaarlijke missie, maar je hebt alleen nog deze kans om te zeggen wat je voor hem voelt voordat je uit een vliegtuig gegooid wordt boven de bergen van Kazachstan.'

'Ze hebben daar inderdaad mooie bergen,' zei Posy. 'Daar wil ik ook wel gedropt worden.'

Niemand luisterde naar haar. Maar Hannah leek wel naar Beth te luisteren. 'Wat als hij me afwijst?'

Posy hoorde de kwetsbaarheid in haar stem.

'Dat gaat hij niet doen.'

Hannah zweeg. 'Ik wou dat ik jouw zelfvertrouwen had. Jullie gaan ervan uit dat we hem nog vinden voordat hij in het vliegtuig stapt. Hij neemt de telefoon niet op. Misschien wil hij wel niet met me praten.'

'Hij is waarschijnlijk met iemand anders aan het bellen. Jullie zitten allebei voortdurend aan de telefoon. Een perfecte match dus. Als jullie ooit gaan trouwen, kun je dat opnemen in je huwelijksgelofte. "Neem jij deze vrouw en haar telefoon…"'

Posy toeterde naar een auto die haar afsneed. 'Wat doet hij nou?'

'Dat vraag ik me bij jou ook af.' Beth sloeg haar handen voor haar ogen. 'Ik ben in kermisattracties geweest die minder eng waren. En dat is niet gedramatiseerd.'

'Ik doe alsof ik in een film zit. Ik speel de rol van de chauffeur van de vluchtauto na een bankoverval.' Posy zag Beth iets intikken op haar telefoon. 'Wat doe je?'

'Een berichtje naar Jason sturen. Ik wil dat hij weet dat ik van hem en de meisjes hou, voor het geval ik dit niet overleef.'

'Bekijk het van de positieve kant. Dankzij jou weet hij nu tenminste hoe hij voor de kinderen moet zorgen.'

'Ik zou liever hebben dat dat niet nodig was. En mama zal het ook geen leuke kerst vinden als we alle drie omkomen bij een auto-ongeluk.'

'Dramatiseren!' riepen ze in koor, en ze schoten in de lach.

'We zijn er!' Posy zag in de verte de lichtjes van het vliegveld. 'Ik stop voor de vertrekhal en dan ren je naar binnen. Probeer hem nog eens te bellen.'

'Heb ik net nog geprobeerd. Zijn telefoon springt op de voicemail.'

'Laat dan een bericht achter. Probeer het nog eens, want ik word gek van de spanning. Ik weet dat dit deels mijn schuld is.'

'Het is niet jouw schuld.' Hannah probeerde met haar vingers haar haar glad te strijken. 'Het is mijn schuld. Als ik niet zo moeilijk was met relaties, had ik hem in Manhattan al de waarheid verteld in plaats van naar huis te vluchten.'

'Laat dan een bericht achter!' Posy haalde nog een paar auto's in.

Hannah sprak een bericht in. 'Adam, met Hannah. Als je dit nog op tijd hoort, zat ik te denken… Ik wilde zeggen…'

'Niet in dat vliegtuig stappen! Ze houdt van je!' riepen Posy en Beth in koor, en Hannah hing snel op.

'Dat was gênant. Jullie snappen toch wel dat hij dit bericht ooit een keer afluistert?'

'Ja, en hopelijk zo snel mogelijk. Nu uitstappen en rennen. Dit is niet het moment om bang te zijn voor afwijzing.'

Posy remde met piepende banden en Hannah kroop uit de auto. 'Waar wachten jullie? Hoe vind ik jullie terug?'

'Wij vinden jou wel.' Posy keek Hannah na, die de vertrekhal in holde, en voelde zich nog zenuwachtiger dan haar zus. Adam was waarschijnlijk al weg. Of misschien had hij er genoeg van om Hannah over te halen open kaart te spelen. Wat als dit weer een van haar slechte ideeën was? Haar laatste idee had ook niet bepaald goed uitgepakt. 'Ga achter haar aan, Beth.' Ze duwde haar zus de auto uit. 'Ik zet de auto weg en dan zie ik jullie binnen.'

'Ik wil niet tussenbeide komen! Er horen geen drie mensen in een liefdesscène.'

'Doe dan alsof je figurante bent! Speel de rol van geïnteresseerde voorbijganger of zo, maar hou haar in de gaten. Als dit misgaat, is haar hart gebroken. Dan moeten wij de stukken oprapen.'

Misschien was ze niet altijd de ideale zus geweest. Of beter gezegd: ze wist dat ze dat niet was geweest. Maar het was nooit te laat om het goed te maken.

28

Hannah

'Pardon, sorry...' Hannah sprintte door de menigte. Het was druk op het vliegveld met mensen die op kerstvakantie gingen, en ze wist zich met moeite een weg door de mensenmassa heen te banen. Ze botste tegen anderen aan en duwde koffers om. Ze ontweek trolleys en sprong over tassen.

Zo waardig en ingetogen als ze normaal was, zo gevaarlijk was ze nu voor iedereen die op haar pad kwam. Ze stootte tegen een man aan die beladen was met koffers en riep hijgend een verontschuldiging, voordat ze weer verder holde en met haar elleboog iemand anders raakte. 'Het spijt me, dit is een noodgeval!' Ouders trokken hun kinderen aan de kant en wierpen haar een vernietigende blik toe.

Ze voelde zich wanhopig en wild, en vastberaden om Adam te vinden voordat hij weg was. Vastberaden om zich uit te spreken voordat ze niet meer durfde. Ze moest hem vertellen dat ze van hem hield. Ze moest alles uitleggen, ook als hij haar daarna zou afwijzen. Ze moest het weten.

Ze rende naar de beveiliging en keek de rij mensen langs die voor de gate stonden te wachten. Ze zag geïrriteerde ouders, vermoeid uitziende zakenvrouwen, ongeduldige mannen, maar geen Adam.

Toen hoorde ze de laatste oproep voor de vlucht en besefte ze dat hij al bij de gate moest zijn. De teleurstelling was als een klap in haar gezicht. Ze bleef staan en boog hijgend voorover. Ze was te laat.

Zo bleef ze staan, tot de steek in haar zij minder werd en haar ademhaling weer enigszins tot rust kwam. Toen rechtte ze haar rug.

De tranen brandden achter haar ogen en ze draaide zich om om weer terug te lopen naar de auto, toen ze een lange, donkerharige man met een weekendtas op haar af zag komen. 'Adam!'

Haar benen begonnen plotseling te trillen, en toen zag ze zijn glimlach en haar hart barstte uit elkaar van blijdschap. Ze rende op hem af en hij ving haar met zijn vrije arm en trok haar tegen zich aan.

'Ik dacht dat je weg was.' Ze klampte zich aan hem vast en drukte haar gezicht tegen zijn schouder. 'Ik dacht dat ik te laat was.'

'Ik wilde net gaan boarden toen ik je bericht hoorde.' Hij zette zijn tas neer en nam haar gezicht in zijn handen. 'Wat je zei... Kun je dat nog een keer zeggen?'

Wat had ze gezegd? De hele autorit was in een roes verlopen. 'Ik zei dat je niet op het vliegtuig moest stappen.'

'Niet dat stuk.'

'Mijn zussen zeiden dat ik van je hield.'

'Dát stuk.' Zijn blik werd donker. 'Zou je dat misschien even kunnen bevestigen? Ik benader het liefst direct de bron voor mijn informatie.'

'Ik hou van je.'

Hij trok haar tegen zich aan en kuste haar haar en haar gezicht. 'Weet je hoelang ik al op die woorden wacht?'

'Al een tijdje, vermoed ik. Je bent een geduldig man.'

'Wanhopig is een beter woord.' Hij drukte zijn mond op de hare. 'Ik had bijna mijn telefoon niet aangezet. Kun je je voorstellen hoe ik me zou hebben gevoeld als ik dat bericht pas in New York had gehoord? Je weet een man wel in spanning te houden. Waarom wachtte je ermee tot ik weg was?'

'Omdat ik een stommerik en een lafaard ben. Mensen vinden mij gereserveerd en afstandelijk. Ze denken dat ik geen emoties heb.'

'O, lieveling.' Hij drukte zijn voorhoofd tegen het hare. 'Jij bent niet koud. En je hebt heel veel emoties. Je kunt ze alleen niet zo goed uiten.'

Ze kreeg tranen in haar ogen. Hij begreep haar. 'Ik zal beter mijn best doen.'

'Niet doen. Onze relatie is geen examen waarvoor je moet slagen.' Hij veegde met zijn duim haar tranen weg. 'Ik wil niet dat je verandert. Heb ik er ooit op gezinspeeld dat ik wil dat je verandert?'

Nee, dacht ze. Nooit. 'Ik heb me nooit erg beminnelijk gevoeld.'

'Dan moet ik beter mijn best doen om te laten zien dat je dat wel degelijk bent.'

Ze hield hem stevig vast en voelde zijn harde bicepsen door de zachte wol van zijn jas. 'Er is nog iets wat ik je moet vertellen.'

'Je mag het zo vaak zeggen als je wilt. Ik hou je niet tegen, maar we zouden een rustiger plekje kunnen opzoeken.'

'Zo meteen.' Ze moest het nu zeggen, alles, voordat ze van gedachten veranderde. Ze was zich vaag bewust van mensen die onderweg naar de paspoortcontrole hun kant op keken. 'Je vroeg me waarom ik eerder naar huis was gegaan–'

'Je was in paniek. Je was bang voor mijn gevoelens en voor die van jezelf.' Hij streek voorzichtig het haar uit haar gezicht.

Ze voelde een steek in haar hart. 'Dat is niet de reden.' Ze begon te praten voordat ze alle redenen had bedacht waarom ze het beter niet kon doen. 'Ik ben zwanger, Adam. Ik krijg een kindje. En ik weet dat het een schok is. Ik bedoel, we deden het altijd met... Ik heb erover nagedacht, en volgens mij was er één keer dat–'

Hij verstarde en liet zijn hand zakken. 'Zwanger?'

'Ja.' Ze wachtte en hoopte er het beste van, al was haar fragiele hart voorbereid op het ergste. 'Het hoeft geen verschil te maken. Ik wil je niet onder druk zetten. Ik kan het aan. Er zijn allerlei manieren waarop we... En als jij niet...' Waarom was ze hier zo slecht in?

'Onder druk zetten?' Hij keek haar ontsteld aan. 'Is dat waarom je op de vlucht sloeg? Waarom je eerder naar huis ging?'

'Ik wist het toen nog niet zeker. Ik had nog geen test gedaan. Dat heb ik gedaan toen ik hier aankwam. Je voelt je vast–'

'Waarom vul je dat voor me in en vraag je het niet gewoon?'

Haar hart bonkte. 'Hoe voel je je?'

'Ik schrik, natuurlijk, maar niet op een nare manier. Ik wou dat je het me meteen had verteld. Dit is niet niks om in je eentje te behappen. Geen wonder dat je zo gestrest was.'

'Ik ben niet zo ver ontwikkeld als jij. Ik had tijd nodig om te ontdekken wat ik ervan vond.' Ze was zich nauwelijks bewust van haar omgeving, van de omgeroepen berichten, de mensen die om hen heen stroomden.

'Ik vind het een naar idee dat je in je eentje in paniek was.'

'Ik ben het gewend om dingen alleen te doen. En ik was niet echt in mijn eentje. Ik was in paniek samen met Posy, en daarna met Beth en mijn moeder.'

Adam kneep zijn ogen tot spleetjes. 'Je noemde haar mama.'

Hannah bloosde. 'Ja.'

'Ik wist niet dat je zo close met haar was.'

'Dat was ook niet zo.' Ze haalde haar schouders op. 'Maar we hebben de laatste tijd veel gepraat en we blijken een stuk hechter te zijn dan ik dacht.'

Hij glimlachte. 'Mooi.'

'Ja. Zeker, maar–'

'Maar?'

'De relatie waar ik echt aan moet werken, is die met jou. En ik heb geen idee hoe het nu verdergaat. Jij hebt je nooit willen binden.'

'Dat was voordat ik jou leerde kennen. Voordat ik verliefd op je werd. Klinkt dat als een cliché? Zo ja, dan spijt me dat. Moet ik bewijzen dat ik van je hou?' Hij haalde nerveus zijn vingers door zijn haar. 'Voordat ik jou leerde kennen, had ik nog nooit geschaakt.'

Ze gaapte hem aan. 'Je zei dat je het kon.'

'Omdat je een potje met me wilde spelen en ik zo gek op je was dat ik op alles ja zou hebben gezegd. Met krokodillen worstelen, slangen bezweren, balletdansen – nou ja, misschien niet balletdansen, maar verder vrijwel alles – ik zou het geprobeerd hebben.'

Ze dacht even na. 'Maar we hebben samen geschaakt. Je hebt twee keer gewonnen.'

'Ik vergeet maar even dat je kennelijk onthouden hebt hoe vaak ik gewonnen heb.' Hij trok haar opzij toen een gezin met drie kinderen en nog meer koffers langsdenderde. 'Ik heb het van YouTube geleerd. En van een of ander waanzinnig frustrerend programma waarbij je tegen een computer speelt, wat trouwens geen aanrader is. Jij bent net zo goed als de computer en een stuk sexyer.'

'Je hebt leren schaken om tegen mij te kunnen spelen?'

'Ja. En ik heb me ook op het Carlton Myers-account laten zetten, zodat ik met jou kon samenwerken en tot laat op kantoor kon blijven.'

'Je zei dat je geïnteresseerd was in hun businessmodel.'

'Dat was gelogen. Het enige waar ik geïnteresseerd in was, was jij.'

Ze staarde hem aan. Ze wist dat ze staarde. 'Daar had ik geen idee van.'

'Weet ik. Ik heb je goedgelovigheid genadeloos uitgebuit.' Hij boog zijn hoofd en gaf haar een korte kus. 'En ik kwam helemaal hierheen gevlogen zonder eerst te bellen, omdat ik je niet de kans wilde geven me af te wijzen. En ik ging weg, ook al vond ik het verschrikkelijk, omdat ik dacht dat dat was wat jij wilde. Huil je nu? O nee, nu heb ik je aan het huilen gemaakt. Dat is wel het laatste wat ik wil.' Geschrokken veegde hij met zijn vingers haar tranen weg.

'Het zijn tranen van blijdschap.' Ze liet haar hoofd op zijn borstkas rusten, haar hart vol liefde. Hij had leren schaken om tegen haar te kunnen spelen. Was van klant gewisseld. Was een oceaan over gevlogen. 'Ik wou dat ik eerder met je had gepraat.'

'Ik ook. Dat had me een helse taxirit bespaard met een chauffeur die niet leek te merken dat er ijs op de weg lag.' Hij sloeg zijn armen om haar heen en drukte haar tegen zich aan.

Het voelde fijn, merkte ze. Het voelde fijn om tegen hem aan te leunen. Ze keek op en hun blikken kruisten elkaar. 'Het is nogal een sprong van man van de wereld naar papa.'

'Gelukkig ben ik vrij sportief.' Zijn glimlach vervaagde en zijn blik werd ernstig. 'Ik kan die sprong maken, Hannah. Laten we die samen maken.'

Ze glimlachte door haar tranen heen. 'Ik weet niets van baby's.'

'Dan is het maar goed dat we met z'n tweeën zijn om dat uit te zoeken.'

Ze sloeg haar armen om zijn nek. 'Dus wat gaan we nu doen?'

Hij hield zijn hoofd schuin en luisterde naar wat er omgeroepen werd. 'Ik heb zojuist officieel mijn vlucht gemist, dus ik denk dat ik een slaapplek moet zien te vinden. En morgen is het kerstavond, dus ik betwijfel of er dan plaats is op een vlucht. Heb jij nog een suggestie?'

'Ik heb misschien wel een idee.' Ze hield hem vast en durfde hem nauwelijks los te laten. 'Kun je mijn familie aan of logeer je liever in de Glensay Inn?'

'Dat hangt ervan af,' zei hij. 'Denk je dat je vader me in elkaar slaat omdat ik je zwanger heb gemaakt?'

'Ik denk eerder dat hij je een glas whisky inschenkt en je feliciteert.'

'Nou, waar wachten we dan nog op?' Hij nam haar hand in de zijne en pakte zijn koffer op. 'Hoe ben je hier gekomen? Heb jij op deze levensgevaarlijke wegen gereden?'

'Posy. Zij is de adrenalineverslaafde van de familie. Een carrière als coureur zou haar niet misstaan. Ik was heel bang dat ik je zou missen. Ik weet niet wat ik zou hebben gedaan als je al weg was geweest.'

Hij keek langs haar heen en glimlachte. 'Ik vermoed dat het wel goed gekomen zou zijn.'

Ze volgde zijn blik en zag Posy en Beth op discrete afstand staan kijken. Ze stonden gearmd naast elkaar en keken bezorgd. Toen Hannah glimlachte, juichten ze en renden ze op hen af.

'Geen haar op mijn hoofd die Posy nog eens laat rijden,' zei Beth. 'Ik heb een tweede kans gekregen in het leven en die wil ik graag benutten. En ik ben nu niet aan het dramatiseren.'

29

Suzanne

Op kerstochtend was Suzanne vroeg op om met haar kleinkinderen pannenkoeken te bakken voor het ontbijt.

De storm was gaan liggen. De verse sneeuw op de grond en op de takken van de bomen glinsterde in het zonlicht. Zolang Stewart niet ging sneeuwruimen, waren ze ingesneeuwd, wat in haar ogen een perfecte manier was om Kerstmis door te brengen.

Ze spoelde de bosbessen af onder de kraan en genoot van het uitzicht vanuit het keukenraam. Het leek wel een schilderij, met de bergtoppen die scherp afstaken tegen de diepblauwe lucht. Ondanks de mediterrane kleur van de lucht wist ze dat de temperatuur allesbehalve aangenaam was. Het was een dag voor dikke sokken en wollen truien, voor warme chocolademelk bij de haard en samen rond de kerstboom zitten.

Ze had zich beter gevoeld toen ze wakker was geworden. Ze had geen hoofdpijn of spierpijn meer en had eindelijk weer energie. En het allerfijnste was dat de spanning die anders rond Kerstmis hing nu afwezig was.

De kerstkousen waren klaar, maar er waren nog wel dingen op haar lijstje die ze niet had gedaan. Normaal gesproken zou ze daar gestrest van raken, maar dit jaar leek het niet uit te maken. Het maakte niet uit dat ze niet die extra pudding had gemaakt, of dat ze geen tijd had gehad om kastanjes te poffen.

'Oma?' zei Ruby achter haar. 'Er zitten klontjes in het beslag.'

Ze richtte zich weer op haar kleinkinderen.

Ruby had een trui over haar pyjama aangetrokken en had haar haar in staartjes, die Melly zorgvuldig had vastgebonden met een lint met Schotse ruit. Ze leek zo erg op Posy op die leeftijd dat Suzannes hart oversloeg.

'Blijven kloppen. Dit worden heerlijke pannenkoeken.'

Ze hadden het ver geschopt. Heel ver.

Ze zette de pan op het vuur en Melly klom op een stoel om haar te helpen met bakken. Suzanne stond dichtbij genoeg om direct in te grijpen als het nodig was, maar Melly was voorzichtig en draaide met haar tong tussen haar tanden de pannenkoeken om.

De stapel zachte, luchtige pannenkoeken op het bord werd steeds hoger. Toen het beslag op was, zetten ze het bord op tafel, samen met de bosbessen en een pot Schotse heidehoning die Suzanne in het café verkocht. Melly rende de keuken uit om iedereen te roepen.

De wind was de dag ervoor gaan liggen en buiten was het rustig en stil.

'Oma, denk je dat ik vandaag op Socks mag rijden?'

'We vragen het tante Posy zodra ze wakker wordt.'

'Is ze al bijna wakker? Ik was al om vijf uur wakker, maar Melly sliep nog, dus toen ben ik heel stil blijven liggen.'

'Wat aardig van je.'

Stewart kwam de keuken in met nat haar van de douche. 'Ik moet sneeuwruimen. Posy en Luke kunnen vanaf de schuur nauwelijks hier komen.'

'Ze zit in het reddingsteam. Als zij zich geen weg door de

sneeuw weet te banen, zijn we allemaal reddeloos verloren. Ga even zitten.'

Suzanne zocht in de kast naar haar whiskymarmelade, omdat ze wist dat Jason daar dol op was. Ze had zoveel potten weggegeven dat ze er nog maar eentje overhad. 'De pannenkoeken zijn warm en de koffie is bijna klaar. Vrolijk kerstfeest.'

Stewart zoende haar, en hij nam er de tijd voor. 'Vrolijk kerstfeest. Wat zie je er ongebruikelijk ontspannen uit. Meestal ben je rond deze tijd met veel geweld kalkoenen in de oven aan het schuiven.'

'Ik voel me ook ongebruikelijk ontspannen.'

'Dat komt doordat ik haar help.' Ruby klom op een stoel. 'Vrolijk kerstfeest, opa. De Kerstman is geweest.'

'Dat is goed nieuws. Fijn dat zijn slee niet in al die sneeuw is blijven steken.'

Ruby keek hem meelijwekkend aan. 'De rendieren vliegen.'

'Natuurlijk. Soms wou ik ook dat ik kon vliegen.'

'Moet je vandaag mensen redden, opa?'

'Ik hoop van niet.' Hij ging naast haar zitten. 'Ik was van plan om met mijn kleinkinderen te spelen en een lekkere kerstmaaltijd te verorberen. Laten we hopen dat iedereen dat doet en er vandaag niemand in de problemen komt.'

'Waarom kwamen die mensen in de problemen? Waren ze stout geweest?'

'Die mensen van laatst? Nee, ze waren niet stout geweest. Maar ze waren niet goed voorbereid op de tocht die ze wilden maken. Weet je wat een kompas is?'

'Dat weet ik.' Melly ging aan de andere kant naast hem zitten. Ze droeg een nieuwe prinsessenjurk, die ze vast van de Kerstman had gekregen, vermoedde Suzanne. 'Daarop kun je zien welke kant je op moet.'

'Klopt. Maar deze mensen...' Stewart schepte pannenkoeken op voor de meisjes en legde er vervolgens twee op zijn eigen bord. '...hadden hun kompas in dezelfde zak gestopt als hun mobieltje.'

'Was dat dom?' Ruby stak haar lepel in de honing en liet het meeste op tafel druppelen in plaats van op haar pannenkoeken.

'Dat bleek dom te zijn, want de telefoon had een metalen hoesje, waardoor de polariteit omdraaide.'

Suzanne schonk een kop koffie in. 'Opa bedoelt dat het kompas de verkeerde richting aanwees, waardoor ze de verkeerde kant op liepen.'

Jason kwam gapend de keuken in. 'Kan dat echt?'

'Ja. Noord werd zuid, en toen liepen ze naar het zuiden. En toen verdwaalden ze.'

'En jullie hebben ze gered,' zei Ruby, die van haar stoel af sprong en naar haar vader toe rende. 'Vrolijk kerstfeest! De Kerstman is geweest.'

'Natuurlijk is hij geweest.' Jason tilde haar op en ging met Ruby op schoot aan tafel zitten. Hij pakte de pot op die naast zijn bord stond. 'Mmm. Whiskymarmelade. Mijn lievelingsbeleg. De hele keuken ruikt naar kerst.'

'We hebben kaneel op de pannenkoeken gedaan,' zei Melly. 'We moeten ze snel opeten, voordat de rest wakker wordt.'

Stewart pakte er nog een, maar op dat moment kwamen de anderen binnen. Beth droeg een helblauwe trui en grote zilveren oorbellen.

'Wat zie je er mooi uit.' Melly glimlachte goedkeurend. 'Oma heeft die trui gebreid.'

'Ja, mooi is hij, hè?' Beth gaf haar moeder een kus. 'Heel wat beter dan die kriebelige truien van vroeger.'

Suzanne gaf haar een por. 'Ik heb flink geoefend. Kom lekker ontbijten.'

Hannah en Adam kwamen binnen onder een luidkeels 'Vrolijk kerstfeest'. Het viel Suzanne op dat Hannah er anders uitzag. Ze had haar haar los en glimlachte ontspannen terwijl ze met Adam praatte.

'Ik heb hem verteld dat hij je honing moet proeven, mama.'

'Neem wat pannenkoeken, Adam, of anders heb ik ook lekkere warme havermout gemaakt, als je dat liever hebt.'

'Havermoutpap,' legde Hannah uit.

Adam trok zijn wenkbrauwen op. 'Denk je dat ik niet weet wat havermout is? Ik heb mijn huiswerk gedaan voor ik hier kwam. Ik weet alles over Bonnie Prince Charlie en het distilleren van Schotse whisky.'

'Hier in de Hooglanden wordt de meeste whisky gestookt van heel Schotland,' vertelde Stewart. 'Het is een eeuwenoude traditie. Het bronwater stroomt hier over vulkanische rotsen. Als je nog even blijft, neem ik je mee naar een stokerij voor een rondleiding. Ik zat bij Tom Mackay op school, hij zal ons vast hartelijk ontvangen.'

Adam legde zijn hand op Hannahs knie. 'Dat klinkt als voldoende reden om te blijven.'

Al snel waren de twee mannen in een geanimeerd gesprek verwikkeld over het verschil tussen bourbon en whisky, en Suzanne rolde met haar ogen toen ze plannen voor een trip naar Kentucky maakten, waar volgens Adam meer vaten bourbon waren dan mensen.

'We hebben meer pannenkoeken nodig, oma,' zei Melly.

Suzanne pakte de bloem en de melk. 'Inderdaad. Help je me?'

Ruby's vork bleef in de lucht hangen. 'Ik hoor gerinkel. Wat zijn die belletjes?'

'Ik hoor het ook.' Jason tilde haar op en liep met haar naar het raam. 'Kijk nou.'

'Het is Socks! En hij trekt een arrenslee.'

Suzanne glimlachte. Wat een mooie manier om over het besneeuwde pad van de schuur naar het huis te komen.

Iedereen ging van tafel om te kijken en Ruby smeekte om een ritje te mogen maken in de 'arrenslee'. Suzanne liet het beslag voor wat het was toen Posy binnenkwam met een spoor van sneeuwvlokken achter zich aan. Ze had roze wangen en zag er ijskoud uit.

'Fris buiten. Vrolijk kerstfeest!'

Stewart kwam half overeind. 'Ik zat al te denken of ik het pad vrij moest maken, zodat jullie hierheen konden lopen.'

'Het is zacht.' Posy hing haar jas op en nam Luke mee de keuken in.

Ruby was de pannenkoeken helemaal vergeten. 'Mag ik op de slee?'

'Jazeker.' Posy gaf haar een kus. 'Is de Kerstman geweest?'

'We hebben in onze kousen gekeken,' zei Ruby, 'en hij heeft Bugsy niet gebracht.' Haar bovenlip trilde. 'Maar je krijgt niet altijd alles wat je wilt.'

Suzanne voelde iets drukken onder haar ribben. Dit was de moeilijkste les om te leren. Je kreeg niet altijd alles wat je wilde, maar als je geluk had, kreeg je wel de dingen die ertoe deden.

Beth glimlachte vastberaden. 'Maar je hebt wel heel veel andere mooie cadeaus gekregen.'

'Ja. En ik heb pannenkoeken gebakken met oma.' Ruby at haar bord leeg, en zodra het ontbijt voorbij was, draafde ze naar de woonkamer, waar ze de cadeaus gingen openmaken.

'Deze is voor mama.' Ze gaf een pakje aan Beth. 'Van papa.'

Iedereen vond een plekje om te gaan zitten, dicht tegen elkaar aan op de bank of ergens op de grond. De meisjes zaten naast elkaar bij de boom. Zusjes.

Beth wierp een nieuwsgierige blik op Jason en pakte haar cadeau uit. Het was een laptoptas van zacht leer.

'Als je weer aan het werk gaat, moet je er wel goed bij lopen,' zei hij, en Beths ogen werden vochtig.

'Ik heb tegen Corinna gezegd dat ik de baan niet wil.'

Posy keek haar verrast aan. 'God zij geprezen.'

'Daar ben ik blij om,' zei Jason. 'Dat is een verstandig besluit. Maar er komen nog wel andere banen.'

'Absoluut. Hopelijk ook banen waarbij je niet voor een gestoorde tiran hoeft te werken.' Hannah schoof wat dichter naar Adam toe. 'Wij helpen je wel. Zodra we weer in Manhattan zijn, komen we bij je langs om een plan te maken.'

Melly kwam overeind met een ander pakje. 'Deze is voor Adam. Van Hannah.'

Adam trok zijn wenkbrauwen op. 'Je hebt een cadeautje voor me terwijl je niet eens wist dat ik hier was?' Hij maakte het doosje open en grijnsde. 'Is dat wat ik denk dat het is?'

'Het is de sleutel van mijn appartement.' De zelfverzekerde Hannah leek opeens onzeker en zelfs een beetje verlegen te worden. 'Ik dacht dat je misschien bij me wilde intrekken. Want mijn huis is iets groter dan het jouwe, maar–'

'Geen gemaar. Ik trek bij je in.' Adam nam haar gezicht in zijn handen en zoende haar.

Suzanne hield haar adem in. Ze voelde de emoties tussen hen opvlammen. Er was geen film of boek dat haar zo raakte als de aanblik van hen twee. Het was niet alleen dat Adam Hannah zoende, het was ook de manier waarop hij haar zoende, en de manier waarop zij hem terug zoende. Op dat moment liet ze al haar terughoudendheid varen.

Dit was wat ze voor Hannah had gewild. Liefde. Een liefde die ze kon vertrouwen. Een liefde waar ze in geloofde en waarvan ze zelf vond dat ze die verdiende. Ze keek om naar Stewart en hij schonk haar een glimlach, want hij wist wat ze dacht.

Melly sloeg haar handen voor Ruby's ogen.

'Ik vind kussen niet erg,' zei Ruby. 'Kussen is oké. Dat is iets blijs. Is het nu mijn beurt om een cadeautje open te maken?'

'Volgens mij wel.' Hannah maakte zich los van Adam, zodat hij onder de boom kon zoeken.

'Hier is een pakje met jouw naam erop. Er staat op dat het van de Kerstman is.'

'Maar ik heb al mijn cadeautjes van de Kerstman al opengemaakt.'

'Misschien heeft hij deze laten vallen toen hij onderweg was naar jullie kousen. Of misschien was hij deze vergeten en is hij later teruggekomen.'

'Het is anders ingepakt dan de andere,' zei Ruby. 'Ander papier.'

Slimme meid, dacht Suzanne, maar Hannah was haar nichtje te slim af.

'Misschien is het ingepakt door een ander elfje.'

Beth en Posy wisselden een blik. Suzanne zag dat ze zich afvroegen wat er met hun zus was gebeurd, maar ze wist dat het enige wat er met Hannah gebeurd was, was dat ze haar zelfvertrouwen weer deels had hervonden. Hopelijk zou ze dat na verloop van tijd helemaal hervinden.

Ruby trok aan het lint en scheurde het papier kapot. 'Het is een doos.'

Hannah ging naast haar op de grond zitten. 'Het cadeautje zit waarschijnlijk in de doos. Je moet hem openmaken.'

Bonnie kwam erbij staan om aan het cadeau te snuffelen en Posy kwam overeind om de hond terug te trekken, maar Hannah sloeg haar arm om de hond en aaide haar afwezig, terwijl Ruby het deksel van de doos tilde.

Het meisje hapte naar adem. 'O!' En toen barstte ze in tranen uit.

Beth keek gealarmeerd en Melly kwam dichterbij om te zien wat de bron van al die emoties was. 'Het is Bugsy!'

'Wat?' Jason stond op van de bank om in de doos te kijken, maar Ruby pakte Bugsy snel beet en drukte hem tegen haar borst. 'Hij is thuis. Hij is van mij!'

'Natuurlijk is hij van jou.' Jason keek vol ongeloof naar het bekende konijn. 'Waar komt hij–'

'Ik heb de Kerstman geschreven.' Ruby kneep Bugsy bijna fijn en de tranen stroomden over haar wangen. 'Nou ja, eigenlijk heeft tante Hannah namens mij naar de Kerstman geschreven, maar ik zei wat ze moest schrijven en heb zelf mijn naam eronder gezet.'

Ook Beth had tranen in haar ogen. Ze keek naar haar zus. 'Hoe... Ik weet niet...'

'Het is Kerstmis,' zei Hannah zacht. 'Met Kerstmis gebeuren er veel mooie dingen.'

Dat was waar, dacht Suzanne, terwijl ze naar Adam en haar drie dochters keek. Ze had nooit verwacht dat ze hen zo ontspannen en blij samen zou zien.

Een uur lang werd er gelachen en werd het ene na het andere cadeau uitgepakt. Luke gaf Posy een prachtig fotoboek van de bergen van Noord-Amerika en Alaska. Suzanne bladerde het stilletjes door, tot haar oog op de foto's van Mount Rainier viel. Er waren foto's met zonsondergang en zonsopgang, met mooi weer en storm.

'Je hoeft daar niet naar te kijken, mama.' Posy wilde het boek van haar afpakken, maar Suzanne schudde haar hoofd.

'Het is een prachtige berg.' Haar leven was die dag veranderd, en jarenlang had ze het geassocieerd met slechte dingen. Ze had zichzelf gestraft met gedachten die vaak irrationeel waren. Ze had zich voorgesteld hoe Cheryl vanuit het schemerduister veroordelend toekeek. *Ik heb jou mijn meisjes toevertrouwd.*

Ze had altijd gedacht dat zij de verantwoordelijkheid had voor het emotionele welzijn van iedereen. Dat elke onenigheid tussen de meisjes op de een of andere manier aan haar lag. Nu zag ze hoe absurd dat was. Dit was niet Cheryls gezin, maar het hare. En het ging prima met hen.

Ze werd overspoeld door emoties en liep naar de keuken om te kijken of de kalkoen al gaar was.

Posy liep achter haar aan. 'Kan ik je even spreken, mama?'

'Natuurlijk.' Suzanne bleef met haar rug naar haar toe staan, en tegen de tijd dat ze de kalkoen uit de oven had gehaald had ze zichzelf weer onder controle. 'Ik moet naar de sportschool. Dit ding weegt een ton.'

'Hij ruikt zalig.' Posy snoof eraan. 'Wat ben je toch een fantastische kok.'

'Jij ook. Je doet het geweldig in het café. Jouw brownies zijn even lekker als de mijne.' Suzanne smeerde de kalkoen in en merkte dat Posy niet reageerde. 'Waar wilde je me over spreken?'

Posy glimlachte. 'Niets. Laat maar. Ben je klaar? Dan til ik de kalkoen wel. Ik heb de juiste spieren ontwikkeld door al dat gehang aan rotsen.' Ze pakte de kalkoen met gemak op en schoof hem weer in de oven. 'Als je het goedvindt, neem ik Ruby even mee op een kort rondje op mijn geïmproviseerde slee. Het is behoorlijk koud, dus het zal niet lang duren. En ik zal ervoor zorgen dat we Bugsy niet kwijtraken.'

Suzanne leunde tegen het aanrecht. 'Jij kwam achter me aan om iets te zeggen. Ik wil weten wat het is.'

Posy schudde haar hoofd. 'Het is Kerstmis. Dit is niet het goede moment om erover te praten.'

'Heeft het iets met Luke te maken?'

'Niet echt. Of nou ja, misschien een beetje...' Posy liep naar het raam. 'Mooi is het buiten, hè?'

'Hou je van hem?'

'Ik weet het niet. Misschien. Ik denk het wel.' Ze slikte. 'Hij heeft me gevraagd om volgende zomer met hem de Denali te beklimmen.'

Suzannes hart begon sneller te kloppen. Het was een reflex. Ze negeerde het. 'Dat klinkt als een prachtig avontuur. Ik heb hem nooit beklommen, maar Stewart wel. Je zou met hem moeten praten.'

Posy draaide zich behoedzaam om. 'Zou je het niet eng vinden als ik ging?'

Ze zou het doodeng vinden, maar ze zou zich beheersen. Suzanne hield haar reactie voor haar dochter verborgen en liep op haar af. 'Wilde je me hierover spreken? Durfde je het niet tegen me te zeggen? Hoelang denk je hier al over na?'

'Al een tijdje. Ik wist niet hoe ik erover moest beginnen. Ik wilde je niet ongerust maken. En je hebt mijn hulp hier nodig, en in de zomer is het altijd waanzinnig druk, en...' Ze spreidde haar handen. 'Nou ja, je bent er altijd van uitgegaan dat ik ooit het café overneem, en...'

'En dat wil je niet.'

Er viel een lange stilte.

'Ik denk van niet.'

Posy keek zo ellendig dat het Suzannes hart brak. 'Je loopt hier duidelijk al een tijd mee rond. Waarom heb je niet eerder iets gezegd?'

'Omdat je me hier nodig hebt.'

'O, lieverd.' Suzanne trok haar in haar armen. 'Vind ik het fijn dat je hier bent? Natuurlijk. Je bent mijn dochter en ook nog eens prettig gezelschap. Maar als je hier niet was, zou ik iemand anders vinden voor het werk. Vicky wil toevallig meer uren gaan werken, dus dat zou mooi uitkomen.'

Posy snufte. 'Echt waar?'

'Ja. En je zult het misschien niet geloven, maar Stewart en ik zijn ook in staat om Martha te voeren. We zullen zelfs Eric water geven, al kan ik niet beloven dat ik net zoveel tegen hem praat als jij.'

Posy lachte door haar tranen heen. 'Ik wil je niet ongelukkig maken. Dat wil ik nooit.'

'Ik wil dat je gelukkig bent en doet wat je graag wilt. Als er dingen zijn die je graag wilt doen, moet je ze doen.' Suzanne realiseerde zich dat ze dit veel eerder had moeten zeggen. 'Beklim de Denali. Ga op reis met Luke. Neem risico's. Beleef avonturen. Kijk vooruit en heb geen spijt. Ik wil niet dat je ooit denkt dat je iets had moeten of kunnen doen. Doe het gewoon. Leef je leven voluit.'

'Ik ben nog nooit ver van huis geweest. Ik ben nog nooit bij jou vandaan geweest.'

Suzanne streek de tranen op Posy's wangen weg. 'Je kunt altijd thuiskomen. We zijn er altijd voor je. En de wereld is veel kleiner geworden. We kunnen bellen, skypen, en wie weet... Misschien wordt het tijd dat Stewart en ik wat avontuurlijker gaan reizen. We zouden zelf misschien weer eens wat risico's moeten durven nemen. We kunnen elkaar ergens ontmoeten.' Toen ze het zei, vond ze het goed klinken. Zij en Stewart moesten ook vooruitkijken.

Posy gaf haar een kus op haar wang. 'Je bent geweldig, wist je dat?'

'Ze is inderdaad geweldig.' Stewart kwam de keuken binnen. 'Ik wil jullie onderonsje niet verstoren, maar Ruby en Melly staan te trappelen om een rondje op de slee te maken als je zover bent. Beth heeft hun zoveel kleren aangetrokken dat ze nauwelijks meer kunnen bewegen.'

'Dat klinkt als mijn zus. Ze hebben vast ook een lawinepieper bij zich.' Posy snoot haar neus en ging haar jas halen. 'Meiden? Jullie koets staat te wachten.'

Opeens was er een hoop drukte en werd er gegild, gegiecheld

en gekletst, en Bonnie blafte vrolijk mee. Het ene moment was de keuken vol mensen en even later verdween iedereen lachend de kou in. Beth en Hannah gingen als laatste weg, en Suzanne hoorde hen praten.

'Waar heb je Bugsy gevonden?'

'Ik weet niet waar je het over hebt. Ik heb Ruby een brandweerpak gegeven.' Hannah trok haar laarzen aan. 'De Kerstman heeft Bugsy gevonden.'

'Even serieus.'

'Ik ben serieus.' Hannah keek haar zus met gespeelde onschuld aan. 'Wou je zeggen dat je niet in de Kerstman gelooft? Bethany McBride-Butler, ik geloof mijn oren niet.'

'Heb je hem van eBay? Want Jason en ik hebben overal gezocht. En hoe heb je hem op tijd hier gekregen?'

'Ik weet nog steeds niet waar je het over hebt, maar de Kerstman beschikt als het nodig is vast over een uitstekende bezorgdienst. Plus een persoonlijk assistent die altijd het onmogelijke weet te regelen en ongetwijfeld als beloning een mooie bonus krijgt.'

'Het moet je een vermogen hebben gekost.'

'Ik weet echt niet waar je het over hebt.' Ze liepen naar buiten en deden de deur achter hen dicht.

Ze had te veel tijd verspild aan zich zorgen maken, dacht Suzanne. Te veel tijd verspild om dingen beter te maken die na verloop van tijd vanzelf beter werden. Aan het kneden van haar gezin in de vorm die zij vond dat het moest hebben, in plaats van het gezin zijn eigen vorm te laten vinden.

Ze wist niet wat er met Posy en Luke zou gebeuren, maar als wat ze hadden sterk genoeg was, zou het goed gaan. Zo niet, dan zouden ze het ook redden.

Ze konden alle drie problemen krijgen, en omdat het leven zelden probleemloos verliep, was dat ook waarschijnlijk, maar ze geloofde dat ze sterk genoeg waren om die problemen het hoofd te bieden. En ze hadden elkaar.

Het waren niet alleen de kerstzussen; het waren ook de McBride-zussen.

Stewart sloeg een arm om haar heen. 'Waar wilde Posy je over spreken?'

'Ze wil volgende zomer de Denali beklimmen.' Er was natuurlijk meer, maar dat zou ze hem later wel vertellen.

Stewart dacht daar even over na. 'Ze heeft ervaring in het hooggebergte en ze heeft vorig jaar die training voor gletsjerspleten gedaan. Ze heeft er de capaciteiten voor. Welke route? De West Buttress?'

'Weet ik niet. We hebben het niet tot in detail besproken.'

'En kun jij dat aan?'

'Ik ga ervoor zorgen dat ik het aankan. Ik ga leren om net zo dapper te zijn als onze meiden.' Ze liet haar hoofd op zijn schouder rusten. 'En nu we het er toch over hebben: ik zat te denken of ik een keertje met jou kon gaan klimmen.'

'Meen je dat? Zou je dat willen?'

Ze had erover nagedacht sinds haar gesprek met Luke. Het ongeluk had niet alleen haar vrienden weggevaagd, maar ook haar avontuurlijkheid. En zij had dat laten gebeuren. 'Ja. Niet iets al te uitdagends, om mee te beginnen. Maar ik wil de bergen weer in.'

Als Hannah haar angsten tegemoet kon treden, kon zij dat ook. 'Ik heb me altijd schuldig gevoeld dat ik deze kinderen had. Dat ik dit leven had.'

'En nu?'

'Nu voel ik me niet schuldig. Deze tijd van het jaar is altijd moeilijk geweest. Ik had altijd het idee dat ik een gemis moest compenseren. Maar wat het perfect maakt, zijn niet de kalkoenen, de kerstversieringen of de zelfgebakken koekjes.'

'En dat zeg je nu, nadat ik tig kerstlichtjes heb opgehangen?'

Ze glimlachte. 'Ik heb nog niet de helft van de voorbereidingen gedaan die ik normaal doe, maar ik voel me gelukkiger dan ooit. Vrolijk kerstfeest! Ik hou van je, Stewart McBride.'

'Ik hou ook van jou. Vrolijk kerstfeest.' Hij trok haar tegen zich aan en sloeg zijn sterke, beschermende armen om haar heen.

Ze bedacht dat het enige wat echt telde, was dat je mensen om je heen had van wie je hield. Ook al waren die nu gillend en krijsend sneeuwballen in elkaars nek aan het proppen, zoals Posy, Beth en Hannah nu aan het doen waren. Wat telde, was familie.

Ze was dankbaar voor de hare.

DANKWOORD

Het idee voor dit boek ontstond tijdens een vakantie in Griekenland, al vraag ik me af wat het over mij zegt dat ik over een witte kerst droom terwijl ik lig te zonnen.

Het verhaal liep van het begin af aan soepel. De personages leken echt en ik voelde me onderdeel van de familie McBride, maar zoals altijd vindt het boek in mijn hoofd niet zonder hulp zijn weg naar het papier. Gelukkig had ik mijn redacteur Flo met haar gebruikelijke toverkunsten: ze stelde indringende vragen, ordende mijn gedachten en deed suggesties die het verhaal aanmerkelijk verbeterden. Volgens mij weet ze wel hoeveel waardering ik voor haar heb, maar voor de zekerheid zeg ik het toch nog maar eens.

Mijn dank gaat ook uit naar Susan Ginsburg, mijn literair agent, voor haar scherpzinnige ideeën over eerdere versies van het manuscript, en omdat ze zo gul was met haar tijd en advies.

Graag wil ik ook Lisa Milton en Manpreet Grewal van het Britse team bedanken omdat ze een frisse blik op het boek hebben geworpen toen het in de eindfase was. Hun opmerkingen waren heel zinnig, en ik ben hun dankbaar voor hun enthousiasme en betrokkenheid bij mijn boeken en mijn schrijverschap.

Een speciaal woord van dank voor Dianne Moggy en Susan Swinwood, omdat ze me bij elke nieuwe stap in mijn loopbaan hebben gesteund en aangemoedigd. Ik weet hoeveel geluk ik heb dat ik met jullie mag samenwerken!

Er is een heel dorp voor nodig om een boek in de handen van de lezers te krijgen, en ik ben iedere medewerker van de HQN-uitgeverijen in de Verenigde Staten en HQ Stories in het Verenigd Koninkrijk erg erkentelijk. Zonder het geweldige werk van Verkoop, Marketing en PR zou niemand mijn boeken lezen. In het bijzonder wil ik Sophie Calder in het VK en Lisa Wray in de VS bedanken, omdat ze zo hard werken en rekening houden met mijn deadlinestress bij het plannen van publiciteitsaanvragen. Ook wil ik graag Anne Sharpe bedanken, die het o zo belangrijke werk van het persklaar maken van dit boek snel heeft afgerond om de strakke productiedeadlines te kunnen halen.

Het schrijven van dit boek was een heftig proces dat me helemaal opslokte, en als mijn gezin me geen eten en drinken had voorgezet, was ik mogelijk van honger of dorst omgekomen. Er is een bijzonder soort geduld nodig om met een schrijver samen te leven. Gelukkig hebben zij dat geduld.

Mijn meeste dank gaat uit naar mijn lezers, die mijn boeken blijven kopen, me aardige e-mails sturen, berichtjes op Instagram en Facebook plaatsen en me op alle fronten aanmoedigen. Ik bof dat ik zo'n fantastische, enthousiaste en vriendelijke lezersschare heb. Ik hoop dat dit boek een glimlach op je gezicht tovert en je het leesplezier geeft dat je verdient.